安徽省教育厅高校协同创新项目"徽州学人诗学文献整理"（kyptxm202004）资助项目

中国诗学研究中心黄山学院分中心重大课题"曹学诗诗歌整理研究"（sxkfkt2301）成果

曹学诗诗选

（清）曹学诗 著

石铃凤 整理

图书在版编目（CIP）数据

曹学诗诗选 /（清）曹学诗著；石铃凤整理. -- 合肥：安徽文艺出版社，2025.5
ISBN 978-7-5396-7963-1

Ⅰ.①曹… Ⅱ.①曹…②石… Ⅲ.①古典诗歌－诗集－中国－清代 Ⅳ.①I222.749

中国国家版本馆CIP数据核字(2024)第026597号

出 版 人：姚　巍
责任编辑：秦知逸　　　　　　装帧设计：熙宇文化

出版发行：安徽文艺出版社　　www.awpub.com
地　　址：合肥市翡翠路1118号　邮政编码：230071
营 销 部：(0551)63533889
印　　制：安徽联众印刷有限公司　(0551)65661327

开本：710×1010　1/16　印张：24.25　字数：360千字
版次：2025年5月第1版
印次：2025年5月第1次印刷
定价：88.00元

（如发现印装质量问题，影响阅读，请与出版社联系调换）

版权所有，侵权必究

前　言

曹学诗（1697—1773），字以南，号震亭，安徽歙县雄村人，清康乾时期徽州文人代表。其文学作品载于民国《歙县志》、《歙事闲谭》等文献。他曾短暂入仕，但因性行狷介、不事逢迎，从政几年后便辞官归隐，潜心著述。他一生笔耕不辍，著述颇丰，主要有《竺荫楼诗稿》《小窗香雪文钞》《香雪诗钞》等。

一、曹学诗生平

曹学诗出生于雄村，少时文采斐然，12岁作《黄山赋》，轰动一时。其所作的《香屑集》也深受时人追捧，诸多文人雅士想与之结交。后来到京城，他苦于交游，于是隐姓埋名在西山寺庙中读书学习。当时同住京城的桐城人张廷玉知道以后，多次通过友人相邀，后两人终于得以相见。

曹学诗出生于徽州，深受徽州积极入世思想的影响，一直致力于科举考试。在中进士之前，他的足迹遍及江南地区。他曾寄居扬州，留下来多首脍炙人口的诗歌，描述了二十四桥、重城、康山、明月楼、竹溪亭等景物。这一时期曹学诗所见所感颇多，创作源源不断，诗作内容不乏与朋友饮酒、作诗、聚会的记录，如《竺荫楼诗稿》中的一篇记述："吴荍庭招饮蝉叶草堂，在座者为杨筠谷、方任斋、康石舟、黄松石、史梧冈。酒半，予与梧冈以事先去，而四君尚留。石舟因绘图，梧冈作序，予为跋。荍庭又因四君姓适同韵，用为首倡，诸友和之。偶集唐人句，以志雅集云。"

雍正七年（1729），曹学诗考中举人。第二年曹学诗进京赶考，在《史梧冈、许毅堂送予至淮阴，作诗赠行，次韵留别》中描写了史梧冈、许毅堂送别自己的场景："听罢歌骊酒不酣，黄云古驿暂停骖。飞蓬已逐离鸿北,绕树谁怜倦鹊南。蕉梦功名心自澹,松风情性味偏甘。相期煮石莲峰顶,笑向浮丘把袂谈。"表达了诗人不忍与朋友分别的情感。同时,虽然科考结果未定,但是诗人面对未来的不确定时却充满希望。"相期煮石莲峰顶,笑向浮丘把袂谈"展现了诗人一扫离别的愁云,期待与朋友们在徽州再次相聚、谈笑风生的豁达心态。

乾隆十三年(1748),曹学诗进士及第,成为湖北西陵(现宜昌市西陵区)县令,后调任崇阳(今湖北省咸宁市)县令。在任期间,他为当地老百姓做了很多实事,如:带领老百姓解决洪水问题;在遭受自然灾害后,减免农民赋税。他深入田间地头,奔走在为民办实事的第一线,急百姓之所急,始终把解决农民生产、生活所遇问题放在工作首位。《香雪诗钞》中有记载:农民遭受旱灾,四月二十八日晚上,诗人步行到雨山求雨,并作《忧旱》《龙头山祷雨诗》。冬日,他又亲自到老百姓中讲解《劝民歌》,民众簇拥着他。曹学诗离任时,崇阳县的父老乡亲夹道送别。

曹学诗在湖北为官期间,经常往来于湖北和徽州两地。他从来没有苦于长途跋涉的辛劳,而是随遇而安,赏沿途美景,同时,也会携友登名山、赏美景。曹学诗有着苏东坡式的生活哲学,即使在困顿中,也从未放弃对生活的热爱。他年少时便离家到扬州求学,后又进京准备科考,即使科考结果未定,他也会想象与朋友谈笑风生的烂漫生活。他甚至在遭遇偷盗、洪水等劫难后,还会用诗歌打趣劫难中的自己,作品中不带一丝气恼,只有逃过一劫后对生活的感恩。其友史震林(史梧冈)为《竺荫楼诗稿》作的序中评价曹学诗:"其性存存,其气温温。皎月虽寒,照人如暄;幽兰不言,赠人以芬。"这一评价向我们展现了曹学诗的特点:气质温文尔雅,虽外在冷淡,但总是能够给身边朋友带来温暖;虽不善言辞,但能够使身边人怀有美好期许。

曹学诗虽少小离家求学,中年从政外地,但其活动场所大多在徽州。他离任后,退隐家乡,过着陶渊明式的田园生活,足迹遍布徽州的各个角落。他以独特的视角观察徽州大地每一处的风土人情,为徽州唱响赞歌。

曹学诗一生中结交了不少好友，如史震林、郑松莲、吴震生等人，这些都在其诗歌中有所记录，如《赠郑松莲》《放歌和郑松莲韵》《述怀同郑松莲限乃字韵》《和梧冈见赠原韵》等。诗人以诗歌记录了其与朋友游玩、宴饮、诗文唱和、同行求学等难忘的情景。诗人丰富的人生经历，给创作提供了源源不竭的素材与灵感。

二、曹学诗诗歌艺术特色分析

（一）深刻的人生感悟

曹学诗出生于徽州雄村曹氏家族，家族门楣显赫，子弟皆以读书并积极入仕为荣。曹学诗青少年时期便显现出卓越的文学才能，随着年岁的不断增长，他逐渐褪去年少时期的锋芒，心性更为平和，如《竺荫楼诗稿》中《三旬初度，赋诗自祝且自嘲也》一诗中说："三尺丝桐膝上横，焚香道念静中生。忧欢转眼皆如梦，宠辱关心不必惊。"诗人弹奏着自己喜欢的曲子，焚香学道，追求内心的宁静，人生悲欢都如过眼云烟。诗歌描写出诗人人到中年"宠辱关心不必惊"的平和心态。

（二）浓厚的徽州情结

作为徽州地区的诗人，曹学诗的作品中体现出对乡土的热爱。他的很多诗篇描绘了徽州山水的秀美、古镇的宁静，以及那里独具特色的文化与风俗。其对故乡景物和人文的描写，不仅充满了诗意，也展现了他深厚的地域情感和文化自豪感。对于徽州标志性的景点——黄山，曹学诗从不吝啬赞美，为其作诗作赋，《黄山赋》一文是描写黄山的代表作之一。《竺荫楼诗稿》中《箬岭脚望黄海诸峰》"鸟道艰险尽，平远辨烟村。巉岩插天表，仰首见云门""群峰俱辟易，拱让莲花尊。阴崖积冰雪，绝顶小乾坤""虚无白鹤驾，缥渺青牛辕。尘埃负幽意，灵境愧仙根"等句向读者展现了黄山的云雾缭绕及雄伟壮丽。在诗人的眼中，黄山的每一座奇峰都像是大自然用力挥洒笔墨构成的立体的山水画。

曹学诗以诗性观照徽州的地理景观与人文肌理，在山水风光与粉墙黛瓦中书写，既彰显着士人阶层对家国山河的深沉眷恋，又构建出其精神世界的审美坐标。诗人不仅基于徽州丰厚的物质基础与璀璨的人文遗产，形塑了盛世图景，而且通过"文以载道"的创作实践，描绘了其短暂仕途中的政治理想。

（三）丰富的叙事内容

曹学诗的诗歌标题、小序常常呈现出非常强烈的叙事色彩，如《寄贺潘丽中、锦飞入学，兼怀张南园先生》《七月初四日饮竹梧深处。时兰花大放，赋诗纪事》等标题包含着时间、地点、人物等叙事要素，向读者介绍了写作背景，使得读者与作者之间形成更好的共情。如《完镜歌》《龙头山祷雨诗》等都有着较长篇幅的小序，充分描述了诗歌所述事件的始末、诗歌创作的缘由，也为读者进一步阅读打下基础。

诗人擅长在叙事中表达自己的情感和观点，如《琴堂合卺歌》在描述完事情的经过和自己在处理这一事件时采取的措施后写道："丈人峰倒雾弥漫，弱婿求恩法少宽。箫响已终犹缥缈，镜光将碎复团圞。愿劝吾民风俗古，缟綦伉俪安环堵。玲珑玉兔月长圆，缺陷灵鳌天可补。赤绳系定不容移，笑煞钱刀爱富儿。练裙遣嫁牛衣好，酒肆当垆犊鼻宜。从来钿盒凭媒妁，合离勿负三生约。护惜金铃连理花，春寒莫使东风落。"从中可以看出诗人对礼法与诚信的重视，同时表达了作者对有情人终成眷属的美好祝愿。

三、曹学诗的儒家思想及其政治主张

曹学诗为歙县雄村曹氏族人，其家族在徽州地区影响较大，门庭显赫。自其祖曹永卿扎根于歙县洪村（后改名为雄村）后，曹氏家族经过一代代的奋斗，创造了"一门三进士，四世五经魁"的科举佳绩。后曹文埴、曹振镛父子成为朝廷重臣，将曹氏宗族荣耀推到更为辉煌的阶段。曹学诗作为曹氏家族一员，自小接受了良好的教育，在儒家思想和宗族观念的影响下，一直有着"修身、齐家、治国、平天下"的人生信条，具有当时徽州知识分子的经世治国的思想。

（一）曹学诗的儒家思想

1. 仁者爱人

曹学诗坚持以仁爱为核心的思想。从他的诗作中，时常能够看到对仁爱思想的强调。他认为，仁爱是构建和谐社会的基石，个人应当对他人展现出关怀与爱心。他的很多诗歌倡导以仁爱之心待人接物，以促进社会和谐与稳定。他在作品中多次强调"仁者爱人""政以德治"，认为统治者应以德行感化人民，实施仁政。他在诗歌中，不仅表达了对理想君子形象的追求，还批评了当时社会上的不正之风和官场腐败现象，体现了儒家重视个人道德修养，兼顾社会责任的理念。

其诗《修孔塘堰江水塘赋示诸父老》通过"那堪百顷沟渠废，敢惜三农备筑勤""此后丁宁诸父老，无忘补筑一丸坚"等句，将乡民不屈的精神和诗人渴望造福一方的责任感真切地刻画了出来，体现了诗人"仁者爱人"的思想。其长诗《完镜歌》《琴堂合卺歌》等描写在乡民之间产生纠纷时，诗人坚持还原事实真相，尊重当事人的个人选择，从中可以看出诗人"政以德治"的观念。其中，从"自笑烟霞才本拙，忘餐疑案愁难决"中可以看出诗人为了查清事实真相、解决当事人的纠纷，不听信强势一方所言，为弱势群体主持公道，废寝忘食，忧民爱民之情深切。"破庙无人清夜宿，松云暗处呼天哭。化石终年伴怨魂，覆盆几载沉冤狱"通过描写遭受冤屈的人的不幸，表达了诗人对其境遇的同情。诗人绝不允许这种事情发生在自己任职期间，这也是其作为"父母官"所持的大义。

曹学诗认为国家的根本在于民众的幸福安康，而非财富的积累。从他的许多作品中，都能看到他对百姓疾苦的同情以及对执政者应关心民生、减轻徭役的呼吁。曹学诗主张君主应当以民之利益为出发点制定政策，体现了其深厚的民本意识和人文关怀。

2. 礼仪与教化

曹学诗强调礼的重要性。从他的众多诗作中，不难发现其对礼的高度评价。他认为，礼是维护人际关系和谐的重要工具。在复杂多变的社会关系中，礼不仅是外在行为的规范，更是内心敬重之情的体现。故此，他通过诗歌传达出对遵守礼法、维护社会秩序的重要性的认知。

如其《琴堂合卺歌》在写完事情的经过以及处理措施后，发起了对礼的探讨，其中有："从来钿盒凭媒妁，合离勿负三生约。护惜金铃连理花,春寒莫使东风落。"可见诗人对因为嫌贫爱富而撕毁婚约的行为的厌恶,痛斥这种行为是违背儒家礼法的,也可以看出徽州人对契约的重视。但是封建社会中人们对礼的认知也带来了不少悲剧,如其诗歌《吴贞女歌》和《集唐为吴贞女赋》中赞叹的西溪南吴姓贞女,未出阁其未婚夫就已身故,她一生守寡,伺候公婆。诗歌真实再现了在封建礼教影响下,古徽州地区女性的悲剧命运。诗人为此发出"帘外落花闲不扫,贞心独有老松知""可怜光彩生门户,白玉壶中一片冰"的感叹。诗人在《吴贞女歌》中写道:"圣朝节孝广搜罗,闻德尤超邹与鲁。"可见在清朝社会对女性从一而终的行为的赞扬。曹学诗作为同时期的受教育者,其思想也打上了深深的时代烙印,虽然他为吴姓贞女写了几首诗来表彰、传播她的事迹,但是通过对其诗句的分析,可以看出诗人对这类悲剧女性的命运是怀有同情的。

曹学诗认为礼教是维系社会秩序的关键,是教化民众、规范行为的有效途径。在曹学诗的诗歌中,经常可以看到对传统礼仪的推崇和对失礼行为的批评。他将礼视作一种内在的道德约束和外在的行为规范,强调通过礼教来培养个人的道德品质和社会责任感。

通过对曹学诗诗歌的解读可以发现,其道德伦理观深受儒家思想的影响,强调了仁、义、礼、智、信等传统美德的重要性。从其诗歌中,我们可以了解到清朝中期的社会秩序和士大夫阶层的精神生活面貌。通过对曹学诗一生诗歌的整理和对其不同时期作品的分析,我们可以清晰地看到一名徽州大户子弟的奋斗史。诗人自小满腹才情、性情温厚,虽不善言语,但以其个人人格魅力结交了不少朋友。与许多读书人一样,他少年时期,日夜诵读,意气风发,对未来充满希望;中年则逐渐成熟,看淡所有,唯一追求的是内心的平静;暮年,身体每况愈下,产生了对身体病痛的苦恼。时间虽已过去了几百年,但是其作品展现出的细微情感依旧能使读者产生共鸣。

(二)曹学诗的政治主张

曹学诗一生虽然从政时间很短,但在为官期间,为国为民分忧,身体力行践行其政治主张。沈德潜曾称赞曹学诗"以其敦厚温柔之意,恺悌而宜民，为朝廷牧养元元，劝农桑，兴学校。化荆蛮之俗，而成文献之邦，将《楚茨》《良耜》之雅音，可复见于今日"。

1. 关注文化教育

曹学诗自幼受家庭影响热爱读书，政治上提倡兴校助学。《读书乐三首》中写"读书之乐乐何如，此际欣然惟抱膝""读书之乐乐何如，眼渐如箕笔如椽""读书之乐乐无穷，书带州生庭际绿"，读书的乐趣无穷无尽；《题书院中凉薰阁以勉诸生》强调教育在国家治理与社会发展中的作用；在《所得乃清旷赋》中，诗人描述先人为了延续家族文化而创建书院的故事，由家事映射国事，谏言掌权者要注重教育。他认为，教育是立国之本，能够提高民智，增强国力；推广文化教育，提倡以文化人，能够改善社会风气，推动社会的发展。

2. 关注农业发展

曹学诗尤其注重农业发展，提倡以农为本。其《忧旱》其一云："坛社空敲晓暮钟，火云烧尽夕阳峰。风烟到处喧饥雀，雷电何由起懒龙。树里桔槔争古堰，场边碌碡罢村舂。谁怜拙吏忧心急，蓑笠东甾待劝农。"眼看农时即将过去，但是土地依旧干裂，不见雨水，诗人焦急万分。为了让农民顺利渡过难关，诗人想尽了办法，却依旧看不到成效，只能寄希望于神灵，到龙头山求雨，未承想竟然求雨成功。诗人大喜，便写下了诗作《龙头山祷雨诗》。水是农业生产的重要条件，诗人的作品中经常出现祈雨的内容，如《辛未闰五月城隍庙祷雨立应，喜而赋此》《挂笏楼看雨》等。"敢说精诚帝座通，斋坛零祭感神功。才看肤寸云初合，已喜三分土渐融。绿满浴鸥南浦水，凉生睡鹤北窗风。遥知戴笠垂杨路，听遍啼鸠贺岁丰。"一字一句，皆可让人感受到诗人求雨得雨的兴奋之情。

诗人明白治田必先治水的道理，因此，他在前人的基础上，改善水利设施，以摆脱农业生产的困境。《辛未夏劝农》中"柳已吹绵麦已秋，青旗隔岁野田游。儿童索酒喧牛背，父老簪花拜马头。雨足新秧都遍插，泉深旧堰喜重修。催耕布谷声声急，好取豚蹄祝满篝"描述了改善水利设施以后，农业生产中的灌溉问题得以解决，"泉深旧堰喜重修"记录了诗人在干旱以后重修堰坝蓄水的政绩。

3. 关注社会治安

曹学诗在刚入崇阳时，当地民风不正，多有盗匪流窜。他没有像其他官员那样端坐公堂，而是亲自下访，了解当地情况，完善了保甲制度。在此期间，他写下了《仲冬月由上津保编查保甲稽视社仓，至洪家硚，宿净源寺》，诗中"观民德意宣，问俗山田瘠""农家具鸡黍，愧此村醪白"，反映了作者对改善人民生活的强烈社会责任感。曹学诗不但为民办实事，而且力求教化民众，为民众讲解《劝民歌》，其诗中写道："远宦劳冰署，频年历讼庭。鞭笞怜痛痒，诉牒绘情形。试鼓瑶琴静，宁夸水镜荧。长歌当药石，苦语代箴铭。俗薄何知礼，民顽亦畏刑。提撕相警告，蠢动自含灵。"诗人以朴实无华的语言表达了教化民众的目的，阐明让老百姓知法守法是社会治理的必要措施。

以法治国是曹学诗一个重要政治主张，他强调法律的普遍性和权威性。在曹学诗看来，法律不仅是维护社会秩序的工具，更是公平正义的基础。他在诗歌中多次提及对法律制度的尊重和维护，并对滥用职权、枉法裁判的行为表示强烈谴责。

四、曹学诗政治思想对后世的影响

（一）曹学诗政治思想对后世的启示

曹学诗的政治思想对后世具有持久的启示作用。他对民本主义的强调、对法治的追求以及对教育的重视，在今天依然具有重要的现实意义。

首先，他强调仁政理念，即治国要以民为本，注重民生，关心民众疾苦。这种思想在当今社会依然具有极高的价值，提醒我们在制定政策、推进改革时，要始终坚持以人民为中心的发展思想，确保人民的利益得到最大限度的保障。

其次，曹学诗对法治的重视也为当代社会治理提供了重要的借鉴。他强调法律的公正性和权威性，主张法律面前人人平等。这对推进法治建设、维护社会公平正义具有积极的指导意义。加强法律制度建设，提高司法公正性，确保法律的权威和效力，这也是当代社会建设中的重要一环。

最后，曹学诗对教育的重视也给我们带来了深刻的启示。他认识到教育对国家发展的重要性，主张通过教育来培养人才、提高国民素质。这对当前推进教育改革、提高教育质量具有重要的启示意义。在发展全民教育的过程中，应该注重教育公平，加强师资队伍建设，提高教育质量，培养更多具有创新精神和实践能力的人才。

在当代社会管理和法治建设中，曹学诗的政治思想有着深刻的现实意义，特别是在推动社会公正、维护民众权益、促进社会和谐等方面，都彰显出时代超越性。

(二) 当代视角下对曹学诗政治思想的评价

从当代视角来看，曹学诗的政治思想表现出了复杂性和先进性。他的思想不仅包含了传统的儒家元素，而且在一定程度上关联了当代社会治理理念的某些方面。尽管他的某些观点可能受限于其时代背景，但他对政治伦理、法治建设以及教育的重视，他在诗歌中所传达的价值观念和实践做法，至今仍然具有普遍的指导意义。

首先，曹学诗强调的仁政理念与当代社会所倡导的"以人为本"的治理观念高度契合。当前，全心全意为人民服务是党治国理政的根本宗旨，我们党的初心就是为人民谋幸福，为社会谋发展，党的百年奋斗史就是为人民谋幸福的历史。党的治国理念强调政府应该关注民生，以人民的需求和利益为出发点和落脚点，努力营造和谐稳定的社会环境，努力构建政府治理体系，实现治理能力现代化，为缩小人民日益增长的美好生活需要和不平衡不充分的发展之间的矛盾而不断奋斗。

其次，曹学诗的法治思想体系呈现出超越时代的法哲学洞见。其"刑无等级"的观点，不仅建构了"法者，天下之程式也，万事之仪表也"的权威范式，更通过"去私曲就公法"的实践原则，实现了形式理性与实质正义的辩证统一。在推进全面依法治国的当代语境下，我们尤须以历史法学视角重新审视此类思想遗产。在当代社会中，我们应该进一步加强法治建设，提高法律制度的科学性和完备性，确保法律的权威和效力。

最后，曹学诗对教育的重视也为我们提供了重要的启示。他认识到教育对培养人才、提高国民素质的重要性，主张通过教育来推动社会进步和发展。当代社会中，教育仍然是推动社会进步和发展的重要力量，应在注重教育公平的前提下，提高教育质量，培养更多具有创新精神和实践能力的人才，为国家的繁荣和发展提供有力支持。

综上所述，从当代视角来看，曹学诗治理社会的理念和实践无不向读者展现了一代知识分子如何为实现人民的美好生活而活跃在政治舞台上，因此，其作品的现实意义大于其文学价值。曹学诗是徽州地区有识之士的一个缩影，徽州虽地处偏僻，土地资源匮乏，但因战乱等而迁入的中原士族始终以儒家思想为人生信条，"穷则独善其身，达则兼济天下"刻在每个徽州人的血脉之中。良好的家庭教育，加上徽州人吃苦耐劳的精神，使得处于大山环绕的封闭环境中的徽州人一度走在了时代的前列，成就了璀璨的徽文化。

本书整理的曹学诗诗歌，共有三个部分的内容：第一部分《竺荫楼诗稿》，以安徽省博物馆馆藏影印本为底本。该诗稿共分十卷，每卷四十到六十多页不等，主要是曹学诗的生活纪实性创作，是我们整理的曹学诗诗歌的主要部分。诗歌以时间为轴，有少年的意气风发，有中年的壮志未酬，也有老年时对身体病痛的无奈，向读者展现了一个徽州文人的人生历程。第二部分《梅花诗三十咏》，以安徽省图书馆馆藏影印本为底本。这一部分为专题咏物诗集，仅三十首，主要是咏梅之作。第三部分《香雪诗钞》，以国家图书馆馆藏影印本为底本。该诗集分为两卷，为休宁门人金忠涛编，前有乾隆年间的慎郡王（爱新觉罗·胤禧）序，是曹学诗进士及第后短暂政治生活的写照。曹学诗虽然从政时间不长，但实实在在地为当地老百姓解决各种生产、生活问题。他深入农业生产第一线，关注民生发展；修建水利设施，解决农业生产灌溉问题；深入街道闹市，为民普法。该部分诗歌把徽州知识分子的淳朴、坚毅、勤勉、务实展现得淋漓尽致。

在本书整理过程中，黄山学院文学院张小明教授、潘定武教授、朱宏胜副教授对文本考据及版本校勘提供了专业指导；责任编辑秦知逸在出版流程优化与编校质量把控方面给予了重要支持；汉语言文学专业学生（2021级：刘同政、钱锦、陈小有、秦蕊、王紫茹、张嘉琦、汪倩、张瑞、单宇凡）与国际汉语教育专业学生（2021级：程文晴）参与了文稿校对及数字化录入工作。谨对所有参与者的学术协作致以诚挚谢意。

需要说明的是，尽管本研究团队通过多轮核验力求精准，但因古籍文献存在版本源流复杂、字迹漫漶等问题，疏漏之处在所难免，恳请学界同人批评指正。

石铃凤

二〇二五年三月二十七日

目　　录

竺荫楼诗稿　卷一／001

竺荫楼诗稿　卷二／029

竺荫楼诗稿　卷三／053

竺荫楼诗稿　卷四／073

竺荫楼诗稿　卷五／101

竺荫楼诗稿　卷六／120

竺荫楼诗稿　卷七／157

竺荫楼诗稿　卷八／186

竺荫楼诗稿　卷九／211

竺荫楼诗稿　卷十／246

梅花三十咏并序／285

香雪诗钞（鄂渚宦游集）　卷一／290

香雪诗钞（鄂渚宦游集）　卷二／322

竺荫楼诗稿
卷一

序

毗陵赵闇叔曰：情为滥，才为狂，非情与才之真也。其性存存，其气温温。皎月虽寒，照人如暄；幽兰不言，赠人以芬。不党桂而毁甘，不私蜜而訾辛。无锐口，无高趾，无反唇，无冷齿。如是者与交。处嚚而默，遇骄而谦。轩辕之镜，不以为钲；莫邪之剑，不以为镰。筠中不满，莲表不污。飞黄捷足，弗矜步于病驽；鹦鹉能言，弗嘲声于厉乌。如是者与交。震林佩其语，以游于扬，见震亭，惘然自失，欲以闇叔语许之。既而曰：未也，请观其友；信矣，复观其诗。绎之尽数卷，夜分叹曰：此才情兼绝者也。夫圣贤之济世，忠臣之报主，孝子之事亲，义士之死友，烈女之殉夫，情之发为事业者，文章弗论矣。若夫志圣贤、怀忠孝、慕义烈，郁积弗申，又弗能达于文章，情闭于中而无可奈何，则为泪、为叹、为笑、为梦、为病。又无可奈何而自为消遣法，消遣之不能得而无可奈何，以至于为痴、为狂、为死而终闭其情为哑，如是者不多有乎？以震亭之情，而天不与之才；以绝世之情，而不与以绝世之才；震亭则必如是。然震亭非独能自吐其情也。为有情者吐之，为无情者设其必有是情而吐之。苍茫绵邈之中忽生情，于苍茫绵邈之情忽生诗。或有题，或无题。有题诗，画也；无题诗，则非画也。画者指香草为美人，指美人为君子，必笑其妄。无题诗，比体也。人之隐则无名，诗之隐则无题。无名之心高于有名，无题之情深于有题。执《简兮》之卒章、《离骚》之全篇而以为登徒、尾生，则非震亭之情已。嗟乎！情为蕴，才为发。有情而不见于才，如月之晦，君子暗然之道也；有才而不根于情，如贝之锦，小人的然之道也。夜分之叹，吾非独叹震亭之才，叹其情耳。观其友，读其诗，滥与狂俱免矣。其归而告吾，闇叔俾贺余得朋焉。

雍正己酉，暮春之初，金沙弟史震林拜书于广陵无双亭。

金陵归里拜别家大人

桂香才向客庭趋，又忆萱香返故居。五亩未谋归养地，两乡空费问安书。
雨留灯火秦淮夜，云滞帆樯泽国初。樽酒槐黄他日聚，思量犹自梦蘧蘧。

晓发金陵喜晴

残月初辞古帝乡，一围山拥碧云凉。风清渐退城头雨，野迥初惊马足霜。
旅梦半因闻雁续，归心还比踏槐忙。停征四顾茫茫野，无数明霞照大荒。

归途作

长书才献即归山，收拾秋光马首间。才入风尘原易拙，志酬君国未应悭。
日临暮岫痴云去，风转长空独鹤还。宋玉闲悲缘底事，且雠繁露闭松关。

晓发芜湖

马声人语出孤城，旷野天寒木叶鸣。宾雁无家秋水阔，饥乌扑地晓霜清。
天涯浪迹辜琴剑，故国归来熟橘橙。可惜南阳无一亩，雨蓑烟笠事躬耕。

太平堤柳二首

元亮家风只自怡，绿阴犹逊此参差。多情解碍行人帽，到处微遮酒店旗。
月下烟光宜雀舫，雨中春色敌龙池。如何万树青青色，却为征途绾别离。

又

疑经烟雨白公堤，画出轻尘渭北诗。絮到飞时鹏梦足，影堪留处马行迟。
清阴岂为风尘减，行路应知攀折悲。闻说禁城青琐外，莺花三月也丝丝。

晚过三溪石壁

高蹲石岫四围青，面面山光扑眼青。树叫哀猿云乱起，人驱疲马日初冥。
吹风入夜逢魑客，劈险当年忆巨灵。行李萧萧孤剑气，徘徊犹看斗牛星。

到新岭下

乡关只隔岭头烟，策马归来反惘然。旅梦尚思通玉籍，家人何事卜金钱。
风高雁落屯云树，野迥鸦观打稻田。宁为寒饥驱古道，未酬壮志耻林泉。

写怀

桂花凋谢蚌胎枯，天与桑阴半亩庐。相鹤山头教小隐，祖龙坑外有遗书。
沉埋肯向秋坟哭，蒦落甘从坎井居。寄语西园飞盖月，不应流照到阶除。

和乩仙绝句四首

猗兰幽怨与谁同，赖有歌莺碧树中。一操未终花暗落，卷帘错怪夜来风。

又

荷衣裁就即生涯，拔剑驱蝇念总差。却笑洞仙争弈罢，几年辜负白莲花。

又

久想西风探禹穴，悲猿叫处千枫血。近时锦鲤浪中来，更道海门潮似雪。

又

飘入素花楼十笏，银壶细火煨松榾。披蓑江上是何人，冻合鱼龙江底月。

闲居

婆娑桂影落空阶，游倦山人白马回。月照砚潭渔网集，风吹酒室道冠来。
梦裁锦缎伤心尽，羞对黄花冷笑开。强说一枝堪托宿，雁啼云表不胜哀。

宅前柳为人伐去作此伤之

摇落堪悲况悄然，萧疏长想挂瓢年。春晴故作三分雪，寒食微拖半面烟。
浪信青牛能变化，虚教黄鸟太翩翾。何曾一换幽人服，辜负梢头月正圆。

亚父碎玉斗（效唐人试帖）

白玉谢军门，赤龙逃楚塞。疑生草具间，敌纵华筵内。
大势一杯亡，奇谋双斗废。吁嗟缚虏人，正此卑词辈。

如意愤挥时，连城惊顾碎。宁留白骨东，忍见乌骓北。
长叹语君王，金瓯胡不爱。

吴宫教美人战

巫峰云雨暗，震泽甲兵雄。诏出春风面，戎装偃月中。
倏靡红粉剑，齐觑黑胶弓。翠凤飘旗下，夔牛击鼓终。
雁鱼潜变化，鹅鹳已精工。灭灶何妨斗，倾城岂待攻。
从兹整旗鼓，斩入细腰宫。

游鱼唼花影

濠濮清风起，沧浪丽日游。鸭茵旋转散，鱼泡往来浮。
细认胭脂影，齐吹镜面沤。吞香相续赴，回尾忽勾留。
上叶输龟智，潜蒲避鹭雏。似闻天女笑，凝视任公愁。
始信恒饥乐，无人下曲钩。

写怀

浪向风尘返，归来任槁枯。黑貂憎面目，青镜笑眉须。
病叶惊南坠，孤云独北趋。由来榛桂树，辛苦累慈乌。

又

北海疲搏击，南山就隐沦。长工不遇泪，有负太平身。
苦瓠无人地，浓花满眼春。请看茅屋上，云气可轮囷。

又

鼓荡洪炉铸，从无跃冶金。直须披裋褐，不用碎胡琴。
窥井鸱鹓笑，登床络纬吟。谁知鸣呃客，别有一生心。

又

飘零虽季子，意气尚终军。肯逐泥中劫，甘为灶下焚。
薜萝淹日月，荷芰失风云。慎勿来鹠鸲，秋风不可闻。

登高

游倦归来户不开，沉忧遣去踏崔嵬。黄云暗逐悲风尽，白雁遥啼落日来。
山鬼此间松架壑，溟鱼何处浪喧雷。登临转觉愁无极，牛背孤孤牧笛回。

独鹤

紫芝才饱别仙寰，未信云罗满世间。城迥且留三日语，露寒宜返八公山。
休贪疾隼搏风击，多少啼乌被弹还。应识雕笼愁思苦，瑶花琪树不胜闲。

述怀敬寄家大人

雨打石头人笑语，萍流瓜步岁峥嵘。遥知木叶三江卷，不断风帆几幅行。
可恨青袍愁失路，长教白发窘孤城。饥乌无数纵横下，啼向高楼黯黯情。

又

凉风吹向数峰西，万里何人解赠绨。海上久知双眼冷，山中犹累一枝栖。
清淮半夜群狐渡，白岳经年独鹤啼。巨鼻巴童无恙否，剑裘辛苦好相携。

月

玉宇茫茫隔，金波故故清。似从呼壁出，未许放舟行。
犬吠村烟白，鸦归树影平。桂香如有姊，应照倚楼情。

楼居杂咏

位置幽人馆，分明造化多。水飘长白练，山立小青螺。
落日喧鸡犬，春风冷薜萝。佩环无自遇，不必托微波。

又

未足充真隐，犹堪息大年。月中狸首梦，花外鹿皮仙。
漠漠千山雨，沉沉一缕烟。不须招白凤，游戏到青田。

又

夜雨微过濑，山光晓赴楼。共喧渔子网，不断客帆舟。
凉树高低盖，孤云自在游。危栏初豁目，爽气不胜收。

又

暮色苍然至，凝眸暗损神。树微天外荠，云立岭头人。
尽日蜗牛舍，将毌野马尘。冷风文冢灭，山鬼恐为邻。

又

每照孤灯坐，能忘静夜长。月凉天在水，犬吠树多霜。
银海星元稳，深山豹可藏。从今栖息处，生意一匡床。

又

银管搜探夜，书仓冷落间。无劳太乙火，尚困五丁山。
鹤睡当窗静，风清隐几间。珊瑚沉碧海，铁网肯教还。

又

愁眼苍茫望，阴云惨淡中。雁迷千里雪，狐叫四山风。
无力哀黄竹，何当转白蓬。黯然高处坐，冷笑似愚公。

又

春来孤鹤帐，草妒野人袍。转蕙光风远，窥花冷月高。
深山披短褐，小儿读离骚。底事黄蜂喜，喧喧蜜室劳。

又

群星趋斗北，小隐合山南。鹳鹤风霜怯，鱼龙战斗酣。
磬声敲落日，云影在清潭。对此忘机地，萧然分已甘。

又

蝇须犹有馆，鹖羽且为冠。金石谋千卷，江湖弄一竿。
风听青兕叫，月与白鼍看。不必悲摇落，咸池日始干。

雁

啼空已落三秋水，侧目还看万里风。可有帝台云起北，定随仙掌月飞东。
长悲倦语遭人弃，独抱惊心易路穷。不信清湘菰米足，容交白鸟蓼花中。

朱惠斯舅挽词

暂会广陵城，秋风尚北征。如何华屋别，遽在夜台行。
四海曾交客，西州别有情。更谁裘马地，青眼顾书生。

又

人生交戚重，相倚况殊方。万里弓裘客，三年缟纻堂。
龙蛇争日月，鬼魅伍风霜。遥想山阳笛，凄清未忍忘。

又

白马谁相送，黄泉向尔悲。犹看孤藐在，竟与古人期。
感激思分宅，飘零负赌棋。只余伤逝泪，惟与黑貂知。

李花

由来位置合朱栏，却避公门冷考盘。逋客自将明月梦，玉人谁立晓风看。
秦关草色三春阔，汉殿灯光半夜寒。不比桃花贪出世，深山犹自逐轻湍。

登莲石台望铁索港

洪流来往自淙淙，万象纷纶赴小窗。此日乱帆攒远水，何人叱石渡深红。
浪高岂必黄牛险，波静谁看白鸟双。犹有老僧亲指点，毒龙潭下未能降。

景企亭用廪峰上人韵

苍峰历乱尽楼培，踊跃幽亭流水隈。落日磬声千树至，春风樵唱几人来。
已知支遁逃山处，深愧庞公入市回。犹向壁间看好句，惠休从古有新裁。

赠廪峰上人（用前韵）

十围白象几人培，闻道孤吟积翠隈。放钵任教龙遁去，听钟偏爱客寻来。
深山自在看花落，大海无心驾荻回。从古高僧遗传在，贝多半作锦笺裁。

偶步西干书寄廪峰上人

前后招提路，乌鸢下古墦。雨寒萦草骨，风泣落花魂。
荆棘无人主，髑髅仗佛恩。吾师飞锡出，坏土慰重原。

书怀

寂寞书斋抱石经，东风无酒访玄亭。梦回海北云空白，春到江南草夜青。
竹管渐吹新蜾蠃，钓丝犹立小蜻蜓。深山自有无穷事，敢向花时共醉醒。

问政山笋

木帝传消息，龙孙夜出山。一年青草后，万仞紫屏间。
已应雷霆奋，须劳雨露颁。清分高衲意，香合侍臣班。
翠盖初飘日，长镵正劚还。使君当采访，鼎鼐未宜开。

军装咏步高太史启作

胄
稳称封侯燕颔头，马前曾拜洞中酋。至今白狄归元处，犹有阴风惨澹游。

铠
曾是天家旧赐银，秋风吹老石鲸鳞。沙场利镞能穿骨，善护将军报主身。

纛
高牙拥出九边惊，烛影曾悬骠骑营。壮士数千夸夺帜，宁知司命仗书生。

刀
七宝装来值万金，磨时水赤陇山阴。它年看取戎王首，不负今朝佩尔心。

弓
玉帐传观诧异材，惊弦裂处碛云开。休言六合无枭鸟，浪恶风腥日日来。

箭
强敌相惊已请和，围城不下曾飞札。且留金镞落双雕，鱼袋秋风珍重插。

矛
蛇矛丈八未为长，敌国因何畏铁枪。不见朱英凋落尽，几年辛苦斗沙场。

麾
雨过军营洗白虹，铜乌相与睨高风。三更招起冈前伏，能困英雄战垒中。

马
毛卷边沙耐北风，封侯犹自不居功。羞他八骏随天子，只拽车辕落日中。

家大人自广陵归里敬呈

木落江潭待雁书，清风忽返草玄庐。鬓须无恙频偷看，松菊初荒愧未锄。人事变更灯下话，家园澹泊箸间蔬。夜深不敢贪倍坐，辛苦邮亭始息车。

又

几年屈指失趋庭，梦里悲欢疑未醒。聚会自然情款款，恩勤但看发星星。三秋鸿雁归心急，一路鱼龙水气腥（时下坊渡等处归路俱为大水冲没）。故社酒香须痛饮，回思客馆夜灯青。

又

千山环护共苍苍，爽气西来旧草堂。红树远村喧社鼓，绿萝深室置匡床。浮云不定隋王国，秋水宜留处士庄。分付桂花连夜发，金壶好就月中香。

月下

肯与幽人照薜萝，仰看吾欲问西河。婆娑仙桂何劳斫，留取他年落子多。

赠程樾亭

大漠曾闻恣意过，秋风孤客渡黄河。元龙到处交游服，洗马平生感慨多。回首悲歌何异梦，归来安乐欲成窝。双眸我亦能知士，不信如君老钓蓑。

又

几年章甫任西东，不向时人说路穷。自顾稻粱无雁分，何知杯酒与君同。秋霜欲熟千头橘，夜雨先凋百尺桐。共对一樽推物化，帘前白月正胧胧。

题画四绝句

秋气向枯蕉，败叶相依动。树下有梦人，别作清风梦。

又

落日照长堤，寒风吹古木。兀兀跨驴人，欲向何村宿？

又

秋水浸蒹葭，徘徊立沙渚。风动杜兰花，似共幽人语。

又

空山落叶干，众鸟纷然散。山外有幽禽，夜深犹被弹。

画木瓜二绝句

颇怪青门种，清香敌木奴。尚疑星陨夜，此树落黄姑。

又

难共秋匏食，堪充辟谷粮。毛人持渡海，不羡橘洲香。

狸奴

鼠辈纵横甚，余威仗尔前。莫忘风雪夜，分减一青毡。

《元章拜石图》

山上含悲化，江中抱愤沉。米公非爱石，孤介一生心。

又

石犬本无言，颠仙见后尊。古人重一揖，不肯拜权门。

酬廪峰上人见赠十二韵

时大水冲没之后，廪师来赠，有禁网洿池之劝，故草此为答。

日落西干树，鱼龙水向腥。忍闻新鬼哭，还见旧杨青。
惨澹悲禅侣，沉沦悯众灵。游濠曾叹息，断罟自丁宁。
河伯虽凭怒，司阍岂窅冥。未应怜水族，遂尔动天刑。
久识鲲鲕禁，难教罛罶停。劫灰诚可信，顽石竟谁听。
法座求都讲，渔歌笑独醒。可能挥玉麈，徒日闭松扃。
季世人难告，吾师德自馨。西来如有意，白马更驮经。

夜雨

时张旭循内弟受业予门，将游楚别去。

屏翳峰头会夜云，江枫只管落纷纷。秋声莫向芦花急，宾雁离群不欲闻。

又

寒窗默听向深宵，才入梧桐又败蕉。九畹蕙兰初种罢，不堪泥滓在明朝。

蜂

树头辛苦祝螟蛉，应被东风笑不经。岂识杏园三万树，一齐飞上护花铃。

恭送家大人出广陵

前年秋水上离船，今日临流又黯然。北浦不通行李路，南山早觅种瓜田。晓投枫市黄鱼美，夜过芦滩白雁旋。一棹兼程更何事，扬州孤月待人圆。

叙怀寄二弟学礼

宜共谋牲鼎，高堂奉老亲。如何均骨肉，使尔独风尘。
裘马清狂地，衣冠磊落身。留心思七策，折节后千人。
世路谁高义，家门仗伯仁。嵇康何暇懒，公瑾总宜醇。
逆旅谙交态，艰难在笑颦。所师唯有舌，相护莫如唇。
况复趋庭近，尤多授意频。随时稽冷暖，彻夜话酸辛。
敛枕兼为仆，鸣钟惯会宾。回思觅栗日，自悟落花因。
世事何常定，男儿岂久贫。吹竽容易滥，脱颖贵超伦。
共逐莺迁木，休为鼠伏囷。迷楼青草雨，汴水绿杨春。
金弹青鸳浴，银铃白鸽驯。风前追叱拨，花下捉鹌鹑。
水部梅何在，淮王桂已湮。繁华看习俗，惨澹保天真。
愿守朱丝直，无忘素履淳。倚门犹怅望，陟屺莫逡巡。
线密殷勤服，衣缁洗涤新。未能骑鹤羽，且日觅鱼鳞。
望汝工筹策，惭予尚隐沦。传经非石阁，读易岂河滨。
壮志思题柱，家人笑负薪。青云垂倦翮，白浪隔天津。
枯树为谁赋，幽兰只自纫。莲花黄帝灶，秋水郑公纶。
幸近神仙宅，思为稼圃民。何妨藏璞玉，岂必吐车茵。
暗室存兢战，浮生任屈伸。但愁攻汗竹，无力奉灵椿。
孺仲惭儿女，渊明倚戚姻。闭门唯伏枕，漉酒但余巾。

事业宜分取,驰驱共济屯。着鞭俱奋厉,运甓各精神。
洗腆期它日,居陶及此辰。世多轻棣萼,家自种松筠。
肥瘦常关梦,凉暄愿自珍。秋风吹客袂,慎勿念鲈莼。

广陵吴西岩以梅花诗扇见赠奉酬二绝

来诗有云:"相逢何处真潇洒,水冷空山月上时。"
曾无消息与春风,忽见香浮白雪中。为扫空山千顷月,持君携鹤好相逢。
又
疏影人传处士家,一枝遥赠自天涯。年来官阁飘零甚,应为诗人再著花。

夜乌

悄然群动息,栖鸟各深枝。底事林间宿?偏于月下疑。
哑哑终自歇,拍拍竟忘披。岂有人来往,霜风落叶时。
又
幸托幽人树,犹怀夜起心。当知人挟弹,不取尔微禽。
江上悲歌起,宫中怨愤深。由来无意绪,空自作南音。

小鸟

自知文采可无求,犹向西风诉不休。红豆世人狼藉尽,肯怜翠羽立枝头。

夜坐

不敢妨邻睡,微微抱膝吟。中庭有澹月,移尽桂花阴。

闲居

桂树团团覆草庐,孤吟默坐更无余。花开白昼蜂儿语,叶落苍苔鸟迹书。
天上星辰元自稳,人间金石正堪储。玉堂闻道多灵籍,安得仙翁借碧驴。

述怀寄家大人

清夜离魂梦里行，竟随明月到芜城。风帘有烛谁酬饮，竹院无人似理筝。
客馆应多冠盖聚，天涯岂悉鹤猿情。青袍自恨无成立，长遣东篱护菊英。

又

北窗犹记授诗篇，未辨人间燥湿弦。赋就雀台偏赏识，游经鹤市竟流传。
恩勤错比屠龙手，色养曾无取酒钱。多少排闾高谒帝，从容月殿锦袍鲜。

幸得

晴日暄和照北堂，渐移松影到回廊。丁宁鸟语檐前暖，检点梅开冻后香。
鸡犬共分余粒饱，儿童笑索旧醅尝。平生爱诵闲居赋，幸得垂帘进酒浆。

夜坐

寒风枯树自飕飕，静夜垂帘一室幽。消息欲同玄鹤语，行藏已向白鸥谋。
兰蹊草化清霜重，竹径人归落叶稠。桂棹蒲帆虽已具，沧江河处可夷犹。

蜡梅

独留孤秀殿群芳，更出新妆异寿阳。逋客只知妻绿萼，仙姿甘自赋黄裳。
风开驿使丸中信，雪损幽人屐齿香。当日广平如遇此，应同金鼎进君王。

遣怀

萧然种树即吾庐，宁必簪缨始遂初。一饭不妨分鹤食，千金何处觅龙屠。
无多香草供纫佩，喜得灵禽谙读书。但使有人传素业，白云虽卷亦常舒。

寿程寄亭

曾来官阁访梅花，灯火垂杨十万家。独有太丘真地主，能怜张俭在天涯。
春风正愧乌衣燕，海客争驱白鼻䯄。寄语竹西亭畔月，德星堂上倍光华。

又

来往三江载鹤船,相逢尽说窦家贤。香绫裁作千人被,玉粒分炊百灶烟。
桂树岩头真可隐,杏花村里易成仙。锦帆况是蕃厘国,更有歌工善管弦。

恭遇万寿敬赋阳春同庆诗

日朗虞渊晓,风和薄海春。穆皇临万国,恭默理三辰。
彩凤翻飞至,乌蛮稽首臣。苍灵同浴化,蠕动亦沾仁。
遂使钩陈座,长瞻玉儿身。宫花红吐绶,芳草绿成茵。
处处观群物,欣欣媚一人。南方勤采访,北斗转洪钧。
乌兔光华极,菁莪日夜新。草茅歌帝力,何以答枫宸。

读书乐三首

桂树团团覆小庐,祖龙坑外有遗书。焚膏岂待青云劝,隐几宁容白日徂。
花屿蜂忙春澹澹,萍池鱼聚水徐徐。但令闭户存兢战,一任浮生自卷舒。
叶满苔深多鸟迹,垂帘兀坐幽人室。明月多情肯照人,何必悬藜烦太乙。
起看花影自重重,玉井梧桐清露滴。读书之乐乐何如,此际欣然惟抱膝。

又

何须精舍始为佳,馆似绳须人似蜗。笔不生花争似秃,文能成家岂容埋。
花间携卷香侵字,月下孤吟影入怀。毛褐原非供傲睨,图书犹得自安排。
古人况复谋时面,謦咳须眉如历见。无端挟册泣还歌,寒暑自忘炉与扇。
君看海鸟无所知,畏听鼓钟忧且眩。读书之乐乐何如,眼渐如箕笔如椽。

又

每怪前贤赋道穷,宁知道在一身通。本无傀儡烦浇酒,自有经纶在亩宫。
潇洒岂知东郭雪,清凉好受北窗风。参差竹影移茶具,姹笑荷花倚钓蓬。
缅怀高士万山曲,翠壁红泉忘宠辱。静观消息腹群村,花落花开如此速。
银蟾尚自化神仙,坐拥百城何不足。读书之乐乐无穷,书带草生庭际绿。

茅舍采茶歌

隐隐桃花三两屋,花间伫立相催促。共言夜雨过南冈,冈畔离离新茗绿。

黄蝶双飞似引人，行行渐入深山曲。谁家风送焙茶香，遥见烟光凝远竹。
忽闻犬吠白云隈，几处提笼笑语来。连袂共寻山径上，旗枪次第满山开。
翠袖自忘清露湿，盈盈竞觅珠蓓蕾。嫩芽不忍轻轻摘，为爱鲜新绿始胎。
笑赌筐中俱已满，树头黄鸟唤人回。归来不觉登山倦，犹访蕙兰随水转。
到门返照映桃花，花娇正似春风面。皤然老妇出相迎，整顿钗环归竹院。
因问今年雨露深，月团未卜煎多片。呜呼陆羽著茶经，如此风光应未见。
君不闻空山尚有杜蘅花，不遇幽人谁采遍。

寿毕大野

毛褐高吟五十年，新诗海内遍流传。懒将文彩干人主，长领清风学水仙。
北斗花藏高士宅，西江月逐鄂君船。悠然瓢笠间来往，肯羡宫袍殿上鲜。

又

芙蓉为佩菊英餐，消受清名老考槃。药待西山童子赠，星从南极老人看。
青牛帐里丹初熟，白鹿松前岁月寒。遥想幔亭箫鼓奏，群仙冉冉聚衣冠。

访智幢师

如此深山隐异僧，方瞳愕顾发鬅鬙。孤云意冷无人到，落叶声干怪我登。
浮世久悲同泛梗，诸天始信在枯藤。夕阳惆怅寻归路，回首山光翠几层。

闺怨

卷帘曾共听春莺，不欲今朝独自行。愁视玉阶清露滴，满庭芳草为谁生。

又

杜宇啼时可忆家，春风疑未到天涯。归期厌就桥头卜，暗向闲庭数落花。

又

无语凭栏暗怆情，澹云孤月共徐行。清光欲向愁人照，转过花阴分外明。

又

斜卷疏帘怅望频，星河悄悄渡水轮。如何得与传消息，应照龙沙塞外人。

无题

模糊碧树是三山，白凤西飞几日还。忍使金星愁翠渚，长留玉女待清班。
鲨帆拾月无多路，鹤背冲风未肯闲。十二楼中休倚望，箫声犹绕彩云间。

春日喜张南园先生见访

离居寂寞负年华，芳草王孙几怨嗟。忽讶故人来泽国，竟随新燕访山家。
仓皇惟有沽千瓮，冷淡应嫌饭一麻。却怪东风知客到，先期何事落梅花。

访南园先生于古城寺

空山选地读南华，未得追陪暗自嗟。飘渺鹿门仙客宅，依微鱼磬梵王家。
子云尚隐玄亭酒，今日谁书紫殿麻。我欲频来问奇字，优婆可许笑拈花。

又

种得疏蕉恣意题，君才果十倍陈思。灵和杨柳风流最，庐社莲花领袖宜。
诗待拂尘红袖妓，酒催提瓮白衣儿。我来幸预西园宴，风定文星见绿池。

古城寺赠潘丽中及令弟锦飞

昔人称二妙，今日见君家。好客储名酒，呼童护异花。
才情金谷赋，风韵璧人车。更爱谈经处，钟声逐落霞。

又

萧寺松风合，桃花路径幽。相逢不忍别，长日竟淹留。
共握青镂管，分题白玉钩。敢辞金碗罚，授简未能酬。

题古城寺壁

到此垂帘坐，尘心顿尔忘。徘徊虚白室，幽寂草玄堂。
落日闻猿语，微风递佛香。别归劳梦想，双树但苍苍。

又

独立平冈眺，斜阳下远坡。昏鸦带日落，鱼磬逐风和。
始信空山住，能令静念多。肯容挈尊酒，来此伴维摩。

程樾亭自广陵归里诵家大人赋别诸诗敬步原韵奉赠

去年花落君才别，今日君归花似雪。青眼留将见故山，锦帆国里空尘屑。
与君痛饮酒瓢香，意气相看雄且杰。人说扬州月二分，何曾肯照杯中热。

又

俗士怪君情太别，琼花观里花如雪。如何执意爱家园，迎风翠竹声骚屑。
君言我辈本疏狂，傲骨焉能为俊杰。赢得澄江百丈清，解衣好濯尘襟热。

又

未化素衣旋即别，知君肝肺原冰雪。归来樱笋贱如泥，不羡金盘和玉屑。
春草青青董相祠，江都此日谁人杰。只有平山杨柳风，年年不肯因人热。

又

君游辽左何年别，盘马呼鹰曾猎雪。却怪繁华说广陵，铜街不见沉香屑。
秋风鼓棹渡淮阴，应吊王孙称汉杰。不如斗酒醉家园，击缶呜呜歌耳热。

又

轻装长揖知交别，亲老扶归双鬓雪（先生自淮阴奉亲归里）。从兹孝笋故园香，肯为侯鲭还屑屑。
君归我触白云愁，留滞江湖悲伯杰。黄犬难凭代问安，苍蝇飞处应烦热。

寿高岚斋先生及李太君

天教白岳识师模，诏起名儒此地居。受得淮王金鼎诀，来传董相玉杯书。
风吹巨枣如瓜候，日炙安榴似火初。控鹤骖鸾让仙客，吾将海外觅龙屠。

又

绛帐声名坐拥宜，璇闺懿范亦堪师。曾闻韦母经传口，不让匡衡语解颐。
花界三千莺已老，竹西十万柳初垂。风吹两两青鸾起，来访轩皇旧紫芝。

又

曾经芳草旧隋宫，灯火高楼处处同。照到珠帘杨柳月，歌残玉笛杏花风。
当时白石歌牛客，此日青袍谒马融。借问广陵佳丽地，底因携鹤渡江东。

又

隐隐宫墙古磬音,共传高宴老人星。双尊花露来三岛,半夜天风聚百灵。歌到白龙飞雨急,舞回幺凤彩云停。此时红烛应消尽,更放隋宫数斛萤。

哭张汝征世兄

忆昔我与君,垂髫即相识。相期九万程,奋击图南翼。
长夜共灯光,书堂忘漏刻。六籍颇笙簧,五车粗猎弋。
顾我尚疏狂,怪君偏静默。由来学殖深,自觉英华匿。
有时健笔挥,不假沉吟力。疾写浣花笺,龙梭不停织。
飘飘鹦鹉才,文彩堪矜式。当其得意书,乱泼金壶墨。
神鬼集毫端,龙蛇不可测。窃叹并驱驰,君当先入直。
牛斗剑光寒,赤土应先拭。竹实与桐花,自让孤凤食。
如何铩羽毛,忽尔栖荆棘。有志竟沉沦,无人怜屈抑。
孤帆别我征,自此无消息。茫茫玉帝京,杳杳梯仙国。
生离泪未干,死诀重沾臆。丹旐不归来,素车悲曷极。
花深范蠡祠,草没要离侧。何处是孤坟?白杨风惨恻。
山连百越青,水入三江黑。风雨斗蛟龙,魂兮招不得。
当时别太轻,悔不留行色。倘使阻君行,栖迟归故域。
空山采药苗,净室瞻弥勒。相与读南华,欣然忘厄塞。
安知带索歌,不在南山北。

闻汝征世兄旅殡吴门赋此志痛

片帆何事去天涯,竟赴修文地下期。每过酒垆悲叔夜,可曾荒冢近要离。春风无计随归雁,夜雨休教听子规。肠断姑苏台上望,莲花六六碧参差。

又

旅魂寂寞太湖滨,花柳应伤异国春。伍相祠边无故旧,三生石上忆前因。空余陟屺瞻云泪,未有登山化石人。犹可玉楼含笑去,不须回首重悲辛。

病中绝粒戏作

渐觉槐花近，偏于药里亲。虽无高枕意，颇作暂闲身。
骨与诗争瘦，愁兼病始匀。自嘲沉睡起，也似下帷人。

又

澹泊由来久，清癯任不胜。餐花诚诞事，辟谷有微能。
愿煮高山石，思吞巨壑水。岂因微疴抱，勉尔学斋僧。

潘锦飞花烛词三首

文彩翩翩冠玉姿，青鸾腾驾赴佳期。应将五凤修楼手，画就双蛾举案眉。
从此芙蓉为领袖，肯教杨柳比腰肢。赤箫闻道归才子，好向花间并坐吹。

又

已折琼枝谢蹇修，琴台归凤复何求。闲游帝子荷花室，并泛仙妃桂叶舟。
珠馆久闻传窈窕，璧人相倚更风流。遥知他日妆楼望，千骑夸君在上头。

又

郁金堂上最光辉，玉燕钗头两两飞。兰室开时邀月姊，榴房赐后谢星妃。
应从座末奇来客，还向屏间助解围。更倚镜台微笑嘱，读书莲社莫频归。

珊瑚树

海波淘洗已多年，一出珠宫倍璨然。赤水探来原是火，红光耀处却非烟。
彩毫欲阁宁为架，白马虽骄肯作鞭。寄语主人重珍护，还同玉树比鲜妍。

又

疑是鲛人泪未干，生成海底赤琅玕。曾将铁网千年待，忍共冰壶一击残。
植向扶桑堪耀日，移来阆苑可栖鸾。龙门更有高枝在，留取他时拂钓竿。

平山堂和乔北村韵

身共平沙野鸟闲，秋光领略绿杨湾。天连黄叶西风暮，人立孤亭落照间。
草色尽边征雁去，箫声乱处画船还。不应放眼生愁思，几点依微是故山。

富春江

卜筑何年越水干，秋光半在剡溪南。潮平夹岸红如洗，霜入疏林叶尽酣。
落日雁飞千树末，孤舟人过百花潭。遥看远浦村烟起，应有高人此结庵。

又

高挂归帆过越城，只余秋色送归程。树从青女宵中织，人在天孙锦上行。
还恐风来微陨落，生憎烟密不分明。不知青翰舟中客，拥楫何人最有情。

淳安谒海刚峰公祠

冰霜犹为护荒祠，岳岳当年更可知。抗疏九重曾动色，举幡数郡尽悲思。
由来正气扶天地，自有精神入尾箕。落日空山松柏径，春风还上岁寒枝。

友人索金鱼并系以三绝句

几年鲲化失心期，珍重还潜白石溪。好待风雷朝暮至，休从莲叶戏东西。

又

纵然天网未曾收，棹尾归来尚自由。花影一池原可唼，无人投饵下金钩。

又

水面闲吹翠带行，休嗟头角未峥嵘。龙门纵有三千里，一夜秋风锦浪生。

赋送南园先生归震泽

秋帆才别绿萝庄，又见归鸿逐晚樯。为念屺云瞻望切，敢辞冰雪道途长。
松梢犹仰高枝转，竹径应培孝笋香。自愧十年鸡黍约，何曾拜母一登堂。

又

君家垂柳带慈鸦，清绝衡门水一涯。此去春风酿竹叶，恰当微雪在梅花。
曾闻月姊偷灵药，更说星妃渡绮霞。遥想北堂香酝熟，群仙应醉蔡经家。

又

此间芳草怨离群，君舞莱衣酒正醺。知爱花梢游子日，肯忘树杪故人云。
月明古寺僧犹在，雪满寒林客暂分。莫负啼莺飞就意，东风为我一相闻。

021

有轩

翠壁瑶阶白玉堂，纵无歌舞尽徜徉。微飘舞雪鸳鸯尾，暗度歌声鹦鹉廊。
座有王家披氅客，炉添荀令换衣香。谁人爱取孤生竹，吹彻西楼夜月凉。

又

转过梅花香尽头，栏杆一曲最清幽。猧儿稳伴香篝睡，燕子多因故垒留。
删就绿蕉临古帖，移来红豆待清讴。中庭尚有宽余地，选树还应种石榴。

又

敝室疏棂位置宜，风流事业少人知。新词制就教檀板，古锦裁来拭鼎彝。
金碗酒寒人顾曲，珠帘月淡客收棋。此时如意休轻系，留得珊瑚第一枝。

又

尽将尘思洗秋江，只剩幽情未易降。闲向翠烟开竹径，放教明月入松窗。
还邀桂树高人伍，肯贮桃根姊妹双。曾记持螯欢谑夜，频开桑落菊花缸。

又

爱听帘外雨蒙蒙，高置藤床小几东。为有秋声吟蟋蟀，顿教诗思在梧桐。
玉壶送酒玻璃碧，银管分题蜡炬红。见说竹西才子地，肯容鲍照赋偏工。

又

客来何事共盘桓，饭鹤调琴尽日欢。为惜香罗停玉局，肯贪转彩喝银盘。
树深宜筑听鹂馆，花密还修斗鸭栏。更爱枇杷先植在，也应频护晓风寒。

赋得绿树阴浓夏日长

沉沉云木昼凄迷，长夏偏宜此地栖。不受炎风吹野屋，何须快雨赴幽溪。
鹤和漏照相寻搏，鸦带残云自在啼。一枕北窗清梦足，斜阳犹在石林西。

又

掩映桑麻遍四坰，才移芳树绿莎厅。清阴历乱听鹂馆，翠影交加放鹤亭。
一局残棋人未散，半帘返照鸟初醒。小山无限幽人桂，寂寞深岩日夜青。

寿吴节母

姑射仙人缟素裳,家居翠竹碧梧庄。十年梦怨三生石,一寸心成百炼钢。
此日珠帘邀月姊,恰逢玉杵捣天香。清光莫倚东楼望,嬴博千峰夜渺茫。

又

宝婺光芒烛九垓,群仙共进紫霞杯。休歌都护临风曲,且上怀清待月台。
兔正悬时青雀舞,鸠方祝处白鱼来。殷勤欲访辽东信,博望星槎尚未回。

又

东海当年羡女宗,西河迟暮正扶笻。辛酸曾向姑嫜慰,甘旨常因纺绩供。
翠箨已生新孝笋,白云犹认旧贞松。何人试取湘灵瑟,弹向莲花第一峰。

题扇

新裁纨扇手中舒,白羽青蒲总不如。明月半规开复掩,清风一握疾还徐。
驱回蝇污能完璧,扑下萤光好照书。携向竹深荷净处,莫因烦热废三余。

寿友人

曼倩人传是岁星,更闻鼓瑟有湘灵。同心白璧真双瑞,屈指黄花共百龄。
一气恰分河衍数,两峰高涌海门青。玉箫吹彻楼头月,笑向中庭拾凤翎。

寿程若庵百韵

自昔耆英寿,多因品望全。声华非不朽,琬琰岂虚镌。
今日求人瑞,中原得子先。荀龙原峻拔,稽鹤更孤骞。
矫翅动千里,搏风滞九迁。云衢微蹭蹬,淮海遂翩跹。
闻说鲛宫地,由来蜑户煎。聚庸非众母,筹策用诸贤。
一自珠盘会,群推绮季前。从容商煮海,慷慨论缗钱。
铃阁方倾耳,鲎帆已息肩。奇才堪领袖,雅意薄腰缠。
内行师卢植,高风继郑玄。众流方汹涌,一柱砥潺湲。
每说高曾矩,常令子弟虔。驹生皆汗血,鹤和必青田。
宅列铜街住,人疑玉笋联。大都成伟器,总是荷陶甄。

023

既出人伦表，还持侠烈权。樗蒲无百万，说剑有三千。
好客同元礼，排纷似鲁连。踵门陈缓急，投袂即周旋。
复壁藏张俭，吹篪识伍员。秦庭无待请，越石已蒙怜。
故旧曾捐麦，新知亦割毡。双眸逢俊杰，百计拔迍邅。
置驿容投刺，驱车愿受尘。龙门争仰望，鹤关日喧阗。
流水来朱毂，飞尘扑绣鞯。倾身勤结纳，折节爱招延。
尚有优余力，能搜委宛编。吟成红豆曲，写入浣花笺。
妙取清新赋，常将垢累捐。每疑神腕动，几费苦心研。
锦向三江濯，珠寻九曲穿。低回吟白雪，唱叹合朱弦。
杨柳和烟媚，芙蓉带露妍。清词真独绝，胜地且为缘。
到处皆佳丽，随时得静便。紫騮驰侠少，画舫载婵娟。
玉勒青丝控，牙樯锦缆牵。绣裙堆越鄂，金弹逐韩嫣。
景物堪驱遣，烟波好扣舷。风流为地主，骚雅自天然。
墨垒虽多敌，诗旗已独搴。清华何水部，豪迈杜樊川。
古哲今安在，遗徽盖有焉。往年瞻魏阙，化日耀虞渊。
忭舞来千国，讴歌起八埏。闻君驱款段，谒帝遇幽燕。
竦向金门立，传呼玉殿宣。骏奔瞻斗象，鱼贯到星躔。
缥缈闻仙乐，趋跄拜彩旃。瑞香笼两袖，珍味赐中涓。
已许游琼苑，还邀漱玉泉。摘词盈锦箧，得句示花砖。
共诧文扛鼎，群夸笔似椽。一春游览壮，千里促装旋。
泰岱云随马，黄河浪拍船。振衣观海日，摇艇破寒烟。
遗迹孤村里，荒祠落照边。废兴如触目，来往必停鞭。
督亢图空出，漳沱渡竟坚。平原思俎豆，历下感弋铤。
指点疏公宅，经过乐毅阡。残碑苔蠹蚀，断碣草芊绵。
无限苍茫事，都成磊落篇。诗豪疑握槊，笔响似惊弦。
京洛游方返，溪山兴愈专。曾闻黄海胜，拟踏白云巅。
怪岫攒青笋，奇峰竦碧莲。朱砂开峭壁，白玉喷清涟。
绝壑毛人语，危梯木客眠。云涛孤涨涌，雪屋半崖偏。
路仄猿欺客，松敧鹤坐禅。山精常跳攫，石丈似拘挛。

屐向峰尖蹴，身从石罅沿。径迷寻鹿迹，窟冷识龙涎。
数丈峰飘缈，千盘蹬蜿蜒。探奇神健旺，觅险兴狂颠。
每曳孤筇往，还期痼疾痊。惊人吟好句，得意问高天。
恍惚逢轩后，依稀遇偓佺。谅应求大药，想已授真诠。
忆昔蒙裘谒，曾经厦屋骈。流离嗤腐鼠，泥淖困飞鳣。
幸假仁鱼鬣，方收怒鹃拳。至今思涸辙，何日敢忘筌。
但愧依笼鸟，徒为抱壳蝉。未成千里骏，难报九方歅。
此日蓬莱地，高张玳瑁筵。凌云琼树秀，向日彩衣鲜。
案举新青玉，眉齐旧翠钿。鸾犹窥镜舞，月尚入楼圆。
采药庞公隐，求砂葛令仙。神明还健否，膂力定无愆。
萝薜依高植，青松诵大年。投桃徒绻绻，束帛愧戋戋。
勉效青鸾曲，聊从锦雁传。遥知太史奏，应指寿星悬。

寄张武庄内弟（时客嘉鱼，入婚方宅）

几载论文宿草堂，无端别我向潇湘。只言楚地寻鹦鹉，却入秦楼跨凤凰。
遥想清音调锦瑟，还应素业问青箱。多情尚忆元亭否，依旧东风挂绿杨。

又

万里思君郢树烟，春风画阁倚婵娟。地当巫岫迷云处，人是梁园赋雪年。
还向绛帷称弟子，休夸金屋贮神仙。沅湘风俗多才调，却扇新词赠几篇。

又

高筑朱楼汉水湄（李商隐诗有"新缘贵婿起朱楼"之句），兰桡桂楫赴佳期。风流已快裴舫遇，儒雅还应宋玉师。
学就凌云飞动手，好修新月浅深眉。年来倘有琅玕句，并与梅花寄所思。

寿许节母

飞琼天遣降瑶池，好取风徽播缟綦。几载清贫安北郭，一家文誉起南皮。
青云自恨登堂晚，白日何妨拔宅迟。见说碧梧新月上，慈乌还绕万年枝。

望家大人未至

一带清溪半笏楼,篙声历乱往来舟。不知烟艇苍茫里,可识凭栏倚望愁。

又

正苦离愁忽款门,此时惊喜定难言。无端檐鹊虚相报,目断归鸦落照村。

又

漠漠征帆远浦迟,高楼入望几回疑。底因秋水无情极,不与矶头住片时。

又

菊为人归带笑开,扫除三径护苍苔。如何落叶争先到,一夕秋风又满阶。

往旌邑口占别礼弟、易弟并呈家大人

檐鹊频频噪小斋,拟沽尊酒话离怀。如何郡国传轺急,欲遣贤良与计偕。
日暮碧云空自合,星间紫气肯长埋。蹇驴扑被西风道,踽踽何来兴致佳。

又

万里归人忆脍鲈,衡门到日正欢娱。调琴新制求凰曲(时易弟将婚),剪烛狂挥养鹤图。
诗为早梅香最彻,酒因微雪夜频沽。嗟予独共奚奴去,背负青囊献子虚。

过殷尚书旧里

丞相当年有旧庐,数行垂柳带栖乌。自惭尚作孤吟客,风雨萧萧一蹇驴。

家大人归里道过旌阳,适入科场未曾拜晤,怅然赋此

逆旅停车去,名场射策归。如何人咫尺,翻恨地睽违。
雨滴孤灯歇,风传远柝微。可容今夜梦,相逐到庭闱。

大雾过新岭

烟海苍茫极,登临放眼宽。依稀闻笑语,浩渺失峰峦。
似有蚩尤怒,将无隐豹寒。遥知山下望,人在白云端。

杨滩旅店

倚枕清无寐，寒风振远柯。长歌行不得，屡问夜如何。
梦较更逾短，愁兼雨最多。向来驱策志，强半已销磨。

临溪道上

未出泥涂辱，犹艰跋涉身。穷阴连四野，苦雾没三辰。
路滑桥危客，天低树逐人。羡他垂钓者，烟鸟自相驯。

夜过七里矶

白日方西匿，寒云四望昏。宵奔犹有客，投止尚无门。
明灭深林火，微茫远树村。遥愁今夜宿，剪纸欲招魂。

家大人归里见示敬和原韵

秋尽江南草木衰，宾鸿何处拣高枝。归来菊蕊纷篱落，况复莼羹滑匕匙。
红稻清霜登获后，碧云凉月唱和时。邻家多少寒砧怨，信此欢娱未易期。

代赠江松源

见说高情过顾厨，敢辞风雪远驱车。思为元礼登龙客，愧乏袁宏倚马书。
悬榻肯分明月坐，带经宁恋白云锄。君家仪廙多才调，墨守输攻定起予。

又

琴剑飘零谒太丘，高斋竟共纪群游。分笺赌赋金鹦鹉，带雪争驰玉骕骦。
彩笔双毫如见借，明珠十斛愿为酬。青囊尚有焚余业，剪烛同君细校雠。

又

第一山前树色苍（盱眙，山名），往年灯火忆联床。输君墨绶清名早，愧我青箱素业荒。
为觅灵均三亩蕙，远移何妥半斋杨。都梁无限风光好，醉倒君家白玉堂。

寿张节母孺人

瑶宫此日敞云屏,宝婺光连翼轸星。人望黄封褒寿母,天怜清节与遐龄。
寒香烂熳看梅磵,爱日骀融就景亭。遥羡西溪多瑞气,彩云长护岭松青。

又

华堂高宴藐姑仙,青鸟升歌列绮筵。三箧犹传安世业,一门争颂大家贤。
无疆肯藉参苓药,不朽应将琬琰镌。高节嵯峨谁与比,怀清台上月轮悬。

竺荫楼诗稿
卷二

雍正元年首，奉家大人五旬初度，敬陈五律，以劝一觞

两曜光华万象鲜，今年春色倍前年。龙飞九五乾坤正，鹤养三千羽翼全。
名贱恨无毛义檄，赋成谁赠长卿钱。鹓鶵典就聊沽酒，高咏灵芝宝鼎篇。

又

回首承欢愿尚违，无端遥劝白云归。才从雨雪驱征马，旋觉韶光到竹扉。
万木渐看消薄冻，百花何以报春晖。殷勤进酒西园日，倩尔飞香拂舞衣。

又

升沉阅尽几年华，仙骨飘飘绝点瑕。浩荡胸吞彭蠡水，峥嵘气敌赤城霞。
鼎彝古穆骚人宅，茗碗萧疏处士家。淡月微云无语处，一生情性似梅花。

又

柴门何敢辱骈骖，高揖宾朋暗自惭。壮不如人袍未锦，贫还累我鼎非甘。
梅花晓事须争放，竹叶多情且尽酣。况值鸿钧新转日，春光无限遍江南。

又

茵鼎贫虽未易谋，壶觞雅宴却风流。教成青镂供歌舞，捧出红螺细劝酬。
带露萱香犹满室，笼烟花萼欲成楼。谁将家庆闲图画，留祝他年杖上鸠。

五旬述怀（家大人命撰）

酒酣慷慨说生平，曾作孤蓬万里征。屠狗爱寻燕市语，呼鹰还向雁门行。
楚江日落歌兰楫，吴苑花繁按玉笙。到处淹留垂半百，故园今始决归耕。

又

何必桃花路始迷，归舟历历画中诗。夕阳鸡犬喧墟里，春水牛羊遍野畦。
红蕙涧多樵舍碓，绿杨村挂酒家旗。遥知童子携筐立，待我归来采紫芝。

又

手种疏杨已十围，物犹如此况人归。任从燕子商兴废，不共梅花语是非。
翠筱自临清水媚，红兰肯受污泥肥。衡门春色虽萧寂，且喜初心尚未违。

又

曾筑幽人独乐园，石桥流水到柴门。碧鸥静占菰蒲宅，红蓼微分雁鹜村。
细雨燕归都有主，春风花落总无言。如何别此天涯去，芳草斜阳几断魂。

又

久向天涯叹倦游，绿萝才得系归舟。云深未觅锄芝地，花发犹存贳酒裘。
悔习纵横师鬼谷，徒劳驱骋遍神州。于今意气消何许，付与烟波浩荡鸥。

又

忆向莺花作主持，少年游冶最堪思。玉楼拥髻闻歌夜，金屋量珠换赋时。
风定絮泥俱已失，雪消鸿爪更何追。萧然隐几无余事，细草疏帘镇日垂。

又

年来读易见天心，闭户重将损卦寻。愿辟氛埃游八极，羞为扑满累千金。
月明五岳真形出，云涌三山涨海深。早晚略酬婚嫁累，飞仙挟我共登临。

落花

花事阑珊春昼迟，金铃犹护向风枝。如何猛雨摧残夜，正是浓香烂熳时。
襚帐佩环悲汉主，璧台烟雨葬名姬。古来无限多情客，尽为伤春不自持。

又

费尽东君剪绮罗，却容寒雨五更多。可怜狼藉都无主，还怕淋铃唤奈何。
驴背诗情愁里失，蝶翎春色梦中过。自从洛浦舟回后，芳草无言怨绿波。

题《梦香图》

洛浦曾闻解佩仙，相逢应向大罗天。如何秋水凌波步，却借春风好梦传。
引凤调高人寡和，惊鸿态弱我犹怜。自嗟紫府良媒少，三复芙蓉木末篇。

又

玉篆镌成字有神，香山定是再来身。还凭京兆修眉手，写出支机赠石人。
翠羽仙鬟惊绝艳，赤松道骨本无尘。梦中记取蓝桥路，他日乘槎好问津。

寄贺潘丽中、锦飞入学，兼怀张南园先生

忆从萧寺闭松关，二妙清才未易攀。骑省已为金谷冠，河阳又夺锦标还。
风高震泽孤鸿杳，日落迷楼野鹤闲。回首旧游劳梦寐，白云凉月满空山。

又

曾共张骞访海槎,每夸连璧出君家。风流不数盈车果,词采堪争满县花。
鹏路已开新日月,鹿门犹带旧烟霞。禅房唱和还存否,安得重游护碧纱。

寄赵补园

龙门把臂未经旬,针芥相投赖受辛。未遂酒泉移郡志,都为饭颗苦吟人。
竹西侨寓还萦梦,桃渡分携最怆神。惆怅别来云树隔,秋江何处卷丝纶。

题《千里枫林烟雨图》

萧瑟青枫江上路,无穷江草连天暮。百感苍茫此地生,骚人旧日行吟处。
至今烟雨暗枫林,泽畔犹闻叹息音。杜若江蘅消歇尽,已无逋客重追寻。
如何暝色生林莽,中有幽人成独往。磅礴空怀万古心,激昂自有层霄想。
芙蓉城主遮须王,无限烟霞草木芳。何事此间空伫立,乾坤四顾身茫茫。
君不闻深山大泽无人迹,龙蛇变化谁能识。关河多少老英雄,我亦披图三叹息。

寿程太母

炉开宝鸭瑞香薰,青鸟升歌颂少君。皓发已教铜狄羡,徽音宜遣玉箫闻。
华堂宴罢梧桐月,彩袖笼归橘柚云。寄语无双亭畔菊,称觞时节倍清芬。

又

锦帆江上碧云居,懿范遥瞻十载余。桐叶旧曾栖薛凤,桂花今已御潘舆。
龙头泻酒歌黄鹄,鸠祝加餐馔白鱼。清夜玉堂分史籍,数行为觅衍波书。

苦热

铄尽山河大冶炉,置身何处有冰壶。恨无屏翳驱苍狗,愁见羲和浴渴乌。
万窍徒闻南郭论,千金难觅北风图。故园绝忆幽窗夜,凉月初生挂碧梧。

汪虞升挽词

一夜蒲牢吼海东，炎风吹倒丈人峰。已随化鹤辽中去，无复飞凫岭外逢。
南国生刍来孺子，西州豪杰惜元龙。惊心蒿里歌才阕，邻巷应知罢相舂。

广陵杂兴

白石青苔自扫除，旅途自笑得幽居。西风竟废中原觌，落日翻思下泽车。
病去情犹关药里，愁来梦不到华胥。故园绝意荷香处，快向朝凉读异书。

又

暮鸦无数带垂杨，谁信繁华是蜀冈。南浦佩环声断绝，东山裙屐事苍茫。
螪蛸静织虚檐月，络纬徐吟野径霜。独有客愁空露坐，凉风暗袭芰荷裳。

又

坐到梧桐落日阴，乾坤俯仰入孤吟。三分寥落羁人恨，百感苍茫烈士心。
耻向涂人投白璧，愿为知己铸黄金。昭明去后风骚少，文选楼荒蔓草深。

又

玉箫吹彻彩云低，何处酣歌陆博时。赌罢南金输狎客，驮来蜀罽赠歌儿。
银塘暖浴鸳鸯水，碧树新巢翡翠枝。谁信画梁双燕诉，春风零落杏花泥。

又

清绝幽轩一事无，西风斜日客心孤。浮云始信成苍狗，黄鹄何知化白凫。
有志鲸鳍游汗漫，无端鱼服转因拘。狂歌大笑忘羁束，翻忆高阳旧酒徒。

又

金井风凉落叶纷，美人新换薄罗裙。尚留团扇支余热，无奈秋砧度暮云。
瘦比垂杨输半握，愁如明月得三分。谁家别院槐阴满，缓缓清歌夜静闻。

又

带经曾傍白云锄，耻向琅琊问稻租。挟策漫期中属国，代耕犹愧下农夫。
何人记室收江鲍，有客穷途伏顾厨。拟取巾箱焚尽后，生涯从此隐屠沽。

又

病起衣裳体不胜，曲栏愁绝每长凭。闲房闭置新来妇，深院清癯定后僧。
鸿爪偶然留雪渚，鹍飞何必恋雕陵。几时涤尽尘襟热，百丈匡庐瀑布冰。

又

始知章甫越人轻，拟向青囊隐姓名。风角有书传太乙，星源无使问君平。
静看桃李花开落，不管蓬莱水浅清。还入崆峒恭至道，白云深处种黄精。

又

几年风雨隐蓬蒿，烈火残经补缀劳。每为虫鱼笺尔雅，曾因香草续离骚。
碎琴共笑文章贱，涤器谁知意气豪。试听蛟龙悲啸处，胸中怒卷广陵涛。

挽友

听说弦摧中散琴，广陵从此绝清音。豪华海内思元礼，恭谨关中慕季心。
南国昆吾方切玉，西风碑碣已生金。庭前手植新槐好，犹有青禽日夜临。

又

龙蛇只道识无灵，谁料三江谢典型。岁月始知同逝水，老成今已似晨星。
停云空为论诗白，拱木犹因挂剑青。最是山阳邻笛起，数声凄绝不堪听。

闻汪觐侯述其先人自箭庐扶榇归里因赠

白杨已自拱高原，凄绝犹将往事论。见说锦江春水逝，曾经栈树暮云昏。
峡猿啼尽孤儿泪，杜宇催归旅客魂。若向青城埋朽骨，松楸何处访荒坟。

读史杂感

落落青云任卷舒，英雄生计本来疏。麑肝见说辞安邑，牛角还闻挂汉书。
抵雀何当轻琬琰，剸蛟才肯试昆吾。风尘莫叹泥涂辱，鱼服由来困豫且。

又

丞相高冠号进贤，郎官位署应星躔。自从晁错权宜奏，竟废山涛启事笺。
有客鹿鸣叨上第，几人驺导羡登仙。西曹最喜闻新政，报罢斜封数百员。

又

五色云深鹓鹭楼，集贤学士最风流。金门制诰宣韩翊，玉殿条疏召马周。
赋献延恩三礼重，书投光范万言收。至今长乐宫前树，曾见邹枚扈从游。

又

皂盖朱幡牧守班，姓名端合御屏看。鸣驺共羡威权重，按节须知抚字难。
每见缿筒劳广汉，几曾租赋代倪宽。古来报绩循良盛，神爵年间最治安。

又

黑海旌旗毒雾寒，秦关只合一泥丸。如何定远封侯地，不见淮阴大将坛。
拜陇耕田原衍沃，甘凉战马岂蹒跚。空劳岁岁颁牛酒，愁绝飞刍道路难。

又

月明吴越数千艘，清浅淮河挽运劳。瓠子百年忧泛决，桃花二月待波涛。
帆樯落日惊乌避，楱柂西风骇浪高。闻道监河空榷税，舟人万斛贮葡萄。

又

草暗全吴困已苏，恩波见说古来无。曾闻东汉中兴诏，只赐南阳半减租。
父老早知扶挂杖，吏胥先已出飞符。柳阴听得村农语，昨日犹催里正逋。

又

滚滚浑流徙若神，洼居犹有数州民。沙虫父老忧飘梗，璧马公卿日负薪。
旱潦新渠三晋利，风烟故道九河湮。谁将贾让匡时策，规画便宜竟上陈。

又

朔雪炎风尽帝畿，岂容渤溟偃鲸鲵。寒潮不渡偷关橹，落日长飘镇海旗。
徐福楼船从此杳，卢循战舰底须追。如何斥堠森严地，犹有明珠舶舣迟。

又

几人清白著西曹，秘器东园赠恤高。特给鼓吹当庙乐，还颁蟒玉换宫袍。
始知恩礼隆朱邑，不用衣冠效叔敖。廉吏古来堪激劝，圣朝端不负勋劳。

挽仪邑王浩川广文三十四韵

江左风流邈，如君尚典型。巾箱传旧学，石阁抱遗经。
才力夸三绝，词源凿五丁。珠投非暗路，玉献已明廷。
诏起师谟重，流传教泽馨。斋心虚白室，抱膝草玄亭。
地近澄江练，山高倚翠屏（教谕太平县）。参苓储药笼，苜蓿绝膻腥。
太乙亲燃火，庖丁惯发硎。春风争北面，夜月讲西铭。
弟子扶风盛，乡山落日冥。白云劳倚望，黄鸟劝归宁。

决计辞鱣座，承欢到鲤庭。自调三径鹤，不慕五侯鲭。
膝绕多骐骥，肩随有鹡鸰。朝躯耕雨犊，夜课读书萤。
慈竹来乌乳，桐孙集凤翎。谈诗挥玉麈，索酒指银瓶。
杨柳舟随系，芙蓉户半扃。乾坤高蹈日，江海少微星。
逝水何曾歇，惊丸竟不停。归田休短发，种药拟长龄。
麋鹿游方遂，龙蛇谶竟灵。仙随緱岭去，梦共漆园醒。
月暗三生石，风悲九子铃。衰杨兼恨白，拱木带愁青。
达者潜观化，浮生静委形。知君心已悟，定尔目长瞑。
独叹高踪谢，谁为后进刑。海门掀雪浪，天柱劈风霆。
鹿洞微言绝，羊昙涕泪零。歌犹留白苎，剑已殉青萍。
笛在为谁弄，琴亡不复听。凄凉终此曲，箕尾夜精荧。

寿绩溪姜齐贤

通德门高拥导驺，曾因婚娅暂勾留。春风不让鸣珂里，夜月还登挂笏楼。
炳耀家声同万石，琳琅仙乐降三洲。翠眉亭畔金英秀，知与黄眉共劝酬。

又

积翠连天石照山，元卿于此筑松关。曾抛组绶成高隐，更剧芝苓讲大还。
铜狄摩挲思往事，玉楼飘渺合仙班。竹西歌吹堪听否，檀板为君教阿蛮。

寿省斋表叔

桃渡春风笑浪游，偶因芳草访迷楼。何期雅谊过羊传，竟扫高斋款马周。
北海酒樽开盛宴，西园冠盖集名流。明珠谩说量千斛，知己情深未足酬。

又

散诞丰姿鹤氅宜，每于觞咏见襟期。深情宛转歌红雪，侠气纵横吐白霓。
金镞射归华月满，玉箫吹彻彩云迟。西风曾许迦陵鹊，稳向琼林择一枝。

广陵赋送轶钟叔自淮安归里

一片乡心落翠微，扁舟原拟逐君归。陈蕃下榻情偏重，王粲登楼愿竟违。
绕树鹊因栖月住，臂韝鹰爱决云飞。天涯执手无多语，黯黯销魂是夕晖。

又

来往轻装得自由，羡君独上木兰舟。笼归彩袖南徐月，醉入银瓶北固秋。临别绿杨分客瘦，思乡红叶解人愁。殷勤欲赏河桥酒，无奈征帆不少留。

挽吴南皋

倜傥风流未易俦，延陵意气压中州。紫骝蹴踏黄金埒，锦轴纵横白玉楼。细雨疏灯犹拭剑，秋风夜壑已移舟。萧条无限燕台柳，曾识当年系马愁。

又

茫茫蒿里动悲歌，十载龙泉枉拭磨。春雨残碑扪岣嵝，秋风快马度滹沱。几曾献赋收长乐，空说修文赴大罗。为问羊昙多少泪，洞庭木落水初波。

题范乐亭小照

梅溪
愁挂三更月，香分两岸风。罗浮无限梦，载入小孤篷。

月舫
夷犹桂叶舟，潦倒幽人态。欸乃一声还，月在荷香外。

枫渚
红叶两三村，夕阳千万状。对此忆衡门，远游真孟浪。

雪艓
山阴无隐士，寂寞剧堪怜。揭来孤艇客，冲破剡溪烟。

为范乐亭题《醉卧苍苔白石图》

苍茫万古华胥国，闻在酒泉西极北。云气模糊不易寻，陈抟去后无消息。高士毗陵有范宽，偶然傲睨到人间。谈霏玉屑多仙气，骨带烟霞绝俗颜。自言爱读东皋传，曾与曲生交最善。有时相引谒羲皇，恍惚华胥都历遍。华胥风景复何如，淳朴犹存太古初。耕种白云无赋税，剪裁青霓作衣裾。瑞日融怡天旷朗，熙熙如在春台上。掉臂游行有阿谁，鸿蒙混沌纷来往。我闻此语心然疑，七圣犹迷在具茨。却讶先生居下界，何由妙诀得希夷。先生指点为余语，灵台即是清虚府。示我新图仔细看，华胥境界都如许。

披图烟景悄无人，白石苍苔独屈伸。席地幕天何所有，惟余半瓮菊花春。
呜呼我悟先生旨，劳劳战尽槐宫蚁。何如沉醉万缘忘，一枕清风酣睡美。
曾闻醒酒石为床，竟说平泉李氏庄。早识浊醪存妙理，沉冥尽日竟何妨。
先生听罢蘧然悟，仰天大笑骑鲸去。回看岳渎青茫茫，薜荔衣沾仙掌露。

寿吉人叔祖

何年仙术授长桑，吴越山川任裹粮。雨雪不凋松粒翠，井泉常带橘花香。
秋风阆苑来青雀，故里银塘下彩鸳。缱绻天涯亲族重，试凭篱菊劝飞觞。

赋送若庵表伯入都，即用《石城杂兴》原韵

杨柳桥边系别舟，轻裘欲向玉泉游。萧条落叶黄龙塞，珍重清霜紫鼠裘。
壮志已悬征马首，归期莫问大刀头。酒阑蹀躞嘶风去，肯效临歧子女愁。

又

共羡才堪理乱丝，十年淮浪一身支。由来地柱峥嵘峙，不避天吴颒洞吹。
紫塞雄心磨愈壮，青溪遗调喜兼悲。只今快马燕台路，犹忆从容对簿时。

又

沉吟拍遍玉栏干，休说蚕丛道路难。红萼香飘因耐冻，绿蕉名重在遭弹。
风横碣石双雕落，雪满燕山万马攒。紫阁有人忧患共，胡麻此去好分餐。

又

檀板银筝自抑扬，几人才调得君狂。梧桐杂剧双鬟曲，芍药新词古锦囊。
幸有灵槎通博望，须将羽猎奏明光。临轩此日求贤急，定许荷衣染御香。

又

华岳山高雪未融，旌旗明灭戍关中。金城落日闻传箭，玉帐秋风待挂弓。
愿托书笺青鸟使，曾师剑术白猿公。布衣好献平羌策，扫尽鲸鲵瀚海空。

挽方太母（代诸门生）

绕尽慈乌落月枝，九原始赴鹿门期。曾为载酒登堂客，尚忆传经隔幔时。
寂寞谁怜偕隐志，凄凉空赋大招词。元亭此日经过处，惆怅东风柳自垂。

又

春风零落杏花香,鸡黍曾登拜母堂。青草尚留杨子宅,白云谁是陆家庄。
已悲华表人难返,又叹星河夜掩铓。惭愧师门恩谊重,酒垆回首一沾裳。

又

风雪门墙道已孤,每经门外重嗟吁。犹期拭目颁银诰,讵料伤心碎玉壶。
画荻已多贤子弟,吹箫犹是旧生徒。青青无限康成草,总为酬恩泪滴枯。

又

敬姜风范旧曾谙,紫府应书白玉函。岂料寒霜枯素奈,恰逢夜雨荐黄柑。
辽城有地堪埋鹤,卫馆何人与脱骖。寂寞子云亭畔路,遥知助赙有桓谭。

寿丁征君

紫府群仙会祖洲,鉴湖遗老最风流。悬车不羡朝金马,赐杖还看刻玉鸠。
入梦松成梁栋器,拂云梧待凤凰留。殷勤彩线凭谁剪,愿制宫袍进细侯。

友人花烛词

见说姮娥下彩檐,银钩争挂却寒帘。锦帏待赠金条脱,绣阁初窥玉镜奁。
嬴馆凤箫吹耳畔,蜀冈螺黛上眉尖。仙郎此日风流甚,跨鹤求凰愿已兼。

赋送友人归里

客窗才喜话心期,解缆河梁又别离。画舸清波携鹤去,青囊秘术少人知。
手攀杨柳无多语,春到梅花第几枝。桃浪若逢归棹便,泼醅拟醉习家池。

寿范乐亭

万斛元香贮玉壶,旗亭换酒夜深沽。乾坤要仗君礨铄,醉写人间五岳图。

又

隐现烟峦继郭熙,醉中老笔更纷披。酒酣最忆蓬莱顶,笑叱青猿捧墨时。

又

自别银床五粒松,鹤巢到处寄高踪。春风长啸孤山路,知在梅花第一峰。

又

十年粉墨擅风流，笑揖鸿蒙号醉侯。何事君家狂少伯，只将烟水载孤舟。

又

碧云宫里彩毫香，供奉应知侍紫皇。人谪玉楼无几日，清风休说老沧浪。

又

载酒南屏指翠鬟，扁舟苔雪绿波间。歌成欲倩南飞鹤，乞幅生绡雨后山。

赋得讲《易》见天心

剥复乘除会，微阳伏仲冬。一元回绛斗，万物祖黄钟。
睿德符灵曜，宸游莅辟雍。陈图探法象，密席揖夔龙。
妙悟追三圣，精思彻六宗。乾坤操掌握，日月炳心胸。
道已通羲后，言堪继邵雍。瑶函他日发，委宛最高峰。

癸卯广陵除夕

屠苏酒暖劝深杯，客馆逢除万象回。只有闲愁除不尽，东风吹入小瓶梅。

又

残冬两度客途边，往事苍茫已十年（癸巳年亦在广陵度岁）。犹喜此番姜被暖，挑灯软语话前缘。

又

烛炧香清笑索诗，去年酒罢最萦思。今宵一室团圞话，应忆天涯独咏时。

又

画堂几度饮醪醇，雅意何由谢主人。笑折梅花和雪咽，好酿诗句答新春。

元旦省斋表叔席上索占

两预华堂昼锦图，十年曾此醉屠苏。融风披拂平安竹，愿祝卿云护凤雏。

又

谈笑梁园座上宾，银幡彩胜共迎春。深斟柏叶休辞醉，酒味清醇似主人。

又

地主梅花又一年，薰风赏遍伯牙弦。春来检点焦桐调，值得知音有几篇。

首春广陵书寄易弟学《易》

挂尽离愁蜀岭尖,曾无别赋续江淹。自怜旅食情怀减,翻忆幽居气味恬。
杨柳带烟笼小阁,梅花和月入疏帘。家园便是神仙地,好向春风读论潜。

又

高楼曾揖万峰云,别后谁登此论文。多恐仙书奇字蚀,须凭古鼎异香薰。
平阳已自藏千卷,阿买须教解八分。仗尔春风勤拂拭,他年兰蕙定清芬。

又

水云何必觅膏腴,种芋锄芝总一区。鸠未成巢犹待哺,鹿如得草定相呼。
从来棣萼同辉焕,岂有荆花别菀枯。秋水锦帆归介寿,玉壶春酒酿成无?

又

栖栖琴剑客天涯,辜负东风送岁华。熟谙客愁唯竹叶,解怜人瘦只梅花。
关山落落投林鹊,岁月堂堂赴壑蛇。壮志十年磨欲尽,始知清福在烟霞。

初九夜贡院内赋

微风断续送更筹,清梦何由到玉楼。云汉淡时红烛尽,星辰焕处彩毫收。
锦标欲许何人夺,白璧须为知己投。夜半振衣搔首望,多情月照鹓鹭裘。

十二夜贡院内,仍叠前韵

拟向明时展一筹,香风何处杏花楼。池塘春草吟方倦,河汉微云澹欲收。
自笑探珠应不让,未知拾芥有谁投。青溪柳带沾袍色,好为羁人换敞裘。

十四夜贡院内,三叠前韵

何事飞廉夜唱筹,长风直撼碧云楼。抟扶似助天池击,尘垢应从后土收。
红杏况逢莺燕闹,碧梧定许凤凰投。最怜游子衣裳薄,欲入承明夺锦裘。

石城客寓读陈耕夫《除夕》诗次韵

骚雅何人继剑南,羡君清夜纵雄谈。如何笔夺江花艳,不使袍分御柳蓝。
展读几回灯欲尽,高吟想见酒初酣。遥知此日披云阁,春入梅枝已二三。

又

芳草秦淮二月天，愁生孤馆夜灯前。那堪击剑飘零地，负尽题桥壮盛年。回首驹光催短景，几时鲸尾掉长川。何人酹酒将诗祭（贾浪仙于除夜祭诗），北望都梁思渺然。

徐园和菁阿叔韵

桃渡春风画桨声，烟波不载别离情。无端读得风流句，惹起乡愁和梦生。

又

听尽荒鸡起舞声，牛衣往事最关情。曾催司马题桥去，佣保何堪老此生。

舟泊下关

春风携胜侣，暂系木兰舟。细柳平桥晚，桃花野径幽。帆随芳草远，水带夕阳流。偶贳旗亭酒，谈谐散旅愁。

朱家渡阻风

酿尽离愁细雨天，绿杨岸系渡江船。自惭破浪输宗悫，却喜联吟有惠连。戏鼓高台逢胜会，旗亭雅调待谁传。苍茫烟水孤篷小，正好狂歌拥被眠。

又

天堑茫茫自古雄，几人飞渡过江东。无端暖泛桃花水，忽值寒生柳絮风。怒浪一江驰万马，冻云千里失孤鸿。何当击楫中流去，挟剑刲蛟水伯宫。

赠程中江

欲铸黄金事浪仙，此心倾倒已多年。每思杨柳丰标韵，定有芙蓉丽句传。爱客知君多磊落，怜才怪我太缠绵。几回手浣蔷薇露，愿读春江濯锦篇。

又

每为情多减带围，天涯犹喜得新知。春愁无计能消遣，风雅期君共鼓吹。芳草夕阳孤馆暮，杏花疏雨小帘垂。何由静听瑶琴曲，慰我羁人落月思。

中江以诗见酬仍次前韵

回雪流风句欲仙，新诗婉丽建安年。灵珠彩耀从谁握，金剪书工应独传。
曲逆巷深人似玉，仲舒祠在草如绵。天涯何幸逢良友，痛饮离骚读几篇。

又

手攀烟柳已成围，无限深情燕子知。曾爱鹂音愁独听，何期凤管得交吹。
赠来芳泽罗襦系，望去微波玉佩垂。洛浦风流原绝世，应怜下拜有陈思。

又

无由紫府会群仙，隐几孤吟已十年。快意忽逢双剑合，深情密托短笺传。
喧喧蜂闹惊花梦，寂寂莺啼入柳绵。烟雨池塘寒食过，愿君酬和送春篇。

又

细雨凋残金带围，春愁脉脉许谁知。落花心怯休文瘦，玉笛魂销子野吹。
犹喜美人南浦遇，都忘倦翼北溟垂。所嗟过访常相失，无奈清风朗月思。

张珂鸣春暮游平山堂以诗见示，和之

有客听鹂去，春风问水涯。绿杨青雀舫，芳杜白鸥家。
浊酒沽茅屋，清吟入杏花。逍遥怀葛世，莫为古人嗟。

又

芳草迷楼在，谁云往迹非。青旗和细雨，玉笛咽斜晖。
拾翠香轮返，残红画阁稀。独怜羁旅客，无计逐春归。

又

歌吹传千古，莺花第一州。燕窥春雨阁，人倚夕阳楼。
手把将离蕊，心如不系舟。怪君同作客，得句独清幽。

春燕

春风才稳玉堂栖，争忍分巢别垒泥。暂去尚愁芳草误，重来莫放杏花迷。
卷帘旧侣如相唤，拂槛新雏好共携。珍重主人临别语，垂杨只在画楼西。

新绿和瓠田韵

漠漠清阴暗小轩,夕阳帘外覆苔痕。和烟爱傍陶潜屋,带雨曾销杜牧魂。化蝶梦醒凉满榻,听鹂客到翠盈樽。眼前生意都如许,踞石同君细校论。

又

花飞何必叹飘零,别有清阴护小亭。金谷倚楼人半倦,玉堂凭槛客初醒。微风散处酣鹂梦,返照移来上鹤翎。最忆故园幽绝地,焚香危坐读黄庭。

送绣若之淮阴

旅馆逢君慰寂寥,小山丛桂已相招。孤帆落照清淮路,远水垂杨白石桥。市上何人怜带剑,楼头有梦忆吹箫。几时画楫重经此,醉看秋风万里潮。

渡京口

回首迷楼隔暮烟,归来瓢笠尚萧然。半江落日修琴客,一棹清风载石船。北望振衣思祖逖,中流举酒问焦先。浮踪落落何年定,二顷将谋养鹤田。

归里后志喜

沧江重访旧鸥群,绿野薰风正夏耘。望去有情松阁月,别来无恙竹山云。宾鸿旧宅何时稳,灵鹊高枝昨夜闻。回首蜀冈杨柳路,消魂几度是斜曛。

题《老松》扇头

待鹤枝柯古,成龙雨雪深。平生唯石丈,独识岁寒心。

题《牧笛》扇头

烟雨桃花夹岸明,绿杨布谷唤春耕。如何此处无拘束,碧草清波自在行。

写扇头索程樾亭画

烟波空阔好垂纶,粉箑烦君点染新。还向竹深荷净处,夕阳添个倚楼人。

寿天长县赵母董太君

蓬莱两渡海筹添，最羡璇闺慧福兼。留得图书清献泽，总由礼法郝钟岩。
彩云静贮琉璃管，青雀初窥翡翠帘。此夜石梁城上望，婺星光直接银蟾。

又

高情许借伯通橞，曾见三槐手植荣。猴馆已闻邀子晋，绯罗又报册双成。
仙瓜旧忆朱陵食，慈竹新从锦里生。指笑芙蓉冈畔路，香风好御板舆行。

寿友人

花月连床共纪群，几回杯酒接殷勤。焚香扫座倪迂士，置驿迎宾郑使君，
入室珩璜多静雅，卷帘兰蕙自清芬。临风欲奏南飞曲，无奈箫声隔暮云。

又

白石朱栏曲径新，软条青桂拂游尘。衣冠见说来珠履，歌舞悬知醉锦茵。
曾记绸缪为地主，每从烂熳识天真。梁园此日喧丝竹，应念当时授简人。

怀张南园先生，即和见寄原韵

惊喜宾鸿震泽回，故人新寄一枝梅。三年怀袖为君置，半幅花笺向客开。
此日暮云芳树隔，几时秋水片帆来。西园风景虽如旧，愧乏黄初作赋才。

又

鹤翎带月蜀冈回，零落春风玉笛梅。碧树留云供鸟宿，朱楼面水看鱼开。
家贫锦里难常住，地僻青溪未易来。安得卜邻深竹径，问奇倾倒子云才。

又

记得银瓶带酒回，溪桥曾共探残梅。自从流水人长别，除却青山眼倦开。
杨柳高楼常独倚，薜萝深巷待谁来。嗟君亦向临邛客，未必王孙解爱才。

唐子庵纪游

桧柏阴森暑似秋，影堂竟日得淹留。僧归竹外残霞路，人倚花间返照楼。
晚磬一声新月上，风蝉万树暮云稠。他年沟水东西别，回首难忘此胜游。

又

青崖万丈削芙蓉，岩壑原堪隐次宗。鱼跃横塘闲钓艇，鸟啼深树响村舂。
秋风有客思橙鲙，夜雨何时养箨龙。安得月明重到此，酒酣长啸最高峰。

又

无端携酒叩禅关，灯火青荧石室闲。蜡屐穿云乘醉出，银瓶带月踏歌还。
露寒犬吠花村悄，风定鸦归柳渡闲。不是飞行有仙骨，肯来夜静度空山。

赠澹野上人

惠休才调已超群，况复招提远世氛。翠竹疏花分色相，清泉落叶悟声闻。
石床说偈飞香雨，玉钵催诗响碧云。最爱倚楼凭眺处，乱峰如画隐斜曛。

又

见说楞伽手自持，珠光照耀羡牟尼。芙蓉阁读千灯录，杨柳营传一字师。
欲向懒残分芋火，肯容都讲执松枝。我来夜访鱼山梵，钟定孤峰月上时。

岚斋高夫子署中素兰白莲并放，即席命题

楚畹移根近越溪，风吹素萼一时齐。琼瑶作骨同潘夏，冰雪为神似阮嵇。
色借晓烟迷翡翠，香随淡月入玻璃。他年上苑如培植，须记康成旧品题。

张南园先生诗至，约重九前同舟出杭，用前韵奉答

思莼愿逐季鹰回，别却西园几树梅。欢宴已催金粟放，离筵不待菊花开。
清霜客忆双螯美，落照帆随旅雁来。最喜越江青雀舫，风流密尔鄂君才。

九月既望，省斋表叔因归里卜葬先茔，留宿草轩，赋送返扬

蔓草荒烟手自锄，佳城已喜得青乌。还因旧雨停车辖，顿觉春风起座隅。
澹泊盘餐秋剪韭，殷勤仆马夜供刍。银蟾金粟贫家物，肯劝山公尽醉无。

又

广陵乘醉看涛还，犹记东轩夜宴欢。箫鼓隔帘明绛蜡，画图满座暗青峦。
才从故里占星聚，又见归帆带雨寒。许我重来挥翰否，华堂新粉壁泥干。

又

锦缆秋回蜀岭初，正逢仙菊放阶除。故乡风俗灯前话，先垄松楸酒后书。
画栋燕巢犹傍谢，纱窗鹤榻定留徐。北堂待我称觞后，重访雷塘旧日居。

又

骊歌听罢客初醒，系马垂杨只暂停。淡月疏梅人舟到，寒云拱木地重经。
遥知积雪深牛目，预备香醪醉鹤翎。指点仙踪犹未访，莲花万仞插天青。

奉答岚斋先生

杏花零落意何如，杨柳雷塘忆旧居。绛帐已怀孤往志，青囊犹检五行书。
升沉野鹤知消息，出处浮云任卷舒。但恐蒲轮仍聘召，圣朝未必许悬车。

口占别易弟

已是家贫惯别离，宾鸿社燕复参差。蜀冈杨柳维舟日，歙浦芙蓉解缆时。
槐市执经生计薄，芝田谋食寸心疲。闲云舒卷原无定，惆怅天涯路又歧。

舟过青溪触石几覆戏占

只道中流一苇杭，何人渡口叱仙羊。水经疏凿遗神禹，石血鞭驱羡始皇。
自笑斩蛟无剑璧，虚烦如马戒舟航。布帆安稳乘风日，谁信衣袽未可忘。

新安江

山横翠黛水拖蓝，点染霜林叶半酣。两岸篙声人语里，载将离梦过江南。

过淳安官坝

坝有巨石，舟触辄沉。县令杨公为轮转挽舟，行旅赖之。

曾记刚峰代役劳，寒云古木尚周遭。桃花浪急愁难渡，莲叶舟轻岂易操。
转毂于今添绋纚，济川从此失波涛。往来利涉讴歌客，仙宰谁为勒石高。

夜过富春

细雨孤舟客易醒，橹声摇梦过寒汀。故园点滴梧桐上，尚有离人彻夜听。

钱塘晚渡

琴书才作客，江海即为家。远水明残照，孤帆逐落霞。
旅情虽有托，乡思渺无涯。古树寒云重，归栖羡暮鸦。

西湖

西子明妆带笑招，碧波无际驻兰桡。乱峰返照横三竺，远草寒烟指六桥。
杨柳影凋歌舞地，芰荷香散绮罗朝。谁将一派菰蒲水，重灌嘉湖万顷苗。

鄂王坟

阴森宰木拱斜晖，长忆班师痛哭归。白马渡江王气歇，黄龙抵塞壮心违。
壶浆父老中兴望，缯币朝廷大计非。宋社只今禾黍尽，孤坟埋血草偏肥。

表忠观

白马银涛忆射潮，至今遗庙已萧条。龟趺鸟篆丰碑在，凤舞龙飞霸业销。
铁券归藩延后世，金城纳土冠前朝。可怜不识兴王气，函谷封泥笑隗嚣。

吴歌

采菱歌断白苹洲，月自行空水自流。唤起羁人归梦后，一声柔橹木兰舟。

渡京江

朦胧残梦到江头，出没惊涛一叶浮。共指风波如此险，醒来依旧在孤舟。

赋送程蕴山丈之寿州，兼怀舍弟学礼

焦桐曾感子期听，饮尽醇醪倒玉瓶。画鹢才归桃叶渡，歌骊又别竹西亭。
缠绵意气胶中漆，聚散行踪水上萍。遥望芍陂频握手，秋风为我护原鸰。

又

一夕严霜万木凋，轻装初别绿杨桥。风流往事思青翰，珍重长途检黑貂。
去国记曾同献璧，登楼犹自滞吹箫。羽毛幸假恒山鸟，好向深林拣密条。

咏怀答友人

百尺楼头气自伸，素衣宁肯化缁尘。高歌抱膝缘何事，痛饮论心有几人。
霄汉何妨悲蹭蹬，泥涂正好贮经纶。试看谋食芝田鹤，万里秋风岂易驯。

寿李母于太君

光茫宝婺烛瑶枢，彤管徽音响佩琚。定国传家多女诫，函关教子有仙书。
黄钟应律歌金缕，青雀翻飞劝玉蜍。此日却寒帘半卷，梅花香处御潘舆。

省斋表叔席上赋送张湘门先生

一杯何幸接龙门，丝竹东轩夜正喧。花月几人髯绝俗，乾坤此处腹堪扪。
梁园授简徒千古，光范投书有万言。自恨无因随健翮，天风吹我上昆仑。

又

凤苞从古集高梧，百里春风暂绾符。父老锡山留产犊，元僚金殿望飞凫。
拂衣未必容孤隐，补衮还须进远谟。圣代只应端拱治，监门无事更陈图。

又

名姓当年在御屏，乘风今日起南溟。夔龙拱手扶台座，班马伸眉对帝廷。
金鉴愿公追大业，石仓惭我抱遗经。三垣象纬俱森列，可识江湖处士星。

又

知时宁肯让禽鱼（管辂云：禽鱼尚且知时，况于人乎），愿就灵氛访卜居。紫府霜髯推傲吏，青囊风角有仙书。
鬼神宣室劳前席，星宿甘泉问属车。我欲相从拂龟策，间同野鹤话盈虚。

寿新安邑侯蒋公

玺书何日赐循良，抚字艰难鬓有霜。已喜群黎登寿域，可无朋酒跻公堂。

又

曾醉银瓶献子虚，登堂缘有渭阳书。十年未谒元卿径，松竹应怜礼法疏。

又

野鹤当年诉折翎，落花斜日立公庭。一帘燕雀憎喧闹，却感琴台仔细听。

又

忆昔催科欲挂冠，输租争愿代倪宽。遥知衮绣朝天日，应奏山城杼轴难。

又

无穷惠爱在甘棠，耕凿相安化日长。雨露恩私何处厚，故园松槚尚苍苍。

又

持将玉尺喜量才，锦缎纷纷费剪裁。散入香风吹壁沼，一时莲蕊灿重台。

又

荣戟尚书赐第非（公明尚书蒋冕之后裔），只今槐影复成围。他年建节归西粤，漱玉岩前放鹤飞。

又

鹡鸰闻道最相亲，鹤俸无多便指囷。孝友才施三月政，慈和已散万家春。

又

父老曾催五袴歌，狻猊渴饮墨花多。玉屏勒石如相属，百丈青崖尚可磨。

又

梅花东阁叹羁栖，三径无由诵紫芝。谱就玉箫明月曲，南飞犹恐鹤翎迟。

寿某邑侯

百里棠阴惠爱多，鸣琴犹自养天和。玉屏父老安耕凿，金殿神仙待佩珂。曾从羊求松菊径，久闻召杜袴襦歌。他年洛社成图画，凫鹊雍容鹤鬓皤。

又

为访青乌蜀岭回，琴堂正进紫霞杯。西门治绩追中古，南极光芒耀上台。万室桑麻歌雨露，百年松槚仗风雷。知公黄发调金鼎，东阁应探水部梅。

张南园先生相约同舟出杭，而先生为邮使误，催先期独出，及舟过武林，又未遑枉道具区，登堂造谒，至广陵后，怅然书此奉寄

闲云独鹤各西东，乌榜秋江约暂同。正喜黄花催社燕，无端青翰误秋鸿。雷塘系缆多残照，震泽回帆少便风。惆怅佳期千里隔，尺书珍重锦囊中。

寿曹太母

曾向扶风听管弦，碧梧翠竹绕清泉。康成书带香初远，德曜钗笄誉已传。
鹤背高飞多令子，鹿门偕隐羡双仙。玉箫遥寄霓裳曲，万里银蟾夜正圆。

寿吴节母

历尽冰霜鬓已华，采风谁与达夔牙。潘杨密戚敦三世，钟郝徽音称六珈。
黄鹄按歌飞绛雪，彩鸾颁诰向朱霞。贞心独有寒梅识，东阁初香玉笛花。

又

辽鹤当年赴帝京，敬姜风范最知名。登堂严整称贤母，乞墅缠绵愧馆甥。
金掌露和丸胆苦，玉壶冰让寸心清。渭阳未有琼琚报，愿向绣湘采杜蘅。

又

曾记垂髫过鲤庭，已闻彤管姓名馨。十年群纪敦交雅，两世崔卢仰典型。
季重声华传鹤市，伯姬风节著麟经。自惭宅相恩勤厚，未有流霞劝玉瓶。

赋送默亭叔归里

十年湖海气飞扬，肝胆相倾少孟尝。月暗啼乌空绕树，风高快马且还乡。
三江枚叔涛犹壮，九畹灵均蕙正香。好待片帆春水出，为君沽酒话青囊。

又

迷楼芳草倦游余，词赋何人爱子虚。却感竹林相赏识，无端桂棹又离居。
风霜异国愁孤馆，雨雪邮亭念役车。此去故园烦讯问，梅花消息近何如？

题《桂林按曲图》

玉箫声乱桂花风，飘缈仙音按拍同。忽忆大罗天上事，露华初湿蕊珠宫。

题《柳阴荡桨图》

锦帆堤外夕阳多，画舫空传载绮罗。却让绿杨孤艇客，春风南浦托微波。

碎琴轩为姑溪赵补园题

忆昔陈拾遗，才高人未重。百万碎琴时，辇毂都倾动。
声华一日间，赫赫纷传诵。吾友赵姑溪，绩学兼唐宋。
松雪得宗支，渭南堪伯仲。冥搜汲冢书，饱历灵威洞。
醉墨复纵横，怒猊安可控。修篁写数竿，烟雨疑栖凤。
筑室赭圻城，抱道违时用。葺轩名碎琴，千古知音痛。
我思峄阳材，合向明堂贡。玉柱奏熏风，朱弦和雅颂。
不然空谷间，静里松风梦。流水与高山，岂无牙旷共。
奈何孤愤生，一掷惊愚众。我蓄古桐孙，抚弦常不弄。
枵然弃座隅，任受风霜冻。今日为君弹，飞鸿天外送。

甲辰除夕

芜城几度饮屠苏，酒醒更长一事无。记得少陵豪纵甚，红牙画烛夜樗蒲。

又

去年花萼共长衾，倚枕都忘冷似冰。今夜芍陂云树隔，思乡同此一孤灯。（时二弟在寿州。）

又

太平时物庆丰饶，雪积寒梅冻未销。醉后呼童持烛看，卷帘满地是琼瑶。

竺荫楼诗稿
卷三

广陵首春书寄家大人

雪后寒梅次第香,家园蚤夜具壶觞。都缘密戚开东阁,却使中厨累北堂。
游子梦归花烂熳,王孙目断草微茫。天涯栖泊成何事,空说芝田鹤粒荒。

又

吴江叶落九秋间,青翰轻帆数往还。惊鹊只怜空绕树,闲云敢说倦归山。
风和细草才堪坐,月淡梅花许暂闲。转盼劳劳亭畔路,绿杨烟雨又重攀。

又

旅馆萧条入定僧,春寒独夜拥青绫。乾坤谁共花前酒,风雪徒欺梦后灯。
竹瘦几回思渭水,石顽何处问韩陵。晓来厌听群鸦噪,安得琼楼卧百层。

寄省斋表叔四首(时归里卜地)

雀罗门外静无哗,芳草池塘是谢家。无限春风随客到,疏帘和月掩梅花。

又

松楸闻已拱青郊,五色卿云护树梢。去岁雪深劳手植,凤雏从此好成巢。

又

曾赋黄山愧未工,春风闻道要扶笻。青猿捧砚留题处,知在莲花第几峰。

又

蹴开石笋万峰云,坐处衣沾洞草芬。见说群仙朝帝夜,依稀天乐可曾闻。

春夜饮竹梧深处,时梅蕊初香,悬灯枝上,赋诗记之

倚栏花气袭衣裾,醉指灯光入画图。璧月参差笼绛雪,香风飘缈送明珠。
蟠螭焰动烟初暗,放鹤人归漏已徂。金谷羽觞夸胜会,天伦得似此欢无。

延寿庵探梅

红白交柯,参差有致,询之僧人,皆云百年物也。

绛蚪琼葩合抱奇,当年移植老僧知。春销积雪孤山远,夜渡残霞庚岭迟。
花雨乱堆调鹤径,佛香分递落鸦枝。由来姑射丰姿别,傅粉施朱总合宜。

又

老干交加拂地低，曲栏倚遍正斜晖。随风乱点胭脂雪，带月疑披鹤氅衣。古刹双林依惠远，春妆半面学徐妃。禅关静掩寒香住，蛱蝶休教次第飞。

乔孚占招饮东园

为访寒梅次第游，曲栏石径最清幽。催开晴雪渔舟笛，暗袭香风鹤氅裘。姑射人归新月澹，罗浮梦醒落花稠。只今群纪皆仙客，手植当年忆太丘。（其尊人逸斋所筑，有记在壁间。）

又

绿野春风取径遥，银瓶载酒近花朝。笼烟冷艳窥朱槛，拂水微香渡板桥。夜静最宜供鹤榻，春寒谁与护鲛绡。好将疏蕊频留住，凉月来吹碧玉箫。

岚斋先生自新安解组归扬，出示《留别诸同人》诗，命余属和

闲云归岫竟何因，谷口花残隐子真。鲁壁已闻辞磬瑟，杨亭犹可载醪醇。歌骊白岳人皆散，放鹤红桥我独亲。从此登堂频问讯，征书莫晚出平津。

又

回首梧阴讲舍虚，藿苗无计絷归驹。春风尚欲听鸣鹿，夜雨无端忆鲙鲈。七载戴彭亲弟子，两朝匡董旧师儒。玉屏此日相思处，落照寒鸦满绿芜。

又

锦帆微雨客思家，欲采轩辕绝顶茶。记得云岩追谢客，曾吟冰柱赏刘乂（余曾献《黄山赋》）。
梅花旅食游虽倦，石笋仙踪路尚赊。何日朱泉归濯足，蹴开黄海万峰霞。

又

琴鹤归来汴水滨，异乡相见好论心。垂帘静讲青囊术（余曾以壬数受知），叩角相怜白石吟。
细碎春风蝴蝶梦，低迷落日鹧鸪音。东山已遂归栖志，我亦瞻云忆故林。

寄张湘门先生（时奉诏治河，复叠前韵）

玺书褒勉出端门，绕郡河流静不喧。三辅黄图看坐镇，九霄碧落已亲扪。
云烟沧涿歌新政，雨雪菰芦感赠言。剪拂知公怜驽骨，追风何日到昆仑。

又

寂寞春风据槁梧，支离敢说德充符。琅玕何处交鸾凤，荷芰唯应狎雁凫。
耻谒公卿求荐牍，欣闻岳牧诵嘉谟。还思躡履游河朔，快赋皋夔拜稽图。

又

西山闻道翠如屏，鼓枻终当访北溟。但愿金鱼逢秘监，敢求玉璞贡明廷。
淮河此日孤鸿去，幽蓟何年快马经。借问乐陵台上月，可容过客谒台星。

又

仙才何止绾铜鱼，辽海雄藩暂借居。四塞山河畿辅地，百年礼乐献王书。
北门鹤坐延宾榻，东阁花随载酒车。幕府应多贤俊士，登台谁与赋凌虚。

默庵叔自新安抵扬，用去冬赠别原韵

犹记歌骊调抑扬，银瓶雪夜酒频尝。江湖会面惊新夏，花竹关心问故乡。
蝶梦尚迷芳草绿，燕泥谁拣落花香。别来旅况何须说，醉后挑灯读锦囊。

又

冷阅交情笑耳余，题桥壮志未全虚。清波肯与凫争食，碧树才堪鹤借居。
烟水君通银汉枻，风霜我忆玉河车。凌云献赋寻常事，敢说于今竟不如。

客灯

底事幢幢紫穗垂，相看何处最凄其。薄寒倚枕孤吟后，细雨联床夜话时。
四海浪游谁是主，三更别梦尔应知。画堂银烛光偏远，缓舞清歌玉漏迟。

《钟进士图》

袍笠依然一老儒，掀髯谁道气粗疏。归来笑拭龙泉血，且读终南未尽书。

久雨书怀用友人韵

屏翳驱云万里阴,三农望岁失初心。鹭飞平野空登麦,鸦辨炊烟早择林。
曲巷正愁青草满,画船偏喜绿波深。他年若展为霖手,愿和薰风解愠吟。

仲夏移馆撷秀轩中,偶题斋壁

烟雨楼头别绿槐,高斋容我扫莓苔。百城汲冢书犹在,半榻华胥梦始回。
落照暗随新蝶去,清风还共故人来。元亭载酒经过少,寂寞衡门静不开。

又

地主高情鹤已知,碧云凉月许披帷。浓阴渐远风蝉闹,清露休催社燕移。
侠骨支离唯剑在,闲心澹泊与香宜。空庭缓步微吟处,我欲添栽竹数枝。

赋得积雨中林无鸟声

老树萧骚静掩门,阴阴门外昼常昏。一枝何处安巢好,万里谁将健翮翻。
浓绿似帷藏野屋,湿云如墨过前村。几时缓步东皋上,日暖风和燕雀喧。

和友人坐雨

莫怪披裘五月凉,薰风不到草玄堂。金河别雁关山远,铜柱辞鸾道路长。
几处英雄同煮酒,谁家歌舞劝飞觞。何如数亩躬耕地,蓑笠闲行看绿秧。

并头莲花和友人韵

彩鸳何处睡清江,化出花枝占玉缸。赐浴华清脂粉共,凌波洛浦佩环双。
香肩并倚青霓盖,笑靥齐窥碧玉窗。犹胜赵家新姊妹,昭阳妒宠未能降。

又

曾似双鬟带笑开,新妆拂镜共徘徊。金池月澹凭肩立,水殿风凉踏臂来。
交颈彩鸳疑尔化,同心翠羽倩谁媒。多情越女横塘过,无限思量荡桨回。

《墨梅枝》扇头

冷艳寒香不可招,一枝谁写向生绡。月明犹记孤山路,人在春风第几桥。

《美人荡舟图》

菱歌断续入青蘋，寂寞谁怜渡袜尘。料得英雄无少伯，秋波凝睇属何人。

七月初四日饮竹梧深处。时兰花大放，赋诗纪事

白纻歌成酒半醒，卷帘仿佛见娉婷。烟笼秀色窥朱槛，风送幽芳到玉瓶。
采向微波传上巳，弹来空谷忆中泠。何如此夜凭栏处，香雾迷蒙满谢庭。

赠寿州程虚中先生

曾向琼楼仰重名，相逢岂料在芜城。绝无杨柳知标格，只有梅花似性情。
凉月秋山归放鹤，碧云春树许迁莺。寒芳自笑甘空谷，却遇幽人爱杜蘅。

又

抱璞何妨只自全，乾坤落落一青编。登楼万里看空碧，隐几三更味太玄。
最笑吓人多腐鼠，谁知谈道有飞鳣。秋江醉听寒涛日，喜见清风贺监船。

寿罗葛峰

琼筵恰共菊花开，玉笛清歌听几回。橘柚笼香三老室，茱萸置酒九仙台。
凤毛焕烂依慈竹，鹤发婆娑仰古槐。犹记青城曾到处，银环杖带彩云来。

又

脆竹娇丝劝玉卮，风流偏与古仙期。每怀勾漏餐砂处，还忆峨嵋寄药时。
橘井已香瓶绠水，桐窗新发栋梁枝。十年许我长桑术，曾约青城共采芝。

又

画堂箫鼓奏云韶，饮尽茱萸夜漏遥。新曲已闻红雪馆，旧游还忆彩虹桥。
手培玉树容栖鹤，头插金英谢赐貂。笑指莲峰三十六，几时携杖访松乔。

又

飘缈琼楼按锦筝，流霞谁与劝长庚。成龙岁久看松粒，饭鹤粮多拾菊英。
绀雪歌清云彩遏，德星堂敞月华明。风流莫羡仙山宴，会佩茱萸上赤城。

哭程诒昆表弟

并序

程君以逸才蚤世，余既跋其遗文矣。灯炧酒阑，低徊往事。又赋诗八绝，语浅情深，所谓长歌之悲，甚于痛哭也。客窗风雨，展读辄为泫然。

几回雅调读高斋，好拂罗衣挂玉钗。千古暮鸦垂柳路，伤心琼树竟长埋。

又

秋入梧桐院宇凉，不关邻笛已沾裳。银瓶尚想论心夜，话到绸缪月转廊。

又

周郎气味如醇酒，卫玠丰神似璧人。纵使玉楼相召急，也应暂过曲江春。

又

旧游回首一长嗟，秋草城南落照斜。记得溪桥流水处，春风携手访梅花。

又

铜街花月闹春宵，笑语同思夺锦标。今日凤毛零落尽，凄凉微雨碧梧梢。

又

悼亡曾记慰安仁，岂料荒坟草又新。连理枝头风雨恶，落花何处悟前因。

又

旅况频频问管宁，芝田曾许借修翎。谁知碧树听鹂馆，转作黄泉痊鹤铭。

又

天涯厌踏化衣尘，爱尔缠绵露性真。落落平生无别泪，为君今日暗沾巾。

徐母郑夫人节寿

一寸冰心两鬓霜，徽音传诵冠驹王。名随孺子清风远，德比康成带草香。苗向贞松梁栋器，分来慈竹凤凰粮。称觞正值星回节，宝婺光临昼锦堂。

秋声

银蒜垂帘静少风，无端万籁起虚空。梦回蟋蟀新凉后，愁在梧桐细雨中。今古伤心摧蕙茝，关河入耳老英雄。不知消息谁传到，料是天南几点鸿。

又

寥寥吹万遍乾坤，凋尽群芳未忍论。何处酒醒看短剑，有人灯暗坐长门。
三更惨淡回舟浦，一片荒寒落叶村。最是此声听不得，白杨衰草易销魂。

端砚歌书谢南皋叔祖

君不见，玉堂远宦朱崖客，袖中东海波涛泣。
又不见，诏草番书金殿时，蕊珠仙子捧琉璃。
丈夫意气当如此，不然兀坐焚龙尾。奈何落寞草元堂，尚说薰香翡翠床。
笑我萧然徒四壁，硁硁顽钝人如石。天涯饭鹤觅余粮，只仗宝泓春水碧。
从祖平生最好奇，玉灵阴液自淋漓。挲摩法物夸铜雀，跳荡毫端走怒猊。
带经怜我耕锄久，问我砚田无恙否。厚意相贻鹳鹆班，清词有愧珊瑚手。
吁嗟乎！安得云中凤鸟媒，振衣长啸上蓬莱。悬崖万丈留题后，笑叱青猿捧墨回。

汪母王夫人寿

清浅蓬莱第一遭，彩云箫鼓响仙璈。桃花潭水家声远，修竹门风阃范高。
月殿飘香当静夜，星槎载酒趁飞涛。七襄机杼勤劳后，笑指曾孙尽锦袍。

登康山草堂题吴笠躬斋壁

前明康对山先生，自救李崆峒后，被累罢官，流寓此地，以声技自娱。秋日访登，秋色澄鲜指掌，百里竹梧，骚屑天风，泠然犹似与琵琶声相应答也。

纡回曲径共跻攀，季重清风此闭关。春雨空蒙平野树，碧云迢递隔江山。
乾坤花月垂帘外，吴越帆樯隐几间。千古琵琶传别调，孤鸿犹带落霞还。

又

西来爽气好支颐，高旷唯应鹤性宜。夜静星辰扪北戒，春深锄笠聚东菑。
亭边老树人吟后，天外斜阳鸟散时。披尽遗图三叹息，风流异代邈难期。

游箭圃追感程诒昆赋此

秋入园林似画图，倚栏独立暗嗟吁。新凉着意渲红叶，旧句伤心在碧梧。
身世苍茫当落日，山河黯淡忆黄垆。板桥流水低徊处，犹是高阳故酒徒。

又

石径朱栏尚宛然，修篁无恙自娟娟。如何胜地经游屐，却向斜阳话逝川。
秋老渐看归社燕，春深犹记补风鸢。凋零百草何须恨，叹息芳蘅萎暮烟。

八月望后，移馆旧寓楼，仍叠撷秀轩原韵

倚楼斜照在高槐，依旧清阴覆绿苔。半榻虚承留孺子，洪炉愧未铸颜回。
商量燕子愁中语，约略鸿宾节后来。辜负故园秋月澹，香飘帘外桂花开。

又

濩落生涯古剑知，夜寒乡梦匿重帷。东山碧树犹修阻，南浦青蘋任转移。
倦客只应归钓稳，顽仙也说住楼宜。寂寥自爱朱弦调，肯向春城唱竹枝。

送王昆霞外史归白岳

外史挟《山志》一册，走江淮湖浙间，广索诗歌以充行笈，有文畅令纵之风。

异书读尽玉屏东，却向人间访桂丛。破衲已沾芳草雨，归帆好趁落潮风。
春深采药沉香洞，夜静朝元太素宫。蜀岭夕阳鸦万点，岂知天外有冥鸿。

又

五老峰横落照多，青崖万丈待谁磨。空劳海外乘风客，独向天涯踏月歌。
杨柳锦帆争惜别，梅花铁笛暗相和。几时醉访谈玄处，曳杖拖云上翠螺。

重九前二日，偕巴木堂、张樵庵游箭圃（时有乐师数人，携筝笛载酒而来，故末句戏用王焕高适事）

乾坤轩豁露端倪，出郭才知闭户迷。地近大江秋水阔，天垂平野暮云低。
风高何处飞鹰旋，草软真堪放马蹄。谁信斜阳归鸟后，有人吟过板桥西。

又

惆怅春游折柳条,携琴有客又相招。落霞灭没归鸿岫,远水微茫渡鹤桥。
红叶得霜加倍艳,碧梧留月肯全凋。旗亭笑避诸伶去,未必双鬟解玉箫。

方氏园亭在箭圃南,翠筱清流,自然幽澹,鸡犬篱落,无车马喧,亦佳境也,为赋诗四首

今古无穷意,苍然到草堂。清风过曲径,微韵响修篁。
远浦沉渔唱,空亭入夕阳。如何芳菊晚,只放数枝霜。

又

秋色莽无际,孤亭淡碧中。天低连远水,云尽见归鸿。
看竹谁为主,披衣得暂同。尚余丛桂在,香出小墙东。

又

飞鸟淡无意,芙蓉渐作花。暮云千万状,流水两三家。
玉笛歌船少,银瓶酒侣赊。去留随客便,鹦鹉不呼茶。

又

风物重阳近,黄花着意妍。蝶翎分晚照,人语出寒烟。
雁叫残云堞,鸦观打稻田。故园何处是,秋水澹斜川。

抱病寓楼,药炉经卷间,百虑皆澹,赋此

天涯瘦骨已支离,憔悴文园病又欺。世味尝多忘药苦,心情懒极与愁宜。
三更庄舃微吟后,一室维摩独卧时。犹感故人情谊厚,挑灯深夜话重帷。

梦中有赠,醒记其二,录之

最是销魂酒半醺,背人偷整郁金裙。高唐旧赋浑无用,别向巫山化彩云。

又

生来弱骨本珊珊,一斛明珠掌上看。天遣百花成品格,见人羞说食旃檀。

赠许毅堂

文穆君家祖，风流有后昆。冯骥三尺剑，楼护五侯门。
洒落番书妙，苍茫鸟篆尊。岐阳如从猎，石鼓好同扪。

又

江海同为客，书堂叙古欢。金樽红烛夜，凉月碧云端。
说剑神飞动，高歌酒半寒。解衣磅礴意，宜入画图看。

集唐人句题吴卿斋《读书黄叶村图》

羡君高步出尘寰，水绕渔矶绿玉湾。独向青溪依树下，但留白眼看人间。
谁言有策堪经世，何用将钱别买山。江上晚来堪画处，寒潮唯带夕阳还。

又

直将恬退乐清时，渔父幽居即旧基。红树暗藏殷浩宅，绿波新涨习家池。
眼前风景欣予意，世上浮名徒尔为。万卷祖龙坑外物，仙郎原属白云司。

又

王氏家风在石渠，韦编岁月纪黄初。尚存湖海当年气，方说烟霞近日居。
远水自招新瘦鹤，岩萝闲束古仙书。碧云迢递长江暮，白石溪边自结庐。

和元人十台诗，用杜紫纶韵

姑苏台

谩说吴宫醉几秋，屧廊歌舞变荒丘。鸱夷不逐江流去，麋鹿何能此地游？
霸业只余香草路，夕阳犹见采菱舟。销沉千古从谁问，恨杀孤鸿不转头。

章华台

列侯高会不须夸，周鼎瓜分未一家。全楚几人怀谏草，九歌空自擅词华。
云藏巫峡三更雨，浪卷湘江万里沙。无限美人迟暮意，东风吹入白蘋花。

朝阳台

十二峰高入杳冥，侍臣词赋至今闻。夷陵已有将残火，巫峡犹余未醒云。
孤月寒生青玉案，明霞艳夺郁金裙。楚宫蛾黛应私问，梦里腰肢瘦几分。

黄金台

楚殿秦宫尽作灰，风云此地护高台。长驱气已吞齐潞，定策功应首郭隗。
感激英雄如有主，飞腾草泽岂无才。当时错买驽骀骨，未必龙媒万里来。

戏马台

衣锦何曾返故乡，中原已自失封疆。纵然戏马收秦地，却让从龙与汉王。
铁骑提兵经百战，乌骓失路卧斜阳。彭城有客登高望，衰草连天雁几行。

歌风台

铁马金戈事若何，高台置酒暂经过。云归芒砀妖氛尽，树入新丰落照多。
但使功臣安带砺，何妨父老厚恩波。却怜猛士韩彭去，起舞谁为拔剑歌。

望思台

万里穷兵拓国基，青宫密迹反生疑。自从钩弋恩潜变，直到轮台悔已迟。
鸠里云深愁望处，龙楼月落问安时。汉廷若遣文成在，夜半灯光或可期。

铜雀台

扫荡群雄定战尘，归来歌舞起漳滨。锦袍赌射三更月，彩笔题诗四座人。
日落鸳鸯飞殿尾，风清貔虎卫车茵。可怜旧日分香妓，谁望西陵墓树春。

凌歊台

江左偏安已百年，谁将金鼓取秦燕。生禽劲敌心殊壮，奋起农夫势竟全。
自叱蛇妖名震动，渐消龙战血黄玄。层台箫管无多日，又见湘宫贴妇钱。

凤凰台

烟水微茫认六朝，台存凤去久寥寥。留将古意唯春草，吹尽雄心是玉箫。
灭没孤鸿秋入塞，奔腾万马夜看潮。彩云一片飞何处，空说仙人旧姓萧。

无题

静占银塘让彩鸳，蛾眉无限夜承恩。如何冰雪夸姑射，寂寞梨花昼掩门。

又

尽将芳泽解罗襦，矜宠犹存旧意无。不信但看鲛客到，金盘可自拣明珠。

又

芳兰竟体始相宜，不耐盈阶种菉葹。餐尽菊英浑不饱，玉筐犹自喂蚕饥。

又

手盥蔷薇香露滋，洞箫明月待佳期。高楼吹裂孤生竹，只有疏帘燕子知。

赠鲍省躬（时将入都）

胸有龙绡不受炎，交游落落托轻缣。轮囷肝胆留孤剑，潇洒丰姿是美髯。
蜀岭啼乌秋月暗，滹沱跃马暮云添。何时痛饮金台酒，起舞为君脱帽檐。

寿鹭锄轩主人歌

君不闻，老凤巢边云彩涌，苞符接翅皆仙种。
又不闻，孤桐百尺拂云开，长就孙枝栋宇材。
名门自古生英杰，骨重神清丰采别。三秋健鹘欲摩空，万里神驹皆汗血。
海内谁登风雅坛，君家词赋动江关。瑶琴向月弹流水，锦轴薰香爇博山。
分芋轩头闲坐久，懒残旧事频搔首。捧日留将宰相才，凌云闲却神仙手。
两世风流又见君，一枝琼萼昔曾闻。珠玑半贮琉璃匣，波磔多书蛱蝶裙。
更爱谦谦容百谷，良由风雅陶镕足。挥毫泼墨手探珠，缓带轻裘人似玉。
顾我天涯觅鹤粮，元龙意气许登床。白云翠筱怜同瘦，红豆乌丝敢独狂。
此日彩云笼玉树，片帆又逐归鸿去。流霞酒暖已难留，绀雪歌成还小住。
君不见，鹭锄轩外碧梧阴，蔽日干霄雨雪深。我欲携琴来并坐，雍喈同听凤凰音。

赋送巴木堂之蓼州，时余亦将归里，即用《赠别》原韵

玉箫凉月听来频，吹到骊歌意转亲。雨雪轻装分两地，烟霞稳住让何人。
题桥志在输君壮，戴笠盟多信我真。无限离情南浦外，东风绾入柳条新。

又

文采知君爱陆机，佩环犹自待佳期。吹残柳絮三更笛，睡尽松风几局棋。
社燕共商寻旧垒，啼乌何暇拣深枝。浮云自此分南北，愁绝河梁贳酒时。

又

曾闻跃马上燕台，万里黄云黯未开。鲲化北溟犹阻隔，鹤飞南岳且徘徊。
菊知愁别和烟瘦，雁为催归带月来。此后梅花迟驿使，春风迢递不须猜。

又

我归君去意如何，离思同分落照多。回首绿杨盘马路，关心白石饭牛歌。
暮云别浦劳芳树，春雨深山带女萝。愿待向平婚嫁后，祝融峰顶共经过。

题《牧童》扇头

著书关吏待谁传，叩角干时亦枉然。何似碧云红叶路，西风稳渡向斜川。

余客广陵三年矣，于仲冬月十九日归里，唐人诗云：黄鹂久住浑相识，欲别频啼四五声。岂人而无情，顾不如鸟耶？因赋留别八首

别分芋轩及枇杷书屋

焦桐听尽不嫌频，地主梅花两地亲。百尺元龙都爱客，五湖倦鹤自依人。
怜余消瘦贫非病，念我颓唐懒是真。遥想月明箫鼓夜，壁泥干处墨华新。

别桐阴书屋（即贻昆表弟所居）

杯酒缠绵说息机，绝弦何意失钟期。已悲花蕊凋新管，谁向桐阴理旧棋。
零落春风鹦鹉撰，凄凉微雨凤凰枝。自怜长揖灵帷别，犹忆珠帘挂月时。

别诸社友

春风曾记访瑶台，冒雪梅花次第开。青缕文章同唱和，黄垆杯酒共徘徊。
客窗月稳乌巢住，乡路云随马首来。珍重京都休作赋，碧桃容易起疑猜。

别虚籁阁从游诸弟

楼上高槐竟若何，离情应比绿阴多。青藜尚照披书案，绛帐休忘鼓瑟歌。
春雨何曾滋畹蕙，白云犹望出烟萝。殷勤别酒挑灯夜，醉把新诗读几过。

别程中江

碧云春树唱酬频，雅调相怜气自亲。白纻缠绵同古意，青衫憔悴属词人。
一帆淮浦离情远，五纬华轩聚会真。回首春风杯酒地，桐花筱粉为谁新。

别默庵

欲从银汉访支机，万里空教负壮期。说到人情同听剑，看残世局胜弹棋。
人归芳草王孙路，春入梅花处士枝。正是竹西风雪夜，寂寥萧寺暮钟时。

别鲍省躬

黄云西北郁孤台,跃马思看晓日开。散尽黄金偏磊落,持将白璧且徘徊。
寒风已听歌骊去,夜月何时跨鹤来。我待敝裘支雨雪,绨袍尚恐故人猜。

别许毅堂

锦帆南浦意如何,秋水还输客思多。湖海一杯曾痛饮,鬼神半夜听悲歌。
长亭独感攀杨柳,芳树曾烦系茑萝。君住我归同逆旅,家园风月暂经过。

渡江时,微波不兴,一碧万顷,
莫愁艇子出没于冲融裊窕间,渺然有青翰鄂君之想

菱花面面入青螺,千里青铜镜可磨。双桨木兰轻似鸟,一篙桃叶碧于罗。
谁言地险飞难渡,却喜天吴静不波。犹记楼船骊酒日,貔貅十万听高歌。

又

落落乾坤笑敝绨,暮云卷尽碧天低。一帆青雀寒烟外,万点神鸦返照西。
北渡何人怜洗马,南朝有埭听荒鸡。游踪风絮浑无定,回首雷塘柳拂堤。

又

指点台城落照阴,六朝遗恨懒登临。茫茫天堑分南北,滚滚长江自古今。
共快乘风来万里,岂知流水载孤琴。黄旗青盖无消息,一片芦花蔓草深。

江西查制台造钟山书院,檄取江南诸生肄业院中,
崇实堂捐俸供膳,聘宋嵩南先生为师,
诚乐育人才盛典也。余虽拔取,因远客未能入院。
归里之日,便过金陵,呈制台四首

翠盖油幢镇石城,薰风鼍鼓奏韶英。手扶太极星辰正,身应元精岳渎生。
三爵流霞和玉铉,九霄卿月丽金茎。圣朝入贡无他瑞,只铸贤良奏太平。

又

虽望皋夔翊至尊,山河犹赖拱屏藩。图书气耀辉东壁,节钺风清镇北门。
分陕金瓯方永奠,圜桥石鼓已争扪。恩波桃渡深无极,万里鱼龙静不喧。

又

牙纛尊严统万军，虚怀吐握尚殷勤。荣光飘缈浮河洛，赤鹄雍容爱典坟。
稽古已欣逢化雨，受知宁独奏凌云。玉杯繁露千秋业，安得排闾献圣君。

又

杨柳青溪辟讲堂，觚棱金爵百花香。何期五百明良会，得列三千弟子行。
大地文章歌衮绣，钧天箫磬动宫墙。石渠他日分银管，礼乐河间纪献王。

呈嵩南先生

飘缈神仙紫府班，天教元晏暂归闲。登台作赋吞云梦，摊烛修书重斗山。
桃渡春风鱼浪暖，竹西凉月鹤翎还。文章江左陶镕尽，肯借洪炉一铸颜。

又

青溪桃李满芳园，共说苏湖教泽尊。藜火旧曾分石阁，衣冠今又聚桥门。
谈经未预飞鳣会，筑馆虚邀市骏恩。此日渡江瞻道宇，归来何异探星源。

金陵将别呈家大人（时大人将往濑西）

共说云归岫䂶安，家贫谁料欲归难。倚闾尚盼腰缠富，负米虚邀拜见欢。
自笑稻粱宾雁拙，敢言风雪敝貂寒。殷勤一盏秦淮酒，絮语挑灯到夜阑。

又

寥落行踪笑白鸥，芙蓉悔别钓鱼舟。青溪已听歌骊发，濑水还因放鹤留。
萧索正逢黄叶落，艰难转累白云愁。明年预订槐花会，跃马西风过石头。

江宁镇晓发

天连远树逐人低，晓色归心共马蹄。黯淡月华孤嶂北，苍茫云气大荒西。
飞回泽国随阳雁，听尽山城起舞鸡。遥想故园清梦处，夜寒霜重菊花畦。

晚过采石

茫茫逆旅共乾坤，暮景萧条未忍论。败叶乱堆衰草路，酸风吹淡夕阳村。
垂杨古道还驱马，临水人家自闭门。最爱寒鸦飞尽后，有人墟落唤鸡豚。

过姑孰访赵补园不值，其嗣君乐只出揖客，因题斋壁

匹马西风访补园，城东秋草正黄昏。登堂暂据元龙榻，近市虚过仲蔚门。揖客衮师真美秀，传经松雪羡渊源。奚囊尚有焚余业，拟向青溪共讨论。

赠赵乐只

松雪曾敦缟纻情，又从玉树缔新盟。已知瘦菊如人淡，转忆江花入梦生。千里暂随鸿远过，九皋思听鹤和鸣。殷勤相送城南路，回首垂杨落照明。

太平府晓发

带将残梦别柴门，铎语人声出远村。诗思和烟生大泽，乡心随雁落寒原。谁家尚稳牛衣睡，有客长思鹤盖翻。捧日十年空壮志，红云一线涌朝暾。

玩鞭亭

  晋明帝遗七宝鞭于村姬，以脱王敦之难处。夫千金之子坐不垂堂，奈何以万乘之尊，竟微行以探营垒耶！噫，亦可危矣！

闾阖沉沉护羽林，五云方见翠华临。如何鲸鲵翻掀地，不设龙媒警备心。玉帐已知轻万乘，宝鞭何止重千金。至今追骑传观处，流水孤村落照阴。

芜湖道中

废绿荒烟大泽东，茫茫秋思杳无穷。疲驴惯卧斜阳外，倦鸟贪飞野色中。乡路关心山向背，客程回首树葱茏。何时稳住柴桑宅，拥褐弹琴半亩宫。

晚过九里十三坡

数家墟落不知名，无限荒坡竟日经。落叶寒鸦高下路，夕阳流水短长亭。望穷衰草相催白，瘦尽垂杨不肯青。自把一鞭吟马上，晚风吹与远鸿听。

晚过南陵，时微雨初晴，新绿如沐，斜曛远水，一片空苍，乌桕丹枫，几家疏密，想见化工渲染之妙也

几点飞鸿意自闲，碧云尽处露青山。居然设色倪迂画，红树村村返照间。

分界山晓发

迷离树色有无间，流水寒鸦自往还。一片浓烟如泼墨，行人疑在米家山。

考坑道中

高峰峭立，寒翠扑人，岂巨灵故劈此险以惊行客耶？

怪禽啼处暮烟生，落叶声中数客程。突兀惊心山路恶，苍茫极目夕阳明。
树披薜荔疑人立，云作魍魉逐马行。此夜孤灯寻野店，梦魂犹自怯寒更。

白花铺晓发遇雨

有客高歌行路难，青泥何止历千盘。马蹄路滑崎岖险，羊角风生料峭寒。
唤雨怪禽方厌听，搏人老树又惊看。谁家茅屋鸡声里，稳卧牛衣梦未阑。

柳夫人祠

在柳山，相传睢阳公爱妾托生，里人以其生身塑像立祠。

青史茫茫再化身，睢阳往事不堪寻。可怜一剑捐生血，曾饱千兵效死心。
罗网命衰悲雀鼠，佩环魂在擅山林。行人为读碑阴记，犹泣将军报国深。

又

疲兵无力守孤城，独有忠驱抵犒金。慷慨佳人先报主，追随厉鬼也甘心。
山空飘缈灵旗出，风急依稀战鼓沉。犹有愁云孤塔上，贺兰遗恨到于今。

望柳山塔

崚嶒孤塔望中瞻，旋入深山路旋添。转尽潺潺流水径，仰看峰出白云尖。

槁溪桥

涧水潺湲疑骤雨,远山红翠似斜阳。山环水抱皆如画,渐喜风光近故乡。

旌德县晓发

别时秋水绿,回日朔山阴。酿雪寒风急,和云古木深。
落鸦啼晓色,疲马识归心。换赋真何益,囊无贳酒金。

寿许永嘉先生（时训导扬州府）

书成繁露手频删,琴鹤相随静掩关。化雨锦帆来泽国,青云玉斧本仙班。
赐来灵寿看鸠杖,留得清名有雀环。蜀岭流霞虽痛饮,酒瓢应忆翠微山。

又

蒲轮未遣伏生车,品重南金十载余。世授宣平丹鼎诀,家藏文穆玉堂书。
琼花夜月清同调,带草春风静不锄。万里故人燕市酒,问奇难就子云居。

又

经堂见说集飞鳣,犹拥皋比讲太玄。人向汝南尊月旦,天从极北聚星躔。
一帘香草闲琴鹤,千里飞涛杂管弦。最喜夜珠能照乘,青藜何用阁中燃。

寿友人

绀雪升歌远,青云拔宅违。十年名最重,千里士争归。
夜月珠槃会,春风金带围。曲中南顾鹤,宜入翠微飞。

又集唐句四首别永嘉先生

依依独听广陵钟,许椽全家道气浓。仙吏符分勾曲水,郎官星映大茅峰。
且于雾里藏元豹,任尔云间骋士龙。莫道官闲餐苜蓿,猗兰香馥绕乔松。

又

却恐前生是许询,伊川桃李正芳新。传经谩自思刘向,吏隐谁知问子真。
献赋久为龙化去,下阶还与鹤殷勤。少瑜镂管丘迟锦,曾把文章谒后尘。

又

四海声华二十年，子云奇字独称玄。诗留白社菊英老，俸买青田鹤价偏。
道大共知尊海岳，骨清唯爱漱寒泉。天风共播云中响，彩凤斜飞入五弦。

又

莫道山城老郑虔，舞衣新绣晓霞鲜。虞门四辟星初聚，汉诏重颁茹已连。
丹井尚遗黄岳洞，霓裳欲问大罗天。最怜童子宜春服，同听先生讲太玄。

寿吴母方太君

清节何年赋柏舟，延陵旧泽至今留。艰危两世终存赵，炳耀三朝好报刘。
瑞雪不凋慈竹径，香风长护宝花楼。冰霜历尽余仙骨，紫府应颁翠羽裘。

竺荫楼诗稿
卷四

丙午首春，家大人自濑西寄示二律，敬次原韵

静倚梅花日半曛，新诗改罢鹤先闻。似曾有约窥帘月，未必无心出岫云。
落絮游丝春漠漠，微波芳草思纷纷。蕙兰九畹山中业，肯废东风灌溉勤。

又

碧树春云望不休，胭脂水阔尽离愁。烹鱼问讯何由达，策蹇探奇只独游。
细雨鸟啼花外径，夕阳人倚柳边楼。西园烂熳多吟兴，杯酒何时共劝酬。

读《吴贞女表贞录》

箫咽秦楼凤已空，可怜鬌鬑叹飞蓬。心清皎雪寒冰上，肠断凄风冷雨中。
缟素自甘终绩室，佩环何意冠璇宫。嵯峨高节人争指，照耀乌头练水东。

又

鸣佩何曾挽鹿行，彩云人已赴瑶京。弹成寡鹄弦先断，舞罢孤鸾镜不明。
金掌露和丸胆苦，玉壶冰让寸心清。贞姬闻说俱仙籍，自有鲛绡织姓名。

又

嬴博云深路渺茫，弱龄婉娩侍姑嫜。十年瀞灞三更绩，一寸柔肠百炼钢。
鸳冢久悲花已落，鲤泉见说水皆香。试看湘泪成班处，慈竹春阴覆草堂。

又

声华此日羡南皮，犹记登龙过谒时。曾以文章交季重，又将风节颂共姬。
只言夜雪欺兰蕙，岂料春晖报菶葹。姑射山中人未老，青鸾已自下瑶池。

吴贞女歌

君不见，玉屏积翠争环列，丸丸松柏风霜节。
又不见，漾回百丈练江清，夹岸香风蕙芷生。
草木犹因灵秀聚，钟祥况在人文薮。圣朝节孝广搜罗，闾德尤超邹与鲁。
延陵旧族在篁南，世守青箱白玉函。凤羽碧梧声自和，骊珠赤水手频探。
趋庭有女弥贞洁，婉娩弱龄工咏雪。鸣环德比玉尤清，赋菊才同香共彻。
名门越国许牵丝，百两犹虚奠雁期。月暗珠楼分比翼，风寒玉案罢齐眉。
蕙质可怜初婉娈，三生石上招魂远。缟服伤心恸抚棺，羹汤洗手旋调膳。

已伤明镜彩鸾孤，犹恐风霜叫夜乌。堂上和颜相劝慰，灯前泪眼暗模糊。从容节孝无人识，鼓入湘弦风雨泣。怀清名已冠仙班，茹苦身犹甘绩室。吁嗟乎！玉屏盘郁练江波，水色山光两不磨。无限贞姬同炳赫，春风华表自嵯峨。

集唐为吴贞女赋

旅坟三尺近要离，便是孤鸾罢舞时。帘外落花闲不扫，贞心独有老松知。

又

宜在瑶台十二层，怀清孤节自崚嶒。可怜光彩生门户，白玉壶中一片冰。

读汪母家乘志事

母以绩室藏金，赎回寝庙，庙中有旧额，乃予先世伯祖所书。

鸣珂犹是旧门墙，解佩何人助栋梁。五夜机丝劳绩室，百年风雨护灵光。慈乌已逝怀清馆，乳燕还巢昼锦堂。多少平泉遗业在，变迁谁与挽沧桑。

又

青云故宅长蓬蒿，光复谁知伏孟陶。已响钟镛娱列祖，尚留丹雘待儿曹。登堂异日听鸣鹿，立柱何人忆断鳌。银榜旧题无恙否，龙蛇珍重护飞毫。

仲春，省斋表叔展墓归里，来访敝轩，赋赠

一帆春水放船回，便访西园几树梅。姑射仙人知客到，先将微雨洗尘埃。

又

白屋天寒逼岁徂，曾将斗水活枯鱼。胭脂河上春波绿，烹鲤如何少素书。

又

落叶归途跃马吟，聊凭端绮报知音。东轩雪夜灯前读，定识绨袍眷恋心。

又

玉堂微雨海棠娇，燕子刚来理旧巢。不欲雕梁频絮语，香泥几许哺花梢。

舟中即事

损花天气半阴晴，路远乡音渐不明。布谷唤残春雨足，柳绵飞尽薄寒生。
江湖渐觉雄心减，书剑何年旧学成。客路关心无限事，斜阳芳草若为情。

又

画船载得好风光，烟水休憎旅梦长。锦瑟美人歌白雪，玉壶清夜醉玄霜。
落花意绪虽无赖，中酒心情只等常。怪煞绿杨双燕子，凌风拂水为谁忙。

舟中有赠

落花啼鸟数归期，谁似风流杜牧之。载得鄂君青翰上，清歌宛转解离思。

又

菊部当年第一流，佩环南浦思悠悠。销魂半曲王昙首，不独春波似两眸。

又

中流箫鼓挟飞仙，不待春风锦缆牵。一串珠喉初滚遍，岸花争放艳阳天。

又

赠得缠头直万千，灵和杨柳正三眠。洞箫休奏阳关叠，有客离愁载满船。

三塘雨泊

短簿祠前春水生，桃花烟雨荡舟行。微寒越酒频相劝，匿笑吴音半不明。
风定舞丝浑减力，泥干落絮总无情。几年寂寞扬州梦，薄幸青楼未有名。

秦园

选胜当年卜筑劳，主人曾拟狎渔樵。皴成危石玲珑径，浸入春波宛转桥。
花密尚容蜂趁客，云闲未许鹤归巢。何如半亩躬耕地，万绿阴中挂酒瓢。

品泉亭

直到鸿渐始品题，由来真味少人知。试看活泼源头地，想见清泠漱齿时。
花月已成游冶会，松风唯与野人宜。空山无限清泉在，素绠银瓶未有期。

东园怀古

庐陵谁与续遗文，鹤渚凫汀自夕曛。花月管弦开六路，烟波鱼鸟狎三君。
画桥流水曾停棹，碧树高台尚拂云。幸值东南安堵日，翛然犹可谢尘氛。

又

文章政事尽仙班，台阁才留图画间。绿涨桥头瓜步水，青藏楼角石帆山。
钓溪花落鸥群浴，射圃云深鸟自闲。指点江淮形势壮，樯乌争卷夕阳还。

中泠亭

中流鳌柱自峥嵘，泉脉疑从海底生。活泼一泓窥野鹤，苍茫四面吼长鲸。
任从铁瓮风涛壮，肯与金陵水味争。素绠有人相汲取，他年玉铉好调羹。

三月三十夜东轩度曲

隔帘灯火夜青荧，谱就清音次第听。半黍分明量玉尺，万珠倾泻出银瓶。
歌成桃叶声初缓，唤起梨花睡未醒。好把残春频劝住，红牙锦瑟莫教停。

代题《画竹》扇头赠某上人

傲雪凌霜节倍坚，萧疏宜在远公前。林深鹤劝青精饭，影静人参玉版禅。
爱取新篁三月粉，写成团扇一枝烟。他年洗钵重游处，好斸龙孙饱老涎。

首夏馆枇杷书屋，为表妹授读《毛诗》，家大人自濑西寄示六章，遥询旅况，依韵书寄

春江如镜棹歌回，四月轻阴正熟梅。半榻琴书容静卧，疏棂明快绝尘埃。

又

杨柳春风岁月徂，食残仙字笑蟫鱼。墨池未解簪花格，惭愧班姬日学书。

又

柳絮何时始会吟，轻拢慢撚教清音。青箱欲理无多暇，珍重明珠付托心。
（家大人来诗云："遥知笔墨添清韵，终日教吟柳絮风。"）

又

康成女使笑泥融，也解持笺学戏鸿。自是草香书带绿，不关帘外有春风。

题江寅初《松风图》

莺花佳丽说维扬，谁汲山泉自品尝。辟谷欲寻黄石侣，结茅犹隔白云乡。成龙渐觉松枝老，待凤空辜竹粉香。今日披图三叹息，输君丘壑贮奚囊。

题寄程鼎玉斋壁，和张南园先生原韵

野鹤闲云爱旧疆，绿杨深护读书堂。踏回麦浪衣沾碧，吟过花桥字带香。鸡善谈玄翻贝叶，蝶能忘梦笑蒙庄。我来正值乡傩日，社鼓巫箫遍夕阳。

又

远峰如髻露墙东，绿野人家到处通。水静浴鸥藏曲沼，泥香语燕闹窗棂。百城坐拥千秋在，一榻安眠万虑空。羡杀青青书带草，帘前镇日受薰风。

又

参差花影落方池，蛱蝶飞来立钓丝。月动波心鱼跃地，风凉水面鹤醒时。剪成怀素蕉千叶，眠罢灵和柳一枝。回首白云濠濮上，惠庄同调最相思。

又

谁言仲蔚隐蒿莱，敞室疏棂静不开。花亚小鬟低照水，苔成古篆乱侵阶。闲将玉帐青囊讲，斜控金鞭白马回。更爱葛巾闲立处，翠烟修竹自徘徊。

又

载酒无缘数问奇，元亭风物最萦思。疏林澹远倪迂画，墟里依微靖节诗。芳草斜阳游迹倦，杏花春雨耦耕宜。何时共买青山住，散发行歌荷锸随。

用东坡《烟江叠嶂图》韵，为程鼎玉题照

回环秀削万重山，山静犹藏太古烟。兀坐山中园绮客，苍颜鹤发何皤然。但见半壑松风寒透骨，银涛万丈响飞泉。手执一编参造化，居然道脉追伊川。

地当姑射浮丘外，人在庚桑畏垒前。蒙密女萝青欲滴，山深疑入蔚蓝天。武陵误放渔舟入，未免桃花洞口妍。何如此间江壑更幽绝，招呼倦鹤来

青田。

君不见朝菌蟪蛄荣枯短，独让长松居大年。隔水笙簧微谡谡，缠云缨络暗娟娟。

幽人性格松相似，空山才得容高眠。软红一霎春宵梦，几人蚤醒学神仙。烟霞我亦多奇癖，不知何日寻前缘。披君此卷神先往，浪迹关河十年空负逍遥篇。

三叠前韵，书寄张湘门先生

大梁千里放河门，气压支祁未敢喧。浪静金堤青翰稳，风清苍水赤绦扪。桃花二月屯耕地，瓠子三秋乐府言。最羡仙槎归汉渚，袖中携有小昆仑。

又

听尽雍喈响帝梧，潜夫犹自隐王符。闲从碧海招青鸟，醉爱沧江唤白凫。烟水羡门安旧宅，漕渠贾让奏新谟。遥知仆射陂前望，定有荣光五老图。

又

东望扶桑隔玉屏，钓竿何日拂沧溟。飘零我欲师黄石，翼亮公宜冠紫廷。岳渎尚虚元老位，风雷长护大荒经。伫看九曲安澜日，赐第归朝发半星。

又

宾馆春风愧食鱼，曾因杯酒叙离居。犹存记忆雕虫感，不料浮沉锦鲤书。寂寞闭门繁露笔，辛勤作楫使星车。九重阊阖何由入，欲藉巫咸问太虚。

楚中李惠伯赠予《西湖百咏》一卷，书此于后，时惠伯将往天津

南北眉峰扫黛云，钟情百首镜台闻。六桥花柳私相语，西子新妆愿嫁君。

又

吟回三竺正斜阳，楚些缘何字有香。一自东风吹绿芷，美人清梦遍潇湘。

又

烟雨西泠酒可沽，金貂犹未骋天衢。他年乞得君王赐，十里荷花即镜湖。

又

山色湖光带笑迎，葛巾野服自闲行。居然似赴金笺召，何必沉香玉笛声。

又

当年曾共季鹰游，此日期君博望舟。试上昆仑狂叫处，一杯河水接天流。

浙中戴斐男邮示诗集，题绝句于后

听尽黄鹂万柳阴，君家高致邈难寻。只今一卷新诗在，犹是花枝百啭音。

又

策蹇孤山踏夕阳，闲寻野鹤话行藏。梅花知我前游否，献赋曾经冠玉堂。

又

麦陇青青玉辂过，瑶琴播入五弦和。如何老抱空山曲，万壑松风入梦多。

又

几人锦被鄂君还，数点斜阳禹穴帆。可惜少微真处士，清风长卧剡溪山。

友人松笺磁注赋此寄谢

桃花笺纸玉蟾蜍，锦鲤传来换子虚。好贮蔷薇香露水，还抛柿叶绿天书。
错刀雅意殊难报，端绮微词愧已疏。尚爱新茶阳羡美，炎风可念渴相如。

重过寓楼有感

别后芃兰忽老成，重来爱尔读书声。虚劳两载篝灯坐，往事思量暗怆情。

又

柴门燕子访春来，曾倩梅花劝一杯。此日石帆山外路，舞雩正踏晚风回。

又

凉蟾犹记静无尘，杯酒论文气谊亲。楼上槐阴依旧绿，高吟只少倚楼人。

三旬初度，赋诗自祝且自嘲也

三尺丝桐膝上横，焚香道念静中生。忧欢转眼皆如梦，宠辱关心不必惊。
汗马功名惭邓禹，雕龙词赋笑钟嵘。嗒然隐几真忘我，默听虚空万籁鸣。

又

青衫贫病过流年，百折难磨气浩然。鼓瑟何当居上座，吹箫从此好留连。
辛勤且理焚余业，舒卷还凭造化权。自笑奚囊今暴富，莺花无限入诗篇。

又

白云两地望中迷，锦鲤平安数首诗。落照共分芳草梦，清霜谁护菊花畦。
高堂尚待供牲鼎，客路何必问酒旗。犹感琼田栖倦鹤，秋风余粒饱仙芝。

又

天涯棣萼渐成围，款段何年约共归。岁月桑弧人尽壮，儿童竹马事都非。
别来酒量谁深浅，梦里衣衫问瘦肥。惭愧青镂贻一束，金门作赋愿犹违。
（时易弟寄我班管为寿。）

又

婆娑桂影覆西园，童稚遥怜解候门。挽髻笑登杨柳阁，披衣凉过藕花村。
已知松菊荒三径，犹喜诗书诵万言。素业他年欣有托，旅游聊可慰心魂。

又

海内英奇愿共游，几人许载李膺舟。苍茫旧恨憎邻笛，慷慨新交脱敝裘。
赠剑情怀思季子，登楼人物论荆州。回看狎侮沧江上，尚有忘机数点鸥。

又

敞室疏棂受月华，高吟抱膝不须嗟。管弦隔院歌新燕，鼓吹深山忆旧蛙。
尚愧班姬称弟子，敢夸宋玉作排衙。藏书插架如烟海，何处寻源便有涯。

又

一卷葩经手自持，闺门风雅托陈思。绛帷缓缓传经地，环佩珊珊拜见时。
咏絮才名犹可继，簪花笔法尚堪追。端居一室交游绝，银蒜钩帘镇日垂。

又

冷淡梅花识素心，东风燕子入帘寻。已甘顽钝人如石，岂有声华赋掷金。
马齿自思惊老大，鹤翎何以报高深。恩勤远赐银瓶酒，敢辱群仙共降临。

集唐人句题画册

绿树重阴盖四邻，芰荷香里静垂纶。美人娟娟隔秋水，玉袜凌波生网尘。

又

片石丛花画不如，旋栽新竹满庭除。柳风吹破澄潭月，一盏秋灯夜读书。

又

满帘春水满窗山，只隔红霞四五湾。两岸芦花飞晓雪，寒潮唯带夕阳还。

又

约开莲叶上渔舟，潮落空江网罟收。金磬泠泠水南寺，芙蓉花外夕阳楼。

又

云碓无人水自舂，白云斜掩碧芙蓉。幽溪鹿过苔还静，童子开门雪满松。

又

春雪空蒙帘外斜，斑骓嘶断七香车。红珠斗帐樱桃熟，鹦鹉开笼唤煮茶。

又

深竹园林偶辟疆，疏松隔水奏笙簧。风吹青桂寒花落，暂醉佳人锦瑟傍。

又

花深桥转水潺潺，自起开笼放白鹇。杨柳风多潮未落，松枝晴霁鹤初还。

又

夕阳和树入帘栊，水阁虚凉玉簟空。卷帘飞燕还拂水，一时鱼跃翠荇东。

又

绕城波色动楼台，小苑城边猎骑回。扑簌寒雕睇平野，又看天汉跃龙媒。

又

晚睡蒙眬百啭莺，人家煮茧掉车声。池光不定花光乱，风定苏潭看月生。

又

碧纱窗外啭黄鹂，清簟疏帘看弈棋。影转高梧月初出，自教鹦鹉念新诗。

又

绿树成阴子满枝，风蝉定后道心知。一泓秋水一轮月，缓步微吟柳恽诗。

又

坐向松窗理素琴，月轩修竹转凉阴。玉箫曲尽彩霞动，十二玉楼何处寻？

又

香到梅花又酒卮，绿波新涨习家池。楼中饮兴因明月，度曲飞觞夜不疲。

又

玉人何处教吹箫，翠簟风清暑半销。谁取金丸落飞鸟，暮烟微雨过河桥。

又

小鼎煎茶面曲池，早荷新荇绿参差。南州共奉芳蘅社，斫取青光写楚词。

又

可怜三五月当阶，应愿将身作锦鞋。一握香丝云撒地，强将纤手整金钗。

又

竹寒沙碧浣花蹊，百尺桐阴画阁齐。昨夜西池凉露满，药苗新种两三畦。

又

天末群山孤草亭，角冠秋礼一坛星。新香几粒洪崖饭，松下看云读道经。

又

旧宅花连罨画溪，红榴花绽拂檐低。为看老子三千字，又借茅斋岳麓西。

又

一树寒梅白玉条，南邻酒熟爱相招。平原风急宾鸿乱，也跨疲驴挂酒瓢。

又

夜雨催成蜀锦机，佳人犹舞越罗衣。西楼一夜风争急，帘外严霜皆倒飞。

又

青翰舟中有鄂君，千山红树万山云。金铃犬吠梧桐月，书破羊欣白练裙。

又

装束飞鸿意态生，天风吹下步虚声。平阳歌舞新承宠，十里飘香入夹城。

又

一曲霓裳按小伶，看花多上水心亭。鲤鱼风起芙蓉老，蟋蟀声中一点灯。

又

独嫌瀑布画声难，五月江深草阁寒。新雁参差云碧处，丹青写出与君看。

题《笼雕图》

静锁金笼宿，无言劲羽孤。风高憎绦旋，月冷梦菰蒲。
恩重宁忘报，饥深尚耻呼。随阳多少雁，饱占好江湖。

送友人归吴门

柳阴南浦始逢君，欸乃桐江一棹云。开到菊花人又别，歌成桃叶酒微醺。
箫因恋旧频三咽，月为将离减二分。回首东轩应入梦，灯前顾曲几殷勤。

又

秋深燕子识归期，半曲吴歌已解维。画舫只今倾别酒，旗亭何处爱新诗。
夕阳芳草长干笛，春水桃花短簿祠。响屧廊空歌舞歇，一杯为我酹鸱夷。

集唐人句成转韵长歌寿程梧冈

神仙中人不易得，多少路傍名利客。先生早赋归去来，南湖一顷菱花白。
白石溪边自结庐，岩萝闲束古仙书。且于雾里藏元豹，未暇江中觅鲤鱼。
鸟带夕阳投远树，忽到庞公栖隐处。野航恰受两三人，明月自来还自去。
宛在中流渤澥清，征帆落处暮云平。凫鹭散乱棹歌发，何处玉箫吹一声。
怪来诗思清无敌，渔翁暝踏孤舟立。渺莽残阳钓艇归，南望千山万山赤。
格格水禽飞带波，村砧坞笛隔风萝。柳风吹破澄潭月，白银盘里一青螺。
有时自发钟磬响，孤棹夷犹期独往。酒酣日落西风来，置身福地何萧爽。
忆昔献赋蓬莱宫，姓名新受御纱笼。金泥照耀传中旨，玉佩成行引上公。
诸公衮衮登台省，华岳峰尖见秋隼。红亭绿酒送君还，鸂鶒苇花随钓艇。
先生有道出羲皇，身长九尺须眉苍。道纯不守庚申夜，天授何须甲乙方。
爱客满堂尽豪杰，楼中饮兴因明月。谢家春草满池塘，宝剑藏锋埋夜雪。
南金雅望十年余，陶令花繁贺板舆。新雁参差云碧处，上帝拣作神仙居。
喽喽游鱼近烟岛，平郊远见行人小。不将莱舞易三公，但奉恩纶娱二老。
偶因麋鹿自成群，歌杂渔樵断更闻。荣路脱身终自得，富贵于我如浮云。
菰黍正香鲈正美，垂柳金丝香拂水。柳边人歇待船归，何处春风随马尾。
鸡犬相闻落照明，羁人每动故乡情。白沙翠竹江村暮，上界诗仙独自行。
彩诰已荣双寿考，天书诏下征遗老。众中赏我赋高唐，词翰升堂为君扫。
羡君高步出尘寰，三征犹自恋青山。帘外晓风双燕语，门前秋水一鸥闲。
清风何日重携手，劝君莫惜金尊酒。酒酣喝月使倒行，战却凝寒为君寿。

中秋贡院大雨

词源未必倒三湘，底事云雷起混茫。霖雨几人追傅相，大风先已梦轩皇。
愿从渤溟翻长翮，谁向泥涂拣夜光。试问广寒仙殿远，月娥何处奏霓裳。

送程叶千归里，即用留别原韵

红树参差客倦游，乱山如画古宣州。一鞭快马吟斜照，几点离鸿叫暮秋。献璧悲君同潦落，吹箫笑我独迟留。故园杯酒论文夜，应念孤灯雨雪愁。

又

歌成绀雪夜频删，羡煞君归舞袖班。无计远随黄叶路，有人高卧翠微山。芙蓉别浦空相忆，鹦鹉深笼未许闲。我待明年樱笋熟，桃花春水放船还。

寄张南园先生

剖开鱼腹得瑶函，静夜挑灯读再三。浩荡风云迟海北，寂寥词赋老江南。生涯故垒衔花燕，心事深筐食叶蚕。最是奈何频唤处，清歌缓缓酒微酣。

又

误羡樊川乞紫云，玉箫歌吹竟空闻。啼鸟犹自飞三匝，明月何曾有二分。秋水相思徒怅望，微波远托愧殷勤。几时碧树东山地，待觅闲田共耦耘。

又

秋色遥从震泽来，蓬蒿尚困谪仙才。青衫憔悴人俱病，锦绮缠绵雁蚕回。售玉若逢持善贾，聘珠深愿作良媒。观涛赋雪平生志，杯酒期君访吹台。

又

锦帆何处觅繁华，万树垂杨落照鸦。谩说名花金带瑞，空余芳草玉钩斜。朱弦雅调难逢世，翠羽雕笼苦忆家。安得故园寻隙地，种成五色邵平瓜。

哭家苍岑先生

曾共经堂揖绿槐，何知邻笛遽悲哀。光芒已见埋文冢，魂垒从谁借酒杯。鸡犬未尝金鼎药，鬼神应爱玉楼才。袖中谒帝书犹在，试叫天阍定易开。

又

几度投珠按剑看，秋风锁院夜灯寒。英雄叹息埋头老，贫贱沉沦拔足难。空说饭牛悲宁戚，谁从剪马识高欢。遗文检点存三箧，谁向明廷献治安。

又

臂弹尻轮与化随，遮须端的让陈思。紫云砚唤青猿洗，白石粮凭素女炊。
大海为杯觥政快，长天化纸赋才奇。雄文自有神仙识，何必人间访子期。

又

处士风流旧墅存，行人指点石帆村。已悲墓树留长剑，忍向黄炉问酒樽。
芳草几人嗟落魄，斜阳何处可招魂。九原底事堪相慰，回首琼枝好弟昆。

弟柱从余游者二年，丙午冬，自新安返广陵，来谒余，有依依色。别后，酒阑灯灺，追感前游，怆然赋此示之

铜蠡小砚柱研磨，聚散浑如梦里过。犹记将离微掩泪，缠绵怜尔最情多。

又

只有疏槐澹月知，论文剪烛夜忘疲。只今寂寞凭楼处，可忆传经细语时。

又

慈堂辛苦赐熊丸，瘦骨泪怜怯薄寒。见说菜根多好味，花前勉强劝加餐。

又

曾苦趋庭大杖严，当时教护一身兼。殷勤尚记前言否，桑梓须知恭敬瞻。

又

愿尔荆花共一心，从来孝友过黄金。休忘酒罢挑灯夜，棠棣曾教缓缓吟。

又

翠微山外读书回，庄岳分明换旧胎。江海谷王唯善受，谦谦从古是良才。

又

几树梅花一局棋，故园握手酒盈卮。苍茫回首家乡地，落照山阳笛最悲。

又

休笑图南倦翩回，雄心犹在未全灰。新诗不屑寻常赠，腐鼠鹓雏莫浪猜。

又

半生憔悴为情深，一片伤离感旧心。碎墨无多珍重看，灯前读罢定沾襟。

岁暮拟归里留别

暂别芙蓉返旧津，春风重到五湖滨。乾坤空阔容来往，愿向烟波作雁臣。

又

砚寒冰冻玉蟾蜍，翠管香奁侍女书。琼树一枝娇小日，雪窗何用课三余。

又

碍月西轩翠竹存，秋风解箨又生孙。别来未免钟情甚，欲访平安到故园。

烛泪和郑绀珠韵

影暗疏帘怯薄寒，偷垂红箸夜初阑。玉盘迸落知无数，绡帕殷勤拭不干。
拥髻有人伤寂寞，低头无语怨泛澜。潸然共尔相看处，敲断金钗烬未残。

又

休说华堂绛树开，看人歌舞转生哀。流残剩粉浑疑血，拨尽春心未肯灰。
冷雨半檐分点滴，凉风何处避尘埃。销魂最是清光里，环佩珊珊夜半来。

又

西窗刚剪话离愁，怪尔盈盈已满眸。岂是热肠怜客别，故将冷眼替人流。
鲛盘一串珠犹在，鹤鼓三通滴未休。索性留髡吹灭尽，爱他明月近高楼。

又

银屏夜照舞姬腰，揽镜无端怨汐潮（小青书云：朝镜泪潮，夕镜泪汐）。
渍向青衫非酒污，晕成红颊欲魂消。
浅深湿罢歌三叠，断续流干玉半条。最恨更深人散后，鼓楼何事独名护。

又

春寒睡醒海棠枝，曾记花前泣照时。黯淡猩红凝宝碗，飘零凤彩夺珠儿。
半腔热血浇难尽，百结柔肠化最迟。回首夜游如梦寐，许多呜咽尔深知。

程奕山以丧偶索诗，书此相慰

微雪初凋翠竹枝，凄凉骑省悼亡时。愿为乞取天孙锦，写出湘妃鼓瑟词。

又

曾向榴房暗祝频，聘来桃叶最相亲。只今樛木清阴歇，应有攀条堕泪人。

又

明月沉沉白玉栏，凤雏娇小碧梧残。伤心掌上珠犹在，雪扑麻衣不忍看。

又

碎锦零缣满玉筐，多情奉倩莫沾裳。春风寂寞梁鸿案，人世生离更断肠。

文选楼

以下扬州鼓吹词

百代校遗书，千秋传故址。摄衣快凭栏，斯文谁继起。
卓哉侍东宫，庾徐二三子。多少六朝人，斜阳东逝水。

谢安宅

江右渺风流，俯仰悲陈迹。寒鸦落照中，尚有东山宅。
当日投鞭来，烽烟喧咫尺。万马饮长淮，风云迷大泽。
公时坐镇闲，谈笑麾戈戟。用少能击多，筹兵见残弈。
至今栋梁材，惨澹留孤柏。还闻爱羊昙，丝竹欢晨夕。
怜才千古心，恸哭西州客。我来肃拜瞻，春草萋萋碧。

二十四桥

何地无平桥，独此宜明月。娟娟清影中，箫声如未歇。
乃知骚人吟，脱尽江山骨。

重城

锦旗百队牙门簇，太牢雅量宜瓯卜。书记曾怜杜紫薇，红灯暗护鸳鸯宿。
司勋才气压山川，薄幸青楼竟十年。罗袖玉钗明月梦，香奁翠管彩云篇。
箫声歇后风流杳，朱栏一点银蟾小。沉沉街鼓禁潜行，玉人清曲何由晓。
相度休休信不诬，酒阑长叹窄中区。石渠史籍殷勤记，报得知音厚意无。

芜城

江淮枕臂金汤固，旌麾无限英雄住。参军何事独悲凉，雉堞茫茫思作赋。
幸际升平未遇兵，铸铜煮海擅雄名。殢人红袖知多少，结客黄金可重轻。
绿杨郭外春如织，斜控紫骝青玉勒。却笑行歌带索人，也来踯躅芙蓉国。

康山

北地才人缚就烹，权门慷慨屈身行。酬恩百口宜相保，如何坐视不平鸣。泠然梧竹天风响，犹带琵琶哀怨声。

雷塘

淮海孤城路不通，宇文发难望夷宫。隋周报复天心巧，山河自此归唐公。柳丝还拂东风舞，几点蒙蒙寒食雨。尚有耕人拾宝钗，一抔犹认隋家土。

东阁

冷入寻花梦，香分作赋才。银瓶清夜酒，玉笛半庭梅。芳意殊将歇，美人迟未来。罗浮冰雪骨，寂寞为谁开。

董井

万壑奔沧海，长江纳百川。斯人不可见，寒井至今传。活泼寻源地，清冷未食泉。茫然怀古意，手把玉杯篇。

明月楼

六代人吹笛，三更客倚楼。凉生游子袂，梦入化人州。放眼开全镜，如眉挂半钩。许多圆缺意，长入碧云流。

竹西亭

一片斜阳地，人将鹤共分。阴虫相偶语，歌吹已无闻。碧影生凉月，寒梢扫碎云。孤亭凭眺处，谁忆杜司勋。

蕃釐观琼花

后土祠荒户半扃，仙娥曾此驻云軿。人间香满朱栏地，天上花开白玉亭。心择去留唯彩凤，眼看荣谢是飞萤。当年不遣仙葩发，翠辇何由此地经。

迷楼

回廊复阁自玲珑，玉辂巡游出半空。百队缨铃三岛月，六宫弦索五更风。
试看歌舞疑天上，应有神仙爱此中。一自洛阳烽火后，野棠无主向人红。

隋宫

离宫见说胜蓬瀛，不管山河半壁倾。凉月九重金殿闭，香风十里锦帆行。
朝披形势舆图壮，夜醉酣香（殿名）谏疏轻。好梦未醒钲鼓震，斜阳殿角不胜情。

鸡台

玉树凋残叹九原，新声消歇已无存。佩环岂料春风地，歌舞犹逢夜月魂。
同听无愁宫里曲，敢言旧恨井中冤。丽华尚殉青锋血，耻把宣华钿盒论。

平山堂

参天梧竹想高柯，弹指声中百代过。春水欲波青雀远，绿杨犹挂暮鸦多。
折花佳宴传宾座，补屋浓阴剩女萝。山色有无还似画，夕阳大半在前坡。

芍药厅

裁剪分明造化匀，春风金带一时新。曾因庆历三朝相，遂冠沉香百代春。
捧日尚思酣宴地，聚星都是探花人。我来醉把珊瑚朵，笑问东皇可有神。

梅花领

裹尽金疮百战休，王琳何处送生头（事见《北齐史》）。可怜化碧孤臣血，长傍啼红望帝愁。
风雨北邙留正气，衣冠南渡少深谋。苍茫独立丰碑下，犹想提兵瓜步洲。

淳于棼宅

蓬梗生涯竟若何，羡他好梦入南柯。宫奁粉泽恩情重，郡国旌旗气象多。
但使龙庭能筑馆，何妨蚁穴共鸣珂。浮荣世上都如此，仰面青天一笑过。

云山阁（秦少游赋诗处）

有客高秋会，惊人赋好诗。梁园犹未至，台鼎已先知。
跨鹤人频换，探骊句未移。尚留揩笏地，长想摄衣时。
窈渺金箫曲，琳琅玉树枝。广寒还在望，谁与赏音奇。

萤苑

淮北疲营筑，辽东浪死生。不如依腐草，犹傍六宫明。

又

怯露藏深叶，随风堕浅莎。三分全占尽，还比月光多。

斗鸭池

春水蘸垂杨，萍花散野塘。何须争喋喋，稳睡乃为良。

又

不见呼名客，空存水战池（《太玄经》云："水战之鸭，何必白缨？"）。
坐观飞浴处，犹记李邕诗。

九曲池

汾晋龙初跃，酣香燕尚飞。凿池空九曲，无复百川归。

争春馆

扬州府廨有杏十余株。开元中，太守张晏选姬妾，每一树主一人立其侧。

墙东犹露数枝红，曾与婵娟斗化工。想煞绣裙斜立处，朦胧残月一帘风。

又
谁向巫山拣彩云，一枝红艳欲平分。怜伊鬓湿钗横后，尚有余香袖里闻。

又
花光人影总风流，此地凭栏未觉愁。尚有夕阳疏雨外，断肠春色似残秋。

石塔寺（即木兰院王播读书处）
微风拂落一庭花，燕子飞飞日半斜。试问阇黎钟歇后，更谁生受壁间纱。

又
吟残塔影日中圆，五马重来古寺前。激发英雄凭一饭，飘零僧舍已多年。

蜀冈
盘曲平坡跃复眠，曾传蜀脉暗相连。巨灵泼墨无常格，尚有峨嵋峭到天。

又
蟹舍渔庄有几家，半明半灭隐残霞。春风吹遍湔裙地，一片娇黄野菜花。

月观
愿化银蟾缺复圆，殷勤携手记当年。月明金殿凉如水，密誓深深暗并肩。

又
长安何必管金汤，丝竹深宫乐未央。月影只今沉黑夜，飞萤犹自堕寒塘。

又
缓缓清歌马上吟，美人回首总销沉。自从三匝啼乌后，无复春风旧彩禽。

隋堤
软条无力自依依，只与离人挂落晖。恨煞日斜风未定，舞丝将歇又吹飞。

又
赤栏桥畔往来桡，蘸向春波万万条。两岸蓼花烟雨里，行人何处认前朝。

又
寒禽将子自纵横，一片锁魂画不成。吹尽柳绵春意少，断肠还惹玉箫声。

玉钩斜

剩粉零香尽内家，只余黄土一抔斜。春风似识兴亡恨，野草青青不忍花。

又

休怨罗裙蔓草堆，隋家宫殿总成灰。凄凉寒食无人到，多谢东风燕子来。

红桥

和烟和雨恨相兼，染得柔丝绿渐添。直待黄昏风定后，看他新月半钩纤。

又

画楼深处教清音，隔断春波思不禁。昨夜玉鞭桥上过，离情还比落花深。

又

半舫湘帘隐黛螺，红灯远近按新歌。春来看遍栽花圃，怪煞将离种得多。

茱萸湾

落尽梨花已暮春，萋萋草色望中新。孤篷载得扬州梦，只有清波月送人。

又

扬子江头落晚潮，估师争泊九龙桥。更深大鼓中流去，醊酒椎牲醉共招。

又

罗江哀怨竹枝词，商妇琵琶任所之。最恨茱萸湾畔路，满天风雨送人时。

广陵涛

跳荡长鲸归大壑，喧豗万马撼孤城。高吟不是游梁客，敢向秋风听此声。

又

落日酣歌上吹台，诸侯谁肯重清才。自从醉看江涛后，顿觉风来腕下来。

赋送郑绀珠归吴门

新知才聚又将归，线密同看游子衣。叹我寒灯孤馆静，只余乡梦到庭闱。

又

盼到春风握手晨，莫因莼鲙滞经旬。新诗吟遍扬州路，同是飘零杯酒人。

093

又

莫怨投珠遇合迟，娇修正是惜阴时。相期尚有千秋业，岂止西昆北地诗。

又

痛煞元亭绕树风，怜伊孝思最无穷（指胡姓及门弟，十四龄，刲股疗亲殉死事。余曾为立小传纪其事）。娥江碑记凭君撰，应有鬐魂谢梦中。

风雪叹

北风呼号来，凄厉侵肌发。朱门狐白温，醉听清箫发。
哀此路傍人，匍匐求怜活。提携众稚行，眉目清如画。
裸露悲无裳，百结犹衣葛。雪虐皮已皱，冰凝足犹滑。
自云薄田庐，秋涨俱漂没。谁将歌舞资，救此饥寒骨。
缯纩曾几何，盘餐聊暂掇。百万舍缁流，浮屠高突兀。
忍看同体人，竟化沟中物。吾将驱元冥，立变阳和月。

蝶圃八咏，和郑绀珠韵，为松门程丈题

还味轩

大道本腴甘，苦心谁独往。翛然澹泊中，至味原无上。
乃知藜藿人，不羡腥膻党。

染春源

策杖登高原，草展花微吐。阳和满眼来，借问谁为主。
昨夜薄寒生，几阵廉纤雨。

香界

空谷静无人，兰杜纷清昼。扫秽隔藩篱，微风香自透。
若使混薰莸，十年犹有臭。

月田

一片月华凉，心地无畦畛。良苗受好风，荷锄当勉黾。
悠然踏月歌，俯仰谁拘窘。

半笠

诛茅覆小亭，缁撮从谁剖。谢彼同盟人，下车休揖我。
吾将凌苍垠，八荒思矫首。

藕柴

玲珑玉腕柔，乃在污泥内。洗罢雪朱盘，洁白生怜爱。
美人谁与游，碧水孤舟在。

鹤乘

轩裳绊胎仙，何异栖荆枳。浩荡天风来，九皋从此始。
葛衣鼓琴人，招尔东山里。

却月廊

寒蟾欲近人，悄向回廊步。风篁环佩音，清影澹回互。
软语夜初阑，玉宇凭谁赋。

无题

几回见后暗潸然，惆怅琼楼悔旧缘。怪尔藕丝牵不绝，憎他明月缺还圆。
悠扬别梦春风蝶，喧闹离愁落日蝉。似玦如环无限意，夜凉软语记凭肩。

又

风雨凄其叹索居，离心两地落花初。羞看夜月青鸾镜，错认春波锦鲤书。
团扇无情悲婕妤，白头有恨怨相如。彩云隔断无多路，回首蓬山信息疏。

又

莫怪媒劳意不通，从来沟水易西东。每悲别酒倾难尽，长恨离琴听未终。
后苑蕙兰香漠漠，前途杨柳雨蒙蒙。夕阳千古离骚意，尽在王孙芳草中。

又

诀绝恩情已分休，无端牵惹上心头。新愁堆积从谁语，旧梦惺忪不自由。
翠羽嬉游思洛浦，黄昏悔遁怨灵修。东风费尽吹花力，却与他人作胜游。

又

非是仙源别有因，桃花安用访迷津。尚怜谢客知前事，不把萧郎当路人。
剪烛深心曾款曲，披帷病骨记逡巡。百年共保松筠节，万里何妨若比邻。

读《庄子》

天空海阔想襟期，虚室心斋戒坐驰。悟得神形相守处，逍遥何地不相宜。

读《孙子》

霸业原堪一战成，五申三令要分明。雄才七国无人识，且试登坛教女兵。

文中子

凤隐中原白日昏，著书端合老龙门。兴唐将相皆高弟，献策何须达至尊。

和杜紫纶《幻香亭》无题八首

最怜乍别入帘迟，肠断回眸悄盻时。弱不自持风里絮，憨如欲诉雨中枝。
醒来蛱蝶犹疑梦，煮后春蚕尚有丝。教到玉箫声咽处，新声却让别人吹。

又

脉脉微波织女津，七襄曾誓报恩身。谁知濯锦生涯幻，翻悔抛梭用意真。
瑶瑟低徊悲旧曲，玉楼欢笑让新人。梅花欲谢桃初发，懊恼东风总未匀。

又

对镜何心掠晓鬟，新愁无限聚眉湾。曾将密意传流水，不信春心隔远山。
盻盻楼边花自放，劳劳亭外柳空攀。深情一卷香奁在，定有知音惜玉颜。

又

杜若香风到处生，却怜解佩旧人更。刚调锦瑟传金缕，又换霓裳按玉笙。
钿盒前盟恩爱重，罗衣别院笑謦轻。开箱怕见同心结，触动秋波万种情。

又

名香化骨玉为躯，百琲明珠值得无。不为弃捐生怨恨，翻因牵惹费踟蹰。
最怜羞颊回身抱，犹记潜行纤手扶。青鸟沉沉消息绝，春禽底事尚相呼。

又

隔帘微雨近黄昏，黯地相思孰与论。莲子有心徒自苦，丁香何事向人繁。
萦缠百结筐中茧，惝恍三生石上魂。正是南宫歌舞夜，落花无语掩重门。

又

青绫独拥耐深秋，团扇长抛任不收。自爱沉香薰小像，肯将清吹博缠头。
夜寒金剪伤心歇，春暖秾花满眼浮。玉局思量因底过，十年流落谪琼楼。

又

夜阑密誓负深恩，环佩何由返旧魂。微雨忽分双燕梦，春风悔听五禽言。
酒因别恨登时醒，灯为离愁故意昏。莫怪柔肠浑不定，萍花着水本无根。

赋《无题》后又系二绝句

美人赋就笔生香，不碍梅花铁石肠。宋玉微辞俱有托，莫将私梦认高唐。

又

清风五柳赋闲情，岂有微瑕白璧生。无限芷兰哀怨意，笺诗安得郑康成。

寄贺吴冠山学兄北捷

玉尺量从舞象时，清修共爱佩香蘦。输君冀北空群骥，愧我图南倦翮垂。
击剑长卿甘落拓，同袍叔宝费相思。治安好向金门献，自有重华圣主知。

又

回首青槐落照阴，殷勤儒署暂论心。伊人秋水清如玉，有客春风愿铸金。
季重已看登紫府，伯姬曾为颂徽音（曾托余为其从姊撰《表贞录》诸诗）。
帽檐醉插宫花日，可忆濠梁正朗吟。

省斋表叔示我《水中梅影》扇头诗，索和。醉中吟讽，同爱其诗之清丽绝尘也。不辞续貂，强踵其韵，花如有识，当笑人齿冷矣

清绝涟漪入望遥，横斜疏影镜中招。凉生玉袜风萧瑟，冷浸鲛绡月寂寥。
拨动罗浮双荡桨，吹残洛浦一声箫。微香拂水依稀处，人在西湖第几桥。

又

数枝低照夕阳天，悄盼卿卿暗自怜（小青《水中顾影》诗云："卿须怜我我怜卿。"）。岂有游鱼堪折寄，将无放鹤共回旋。
纤尘不染魂都冷，香雾微笼态更妍。曾是寿阳妆罢后，只应鲛室贮飞仙。

又

自爱微波写美人，寒潭冷澹不生尘。细看姑射传神洁，更比徐熙落墨匀。
索笑岂无湘浦女，寻香只许汨罗臣。参差无限低徊意，肯让惊鸿占洛津。

又

香雪开残绿涨深，谁从夕照爱低阴。折来未许容纤手，嚼去何堪当点心（古诗"细嚼梅花当点心"）。

荇藻浮沉牵不定，蜻蜓上下暗相寻。不随轻薄桃花落，静听江城玉笛音。

放歌赠程吟园、赵补园，即用吟园元韵。时补园造新安，访余未遇，借榻檀干数日

天吴醉吸海波涸，巨鳌掉尾蓬山弱。群仙瓢笠散人间，风雪麻鞋寻旧约。
琅玕一卷放杯歌，矫首琼楼嗟落寞。酒泉笺奏乞移封，上帝点头佯不诺。
檀干烂醉万花春，鹦鹉呼茶聚胜宾。有客半酣长啸起，高吟不管鬼神嗔。
啾啾百鸟争求食，凤凰孤立谁为亲。美人天末相思意，化作香风入白蘋。
我踏软尘三十载，看尽偃师搬傀儡。故园花竹自凄凉，蝴蝶春风无主宰。
姑孰仙人到我家，冰壶玉魄空相待。青溪示我袖中诗，云气散空生五采。
君不见玉山金粟有高闲，铁崖吹笛藕花居。风流照映垂千古，图画苍茫继二疏。
上清沦谪君休悔，新诗长与江山在。他日珊瑚拂钓竿，笑看琪花开蓓蕾。

题画头二绝句

返照孤亭小，寒风落叶稠。白云斜抹处，浑似故山秋。

又

一发青山露，孤拳瘦石岣。谁于枯树外，添个独吟人。

箭圃十咏用郑绀珠韵

春风消息野梅迟，香雪蒙头万树诗。见说小亭花影乱，澹云斜照半烘时。

又

短墙种得绿杨遮，百啭黄鹂稳作家。风定半钩新月上，舞丝无力向人斜。

又

名花拂槛自娟娟，长忆沉香玉笛年。客醉露浓花欲睡，莫将红烛夜深然。

又

修篁绕径翠亭亭，添得清风遍野坰。还似主人怜客意，数枝萧瑟眼中青。

又

遍栽芍药待春游，侧帽簪花尽上流。为语东风裁剪巧，好开金带冠扬州。

又

满酌玻璃琥珀红，微酣赌射绿杨风。轻裘缓带清如玉，人在浓阴淡霭中。

又

盈盈新涨待轻篙，燕子飞来认画舠。几处杏花墟落小，雨锄烟笠遍东皋。

又

开到梅花梦翠微，故园寒鹊绕枝飞。主人情重如醇酒，莫怪留欢醉未归。

又

作赋惭无玉局才，碧箫凉月劝衔杯。绛纱笑我无多暇，输与寻香蝶子来。

又

风流曾羡玉山园，铁笛仙人鹤背骞。此处更饶豪迈气，射雕金镞落寒原。

寄衣

剪裁端绮奉慈闱，旧学无成悔断机。长短入身知称否，梦中依恋暂牵衣。

又

风雪休将游子论，貂裘虽敝尚微温。缄书寄语诸儿媳，寒燠殷勤问寝门。

赠郑松莲

束发受诗书，妄与夔龙比。餐粮爱菊英，佩带怜芳芷。
自笑许身愚，细碎同虮蚁。形骸土木顽，合遁深崖里。
奈何襆被行，踽踽莺花市。衣食亦何为，别我新安水。
聊佣笔研资，换米供甘旨。私愿向名都，缟纻交君子。
宁存标榜心，愿受磨砻美。异地见同袍，捉手欣然喜。
还因文字缘，介绍通佳士。襟怀冷澹中，秋水清尘滓。
吟君案上诗，至性深无底。清梦想登堂，白云悲陟屺。
凄怆游子心，唱叹朱弦起。纷然裘马间，谁复知曾史。

风流两郑侨，气味俱醇醴。玲珑双玉环，照耀黄金儿。
客去锦帆泾，相思犹未已。如何春水生，君复归乡里。
桃花万树中，结室堪栖止。叹我尚风尘，高蹈惭园绮。
慈母念天涯，日夕门前倚。何年买薄田，负耒躬耕耔。
吟罢忽苍茫，返照千峰紫。

赋得补园虽破有梅花赠赵姑溪，即用为起句

补园虽破有梅花，傲雪凌霜度岁华。曾受香风吹纸帐，任分春色过邻家。
调羹摘取枝头豆，煮酒谁停树下车。爱我西轩花亦好，半帘淡月卷横斜。

丙午广陵除夕

击剑天涯又一年，奚奴检点几诗篇。客中半盏屠苏酒，酹汝还输贾浪仙。

又

感激元龙爱客心，飞腾何日慰知音。湘帘棐几清如画，容我高斋静夜吟。

又

九龄只解诵周南，尚羡珠光照玉函（江采苹事）。谁信六龄娇稚日，采薇天保已都谙。

又

知心最喜有高堂，锦鲤传诗细品量。遥想独吟微醉后，濑西清话夜联床。

又

岁暮曰归正倚门，凭谁婪尾劝开尊。灯前尚赖诸儿女，觅栗分柑笑语温。

又

墨竹何人赠袜材，多情端绮雁传来。愿为剪作姜家被，风雪论心酒一杯。

又

宾鸿择主返瑶台，旧梦难忘首重回。犹记寓楼沉醉夜，卷帘微雪在高槐。

又

吟尽梅花异国春，愿求风雅作比邻。玉箫凉月论诗地，缟纻新添又几人？

又

愿祝投环玉燕飞，锦屏银烛倍光辉。诗才柳絮殷勤教，隔幔他年好解围。

竺荫楼诗稿
卷五

题花草画册

桃花
宜喜宜嗔晓起时，汉宫微雨洗胭脂。十分春色须怜惜，露井风开第一枝。

水仙花
姑射丰姿绝点尘，香风吹入绿波匀。盈盈隔水惊鸿态，本是江皋解佩人。

芍药花
沉香亭北露华垂，金带春风有几枝。正是湔裙欢会日，怜侬何事唤将离。

玉兰花
美人斜插鬓云寒，秀色娉婷尽可餐。好共宜男香入梦，谢庭珍重护雕阑。

秋葵花
数朵荒篱剪碎金，娇憨无力露华深。谁怜冷落秋风里，犹抱殷勤向日心。

绣球花
见说春风似剪刀，枝头半绾锦丝绦。花开共讶团圞巧，谁识金针造化劳。

又
美人鞠踧上西楼，红烛光寒落彩球。十二玉栏无觅处，晓来错认在枝头。

老僧鞋菊花
飞舄疑从鹫岭回，香依金粟钵边开。陶潜醉后殷勤看，曾向庐山社里来。

又
踏遍吴天楚地霜，青莲趺坐片云黄。自从只履西归后，留得枝头几点香。

凤仙花
绰约猩红傍镜奁，美人清晓卷珠帘。最怜摘入金盆内，染向春衫玉指尖。

牵牛花
银河几许别离情，散作幽花遍地生。紫蔓随风浑不定，只应灵鹊认分明。

柳燕
乌衣旧事费思量，金线低垂拂面长。弱羽软丝难挂住，东风上下为谁忙。

蜻蜓蓼花
钓丝何处立寒塘，款款轻飞入夕阳。几点冷红秋水澹，爱他清景似潇湘。

卷耳草黄虫

数枝寒翠小如钱，趯趯螽斯倍可怜。曾记有人思往事，提笼采叶暗怆然。

芦鸭

饮啄微生本有涯，水云空阔便为家。羡他稳睡清波里，梦和秋声落荻花。

雁来红猫

斜阳影里卧狸奴，谁取秋光入画图。昨夜孤鸿清唳过，几枝红艳似珊瑚。

菊花

寻香蝶子有谁来，冷落金英遍绿苔。自是天生无媚态，东篱何敢傲霜开。

荷花

菡萏初开碧水深，香风远近袭衣襟。嫣然无限娇红意，却抱亭亭独立心。

郑松莲归里赋长句送之

翠微回首梦沙鸥，归岫闲云得自由。倩我春风杨柳笛，送君微雨木兰舟。
锦囊客去留新韵，金带花开想旧游。珍重维驹贤主意，肯容高卧筑菟裘。

又

愿取琼枝折赠君，论心邂逅即殷勤。伊人澹远宜秋水，游子缠绵话白云。
洛浦锦衾思远道，河桥玉笛怨离群。几时共买柴桑地，万绿阴中约耦耕。

又

弹琴归去意何如，曲巷应多载酒车。谷口杏花寻旧隐，辋川云树盼新书。
垂杨远水谁同钓，带草香风好自锄。可忆天涯游倦客，罗襦玉佩定交初。

又

杯酒旗亭雅宴深，双鬟何处访知音。始怜空谷人如玉，误信长门赋换金。
细雨落花生别梦，斜阳倦鸟识归心。春江我亦寻回棹，快读沧波散发吟。

和醒轩泛舟保障湖韵

十里垂杨欲尽头，锦帆烟雨为谁留。菰蒲碧水回青雀，杜若香风梦白鸥。
婉转歌声和玉笛，苍茫战血想吴钩。江南山色还如画，太守当年记姓欧。

丁未仲春花朝后二日为程贻昆弱冠诞辰，弹指间已捐世二载矣。人琴之恸，忽触于怀，感而有赋，用借园韵

犹记银瓶半醉年，碧梧新月坐忘眠。绝弦顾我情偏重，题柱怜君志最坚。
故剑挂时三叹息，遗书读罢一潸然。夜台作赋无人买，取酒谁酬十万钱。

又

玉局修文弱冠年，灵和柳色正三眠。谁知绕树慈乌泣，更痛登山化石坚。
仙路凤箫人邈若，佛香鱼磬夜凄然。伤心难买春光住，零落榆花满地钱。

丁征君挽歌（丁分司父）

邻杵初停小巷春，苍茫落景丈人峰。寒云远隔辽中鹤，凉雪凋残梦里松。
泽国记曾收竹箭，仙城何处主芙蓉。鸳湖素旐归来日，五色泥金有旧封。

又

龙门清节玉壶冰，庭训由来有李膺。襁褓万家歌贾父，珊瑚一卷报王曾。
沙虫秋涨怜江左，鹏鸟春风怨海陵。借问淮王金鼎客，几人感旧似孙登。

泼墨图为边颐公题

四海何人爱子虚，砚泓空滴玉蟾蜍。试调濯锦春江水，自草泥金泰岱书。
拂纸沉吟神独往，解衣磅礴意何如。十年愿识边韶面，此日生绡乍见初。

又

纤手谁为捧紫云，琴边鬓影看文君。涤来香露珊瑚管，写遍春风蛱蝶裙。
袖里狻猊须郑重，人间鸦蚓自纷纭。玉堂锦轴装成后，静夜名香手自薰。

又

蝌书鸟迹久微茫，横捣乌皮望八荒。梧竹阴森飞白室，樽罍古穆草玄堂。
美人侧立持缣素，学士群观聚堵墙。见说远携三楚去，应将淡墨写潇湘。

归里留别郑绀珠，即用赠别原韵

离亭系马尾毵毵，惯听阳关曲叠三。客路凄凉红杏后，乡心迢递翠微南。
窥人别酒唯明月，染我征衫是暮岚。彩管香奁清课罢，挑灯谁与夜深谈。

又

拂尽乌丝写朵云，笔床曾取异香薰。还因别绪萦方寸，翻累衣围瘦几分。
蓬梗生涯悲按剑，杏花时候近湔裙。骊驹唱罢情无限，春水虽深不及君。

三月十三日汪云织邀游吴园，赋诗纪事

绿杨夹岸画中看，青翰金尊竟日欢。碧水春风鸥梦静，杏花斜照蝶翎寒。
主人气味醇醲美，客子情怀天地宽。尚有归舟余兴在，银蟾微露碧云端。

又

春色名园占十分，曲廊行遍已斜曛。树阴细碎宜藏月，石径玲珑欲化云。
水墨林泉王给事，丹青图画李将军。几人修到园公福，洗竹浇花入鹤群。

又

过此翛然暂息机，远山如画隔江微。花和返照香笼屋，柳拂清波绿到衣。
落尽棠梨春不觉，种来松栝影成围。东风燕子浑无主，犹向雕梁话是非。

阻风西沟

卷尽黄沙匝地昏，苍茫落日淡无痕。奔腾万马声嘶栗，出没孤豚势吐吞。
大块何堪频噫气，石尤不管断离魂。白云多少思亲意，愿倩飞廉达帝阍。

途中寄别广陵诸友

马蹄踏破乱山青，风里杨花水上萍。最忆枇杷书馆静，殷勤别酒劝银瓶。

又

新燕巢成客到家，碧云回首浩无涯。玉壶羡煞芳园里，看遍春风芍药花。

又

绿杨几树拂邗沟，挂尽离愁不自由。尚想河梁相揖别，月明同上木兰舟。

又

野店村醪似蜜甜，况逢饧鼓杏花天。苍茫念我同袍友，未免停杯一黯然。

寄醒轩

芳草迷楼踏软尘，桃花潭水定交新。酒泉未获移封地，饭颗谁怜戴笠人。花市光阴萍水客，醉乡风味葛天民。垂杨一路村沽美，犹记春郊共饮醇。

寄借园

海天空阔共心期，皎皎归驹赖絷维。白玉一杯凉月酒，青灯百感落花诗。久知北海多豪迈，谁识东方隐滑稽。念我江南倦归客，一鞭斜照最相思。

寄别思武兄，即用别郑绀珠韵

隋堤折尽柳毵毵，犹似啼乌绕树三。芳草客归寒食后，落霞人在洞庭南。蝶翎春色随流水，马首离心挂夕岚。最忆联床杯酒夜，青绫坐拥五更谈。

又

声华尚隔凤城云，绿野和风拂面薰。喜得簪花才乍聚，愁为落叶又中分。十年尘土青萍剑，一树琼枝白练裙（谓近文侄也）。想到片帆归去日，愿将杯酒酹湘君。

寄送程中江游粤，仍叠前韵

客路风尘鬓已毵，羡君风度柳眠三。灵珠夜月辉江左，古剑秋风响岭南。海外文章夸鼍鳄，山中岁月忆烟岚。离帆笑我匆匆挂，未及河梁握手谈。

又

琴中流水梦中云，自取沉香小像薰。三径栽花容我到，十年煨芋待谁分。炎荒万里蛟龙国，越鄂孤舟蛱蝶裙。湖海汪汪怀叔度，于今雅量又逢君。

再叠前韵，留别瓠田，兼送其游惠潮

夕阳细路草毵毵，落尽梨花春已三。碧树交情深渭北，青云壮志愧图南。盟鸥我爱沧浪水，策马君探岭峤岚。直待秋风归棹日，蜃楼海市纵奇谈。

又

自笑无心出岫云，一帘香草夕阳薰。锦帆异国人方合，玉笛离亭袂又分。
旧事关情团纸扇，新诗托意薄罗裙。西堂夜雨愁花落，珍重维持尚赖君。

宛陵夜发

缺月落清波，余晖在林薄。维舟整严装，客子中宵发。
远树碧微茫，平田修且越。飞鸟破空蒙，轻阴散城阙。
来往自劳劳，山川长不没。白露沾我裳，忧欢变华发。
回首意中人，孤云渺天末。

宣城道中

一鞭吟过杏花间，牧笛樵歌自往还。远岫四围俱似画，不知谁是敬亭山。

又

平畴无际菜花肥，夹路浓荫染客衣。千古澄江吟不尽，风流长想谢元晖。

晓度画眉岭

微雨净芳尘，东风吹我裳。四野氛埃豁，朝晖翳复光。
朱华缀绿山，清涧发微芳。好鸟鸣嘉树，求友声悠扬。
念我客游子，江湖鬓发苍。风云艰遇合，衣食累行藏。
劳生事行役，高卧谢羲皇。美人一垂隔，回首徒相望。

寄别弟柱

自信披裘不受金，却缘谊重思难禁。惭余尚滞搏风翮，爱尔偏坚立雪心。
旧梦凄凉青汗简，新诗悲咽白头吟。春江百尺桃花水，不及思君意最深。

又

别有前因不自持，落花情绪少人知。缠绵旅馆论心夜，凄恻离舟执手时。
春草池塘空有梦，碧云日暮已无期。趋庭愿尔须珍重，莫为羁人黯地悲。

寄省斋表叔

一路吟鞭过落花，离心无限柳丝斜。谁教道蕴操青翰，暂赖康成管绛纱。
缱绻赠绨欣有主，艰难负米思无涯。东轩明月情偏密，归向家山猿鹤夸。

又

名园回首最关情，月榭烟廊次第成。曾共品题商落墨，尚思幽赏醉飞觥。
花枝带笑扶朱槛，宾从陪游似玉京。笑我归帆何太急，梦为蝴蝶绕花行。

又

问字人来薄暮初，论心暂慰客窗虚。缠绵久感知音重，懒拙深惭世法疏。
鸣佩渐谙金屋礼，班荆无碍玉台书。垂帘一室交游绝，未免孤灯叹索居。

栖云八景

丁未夏，余自广陵归。家竹舫叔邀余避暑读书于栖云山。演微上人示余诗，读之，语皆幽澹，如闻妙香。因踵其韵，聊志山居风景云尔。

北涧松声

飞涛飒沓起虚空，曳杖闲听羡远公。曾与梵音相响答，还随铎语共玲珑。
猿收落子风初定，鹤认归巢雪未融。悟得静中天籁意，蒲团默坐最高峰。

西溪塔影

凭虚直欲御风游，十里晴光杜若洲。人立白云窥太极，影和残照入中流。
苍茫霹雳三更斗，灭没烟霞四面收。呼吸只疑通帝座，飞鸿天外复何求。

曲径修篁

为访平安到野泉，微吟爱尔最娟娟。佩环有韵随流水，翠袖无人倚暮烟。
添得清风初霁后，减些新月晚凉天。箨龙伐尽琅玕瘦，我亦胸中有渭川。

溪流春涨

一宵风雨入沙汀，十里鱼龙浪气腥。汗漫浊流分溟渤，喧豗乱石锁雷霆。
微茫远树烟中发，欸乃渔舟水上萍。独立逝川曾领悟，数声金磬自泠泠。

黄山晚翠

指点轩辕古帝家，山痕微露一些些。海边云尽堆残墨，天外峰高剪落霞。
有客凝眸瞻翠黛，无由换骨浴丹砂。何时直蹑莲花顶，笑看崦嵫日景斜。

层峦积雪

鸿爪东西叹此身，空山碾玉净无尘。闭门自是传心地，面壁谁为没胫人。
枯树带云宜入画，远回峰照色如银。泠然想到峨嵋路，曾嚼梅花天地春。

石岭樵云

烂柯峰顶一痕平，似与幽人共性情。斜日带归台笠重，晚风吹入断崖明。
无心已逐飞鸿出，有迹还随野鹿行。安得太虚肤寸起，愿为霖雨济苍生。

南台卧月

仰看星汉碧云流，一榻凉生万象秋。寂照镜中人不寐，华胥枕上梦偏幽。
林间犬吠僧归寺，烟外钟声客倚楼。遥想二分佳丽地，玉箫应怪客迟留。

赋得秋月照寒水

清光落处万川圆，洗尽纤尘玉镜悬。但使此心如止水，试看轮彩挂中天。

又

次第霓裳按拍成，水晶宫里听分明。愿教月姊亲为主，莫使微云翳太清。

又

怒浪惊涛总未安，珠宫谁与挽狂澜。风潭涌出冰轮洁，休作寻常境界看。

又

肯向孤寒照碧流，一枝仙桂最宜秋。天香飘落波心去，谁借吴刚玉斧修。

郑绀珠自广陵寄诗依韵奉酬

锦鲤传书到，开缄唤奈何。春风皋席重，旧雨酒杯多。
病自耽松竹，心非恋薜萝。香奁清课地，还望理青螺。

寄弟柱即用原韵

澹月微云静掩门，论文爱尔共晨昏。本来桃李成阴易，敢向春风说旧恩。

又

惝恍离魂尚未安，孤帆曾记泊河干。苍茫无限王孙草，添得斜阳不忍看。

避暑栖云，家大人自濑西以诗寄示，敬和六首

数声鱼磬夜燃灯，人在经楼第一层。杞菊斋厨滋味尽，可能御饼吃红绫。

又

明月扬州别梦深，春风柳絮忆前吟。如何去住探消息，青鸟沉沉直到今。

又

慈竹春阴覆草堂，潘舆御罢细评量。莳花叠石浑闲事，愿访芝苓益寿方。

又

空蒙荻浦隔溪灯，树色山光抱几层。历历渔庄俱可画，谁将淡墨写吴绫。

又

凉月修篁曲径深，有人携手共微吟。秋帆挂后频回首，流水空山自古今。

又

鸳绮何年献玉堂，深宵刀尺自裁量。此间多少飞腾客，弥勒应传换骨方。

家大人寄示濑西寓室诗，敬和二首

春风城郭画图间，记得孤亭访最闲（最闲亭在濑水）。半里绿阴调鹤地，几家流水钓鱼湾。

帘栊静卷人长住，款段轻装客独还。落尽海棠沉醉处，别来离梦尚相关。

又

万壑松风读异书，归来自贺得幽居。暂为栩栩南窗蝶，尚想茫茫北溟鱼。杨柳迷楼徒怅望，莲花佛地自纡徐。秋帆转眼催人去，肯许弹琴卧草庐。

赋得花坞夕阳迟

万树霏红地，仙源似可通。影分鸦背外，春老蝶翎中。远倩疏林挂，潜随牧笛终。落露吟望处，伫立数归鸿。

绝句题竹间

吟尽空山澹月凉，清阴分碧到衣裳。玉堂汗简归来后，重访平安过上方。

题扇头

无情野水向人流，老树萧萧落叶稠。记得西风斜照里，年年此地系离舟。

110

题扇头美人

寂寞幽芳度几春，可怜如玉意中人。非关独立矜遗世，耻向人间共笑颦。

又

春愁无限上眉尖，珍重还应闭玉帘。何事废书微太息，东风回首旧香奁。

又

薄罗衫袖晚妆新，生小腰支掌上身。脉脉秋波桐影下，不知含睇属何人。

又

深闺妆束合矜庄，不为新凉换薄裳。略受微风飞不定，怪他蝴蝶太轻扬。

赋别竹舫四叔

谈经犹记夜忘眠，旧事寻思已惘然。借榻碧云松影寺，倚楼凉月桂花天。
离琴谁向焦前听，团扇非关热后捐。今日临流分袂处，夕阳曾此唤归船。

又

锦鲤催人不自由，生憎离梦载孤舟。春风敢说登皋座，夜月何妨照敝裘。
但愿沉潜耽慧业，莫将佻达作风流。青云志气休轻挫，好向松窗细校雠。

又

远浦归鸿晚照西，落霞吟尽碧天低。文当会意头频点，话到关心手共携。
薄味颇疑贪腐鼠，壮怀谁信舞荒鸡。浮踪落落原无定，回首空山旧路迷。

又

行藏最喜素心同，软语烧残蜡炬红。春雨耕耘思郭北，秋风射猎说谯东。
难将好信凭灵鹊，只有离情付断鸿。未必佳期能称意，西泠空指落花中。

又

深情无限托香奁，圆缺心期似夜蟾。玉尺量时虽未售，金针绣处已全拈。
相怜瘦骨餐频劝，预诉离愁酒暗添。从此高楼风雪夜，天涯可忆旧江淹。

仲冬赴广陵留别二弟学礼

差池弱羽久西东，千里归装喜暂同。旧事欢娱思竹马，客游怀抱问飞鸿。
醉残桂子西堂月，吟过荷花北槛风。转眄劳劳亭外路，离情无限夕阳中。

又

扫除竹径落花深,把酒高歌就树阴。梦里悲欢犹在眼,别来肥瘦又关心。
三秋鸿雁难常聚,一曲骊驹已惯吟。此去孤舟风雪地,吴山越水懒登临。

又

造化无心任卷舒,闲云出岫意何如。霜寒野店频沽酒,水浅孤篷只载书。
游子整衣怜线密,幽人绕屋种梅疏。玉壶待得花开日,好劝慈堂夜饮初。

又

家园风月好逍遥,无奈知音折柬招。未必佳期容跨鹤,可能壮志慰题桥。
知人旅况唯长剑,惹我离愁是玉箫。何处襟期堪涤荡,摩挲倦眼看金焦。

别内

年年累尔下鸳机,勉我天涯莫浪归。纵使别离滋味苦,也胜终夜泣牛衣。

别酒初酣,访诸同人远送浦口。夕阳将尽,乃分路而归,书此以志友生之感

斜阳落叶满亭皋,半醉同登远浦舠。玉笛歌终持别袂,锦衾梦远忆同袍。
白驹有意维空谷,黄鸟偏思恋故巢。莫笑天涯空浪迹,西风赋尽广陵涛。

又

飘然琴剑又离乡,来往关河鬓发苍。回首关心黄叶寺,有人坐我绿阴床。
龙门愿授千秋业,鹤饭犹艰五亩粮。蓬梗生涯何日定,欲从鸥鸟话行藏。

留别带星草堂

玉笛离亭听已频,青衫憔悴远游身。一杯别酒殷勤劝,祖道西风有几人?

所思

梦里缠绵觉后悲,无聊情绪锦衾知。分明握手西堂话,两颊微红忍泪时。

又

最怜秋水似明眸,顾我萦肠不自由。多谢情人远相访,梦中何路到孤舟。

舟泊汤家埠，夜遇偷儿，食物巾箱尽窃而去，唯钞书数卷弃置舱旁，戏赋二章，以博同人一笑

琴剑无多事远游，秋风江上木兰舟。书生宝物唯藏砚，客子酣眠遇窃钩。
席卷不存青玉案，囊空只剩黑貂裘。尚知钞撰曾辛苦，肯把残编数卷留。

又

烟波一舸似鸱夷，胠箧探囊事太奇。得失楚弓何必问，去来塞马不须疑。
慢藏岂有金堪攫，化盗曾无绢可遗。自笑聚粮三月后，空将馈赆累交知。

舟中示儿虎

牵衣犹是佩觿身，怜尔相随异国春。好向山河舒眼界，要将风雪炼精神。
登龙自可交元礼，舞象何妨伏伯仁。但愿青云传素业，钓矶容我静垂纶。

阻风乌石滩

岁晏征装促，芙蓉梦钓矶。投纶闲迹远，破浪壮心违。
作客生涯拙，依人始愿非。石尤遮别路，乌榜系斜晖。
适意鱼潜跃，离群雁不飞。茗偏清睡味，酒不敌风威。
共拥薰香被，同燎向火衣。渔灯烟际小，戍柝夜深微。
负耒思求药，行歌忆采薇。倚门慈母望，努力早谋归。

舟行即事

三弄梅花缓缓吟，碧云清响落波心。美人无限佳期意，肯作秋风怨别音。

又

一编长日课儿多，半入江风半棹歌。不似断崖残壁里，离骚读罢付清波。

又

博山炉暖爇龙涎，绣被薰香自在眠。一缕篆烟青翰上，居然人似玉京仙。

又

夕阳芳草淡无言，风角青囊静讨论。矫首白云无际处，只疑身遇古轩辕。

又

野粳初熟酒初香，到处青帘已遍尝。剪烛藏钩沉醉夜，不知离梦在孤航。

又

团脐霜后蟹初肥，羊酪豚蹄滑匕匙。更有细鳞新网得，旋沽村酿夜深炊。

又

载将诗思木兰回，濠濮清风水面来。落照断霞吟未稳，数声渔笛又相催。

挽程若庵

曾将长揖礼夷门，风雨难招别去魂。埋玉只今悲叔宝，买丝何处绣平原。
东山逸韵留丝竹，北海风流寄酒尊。琼树一枝无恙否，凤毛家学有渊源。

又

感君葑菲爱微才，看遍春风玉笛梅。国士未成羞说报，王孙虽困耻求哀。
几人分芋陪宾阁，独自携柑向夜台。念我邮亭初到日，征衣谁与拂尘埃。

又

记浔飞鸿触网还，崎岖身世太行山。从容不借蚺蛇胆，慷慨高吟虎豹关。
稽首北辰敲玉磬，伤心明月盼刀环。只今一曲啼乌怨，好与清歌穗帐间。

又

春水桃花放艇归，故园樱笋正初肥。断弦才见悲骑省，犯月谁知陨少微。
双管凤凰俱哽咽，七襄牛女失光辉。夕阳邻笛声凄绝，回首山河故旧稀。

又

半醉寻翻旧锦囊，新诗读罢暗沾裳。十年结客芙蓉剑，百卷薰香翡翠床。
别后生涯同土埂，重来华表话沧桑。自怜寂寞朱弦曲，曾奏君家白玉堂。

又

柯亭寥落失知音，何处相思更铸金。不为歌鱼弹剑铗，曾从归凤识琴心。
销魂东墅观棋客，恸哭西州叩户吟。撰记惟君无愧色，谁将珊管勒碑阴。

夜坐读弟柱诗和之"百感茫茫不自知"，其语意之幽咽也

旧怨新欢已隔年，落花流水两茫然。无端牵惹西堂梦，一度相逢一度怜。

又

留恋经斋怕别离，趋庭大杖受如饴。只今感念前情重，铁石刚肠为尔痴。

又

宵深犹侍讲堂前，立雪曾怜志最坚。更检鱼笺清夜读，别来情重觉君贤。

又

龙门大业未传多，回首光阴叹掷梭。织女自惭空秉杼，七襄机锦竟如何。

又

灯残鼠穴走伊威，无复春宵侍讲帷。多少怀人伤旧泪，化为檐雨夜霏霏。

又

冷眼窥人爱尔真，见时冷澹背时亲。素心早识君如此，白首何妨共食贫。

又

风雪登堂访旧知，玉壶凄咽不堪持。愿君咫尺常相顾，绝胜醇醪劝饮时。

又

辽东不为旧恩深，华表凄凉肯再寻。见说墨痕俱化泪，伤心重读壁间吟。

又

惜阴知尔夜灯明，讲论还须访友生。帘外暗风君识否，梦中来听读书声。

寄吴门郑绀珠

落花时候听离琴，辛苦香奁累久吟。为盼锦帆秋水棹，频传白雁夕阳音。
回槎好载支机石，旅橐谁分换赋金。欲寄琅玕酬厚意，寒潮远道恐浮沉。

又

愿经吴市访专诸，惆怅停舟落照余。沽酒几时重话旧，赁春闻说欲移居。
春风携手谈心曲，夜雨凭肩读异书。悬榻主人情重否，还因桂玉代踌躇。

又

沉香雅调自相亲，曾向旗亭醉几巡。敢为绨袍轻国士，每于佣保爱才人。
置书怀袖知愁思，投笔江湖叹苦辛。借问黄金歌舞地，酒阑肝胆向谁真。

又

渴疾长卿暗共怜，殷勤清茗载离船。忽惊半夜逢肱篋，未许中泠试活泉。
雀舌新香谁与品，鸿毛薄意竟无缘。春风谷雨重相饷，好付樵青竹里煎。

寄怀竹舫四叔

寒雪霏微暗扑帘,相思清漏正厌厌。才离朋好言俱懒,每忆家乡梦亦甜。
知己情怀胶里漆,客游滋味豉中盐。故园想见论文夜,醉尽银瓶酒屡添。

赋送吴葵右归里

浪信鱼书竟远游,佩环何处托良媒。嘤嘤鸣鸟空凄切,皎皎归驹莫滞留。
一曲离歌愁短笛,十年侠气负吴钩。生涯安稳耕兼读,回首家山有钓舟。

又

经斋犹记落花春,曾话班荆气谊亲。折束虽怜游子误,赠绨应恕故人贫。
寒风旅雁归心急,落月啼乌绕树频。覆雨翻云浑见惯,天涯我亦厌风尘。

送程若庵先生灵柩志恸

已向青衫拭泪频,知音寥落更伤神。白衣无限东郊送,可忆西轩作赋人。

小砚赠家默庵叔系以诗

砚田难熟悔艰辛,铜雀空随异国身。东海波涛犹在袖,西堂风雨欲生尘。
别来蛱蝶新诗妙,写向珊瑚旧谊真。念我天涯相赠意,锦囊须为故人珍。

又

狻猊磨罢几曾闲,词赋何人爱子山。点点墨和愁共湿,硁硁人比石尤顽。
薰香静贮琉璃匣,滴露频研鹳鹆班。见说唱酬多胜侣,放将明月绿阴间
("绿阴深处月当头"乃所诵佳句也)。

又

几人草韶蕊珠宫,彩笔和香袖里笼。仙子最怜纤手捧,罗文曾受万家封。
凄凉此日新团扇,憔悴当年旧宝泓。好取铜蠡焚弃后,著书归隐玉屏东。

述怀同郑松莲限乃字韵

弦直苦难调,操琴愁易改。安得同心人,明珠相与采。
袖拂赤城霞,半空生异彩。矫首八荒间,培风而后乃。

又

思深衣带宽，别久年华改。回首旧香畦，芳蘅犹可采。
聚散落花心，圆缺银蟾彩。愿言归东山，躬耕吾与乃。

又

覆手雨云翻，转眼沧桑改。空谷有幽芳，羞为流俗采。
尘土十年中，青萍难炫彩。吾意在白云，相思所以乃
（出《庄子·大宗师》）。

又

习气误平生，知非宜痛改。秋风涉江来，芙蓉无可采。
投璧易生瑕，逃名思匿彩。散发沧浪舟，烟中声欸乃。

放歌和郑松莲韵

丈夫自有扶摇力，笑煞萤光徒耀熠。焚香寂坐学心斋，案头一卷南华集。
濯足还思万里流，置身须在华峰立。蠖屈龙伸自有时，肯为囊空叹羞涩。
君家带草更芬芳，翠染毫端吟雅什。琪花瑶树旧仙居，踏歌把臂同君入。

孤雁同郑松莲限而字

孤飞无所托，顾影倍凄其。叹我情深极，思君室远而。
霜寒宜静宿，月黑欲何之。旧侣频呼唤，谁怜散在斯。

和弟杲见赠原韵

春风曾借榻，夜月忽离居。旧事浑疑梦，新诗尚起予。
谯东安射猎，渭北隐樵渔。自笑行歌客，行藏愧未如。

又

东风门雪路，频访故人居。室远难忘汝，灯孤忍弃予。
天涯三尺剑，心事一竿渔。愿与春禽约，归耕得自如。

弟柱邀宿寓楼书感

手汗犹沾旧简编，挑灯清夜话前缘。萦缠别绪怜予苦，珍重藏书盼尔传。
浮世大都如短梦，沉忧安得愿长年。讲坛最恨行踪绝，竟日无聊黯黯眠。

又

月落惊乌叫北林，论文犹自拥寒衾。低徊旧梦辛酸话，堆积新愁细碎心。
暗室相期如白玉，清修安肯顾黄金。香奁翠管吟初罢，好向东门数访寻。

丁未广陵除夕

曾无剥啄诟逋音，雨暗灯明顾影吟。只剩数篇文债了，墨花歌舞到更深。

又

秋鸿迢递话行藏，梦入胭湖烟水长。读到恩勤宽慰语，置书怀袖暗沾裳。

又

弱羽参池两地分，北堂愿尔日殷勤。玉壶春酒欢娱夜，正是天涯梦白云。

又

几度南溟倦翻回，元龙地主尚怜才。碧云凤羽频相祝，早向春风种绿槐。

又

愁中滋味意中人，和泪裁诗字字真。惆怅三生魂未散，落花应许续前因。

又

垂髫解作擘窠书，吟罢香奁伴索居。怕说乡园添别梦，远游滋味乍尝初。

又

一枕羲皇卧竹风，有人携手玉屏东。关山魂梦犹依恋，塔影溪流落照中。

又

脱略形骸旧酒徒，远书珍重慰江湖。不知痛饮狂歌夜，可忆同心社友无？

又

谷口风流入梦思，曾将鸳绮远相贻。春潮念我殷勤盼，放艇桃花短簿祠。

又

欲向蓬莱暂裹粮，故人东海近栽桑。何时带剑蛟龙国，放眼鲸波望大荒。

又

寒宵刀尺伴黔娄，俨敬如宾历几秋。此夜锦筐纫缀罢，灯前应叹敝貂裘。

又

半生性命是朋知，折扇亲书绝妙词。愿觅讲堂风雨地，联吟白首不相离。

又

带得余寒骨格清，胆瓶斜插一枝横。微香冷澹相怜处，人与梅花共瘦生。

寄怀带星草堂

已尽银瓶别酒添，离魂销尽似江淹。绸缪远送河桥意，更比醇醪分外甜。

又

霜压孤篷水宿难，客心萦恋是朋欢。感君情似绨袍暖，不觉风威别梦寒。

竺荫楼诗稿
卷六

春日游存园探梅花消息有感，书示弟柱

春郊携手又偕游，为爱寒芳侧帽留。倚树吟情方澹宕，窃花豪兴太风流。
须知静敛香才固，不待阑珊味已幽。叹息东风徒费力，几回临别暗低头。

又

自从春雨夜廉纤，冷蕊疏枝已暗添。为有离愁频倚槛，岂因索笑始巡檐。
别来姑射魂都瘦，重访罗浮梦不甜。最忆故园凉月夜，和香和影入疏帘。

寄怀菁阿家叔，即用见赠原韵

渔火篙声乱石滩，白鸥清梦爱轻湍。竹林笑语愁中忆，松阁烟云画里看。
临水离歌偏悄悄，搏风壮志尚桓桓。遥知折扇诗成后，人与梅花瘦影寒。

又

几人揖别夕阳滩，半醉轻帆过急湍。锦鲤一缄容我剖，青蛇三尺与谁看。
风流秀骨思公瑾，落拓黄须笑子桓。读罢新诗如挟纩，天涯忘却敝貂寒。

野步和郑大莱公韵

弱岁宿春粮，思为五岳游。劳生日以迫，此志竟无由。
春衫偕童冠，出郭寻良畴。轻埃污我衣，努力全婞修。
男儿走四海，何必怀林丘。惜哉嵩衡山，可望不可求。

又

雉堞隐颓阳，百鸟喧重城。孤鸿断霞中，羞为饮啄撄。
古来魁奇士，所慕在高荆。舍兹吟啸侪，何以娱平生。
愿言带长剑，跃马过幽并。痛饮屠肆间，浩歌怀古情。

登南门城楼

谁识孤吟者，徘徊雉堞间。鱼鳞万家瓦，蚁垤四郊山。
放眼殊空阔，搔头独往还。古来争战地，百万恃重关。

偕方君、戴君、罗君、弟稠、儿虎，小饮于秀野园

携手南郊路，旗亭访药栏。水深鸥梦稳，春浅蝶翎寒。
下箸忘狼藉，衔杯尽笑欢。萧然濠濮意，微醉倚风看。

游关外深柳林亭

曲径带花竹，茅茨野色分。柳丝鱼可贯，桐影鹤堪群。
位置亭环水，皴成石化云。几家斜照外，春草一犁勤。

过古渡桥与罗虞征追旧有感

昔别牵衣客，凉风锦缆舟。今来沽酒地，春水绿杨楼。
气谊胶中漆，行藏水上沤。最怜朋好散，尔我独勾留。

代人挽友

东海桑才种，南洲橘已残。登堂唯哽咽，入梦尚悲欢。
报主风云剑，惊人日月丸。怀恩衣袖上，清泪几时干。

欲问

欲问中条入定僧，三生惆怅梦无凭。悠扬懒听清箫地，孤寂愁看夜读灯。
未必亏盈随月蛤，何堪泮涣似春冰。去年阻隔当风雪，青鸟沉沉唤尚应。

解嘲

西堂回首梦魂劳，悔把深心托短毫。遂使彩云疑楚峡，岂知香草祖离骚。
落花百鸟窥人语，细雨微虫应候号。自誓此心如止水，肯容方寸起波涛？

新柳和郑大莱公韵

摇落刚辞雪，萧疏已带烟。有情还自舞，无力不成眠。
别恨劳劳地，离愁脉脉天。清光谁照汝，新月几回圆。

因树楼

槛外花香拂帽簪，春晖满眼倚楼心。不缘孝子怜朱萼，谁与慈亲护绿阴。
碧海移来才拱把，白云高处试登临。蓬莱相望无多路，好待闲栖五色禽。

又

手植浓阴已几围，凭阑不是爱芳菲。未曾鸳瓦凌虚起，已御鱼轩绕树归。
新燕尚窥供馔入，落花犹认舞衣飞。天风试上楼头立，万里鲸波浴夕晖。

连理梅花歌

从来姑射夸仙质，绰约丰姿宜独立。如何并萼倚风开，化工分外生颜色。
初疑蛱蝶忽双飞，染就金翎粉翅衣。悠扬不逐香风去，宛转同随淡月归。
又似璧人争窈窕，罗襦绾得双环巧。笼烟撩鬓故含颦，照水凭肩相视笑。
有时点向寿阳妆，片片轻分入额黄。覆罢云鬟同样色，描来翠黛别生香。
还看结子春深后，青青共羡同心豆。金鼎调羹味倍和，玉壶煮酒风如旧。
我来东阁探仙葩，回首春风旧绛纱。玉笛才吹青岭雪，鲛绡已隔赤城霞。
君不见剪裁别有司花吏，枝头点缀非无意。欲取罗浮第一花，团圞搓就成嘉配。

读绀珠堂集偶书

我生本顽钝，旅食随依泊。唯此爱贤心，倾倒如饥渴。
阴求奇士交，肺腑深相托。客从吴市来，袖出琳琅作。
风雨晦冥中，忽见珠光耀。文章不朽事，密意求商确。
海外跋鲸鲵，天半盘雕鹗。石鼓已苍茫，鼎彝犹古穆。
风格宜周秦，顾我惭颓弱。璧月齐梁体，绮靡未足学。
立身贵无瑕，恐惧思磨错。默默矢廉贞，栖栖随混浊。
百鸟自喧阗，凤凰且孤啄。异人未遇时，晦迹甘沦落。
一旦致身荣，炳耀图麟阁。不然著奇书，松风老岩壑。
谁怜索米人，玩世饥方朔。区区勺水微，安救长鲸涸。
读罢视浮云，碧空正寥廓。

兀坐

闲情化作雨蒙蒙,愁里梅花笛里风。诗思不因多病减,一春消瘦苦吟中。

广陵书赠江耀舟,维时将之海陵

磊落丈夫语,曾看我友书(余于默庵家叔处见其手札)。
每怀飞动意,忽到寂寥居。
燕子春寒夜,梅花病起初。无由邀痛饮,同访鼓刀屠。

又

顾我匏犹系,逢君眼自开。快哉青海上,行矣锦帆回。
浴日蛟龙国,摩风雕鹗才。几时吹铁笛,乘醉看蓬莱。

花朝前二日偕诸弟侄往僧寺探梅,时已烂熳将残矣,怅然有赋,书示弟柱

重逢瘦影不胜情,尚记前游绕树行。惆怅老僧亲手植,东风烦尔护飞英。

又

最是疏枝欲放难,日华嫌暖雨嫌寒。催花直到花残日,却与游蜂得意看。

又

带恨寒香怅望开,鲛绡谁与护轻埃。朱栏已有人勾管,莫怪孤山鹤不来。

又

别来香雾忽迷蒙,消息罗浮路不通。拚得幽魂留一片,相期明月万山中。

怀古三首

吾闻岘山碑,堕尽荆人泪。使非遗爱深,风雨徒凋蚀。
古来贤达士,感物精诚至。去后乃相思,当年恩或弃。
邈矣斯人风,江山留万世。

又

贤哉魏文侯,卓有知人鉴。乐羊提重兵,孤城凭百战。
卧鼓卷旗归,论功正高宴。顾命侍臣来,一箧开前殿。

潜观尽谤书，读罢泪承面。臣罪固当诛，君明偏独见。
有君苟如此，感激微躯贱。

又

王通献策后，拂衣归龙门。教授河汾上，经术勤讨论。
药师黄石略，房魏紫微垣。从游皆将相，足以正乾坤。
古人立德业，仕隐同一源。贤豪环坐侧，身屈道弥尊。
怀哉东山下，碧蕙滋空园。

程丈锦沄挽歌

长淮流水声呜咽，中夜星光陨如血。半生老友已无多，忍见伯牙弦又绝。
弹指交期三十年，通门两世深相结。吹箫犹记过淮阴，地主絷维情最切。
剪韭炊粱夜话时，梨花照我春卮热。知君淳朴厌繁华，恭俭立身师古杰。
三命循墙礼法谦，十年浣服高风洁。室有瑶函太史书，人传金鼎神仙诀。
君家子弟尽空群，赤汗龙媒争蹀躞。玉壶燕罢德星堂，舞彩分甘娱大耋。
去岁相逢短簿祠，百花落尽闻啼鴂。羡君卓荦气如云，顾我萧条鬓成雪。
咫尺淮波约我过，无令风雨惊离别。奈何春色到南枝，龙蛇惨澹凋贤哲。
雅尚知予爱子猷，翠筠自写清风节。烟雨空蒙待凤枝，谁怜逸籁相摩戛。
九原春草青茫茫，旧事酒垆何处说。无由白马哭郊原，落日寒山自明灭。

陆母嘏词

鹤发人将老，璇宫德愈芬。流霞觞湛盂，爱日有机云。
尚记黄裳座，曾登紫府群。绛纱经术静，锦佩赠遗勤。
饮德金壶宴，量才玉尺文。霜寒松柏古，日暖蕙兰薰。
往岁劳行役，春风别领军。飞鸿辞汴泗，跃马过河汾。
别酒歌骊隔，仙音舞鹤闻。瑞烟笼五岳，璧月满三分。
未预绯罗会，空怀洛水濆。婺星曾盼望，佳气自氤氲。
异地归来晚，登堂拜见殷。瑶池犹揖客，石窌已封君。
慈竹融风拂，桃花夕照曛。银环曾赐杖，翠凤愿裁裙。
进爵歌朱萼，传书望紫氛。年年倾寿酒，春社散榆枌。

题《美人吹箫册》

冷翠娇红漾暑风，飞尘不到蕊珠宫。碧云怅望无穷事，尽在移商换羽中。

题美人梅树

清寒品格高，绰约丰姿别。人影与花光，一样分冰雪。

清明日偕程君、罗君野步东郊，同过柱弟书室，送归中途遇雨而散

避喧偕静者，访旧过经斋。三径落花澹，一帘春色佳。
欢娱风日短，离散雨云垂。惆怅前游地，清阴隔绿槐。

过梅池上人方丈

修竹延野色，清轩得妙香。微风生晚磬，冷碧响回廊。
故国迷寒望，离情澹夕阳。深衷别有意，稽首问空王。

竹园

爱尔琅玕瘦，凭谁种植勤。吟残三径雨，扫碎一庭云。
冷欲侵僧发，清堪入鹤群。寒鸦飞散后，别思共纷纷。

江上草堂歌为郑耕岩赋

岷嶓浩荡走千里，两点金焦拳石耳。葭菼苍苍接混茫，谷口幽人隐于此。
手把犁锄读且耕，侧身天地谢浮名。征帆几点空蒙处，吟尽香风蕙芷生。
饱看铁瓮波涛壮，高卧绳床搜万象。吐禽乾坤浪似山，鼍鼋战斗分相向。
有时明月静江波，笑指青铜镜可磨。翠旗神女弄珠去，赤鲤仙人踏浪过。
先生门枕江如带，醉唤鱼龙多兴会。北固青青一发间，六朝兴废斜阳外。
半瓢身世任浮沉，百代源流费讨寻。行吟泽畔诗人迹，宛在中央高士心。
风雅颓波殊未已，凭谁石柱中流砥。最爱宣城绝妙诗，澄江如练霞如绮。
君不闻百花潭北杜陵庄，面水层轩自森茫。但得忘机烟水地，何妨鱼鸟

话行藏。

刺船欲访玄真室，万斛尘埃思洗涤。秋风秋雨采芙蓉，铁笛一声江水碧。

宿弟柱斋

习静知余懒，招邀爱汝专。殷勤忘路远，辛苦让床眠。
帘外催花发，杯中待月圆。清风悬一榻，好与话重玄。

读《疑雨集》有感

合离欢怨付瑶笺，绝代娉婷自可怜。吟到断肠诗有味，浇来瘦影酒无权。
布金欲买埋忧地，炼石难医恨别天。我亦情多不忍读，暗风凄雨夜茫然。

又

曾将醒悟托沉酣，密意微词写再三。百念尽灰情尚热，寸心奇苦梦偏甘。
离魂似化穿花蝶，续命难求食叶蚕。惆怅三生无限事，愿邀弥勒静中参。

江才江夫人挽词

奉倩衣香已暗销，忍看遗墨在鲛绡。春寒絮向吟中尽，雨冷花从梦里凋。
凉月依稀闻鼓瑟，碧云惆怅罢吹箫。渭阳雅谊殷勤重，愧少琼瑰赋大招。

题斋壁

一帘鸟语静无哗，暖日和风入绛纱。消息春寒疏燕子，寂寥人病笑梨花。
碧云吟瘦休文骨，锦佩思深洛水涯。有客到门分半榻，焚香且共读南华。

春尽

落絮飞花满地愁，东风无计强勾留。丁宁燕子隔帘语，可许微寒卷玉钩。

读伍员传

酬思雪耻腰间剑，忍辱包羞市上箫。百感苍茫中夜起，暗风吹动海门潮。

古意

至人忘天下，岂肯役其身。澹然寡所营，抱朴常守真。
我愿从之游，清风振埃尘。抗怀碧天表，独与白云亲。

宝珠山茶花为弟柱题

朱萼玲珑透绛纱，应簪学士帽檐斜。烧从丹鼎三年灶，洗向珠泉万斛砂。
金谷有人分蜡炬，赤城何处剪朝霞。东风自笑情空热，灼灼吹开似火花。

程三畏华、顾大德修柱过敝斋，书此奉赠

谢尽轮蹄户不开，草玄笔砚半尘埃。读书自贵有奇气，结友还须访异才。
夜月谁将心曲语，春风偏感足音来。乾坤何处堪搔首，落照寒云古吹台。

又

一榻松风理素琴，曾同夹漈赏清音。愿留濠濮清空眼，共论江湖浩荡心。
细雨落花新旧梦，微云澹月短长吟。何时痛饮旗亭酒，醉把新诗坐绿阴。

为范祉安题画

君不见一夜罡风吹度索，扫花使者呼青雀。鹤翎带得彩云还，万里海天寒漠漠。
我曾踏浪到绥山，花落瑶阶白玉栏。一株结子离离在，倚遍琼楼恣饱餐。
无端浪迹江湖上，仙实如饴空怅望。碧树玲珑不可攀，金盘沆瀣谁相饷。
披图仿佛见惊鸿，雾鬓风鬟烟水中。借问碧桃无恙否，相逢曾在鬘持宫。

题《文姬归汉图》

绝域归来鬓已霜，汉家宫阙半斜阳。黄云黯淡空回首，青冢凄迷自断肠。
劫火十年中禁籍，秋风万骑左贤王。娉婷流落今如此，悔不相随徙朔方。

又二绝句

听尽哀笳几拍悲，千金犹为赎蛾眉。怜才直到穹庐地，单绞岑牟是阿谁。

勒马黄云入塞初，中郎遗业竟何如。伏生有女蓬门老，白发犹传古尚书。

题《芥菜画册》

老得辛金气，名分馔玉厨。甘虽殊淡豉，滑不比秋菰。
性格宜姜桂，心情避蓼茶。调羹应荐汝，种植莫荒芜。

暮春风日晴美，偕江耀舟、程信波、弟柱、弟栋、儿虎泛舟虹桥二首

野塘碧水澹生波，换却春衫倚棹过。花雨窥人如旧识，柳风吹面扇微和。
飞鸿踪迹原无定，扑蝶心情竟若何。矫首乾坤双眼豁，苍茫且听醉中歌。

又

携手天涯未易期，恰来深柳听黄鹂。一湾浅水移船好，万树浓阴缓步宜。
最爱酒杯呼乐圣，生憎花蕊唤将离。临流无限殷勤意，只有东风燕子知。

赋送程大信波、江大耀舟及弟政自广陵归里四首

乾坤同是客中身，羡尔归帆入富春。百里树阴分两岸，一船月影恰三人。
雁鸿旷野空相唤，鱼鸟沧波自可亲。不奈销魂杨柳渡，落花风里别离频。

又

啼乌纵少一枝留，结伴还乡尚自由。楚尾吴头明月梦，越罗蜀锦水云舟（时有客载丝物归吴门）。
休嗟客路弹长铗，不信君才老敝裘。湖海飘零何足恨，但令舌在百无忧。

又

微风飞絮短长亭，到处香醪可醉醒。晚照金钟三竺寺，春流玉笛百花泾。
白猿剑术归山访，黄鸟书斋倚树听。此去敝庐烦问讯，别来无恙竹松青。

又

不厌诗文细讨论，乘闲访旧到东门。吟残风雨西堂烛，踏遍莺花北郭园。
换赋绿杨金粉地，读书黄叶石帆村。行藏笑我浑无定，况听骊歌落日昏。

石鹅诗为吴大博山题

养向天池岁月深，袖中东海任浮沉（东坡诗"我携此石归，袖中有东海"）。硁硁耻作樊笼羽，䴖䴖犹存洞壑心。
山骨斫磨非巧匠，水纹唼喋岂家禽。看君饮啄原无意，缄口何须觅赏音。

又

临海相传已渺茫，一拳怪汝却昂藏。笼来佛火听经地，煮作仙家辟谷粮。
风雨不飞输野燕，烟霞待叱笑仙羊。松泉共漱幽人齿，凫鹤何堪比短长。

又

愿随精卫浴沧溟，顽钝从人笑不灵。可记蔡州喧夜雪，还疑宋野陨飞星。
关心对酒曾相忆（杜诗"对酒忆黄鹅"），点首谈玄颇解听。季重摩挲藏锦笥，倩谁珍重写黄庭。

敬送家大人往濑西一首

春尽柳绵飞似雪，维舟且就清阴歇。燕子差池拂绿波，呢喃欲向离人说。
落落浮踪雪里鸿，去来一艇鲤鱼风。关心骨肉悲欢里，弹指光阴聚散中。
年年拜见锦帆国，药栏醉访春消息。团圞三世半斋灯，惆怅一家千里客。
欣看无恙旧须眉，拥被挑灯夜话时。青史行藏商往事，朱弦雅俗品新诗。
勉我吴蚕辛苦织，七襄艳锦终成匹。清风隐几草玄堂，凉月斋心虚白室。
闭户艰难误造车，圆轮方轨竟何如。十年旅食惭鸡肋，两地瞻云费雁书。
天涯喜我多良友，莫向泥涂嗟未偶。剑匣风云侠客心，旗亭名姓诸伶口。
市上吹箫爨下琴，寂寥怜我少知音。还将豁达江湖量，细慰凄其风雨心。
冷烟寒食清明节，满地落花啼百舌。正爱春光分外明，如何把袂轻离别。
胭脂湖水翠微庄，屺岵登临两渺茫。添饭减衣珍重意，欲语未语心彷徨。
燕飞絮舞舟移去，旅馆归来暗断肠。

程母徐夫人嘏词

绀雪瑶妃曲，流霞寿母觞。白华歌正叔，彤史冠驹王。
灵鹊飞金剪，春蚕浴玉筐。廉泉鲂鲤馔，慈竹凤凰粮。

象服辉榆翟，天书捧赭黄。融风双鹤舞，爱日百花香。
似火榴红重，如船藕节芳。画堂开燕喜，璧月夜微茫。

为程雪门题《美人拈花图》

翡翠瑶簪蛱蝶裙，一枝凝露最清芬。生怜影瘦浑如旧，试问香消有几分。
曾似折来和澹月，若为寄去与朝云。春寒鹤梦无消息，犹自低头记忆勤。

题《文姬归汉图》

入关休叹朔云深，赤伏神州尚陆沉。大漠风沙吹角梦，中原文献辨弦心。
石经讹缺三朝籍，毡帐凄凉万里吟。立马销魂回首处，明妃青冢是知音。

浦孝子诗

桐柏山深采药时，董生高节实堪师。吟来孝竹清风径，绕遍慈乌落月枝。
一室笑啼真意在，十年耕稼大名垂。天涯负米悲游子，报答春晖寸草迟。

送吴大博山归江右

嵯峨鹤岭餐霞客，醉睨乾坤三斗墨。一声铁笛渡江来，吴越山川俱改色。
自说丹青比著书，手披足历最勤劬。遨游岳渎九州尽，摹仿宣和万卷初。
尤须妙得临池意，向背横斜工远势。空阔清江自稳流，郁盘叠嶂生寒翠。
雾鬓烟鬟绝可怜，曾将淡墨写婵娟。香风花雨维摩影，趺坐飞行罗奈仙。
芜城一揖欣如旧，红烛金尊清宴后。耳热眉飞诵雅歌，酣嬉欲把麻姑袖。
梅子青青正可尝，归帆别我返南昌。乡书远念朝云病，旅橐谁分陆贾装。
绝艺千秋期不朽，浮云电火吾何有。莺花放眼醉三千，云梦入胸吞八九。
我爱高人郭恕先，空蒙烟雨画中传。几石醇醪沉醉后，何妨游戏作风鸢。
只今不少荆关笔，踏遍朱门求赏识。零缣碎墨不辞劳，偏向素交生爱惜。
先生着意绘新图，独访旗亭赠顾厨。彩管吟成飞蛱蝶，钓竿归去拂珊瑚。
天涯我亦嗟栖泊，回首松风思旧壑。愿买鹅溪五丈长，突兀烦君图五岳。
访旧何年到豫章，落霞秋水放孤航。邀君吟望庾楼月，三十六峰青渺茫。

131

芍田花色冠绝广陵，省斋表叔觞咏其间，索诗以纪一时雅集。偶用西昆体赋四章，花如有知，当有粲然窃笑者

谁剪金泥簇蝶裳，绛霞无数殿春光。四围返照漏清影，一径暖风吹软香。
何处更开红锦幔，有人欲解紫罗囊。花师愿尔勤培养，载酒嬉春日正长。

又

莫厌游蜂闹晚春，绿阴门外接通津。谁将玉笛沉香曲，写出朱栏拾翠人。
宝蛤三更悬夜月，流苏五色杂芳尘。西园侧帽簪花客，定有应刘列上宾。

又

和风暖日落金丸，花色谁知秀可餐。月彩微窥云母幄，露华冷浸水晶盘。
娇憨似欲低头笑，窈窕须从侧面看。清昼尚怜花困懒，最宜夜静带轻寒。

又

报答瑶台雨露私，何妨婪尾独开迟。丽娟绣帐吹香屑，碧玉罗巾污口脂。
相谑欢娱蜂窃语，将离薄幸蝶先知。十分浓艳吟难尽，璧月休夸绝妙词。

客有问芍田风景者，复叠前韵答之

愿借天孙织锦裳，采兰波上赠夷光。鄂君被拥游仙梦，荀令衣薰辟恶香。
睡去鸳鸯窥绣阁，飞来蛱蝶认纱囊。自知国色宜深惜，莫向东邻较短长。

又

油壁相逢上巳春，销魂旧事在天津。怜他金带倾城色，忆我罗襦赠别人。
凉月暗笼娇紫影，香风轻扑软红尘。清游何必携丝管，舞燕歌莺自主宾。

又

词客争探赤白丸，吟成只许落英餐。应裁艳锦葡萄匹，遍赠殷红玛瑙盘。
别院三千香雾散，曲栏十二晓风看。谁怜蝶闹蜂喧地，另有罗衣怯薄寒。

又

解佩芳心怨所私，春风何事独吹迟。青绫被护浓香梦，血色裙拖白玉脂。
侧帽风流宜自赏，抱衾情绪许谁知。清平雅调流传久，重与新翻乐府词。

为杨大吉人题《耘谷图》三绝句

见说征求石户农，远山苍翠隐芙蓉。不知露冕郊行客，可识幽人住此峰。

又

唤残布谷杏花春，且作东山学稼民。漠漠水田千万顷，倩谁添个耦耕人。

又

空谷归来读异书，一犁春雨莫安居。薰风吹遍南畴绿，海内苍生待荷锄。

送郑绀珠归吴门

襟量相期湖海深，莫将幽愤托焚琴。风尘夹袋微时眼，宫府弹冠异日心。扪虱愿谈王霸略，歌鱼休作贱贫吟。十年旧梦春明路，瘦马垂杨尚可寻。

又

无定游踪天外鸿，人归飞絮正蒙蒙。才吟香雪春寒后，又别清阴晚照中。离思凄凉蕉叶雨，远书珍重藕花风。片帆早晚移家到，好听弹琴半亩宫。

题《瀑布图》

九天飞玉落空虚，有客高吟矫首初。洗涤胸中烦热尽，十年清梦在匡庐。

为吴振周题《美人观书图》

莫笑香闺娟秀身，瑶编何事拂轻尘。传经补史千秋业，曾属明珰翠珥人。

题《碧桃仙子图》

摘下金盘露未干，枝头吹尽海风寒。凤凰声里花初落，谁信三千结子难。

题梅花翠竹贺新婚者

春风次第到朱栏，香动枝头雪意干。直待青青如豆日，调羹犹可荐金盘。

又

幽香嫩粉自离离，谁写琅玕待凤枝。愿得取为双玉管，彩云吹到夜深时。

《钟进士归山图》

长虹吐气海吞胸，笑脱朝衫隐万峰。但使手携新霹雳，何妨衣制旧芙蓉。
终南山翠生台笠，渭北波光洗剑锋。独立掀髯思底事，苍茫曾听九天钟。

离家以来，麦秋又至矣。回忆去年此日，与竹舫家四叔避暑栖云，残照落霞，行吟握手。今天涯远隔，离索增悲，适家四叔以近艺寄余，为之挑灯点定，怅然有赋，不自知其语意之低徊也

松阴曾驾入山车，古寺花深客借居。弹指忽兮残菊后，关心又到绿槐初。
麦风漾碧吹游梦，榴火垂红照读书。池上晚凉新啜茗，天涯可念渴相如。

又

手把新文反覆看，故园想见友朋欢。读书花落门长掩，涤砚波深墨未干。
吟尽烛光三寸短，任他衣带十分宽。相期换神就仙骨，五岳胸中自郁盘。

又

倚楼山色梦中过，离思同兮远浦波。柳絮客衣浑未减，梨花人病竟如何。
寂寥乳燕生涯薄，辛苦雕虫赠答多。愿与芙蓉江水约，一竿归拥钓鱼蓑。

春光将尽，弟柱邀予夜访芍田东郊缓步，时苍茫夜色，清气袭人，泠然别有会心之趣，为赋诗以纪之

药栏消息访春迟，携手偏于静夜宜。虫语野塘凉气入，草香幽径露华滋。
别离况味欢娱少，冷澹情怀尔我知。忽觉林端新月出，数声钟鼓隔茅茨。

又

不惜芒鞋露气凝，前身同是入山僧。踏残落叶君相约，汲尽清泉我独能。
近市人喧新月渡，隔桥犬吠远烟灯。平生最喜耽幽寂，冷看人间爱与憎。

读冷红词赠江研南

半语沉吟百日思，风吹飞雪下峨嵋。输君碧玉玲珑管，赠我金茎绝妙词。
蛱蝶一双仙子扑，箜篌十五女儿吹。却怜鬓影衣香曲，赢得销魂淡月知。

又

遥从石帚接风流，落想沉冥万象收。雁带晚霞明远水，蝶窥春意闹枝头。
梨花梦醒蕉窗雨，踏月吟归柳岸舟。惆怅南屏东阁路，舞衫歌扇自淹留。

又

昆弦铁拨遍流传，谁识哀鸿唳鹤天。流水孤村秦学士，晓风残月柳屯田。
苏门月迥闻清啸，越浦花深见采莲。鸳水词人标格在，愿为拥楫鄂君船。

陶弘景《卧听松风图》

白马渡江金鼓动，台城兴废浑如梦。蓬莱仙监早知几，拂衣高卧华阳洞。
归来苍翠濯寒流，万壑松风响暮秋。飒沓似随寒雨急，萧条尚有野云留。
山中心迹人知否，北阙君亲频矫首。未容弟子上绛楼，却许公卿寻谷口。
托意神仙谢国恩，采芝茹蕨向谁论。十年惆怅挂冠地，落日苍茫神武门。

吴母叶太君寿词

环佩诸梁胄，缥缃季重家。鬓分琼苑雪，衣剪赤城霞。
此日鸾分镜，当年鹿挽车。襄阳曾采药，勾漏共求砂。
几两游山屐，三秋泛海槎。春粮劳德耀，膏沐待秦嘉。
离梦潇湘雨，吟情越浦花。未曾瑶瑟和，已怅玉楼遐。
凤羽依璇室，熊丸赐绛纱。相期堂构古，不染绮罗奢。
记取文孙契，曾将寿母夸。论心刚月夜，分手忽天涯。
更喜交公瑾，还蒙爱伯牙。殷勤倾竹叶，珍重劝胡麻。
剪烛歌朱萼，衔杯诵白华。遥知辉宝婺，正值蛰灵蛇。
进酒三危露，分甘五色瓜。鹤书喧鼓吹，象服冠笄珈。
舞彩珠相耀，徽音玉少瑕。锦屏人醉后，梅影渐横斜。

题画

树色荫清波，佳禽识幽意。谁与坐绿阴，云物澹容裔。
悠然濠濮心，渺矣沧浪思。空翠落衣裳，爱兹风筱媚。
古人念丘壑，不尽关逃世。由来静寂中，涤荡生神智。

披图见伊人，饶有烟霞气。胡为裘马间，托想同庄惠。
我欲具扁舟，狎鸥来水澨。

《筠谷图》为杨大吉人题

绕屋新篁解箨初，清风瑟瑟子云庐。梦回环佩声相戛，吟罢琅玕手自书。
龙尾欲生春渐老，凤粮将尽意何如。只宜嫩粉幽香地，流水桥东共卜居。

又

南窗别我翠云凉，见说新梢已过墙。细碎清阴生澹月，婵娟冷碧到衣裳。
一帘影似诗人瘦，半坞风吹鹤袂香。今日披图重记忆，输君清梦稳羲皇。

赠别

客心随落日，迢递送君行。别梦山稠叠，归舟水浅清。
三年鸿爪路，万里马蹄程。未及临流话，那堪伫立情。

又

此去乡园好，芙蓉稳钓舟。关山黄叶梦，身世白鸥谋。
解佩情犹密，携琴兴已幽。平生胶漆意，临别若为酬。

客有以新葛易余文者，敬缄寄家大人，并系长句

温靖潜悲子职荒，空将词赋客江乡。敢言垂露生花管，竟得含风软葛裳。
五日恰当蒲酒后，一缄旋寄白湖傍。冰丝岂是鲛人织，雾縠犹堪象尺量。
梦入赤山槐正碧，书回脂水藕初芳。未知称体宜宽窄，安得牵衣问短长。
竹院闲披风力爽，桐阴小立月痕凉。高堂但愿忘炎暑，游子悬鹑总不妨。

弟柱偶以夜过芍田诗相示，和之

胜游如梦已休稀，露气花香尚着衣。流水不将离思尽，春风自笑旧恩微。
药栏芳意愁无定，柳渡迷津识所归。但愿滋培常烂熳，何妨咫尺暂相违。

《邗江送别图》为谢大彩五题，用莱公韵

此是还乡路，曾吟槲叶残。犹看孤艇小，依旧大江寒。
荻浦鸥相认，渔村蟹又团。如何秋水外，不共整归鞍。

又

去住难为别，销魂况落曛。美人南浦水，游子北山云。
忆昨归乡国，含凄揖故群。披图重怆念，风雨二三君。

友人为予话青向楼月色，赋诗纪之

见说登楼月倍明，高寒人在玉壶行。山河细碎杯中影，鸟雀微范镜里声。
一气混涵烟水动，三更点缀彩云生。语终神骨俱凉冷，直欲飞身上太清。

五月十四夜，偕莱公雪门徐宁门步月

爱此苍寒境，生余旷远心。混茫天水合，依约月华沉。
野岸危樯影，严城戍鼓音。犹思去年夜，清磬散空林。

又

冷澹情相似，招寻兴自专。行歌影在地，矫首月当天。
旅迹明兼晦，乡心缺又圆。美人何处所，清露自娟娟。

范耘谷、杨筠谷、程借园、张双溪、弟稠相招青向楼小集，即席分限蛮字

画意诗情指顾间，乡心忽忆钓鱼湾。斜阳以外老农屋，树影之中淡墨山。
说剑高楼看跌宕，持杯深柳听绵蛮。诸君异日成佳筑，容我扁舟醉往还。

题杨大吉人带剑小影

三尺芙蓉锷，万斛桃花酒。醉后睨霜铓，乾坤不相负。
披图见奇士，愿结忘年友。醇醪托意深，剑气沉埋久。
胡不事躬耕，杏花寻旧耦。世怜绕指柔，干镆无轻剖。

137

持此磨厉心，庶以酬高厚。宁将切玉功，愧彼铅刀丑。
吾闻欧冶铸，鼎内风雷守。飞行访白猿，长铗归乎否。

赋得闲坐听春禽

求友嘤鸣有好音，更无人处百花深。相关乐意当清昼，触动诗情在绿阴。
远近惊回流水梦，殷勤唤起住山心。何繇借得春风便，五色雍喈到上林。

题画

秋气何空苍，微霜木叶脱。疏林出遥山，千里青如抹。
寒生石骨瘦，静觉波光阔。清溪澹如此，使我心神豁。
连峰白云里，采药宜衣褐。吟过碧鸥边，小艇沿波发。
我欲访伊人，夕阳渺天末。

弟柱以诗寄，家大人读之有感，因次其韵

不为东风唤别群，谁知恩重两难分。犹怜白雪新词稳，暗喜青箱旧学勤。
怅望故人花外雨，低徊游子梦中云。思亲怀友无穷意，剩有微吟对落曛。

丁未秋，姑水赵补园自石城命驾访予广陵，予适归里，未值。今年夏以新诗见寄，因次其韵

离情飞絮共悠扬，返楫空随秋水凉。矫首高吟谁与和，掀髯故态定如常。
寒烟蔓草生公石，仄径清流华子冈。安得与君携手望，大江东去带斜阳。

又

染尽征衫踏绿芜，渡江何处访潜夫。断凫零雁三秋路，衰柳残荷十里湖。
身世浮萍无定迹，山河聚米可成图。谁人倒屣迎松雪，莲叶舟中醉玉觚。

又

偃鼠生涯蟪蛄年，床头诗卷杖头钱。吟残碧树人相望，盼到黄花袂始连。
梦醒闻蝉深柳地，书成待雁晚霞天。旧游悔向茱萸路，系艇寒鸦落叶前。

又

蓼已微红菊未残，秋江放艇碧云宽。人从太白亭初到，袖有祢衡刺懒看。
逆旅最怜新鹤小，壮怀肯叹敝貂寒。万峰归去宜孤隐，剑术侯门莫浪干。

又

访旧知君意气真，玉钩斜外自逡巡。苍茫隋帝烟中国，萧散倪迂画里人。
风雨孤舟怀友意，乾坤侧帽醉吟身。鸡林检我焚余业，盍寄飞鸿汴水滨。

吴颐斋挽词

岁月休嗟赴壑蛇，绯罗兜率便为家。青鸳塔就依迦叶，碧落碑成召少霞。
虫臂鼠肝随大冶，霓裳风马即生涯。登堂谁向皋鱼慰，莫痛崦嵫日影斜。

又代人挽词

鹤发麟衫拜见勤，太丘名誉是神君。东山棋局留残劫，南极星光暗暮云。
栗里烟霞人已远，谷城风雨夜空闻。灵帷触目凄然处，忍泪相看旧纪群。

题画

濯足原堪狎野鸥，况逢红树澹新秋。伊人秋水无穷意，载入沧浪一钓舟。

代人挽友

老人星陨竟如何，驭气应知返大罗。槐影渐添云影减，南皮旧巷又经过。

又

曲室清言不复闻，凉轩依旧竹风薰。凄凉旧爱羊欣在，忍见当年白练裙。

题扇头画寄弟柱

筝籁清音冰雪容，相知唯有故山松。何由共踏寒烟路，月在东南第一峰。

赠琼花观道士王乾通

白鹿青崖草已枯，溪山收入市檐壶。培塿琐细休轻写，别有游仙五岳图。

又

拂拭生绡静掩关，参同注罢鹤飞还。相期放艇青林外，醉看颠仙雨后山。

为弟栋题画

藕风凉处竹风香，吹入幽人白纻裳。添得数声渔笛起，烟波回首旧沧浪。

又

惆怅枫林落叶深，芙蓉采采涉江心。一声咿哑沿波去，秋水微茫何处寻。

为罗虞征写画并题

桥通秋水接幽溪，疏密枫林径易迷。他日故人如访我，孤舟知在断霞西。

偶效文待诏画册并和其绝句九首

十里芳蘅绿接天，幽溪雨过水溅溅。白云忽听琴声出，已到先生草屋前。

又

洛浦何人解玉簪，一鞭思作入山吟。羸骖也爱清溪路，缓踏松风隔岸阴。

又

松影和云落碧漪，短筇吟过野烟迷。夕阳澹处秋山好，尽在幽人草阁西。

又

藤花吹落晚风香，野鸟啼残树影凉。我有云溪数间屋，空山回首道心长。

又

石林初瘦水初肥，一发遥山列翠帷。最爱秋江无际处，乱帆斜逐野云飞。

又

涤我尘襟万丈泉，石桥曾踏隔林烟。山容未许人窥尽，挂出悬空碎玉帘。

又

断续云归远岫平，吟情载入钓横船。松风吹我怀人意，暗接春江碧水生。

又

寂历平林带石冈，绿阴深闭草玄堂。偶然为访同心出，不觉沿溪归路长。

又

老树萧萧落叶干，轮囷拳曲向人拎。工师莫笑无绳墨，惯耐秋风秋雨寒。

无题

依稀残梦旧阑干，怅惘归来有万端。欢意敢言餐蔗美，离心偏比食梅酸。
天边暗祝星频渡，意外难求月复团。留得泪痕和墨迹，挑灯珍重几番看。

又

只料银蟾识旧盟，有人如月更分明。闻声仿佛帘边似，顾影凄其烛下清。
合璧情痴期隔世，断钗恩重怨前生。伤心听尽蘼芜曲，何必相逢诉至诚。

又

强作勾留欲去迟，低头会意自深知。魂销乍别回眸地，肠断相看不语时。
最爱深心同冷澹，却愁弱羽易差池。东风若肯相怜念，愿化春禽镇日随。

题画三绝句

门接松阴背稻花，秋光清绝野人家。渡头别有青青草，老犊何妨放水涯。

又

何处殷勤可问津，芙蓉摇落大江滨。秋风已动莼鲈兴，只待烟波拥楫人。

又

立马斜阳路已分，踌躇犹望岭头云。断行嘹唳秋风外，忍见零星旧雁群。

挽某丈

兕衮犀带出居庸，执玉偏修长者容。辽北山河悲化鹤，淮东车马羡游龙。
神归禁院尚书履，梦醒华堂食客钟。携得青城筇竹杖，御风知过碧芙蓉。

又

回首乌衣荣戟哀，秋风雕鹗敛长才。黄云落叶飞狐塞，春雨垂杨走马台。
九陌金张徒怅望，孤城婴臼自徘徊。赤霞冠服青霓佩，何必铭旌万里来。

为友人作画并题

记得桐江放艇还，秋声吹入荻花湾。帆从白鸟烟中落，门在芳蘅水际关。
两岸参差红叶路，几程向背夕阳山。何时铁笛西风里，置我沧波杳霭间。

《剑合图》歌为吴三宸晋题

老蛟怒斗延津黑，纯钩何处寻消息。线娘已逝隐娘藏，芙蓉锷淬无颜色。
丰溪有客气如山，矫首飞行虎豹关。落照隋城驱马出，秋风云梦射雕还。
结客江湖多亢爽，伙飞年少纷来往。耳风鼻火说平生，最爱兽肥春草长。
黄皮缚裤渡潇湘，放尽金丸落锦鸯。毡车忽到闽峤女，青丝覆额十三强。
相招赌剑垂杨野，猿臂鸦鬟双健者。赤捧驱回沅水云，黄尘振落荆门瓦。
斗罢持书出袖中，师门同事白猿公。几宵剑术灯前讲，四座无声尽敛容。
愿取聘珠笼翠鸟，踌躇阿母怜儿小。离鸿自此各西东，流水落花消息杳。
旧梦销魂已十年，汉皋烟月两茫然。殷勤道子生绡写，绣袜弓鞋尚可怜。
我生落拓思奇侠，精舍谯东安射猎。左呼碧玉右虬髯，快马追风同蹀躞。
男儿志业在边疆，指挥百万如驱羊。安能闭户事铅椠，坐使青霞气不扬。
况闻干镆宜偕舞，钗笄莫道浑无主。娘子军前卷绣旗，夫人城上惊鼙鼓。
奈何奇遇忽中分，飒沓寒风暗彩云。燕颔未曾飞食肉，蛾眉何处怨离群。
为君掩卷还三叹，寸心我亦悲河汉。愿凭欧冶铸龙泉，玉匣精光长不散。

七夕集笔谏堂限秋字

角巾野服自风流，公绰华堂夜唱酬。天上双星乌鹊渚，人间五老凤凰裘。
狂思磨墨支机石，醉看挥毫乞巧楼。几幅冰绡无限意，写将银汉隔年秋。

戊申广陵七夕两绝句

隔岁相逢说锦机，银河风浪愿多违。凭谁撒尽雕陵鹊，不放天孙夜渡归。

又

怅望朱楼送巧针，难穿别绪一丝深。愿为乞取长生缕，系尽今宵宛转心。

浦大天锡寿词

松阴鹤和草玄堂，又见秋风六翻长。两世舞衣红芰剪，十年视膳紫芝香。
南方共奉耆英社，北斗曾书孝弟王。试取白华吹铁笛，落霞人醉在沧浪。

画扇头并题

一路秋光入剑门，蚕丛曾此辟乾坤。苍茫落照山川在，怀古凭谁与细论。

又

小市危桥曲径通，人家多住绿杨风。江南三月蚕初熟，春在蒙蒙落絮中。

又

天涯同话入山心，翠壁青崖未可寻。万壑松风斜照路，何人瘦马独长吟。

又

拔地诸峰霞外开，轩辕犹有旧丹台。期君异日停骖过，苍翠都从马首来。

又

老树带平沙，夕阳连巷陌。悠悠渔艇中，谁是沧浪客？

又

古寺残钟歇，归帆远浦还。思乡无限意，付与夕阳山。

与弟柱夜谈羊角哀左伯桃事，赋诗以纪之

雨雪荒山绝可怜，至今遗话尚潸然。升沉总足传千古，生死深悲不两全。
异国伤心登上相，故人朽骨证真仙。激昂听罢精诚发，愿尔情同金石坚。

题罗一峰先生《八老图》

穆陵恭默初登极，甘雨和风弥万国。麒麟在薮凤在郊，皋夔共捧扶桑日。
鼌江之后出异人，手提岳渎摘星辰。冠裳北阙文章伯，节钺南荒柱石臣。
一朝辞满归山住，公卿祖帐东门路。辟谷餐霞四十秋，蒲轮几杖加恩数。
雁塔同登汉八厨，青瞳鹤发列公孤。济南学士传书至，写出生绡洛社图。
当时名数分元恺，棱棱谔谔瞻风采。蛟龙呵护铁函书，墨宝流传经百载。
公家后裔有贤昆，垂老缠绵孝思敦。先泽捧来惊且喜，薰香盥手细评论。
挏我登堂观妙迹，欣看华衮神仙客。遗献风流不可追，珍重摩挲三叹息。
君不闻神熹北寺党人争，门户朝臣共轧倾。公独超然见几去，赤松黄绮相逢迎。
清名朝野俱钦重，潜见神龙藏妙用。只今精爽竟何归，白云知在华阳洞。

弟杲、弟柱招游存园探桂

小山秋思正无穷，一片吟情入碧空。玉笛凉吹桐影月，罗衣香带桂花风。
鸥闲笑客清波外，菊淡如人落照中。知尔心期同冷寂，白云何处访崆峒。

又

春风曾此食梅酸，又傍垂杨渡赤栏。野色尚连檐树碧，秋声已入井梧寒。
雁凫远水依稀认，鸡犬烟墟仔细看。似我芙蓉江上路，几年辜负钓鱼竿。

又

披衣来问白鸥家，门近寒塘浸蓼花。一径绿阴鸠唤雨，四山斜照雁冲霞。
空林鹿迹浑无主，世路羊肠未有涯。记得耦耕前约在，荷锄何日艺桑麻。

醛使朱贻亭先生双寿词（代郑慈湖）

圣代登三日，家声五尺天。桐乡清白德，枫禁紫微仙。
翼向沧溟击，心从日月悬。词源倾峡浪，文采冠星躔。
鹤羽栖琼圃，螭头赐彩笺。卿云歌复旦，猎雪赋甘泉。
绿染灵和柳，香依太液莲。白狼槃木曲，金马碧鸡篇。
诏出兰台署，恩分笠泽田。臣心三泖水，帝力百花烟。
遂擢治淮任，长操煮海权。市垣奎宿耀，泽国夜珠旋。
疍户欣翘首，鲨帆快息肩。百函龄石敏，七策计然偏。
宦况琴边鹤，清风树里蝉。处脂名自洁，转饷力弥坚。
雅望夔龙重，徽音尹姞贤。南阳仙史馆，新野女师编（夫人邓氏）。
勾漏丹砂远，璇宫璧月圆。寒帷同挽鹿，汲井欲飞鱣。
退食梵香静，停机濯锦鲜。饮冰相砥砺，种玉遂联翩。
各据三分鼎，都成万选钱。舞衣齐焕烂，健翮自腾骞。
尚想朋欢夜，频将祖德传。思陵方御极，国步已迍邅。
到处黄巾陷，凭谁赤县填。孤城惊受箭，万马骇报鞭。
伏尔高曾义，曾从战阵穿（公曾祖以诸生募乡勇拒李自成于涿郡）。
守阵心自壮，援鼓气无前。
飞炮鲸鲵遁，收旗涿鹿全。至今安稼穑，犹忆脱戈铤。

竹帛为谁勒，钟镛自可镌（本朝以功授临清参将）。
繇来流庆远，端赖积功延。
记昔龙门地，同登雁塔年。交情期我久，甲第让君先。
意气荆高酒，风流郭李船。玉堂人契阔，锦瑟梦缠绵。
息影谁三顾，抟风忽九迁。开樽铃阁上，并辔蓟门边。
国计烦刘晏，经斋引服虔。芙蓉瞻幕府，鲍瓠愧宾筵。
但愿忠诚竭，无忘简任专。年华松粒古，风物菊花妍。
喜预生申会，欣看赐玺宣。无疆在伊傅，不朽岂彭篯。
骐骥开长路，蛟龙济巨川。九重求翊戴，四海待陶甄。
煮石耆英社，泥金泰岱颠。他时黄发老，共和有虞弦。

戊申中秋饮于筠间书屋，赋诗纪事

凉风白纻共凭栏，笑指楼东唤玉丸。湖海几人容啸傲，乾坤此夜最高寒。
玲珑疏影帘边落，细碎清光树里看。七宝已成宫殿否？飞身欲上暮云端。

又

归来街鼓已深沉，雅宴何曾减竹林。待客寒虫空偶语，出巢孤鹤本无心。
疏花老树清如画，红烛金尊醉共吟。最爱一帘香雾散，月华微露碧梧阴。

题扇头画

啼鸟声中花自开，楚江烟暖放船回。春风吹遍芳蘅绿，自有湘妃鼓瑟来。

闻三弟学易病，欲往濑西视之

犹记将离拊背频，凉暄珍重客中身。却怜多病欺予季，转恐长愁累老亲。
百里瘦肥常入梦，一家离别为伤贫。隔江羽翰难飞到，敢惮西风马首尘。

渡江

铁瓮城池落照间，苍茫镇海此雄关。东流隐隐孤钟寺，北固青青六代山。
旗尾何人朱隼远，客心长与白鸥闲。萧梁霸业销沉尽，愿唤焦先醉往还。

过江后夜行

断云收处见征鸿，浩荡乾坤放眼空。马首一钩杨柳月，人家十里稻花风。客行漠漠寒烟外，诗在萧萧落叶中。犹记昨宵孤馆坐，寂寥窗户咽寒虫。

东昌街晓发

灯残戒行李，出户夜何其。野旷星萧瑟，林深月蔽亏。梦随寒柝尽，秋入大江悲。惆怅分飞意，唯余落雁知。

晓行竹丝冈

远近村庄树色凝，荻花瑟瑟打鱼罾。露香平野知收稻，烟散回塘见采菱。客路飞鸿怜兴倦，农家乾鹊报年登。玉屏愿买归耕地，倒跨乌犍我亦能。

木坞冈

平生麋鹿性，入野自相亲。远树生乡思，秋山似故人。风霜存裋褐，江海负投纶。何日垂杨外，萧然垫角巾。

句城

数家枫柏远微茫，九月霜清刈稻场。远浦纷纷呼雁鹜，平芜点点食牛羊。爱他杨柳藏茅屋，悔我芙蓉别钓航。仿佛豳风图画在，凭谁绘出水村庄。

山汊

此地真堪着钓蓑，秋光疑向故乡过。傍山僧寺松篁古，近水人家菱芡多。渔网晓收黄叶港，马蹄晴踏绿杨河。十年落拓江湖梦，谁识西风白石歌。

濑水怀古

斗大池隍雉堞倾，寒鸦饥鹊自纵横。黄花漠漠重阳节，秋草离离古濑城。风俗尚存唐魏俭，山川曾说楚吴争。白云遥抱茅君岫，我欲相随跨鹿行。

中山

夕照转陂陀，青翠粲可数。兹山独雄视，耻与众峰伍。
昂如伟衣冠，拱笏朝天府。又疑颎洞风，吹落岐阳鼓。
揽衣踞其巅，百里群山俯。远树积秋毫，孤城环列堵。
前朝魏国勋，开藩食此土。带砺已消沉，山灵尚英武。
我欲踏寒烟，独呼毛颖语。

芝山

谁仿大痴山，赭墨落生绢。累累巨石堆，奇诡争百变。
如驱童豕来，寝讹随所愿。屐齿试登临，远近螺蚁见。
历历淡烟村，苍苍夕阳县。三十六洞门，玲珑相贯串。
初闻秉炬窥，蚁路刚一线。豁然石磴宽，别有琼瑶殿。
疑藏委宛书，似贮灵威卷。石溜不染衣，珠帘自飞溅。
平生丘壑心，探奇殊未倦。会当风雨中，翔空罗石燕。
烧泉煮紫芝，饱食还相劝。

杜城山

大业旌旗驻北冈，伏威军垒已微茫。销沉劫火留孤塔，磨灭阴磷认战场。
夕照稻粳分歉熟，秋风铃铎语兴亡。何如老衲巢云顶，自拾松枝煮芋粮。

茅山

采药知何处，千峰插落霞。弟兄俱拔宅，风月自成家。
涧饮呼群鹿，林喧得食鸦。尘埃思换骨，谁与授丹砂。

徽恩阁

匠石挥斤叱万牛，甗棱突兀压神州。山从鸥吻檐边落，树向鱼鳞瓦外浮。
金殿鸠工南渡相，玉京传旨定波侯。土人尚感驱蝗德，社鼓巫箫岁祀修。

怀白亭

青铜柯干雪霜容,阅尽兴衰古柏浓。金简玉书藏篆籀,盲风怪雨锁蛟龙。笙簧断续烟中响,环玦依稀树外峰。我欲闲眠餐落子,飞行十二碧芙蓉。

石臼湖

渔网斜阳集,舟鲛减税租。霜寒肥稻蟹,荻老瘦沙凫。
帆过固城疾,田因笠泽芜。犹闻故老叹,此地尽膏腴。

无想寺

万峰深处夕阳微,到此游人尽息机。百道泉声喧佛磬,六朝山色冷僧衣。霜寒柏子猿争拾,风落藤花鹊自飞。钟磬入林如隔世,翛然顿悟出山非。

待凤冈

枫柏夜来霜,微红生树杪。闲寻鹿迹多,远睇行人少。
夕阳明灭中,数峰青了了。

天生桥

故老犹传草木愁,崇山遗恨至今留。桥悬蝴蛛鞭神筑,水凿胭脂带血流。巽女何曾趋大壑,波臣依旧阻轻舟。试看怒石溪头落,劫火烧残万树秋。

羊左墓

生死交情到此真,秋风凭吊一沾巾。可怜雨雪空山别,尚结松楸古墓邻。荒草断碑传烈士,寒烟落日感樵人。遥寻并合衣粮路,老树依稀野水滨。

最闲处

古木带寒云,无人境清绝。幽禽自唤名,涧草相稠叠。
泉兼乱石流,路让秋花接。老衲揖枯堂,曾餐松上雪。
残霞雁鹜归,返照牛羊歇。吟过石桥西,疏钟和落叶。

投金濑

月暗昭关遁，波寒濑渚沉。凄凉余漂絮，清泚谢投金。
生死蛾眉节，恩仇烈士心。青莲碑碣在，诵义到于今。

东汉碑

飞动中郎笔，沉沦石臼波。文章辉泮璧，历数纪光和。
苔蚀龟趺缺，沙埋鸟篆讹。一山兼一谷，岘首已如何。

韩熙载读书台

云水苍茫占一区，凤泉遗迹已荒芜。山僧寂寞晨餐路，天使风流夜宴图。
五季功名凭显晦，千峰草木自荣枯。当年节钺开藩日，尚记禅房佛火无。

合清门外

不识长游倦，安知小隐尊。柳疏临水阁，鸦认落霞村。
烟隔樵人小，舟移野鸟喧。稻粳香熟后，吾欲掩柴门。

永寿寺

晚磬唤归客，吟回惑旧蹊。断云孤塔北，秋水野塘西。
犊带寒烟返，禽兼落照啼。疏林如画处，欲借一枝栖。

拜方正学先生宅二首

经筵曳履自从容，正气谁知塞昊穹。斧钺帝王严一字，鼎烹宗族累孤忠。
殿前缞绖羞华衮，海上缁衣恸故宫。旧里那堪冤鬼哭，枌榆白昼起悲风。

又

破巢何处悟前因，板荡天教识异人。赤族小儒争咋舌，黄冠元老肯容身。
诛心难夺风霜史，喋血空锄社稷臣。落照荒寒遗址在，千秋凭吊共伤神。

谒齐司马节敏公墓

洗兵徒自挽天河，回首金川旧恨多。汉市纵教冤赐剑，燕藩未必罢操戈。仓皇故里空飞檄，叹息中朝倒太阿。三尺长埋忠愤骨，肯随陵寝共销磨。

偶读洪大月航壁间十新诗，爱其托意深远，造词清丽，因和其韵，聊写客中怀抱，知不足以步后尘也

新草

油壁春风路，曾随拾翠归。香和纤雨足，绿染暮烟微。
南浦骚人怨，西堂旧梦非。萋萋魂断处，千里带斜晖。

新柳

青粉墙边过，依依夹道中。一篙渔艇水，二月剪刀风。
春浅鹅黄识，波深鸭绿通。莫忘摇落夕，零雨怨其蒙。

新月

尚缺山河影，清辉已满庭。蚌胎犹带泪，蟾腹欲吞星。
半碎瑶妃玦，斜钩玉女屏。凭谁将破镜，分照夕阳亭。

新水

好趁桃花浪，乘流直到门。树移渔子网，沙失马蹄痕。
洗翅春鸥小，回帆落照昏。昨宵山雨响，百道石泉喧。

新燕

返照乌衣巷，重来话是非。危巢宜早补，绣户最难依。
絮冷还相认，花迷恐错飞。让他蜂与蝶，任意拣芳菲。

新梦

空馆微凉夜，情人乍别时。挑灯还暗祝，拥被自沉思。
访旧三更悄，游仙一枕奇。檐铃惊醒后，惹起鬓边丝。

新别

握手离亭语，征衣自减添。销魂杨柳渡，怅望翠微尖。
厌听乌啼树，愁看燕拂檐。临歧言未尽，珍重托瑶签。

新酒

酿从彭泽秫，沽向洞庭春。柳隐青帘市，花簪皂角巾。
椰瓢系马路，雪笠换鱼人。何处难忘汝，香山语最真。

新欢

低头佯不语，俏顾已相亲。密誓凭肩夜，含羞拥髻人。
彩云初入梦，凉月净无尘。今夕为何夕，休论晋与秦。

新雨

霢霂添生意，廉纤送嫩凉。绿阴鸠唤急，红药燕分香。
放艇烟波好，登山屐齿妨。东郊锄笠聚，谁与劝耕桑。

题西梵莲

合向春风伴浣纱，一枝金粉自横斜。谁将碧玉玲珑管，写出旃檀称意花。

赠胡三孟长

谁占风流濑水涯，辋川图画五峰家。还将飞动添毫管，自写生鲜没骨花。
曾向鲸波看浴日，几人鹤背约餐霞。芝山数点青如染，好拂生绡试墨华。

又

鸿雁关心远道寻，菊花风物共登临。莼鲈怅望天涯梦，鸡黍殷勤地主心。
红叶秋山宜入画，青藤醉墨少知音。春潮访我雷塘路，双桨听鹂万柳阴。

濑城晓发

荒鸡叫残梦，客子冲寒发。征铎响前庭，疏林起惊鹊。
明星何皎皎，缺月高峰没。出门重入门，方寸增忉怛。
霜露怆离心，衾裯怜病骨。呻吟几浃旬，何曾展欢洽？
胡为药饵安，忽已山川隔。珍重言未终，衷肠已凄咽。
慈亲握手语，天寒慎裘褐。嗟哉同气亲，奔走成离阔。
何来种秫田，课耕聊共话。驱车出北郊，远树纷如发。
回首望孤城，一带寒云抹。

151

归途作

烟村不见人，但闻人叱犊。我往稻花香，我归麦苗绿。
农家惜岁月，辛苦事百谷。欢喧鸟雀群，饱及鸡豚腹。
疏林野碓舂，秋水菱塘熟。柳色隐柴门，藤花结茅屋。
从来民俗淳，所恃田畴足。愿绘豳风图，艰难常在目。
上以告明君，下以陈良牧。频年大有书，到处含哺曲。
吾亦有敝庐，西风秀残菊。归来弄白云，行歌在空谷。

弟柱二旬初度寿之以诗

纨扇深情独尔知，素心曾与菊花期。同怀匡岳看云想，莫负虞渊浴日时。
月下书声灯下酒，梦中离绪箧中诗。年来盼望无穷意，喜见琼林长一枝。

又

回首韶光未可寻，殷勤愿尔惜分阴。还从膂力方刚日，共矢文章不朽心。
淡泊宜餐金掌露，温纯欲比玉楼琛。何妨歌吹繁华地，独抱朱弦太古音。

题画十二绝句

松水仙
翠粒洪崖饭，香绡洛浦裳。谁将冰雪意，写入白华堂。

柳丝燕子
剪出灵和绿，分来玉洞红。东皇夸昼锦，渲染托春风。

兰花
秀色夜纫裳，微香朝饮露。三年采此花，便可凌虚步。

蔷薇花
风动水晶帘，盈盈香露坠。曾记读仙书，盥手花阴地。

紫薇花
异种裁星极，繁花浸月池。丝纶清切地，高咏最相宜。

萱花
自有欢宜合，曾无忿可蠲。一枝红带露，含笑百花天。

石榴花
照眼红英艳，开房玉粒芬。何来安石国，贡此赤霞裙。

竹石
一拳分岣嵝，百尺种琅玕。彩凤粮何处，离离翠粉干。

雁来红花、秋葵花
半染啼霜色，全倾向日心。不教春景色，独自占瑶林。

菊花
品淡如清士，餐英服九华。曾闻甘谷里，尽住地仙家。

茶花、梅花
积素迷蜂梦，分丹向鹤头。滇南与岭北，各自冠春秋。

莺粟花、虞美人花
舞帐分琼露，花囊割彩云。惊鸿无限态，春色占三分。

题画册

寂寂花初落，归禽散夕阳。多情扫春水，只剩柳丝长。

又
不厌看山处，茅茨近水宜。从来爱静意，独有白鸥知。

又
悔别空山路，清阴缓步吟。犹思天籁响，不忘岁寒心。

又
诗思苍葭水，幽怀红蓼风。谁知济川者，稳卧钓舟中。

又
积雪明遥岫，残冰滑断桥。平生幽冷骨，不待野梅招。

又
小艇沿波去，青山自送迎。天涯莼鲙梦，载入棹歌声。

又
寺向松梢出，峰从石骨登。高寒谁到此，只许夕阳僧。

又
碧影何曾减，秋声已渐多。雨窗兼月夜，默坐意如何。

153

又

不作桐江隐，非从渭水渔。殷勤求锦鲤，中有故人书。

又

微茫烟树合，空阔大江分。一夜吹寒雨，群峰尽化云。

题《枯木竹石图》

瘦石疏篁倚树根，苍茫老气压乾坤。有人爱此荒寒意，吟过江南落叶村。

又

流水空山夕照孤，岁寒标格各清癯。高人下笔清苍极，不写春风蛱蝶图。

题扇头画

万树浓阴暑似秋，绿阴深处听啼鸠。炎风不到幽人屋，莫怪还披五月裘。

无题

迢递青门落照阴，肯因疑谤阻招寻。但令白璧坚初志，未许黄金买寸心。
团扇已忘余热想，离琴犹带半焦音。待他谣诼蛾眉散，始信情多恋故簪。

又

一帘香草自相亲，谁识弥缝暗地频。兰蕙惯存滋溉念，蘼芜甘作弃捐人。
自怜荼荠忘甘苦，何必淄渑辨假真。留得断肠诗句在，有人检读定沾巾。

齿病戏占

漱石空山负所期，半生嚼蜡齿牙知。将无世味须缄口，岂有心情尚朵颐？
槁木为形原已久，檠花生舌总非宜。从今愿取峨嵋雪，笑宴寒梅一两枝。

又

憔悴人同爨后琴，唯留病骨验晴阴。雌黄已杜悬河口，甘苦空存食蘗心。
谁信餐英浑未饱，自嘲扪舌尚长吟。萧然万念俱灰冷，一卷南华隐几寻。

敬赋方贞女诗（朱世邃元配）

辽鹤东归不可寻，断钗人在泪痕深。未亡尚待承祧礼，之死靡他匪石心。
共叹九原埋白玉，谁知百炼见黄金。只今鸳冢花残后，风雨犹栖比翼禽。

又

孤坟宿草已离离，同穴深情地下知。洗手羹汤调膳后，伤心缟素抚棺时。
七年隐忍飞蓬久，五日从容绝粒迟。试取湘弦哀怨曲，弹成寡鹄不胜悲。

为汪建苍右迁赠行画扇头，并系以诗

布谷啼残芳草天，江南犹有未耕田。何时跨上乌犍背，雨笠烟蓑渡晚川。

又

有客高吟钓艇中，情怀冷澹白鸥同。十年寥落丝纶手，付与春江荻苇风。

雪夜有怀

层冰谁与踏峨嵋，静对梅花有所思。人在灞桥驴正瘦，舟回剡浦鹤先知。
情坚面壁趺跏地，梦隔传经侍立时。惆怅离琴刚半曲，琼瑶已自遍南枝。

家大人自濑西寄示怀归近句，敬和原韵

百舌啼残唤鹧鸪，云山两地客心孤。那堪叱驭经长坂，愿共乘舟到具区。
芦叶响风鸿梦冷，竹花凋云凤粮无。还思结屋寒梅里，写作挑灯读易图。

消息

谯东射猎足平生，学剑天涯悔不成。鸡肋何如烹石饱，羊肠只合御风行。
柳阴南浦生归思，花落西泠有旧盟。暗喜寒梅消息近，孤山鹤艇许相迎。

题范耘谷《岁朝图》歌

华轩明敞辉朝阳，金盘罗列供群芳。苞含天地太和味，冰霜之骨琼瑶浆。
红豆西池鹦鹉粒，苍髯北牗龙虬香。瞿昙一指金为色，云梦千头蜜作粮。
凌波仙子渺然立，火珠的烁安榴房。谁取冰绡几尺长，写向银瓶白玉床。

笑看彩胜迎春光，陶然共醉屠苏觞。岭南荔枝尚可尝，色香佳绝涤肺肠。
安得仙人白凤翔，采摘置之君子堂。

戊申广陵除夕

静觉梅花瘦影俱，深情不共岁华徂。纸窗竹屋诗人梦，红烛金樽剑客图。
百结离心吟乐府，三更抱膝读阴符。江湖落落交游久，自信双眸似夜珠。

又

检点囊无换赋金，天涯鼓瑟少知音。种瓜难觅中人产，击剑空怀侠士心。
杨柳春风鸳水约，蘼芜夜雨鹤田吟。徘徊此日当歧路，愿向青门季主寻。

病中戏占

沴气阴阳忽暂交，萧然高卧向书巢。蜕形愿作尻轮想，读易先占臀困爻。
病骨支离同瘦竹，闲心濩落似秋匏。静观四大身原幻，拥肿何妨任客嘲。

竺荫楼诗稿
卷七

元日

卿云纠缦碧空浮,威凤何须历九州。礼乐虞廷新玉磬,山河禹贡旧金瓯。
摩风羽翼思霄汉,捧日情怀笑敝裘。广厦万间微志在,鹪鹩耻作一枝谋。

又

门无热客昼常关,人在湘帘棐几间。夜雨滴醒花外酒,东风吹绿梦中山。
安巢愧比鸠尤拙,辟谷甘同鹤共闲。最爱西泠香雪里,有人相待白云湾。

首春登弥罗阁用弟杲原韵

逼仄厌樊笼,雄心愿高蹑。销沉六代宫,春草余残堞。
聚米识河山,霸图归笥箧。遥指海门东,大江流未歇。
何由御罡风,直与虞渊接。唤日浴鲸波,孤舟乘一叶。

又

整翮待长风,耻作巢林鸟。嗟哉雁与鳬,争食何其小。
彩凤视德辉,翱翔碧天表。徘徊暂忍饥,竹粉垂新筱。
罗网不得施,箫韶殊未杳。念此倚楼心,春江同浩淼。

醉中述怀

何心得失问鸡虫,人我相忘大冶中。园吏未曾醒蝶梦,书生端可寄鹅笼。
胸无城府唯安拙,囊有文章不送穷。爱我梅花清瘦影,故园香雪已蒙蒙。

雪窗怀诸友人

同心咫尺各相违,屐齿无由叩竹扉。行路其难泥滑滑,所思不见雪霏霏。
有人曲巷琴声出,何处寒郊猎骑归。安得梅花同结屋,静看喧雀绕枝飞。

客有招游天宁寺者,饭于栖颖上人斋中,赋诗纪之

芳意递东风,刚入南枝半。疏林明积雪,出郭偕童冠。
侧闻香积厨,老僧亲执爨。为客具伊蒲,盘盂纷满案。
碧涧采芳芹,青精和玉粲。佐以驼峰香,兼之羊胃烂。

染指欢脏神，朵颐供鼻观。欣然投匕起，合掌争赞叹。
仰视屋角云，黄昏渐零乱。枯树带春阴，寒鸦自相唤。
求食各喧飞，每听疏钟散。因兹悟物情，饥饱同所患。
愿取恒河沙，化为九州饭。釜甑不生尘，含哺乐昏旦。
归来灯火明，行行驱款段。冷瘦对梅花，微寒坐空馆。

闻弟柱以时势所阻，不得已有弃儒之意，怆然有恨，诗以勖之

春寒料峭雪交加，损尽枝头待放花。南浦情犹深夕照，西堂梦已隔天涯。
修书枉自烦青鸟，剪烛何由访绛纱。愿尔心情还澹素，莫忘风雅近骄奢。

又

频贪苦语到深宵，肯厌东门步武遥。春雨几时偕负耒，秋风何处可题桥。
波寒北渚鸥曾约，花落西泠鹤又招。不为故人难远别，归欤早已挂吟瓢。

无题

冷骨幽怀不受炎，检书偏爱读虬髯。无言自觉兰同淡，密意相看蓼亦甜。
竹外闻声欢暮雀，花阴携手诉凉蟾。南楼见我挑灯话，只有高槐绿到檐。

又

东皇无主酿轻寒，生怕花枝渐次残。每与鹤愁临水语，竟忘人妒隔墙看。
敢将旧色论缣素，但觉离心似玦环。已恨明河清浅隔，天风况复起微澜。

拟古七首

冉冉孤生竹，结根嶰山阴。融风一披拂，自有凤凰音。
庭隅忽移植，日夕邻鸮禽。雪霜凋碧影，憔悴不成林。
幽人时叹息，策杖来相寻。何如返故地，守此岁寒心。

又

野鹤亦何求，素翮临风整。偶从九皋来，唳尽霜华冷。
已自困樊笼，况复憎蛙黾。翻然念旧山，梦与云水永。
残霞树可栖，落花泉可饮。爱我东南峰，娟娟清月影。

又

美人盘龙镜，鉴此冰玉容。惜哉失磨莹，日受尘埃封。
妍媸自此惑，施媒徒相蒙。何由拭清光，照尽青芙蓉。

又

海燕各离巢，飞飞托华屋。差池受晚风，暂向花阴逐。
何知求友欢，已畏弹丸辱。垂杨十二楼，冷雨怜幽独。
不待寒菊开，愿返乌衣国。回首念同群，黯淡春波绿。

又

郁郁同心结，垂垂连理枝。前因各有合，百变不能离。
人生金石交，岂因谗妒移。深情已密定，荼蘼甘如饴。
愿辞五侯鲭，杯酒相与持。长亭执手语，勿为离别悲。
炯炯寸心在，生死才能知。

又

白璧绝微瑕，温纯性如故。置之君子堂，锦笥宜深护。
奈何瓦砾登，弃掷曾不顾。默默守廉隅，按剑翻赍怒。
毁方欲为圆，恐失坚贞素。宁甘抱璞终，不受青蝇污。
谢彼荆山人，连城非所慕。

又

婉婉小凤雏，怜尔生光彩。虽非凌云姿，亦有翔风态。
渺彼玉京仙，吹箫愿相待。三年付托心，保护金笼内。
同居却燕雀，实恐啁啾碍。伤哉骨肉恩，几曾垂盼睐。
饮泣与凤辞，风霜宜自爱。

为雪门兄作画并题

无数青山自送迎，忘机真可主鸥盟。有人野渡看云立，何处扁舟载酒行。
别梦苍茫烟水阔，乡心迢递夕阳明。归来准赴寻春约，一路花阴啼鸟声。

罗君千仞程夫人挽词

骠骑第五久知名,见说神伤鹤市盟。但使碧箫怜昔梦,何妨钿盒卜他生。
还坚玉籍凌云志,远慰泉台戒旦情。所恨未终堂上养,伤心洗手旧调羹。

又

人渡飞虹到广寒,彩云零落怨无端。璧台花落埋烟雨,黼帐灯微听佩环。
为语鸾胶须早续,曾悲凤羽几番残。断纨碎锦都分尽,恐与荀郎拭泪看。

又代人四首

叹息璇闺失女宗,清光锦匣掩芙蓉。凄凉鹤背箫声远,知在峨嵋第几峰。

又

泣尽鲛人掌上珠,碧梧零落凤将雏。伤心泉路牵衣遇,可记金环旧爱无。

又

奉倩神伤到夜分,何人佐读更殷勤。只今零落衣香歇,谁取金炉共夕薰(《别赋》云"共金炉之夕薰")。

夜坐修书

深宵秉烛怆离居,南北关河几尺书。流水自嗟羁梦远,落花长忆定交初。
鸳湖欲鼓看云枻,蜀岭思回载酒车。惆怅竹西人别后,他年问讯复何如。

用雪门兄韵,赋送醒轩主人楚游

峰头回雁渡江岚,别梦应随雁不南。汉女碧波方淼淼,骚人香草正毿毿。
愁添柳絮三更雨,诗在桃花百尺潭。惆怅旗亭沽酒地,绿阴谁听燕呢喃。

又

曾从郭北夕阳间,看遍江南放鹤山。种竹小庐人忽别,卖花深巷户长关。
锦帆秋水芙蓉梦,铁笛西风杜若湾。此去潇湘听雨夜,高吟我已放舟还。

偕弟杲、弟柱诸昆季存园探梅

曾向危桥唤鹤群，又携童冠踏斜曛。屦因路滑添双两，花为春寒瘦几分。
野犬吠回三径雪，沙鸥梦破一溪云。自怜冷骨多招妒，莫遣游蜂浪蝶闻。

诸同人饮烟霭阁限吞字

冷淡情怀孰与论，闲寻香雪共温存。吟回竹影风如剪，看到梅花月有痕。
野鹤未安三径睡，长鲸敢说百川吞。东风为我吹归梦，绿满江南雨后村。

又

愿将幽意向花论，憔悴相怜瘦影存。野水分流残雪地，晚风吹破落霞痕。
沧溟羽翼三千击，云梦胸怀八九吞。笑看稻田春草满，寒鸦空闹夕阳村。

题郑松莲《折花将遗谁图》，即用五字为韵。盖行藏出处之宜，愿以相质耳

微风动佩环，人澹如香雪。沉吟有所思，方寸多幽折。
愿将长别心，吹向枝头月。

又

记昔惊鸿态，曾逢洛水涯。惜无黄初才，赋此瑶林花。
微波自含睇，素影一枝斜。

又

独立矜遗世，无人默自商。宁令白玉姿，轻置黄金堂。
泠然御天风，飘缈难相将。

又

明珠谢蹇修，永向罗襦系。所赠匪同心，中道多捐弃。
愿尔惜芳馨，解佩休轻遗。

又

守贞宜自爱，试问所从谁。欲求同心人，缟素长相随。
思为连理花，风雨不能离。

夜坐语花轩赋春雨诗限心字

檐铃断续夜初深,收罢余棋抱膝吟。倚枕难成飞絮梦,卷帘无限惜花心。摧残北牖留香雪,染遍东郊渐绿阴。愿尔蕙兰勤种艺,冲泥屐齿日相寻。

又

愁与春寒一样深,纸窗竹屋共长吟。愿存流麦耽书志,莫负为霖润物心。折柳情怀生远梦,卖花消息在轻阴。遥思钓艇天随子,烟水茫茫何处寻。

自题《小窗香雪图》

并序

绀珠赠予诗,有"小窗香雪夜论心"之句。鹤皋为予写诗意作图,因检诗中平韵,偶成四章,并索诸同人和之。嗟乎!仆本冷人,交无热客。千里外雪泥飘泊,迹似飞鸿。十年中花雨绸缪,情深扑蝶。怀人旧梦,半落花流水之间;赠我新诗,多剪烛衔杯以后。爰将胜事,绘以生绡,愿取同心,托之毫素。纵或浮云南北,沟水东西,思公子以无言,望美人兮不见。而冷香瘦影,犹堪对此以相思。将澹月微云,尚可呼之,而或出云尔。

疏影离离扑玉缸,灯前共笑影成双。客来竹径逢调鹤,人踏花阴少吠狵。读易风流思汉渚,谈诗宗派说涪江。湘帘棐几清幽绝,凉月窥人渐到窗。

又

乾坤谁与话行藏,最喜同心夜对床。身世浮沉悲剑气,关河离合叹灯光。梦和月影分孤瘦,人与花枝各老苍。听到玄言微妙处,试尝清茗一瓯香。

又

敝庐吟罢正黄昏,荷筱幽人忽到门。偶尔妄谈王霸略,萧然仍远市朝喧。无能鹤亦知予拙,微笑花应向客言。流水空山行迹少,此中真意与谁论。

又

斗室欣然快盍簪,家贫何以待知音。墙头尚可呼邻酒,巷外唯堪听客琴。话到关情嫌漏短,人逢解意任宵深。微香冷淡相怜惜,只许梅花识素心。

春夜诸族人饮竹梧深处，即席限雷字

江湖何处问陈雷，且喜同宗共酒杯。舞蔗客从灯下会，种桑人自海边回。
凉生屋角初残月，香动枝头半瘦梅。洛浦风流原不远，微波谁与托良媒。

饮友人斋头，以九螭碧玉瓯酌，予即席赋

温雅钦风味，论交若饮醇。分携花外屐，共垫雨中巾。
琬琰闻高论，琳琅出异珍。剖光惊结绿，沉采耀浮筠。
蠕软参差动，毫毛刻画新。巨罗惭绮席，凿落避华茵。
色夺蟾蜍冷，香凝鹦鹉匀。疑从瑶圃饮，俨作玉山宾。
吸海长鲸量，凌风倦鹤身。青田留核夜，紫府踏花春。
半醉忘宾主，高歌动鬼神。愿君藏什袭，邀醉阆风人。

杨筠谷招予及金寿门、高犀堂、郑绀珠、郑松莲、程雪门踏春城南，阻雨不果，即用寿门《樊口行》药韵

何由得西风，吹破昏云膜。郊南霭绿阴，共踏冲泥屧。
鸥梦碧波深，蝶翎花影薄。良朋聚匪易，野鹤东西各。
离心江上峰，醉共斜阳落。努力及春华，同锄瑶圃药。

赋送金寿门之河东

白练裙书古断钗，先生仙骨似洪崖。十年冠剑游梁客，三代尊彝宝晋斋。
壶口波涛和铁笛，桥山风雨踏青鞋。何须姑射峰头宿，冰雪知君已满怀。

又

突兀中条压太原，严装落照出轘辕。高吟马首关山壮，长揖诸侯气岸尊。
王屋神仙何处访，夷门隐吏几人存。归来怀古无穷意，好向旗亭醉后论。

又

玉箫声里几勾留，又作河汾浩荡游。慷慨吹台宾客地，苍茫蒲坂帝王州。
闲磨盾鼻青油幕，醉脱花阴紫绮裘。我待谯东精舍筑，邀君射猎北山头。

赋送金庄年归越，乃寿门小阮也

燕燕分飞各自愁，斜风细雨木兰舟。待他汾晋人归后，我亦南屏访旧游。

又

太行山色染征衣，三竺湖光冷竹扉。最是销魂杨柳渡，落花风里一人归。

赠高犀堂

隔帘水竹自萧疏，元宴先生负郭居。抛豆醉听红雪曲，种蕉凉借绿天书。
鸣琴曲巷随风出，淡墨遥山写雨余。记得残蝉深树里，落花曾访子云庐。

又

萧然抱膝坐书巢，读易曾占第一爻。鼎出周秦还遍识，人非园绮不论交。
十年养志莳花竹，两世逃名伏草茅。我欲相从问奇字，燃脂频借太玄钞。

为汪鼎言题《钟进士听磬图》

九节蒲香醉玉卮，髯仙心事许谁知。泠然玉女鸣球击，便忆虞廷舞凤时。

秋林寒雀画

脱尽微霜万木疏，择枝寒雀竟何如。低飞还是家山好，一路秋光刈稻初。

清明后六日，予与杨筠谷、黄松石、张竹居、毕鹤皋钱寿门于秀野园，鹤皋写《春饯图》。诸同人即席赋诗，以姓为韵

莫为离杯饮不豪，旗亭风雅属吾曹。愁君马踏三河雨，问我帆归八月涛。
绰约诗情花掩映，空蒙别恨柳周遭。明朝山色敖仓路，始觉相思暗郁陶。

题《刷马图》

一卷阴符略，松根抱膝吟。犹存伏枥想，尚有据鞍心。
蹀躞追风骨，艰难市骏金。封侯丈夫事，安肯槁山林。

赋送许毅堂赴保定府

落落关河隔，才名几弟昆。听莺红杏寺，跃马紫荆门。
弹铗谋长用，鸣琴化自尊。高谈抚绥略，舌在不须扪。

又

预设南州榻，先期北道欢。落花人有约，折柳思无端。
夜听琴堂响，春回蔀屋寒。佐成桑雉化，好取玺书看。

赠钱塘黄松石

东海曾扬几度尘，劫灰遗墨尚如新。两朝文献存三箧，六代风流在一身。
松楸荒坟堪堕泪，枣梨旧业易伤神。求书若遗陈农出，自有千金购访人。

又

曾因夜话识君初，至性深醇徐仲车。遗骨负归千里外，先容痛忆十年余。
苍茫陇树瞻云泣，珍重瑶函刺血书。何日买山成小隐，阴阴慈竹覆茅庐。

又

玉堂清话至今闻，家有藏书夜读勤。凤苑文章推叔度，鸳湖词赋让宣文。
散花滩上吟凉月，种树山中待暮云。谁识白麟槃木曲，请缨奇气荐终军。
（松石高祖少参贞父先生有藏书阁在散花滩上，曾祖母顾夫人若璞以诗文名，为浙西闺秀之冠。）

又

福慧难兼古所嗟，先生清福已无涯。镜奁索笑吟香雪，砚匣相怜贮彩霞。
一室素心甘冷澹，十年清梦在横斜。惭予亦有于陵妇，只解携锄伴种瓜。

又

春风倒屣有逢迎，落落儒冠鲁两生。座上埙篪原合调，闺中环佩亦双清。
连姻顾陆俱华族，献赋邹枚共盛名。何事分飞琼苑雀，一枝犹自滞江城。
（松石姊丈张情田，俱旅游邗上。情田将入都，故及之。）

前饯寿门日，诸友赋诗，鹤皋作图，图未成。而寿门已渡河去矣，适张情田往淮东，移此图赠之，仍偕诸友赋诗，他日寿门见此，可忆南郊祖道风景否

花开犹未到将离，已作离亭祖饯悲。待得风吹金带日，衔杯重赋忆君诗。

又

欲寄河东少便鸿，图成移赠向淮东。水村一带垂杨路，两地分为送别风。

又

灵和风度至今存，飞絮蒙蒙落酒尊。君到淮阴披此卷，应看杨柳一销魂。

又叠前韵

风絮年年叹别离，送人偏起忆山悲。归帆我亦乘春水，可寄清淮折柳诗。

又

无定浮踪江上鸿，落霞残照各西东。吹来菰米清波里，只待萧萧荻苇风。

又

萧瑟生绡粉墨存，杏花深处载离尊。重来流水溪桥路，不待斜阳已断魂。

弟柱谢客招佳宴，从予出游，诗以纪之

南郊景物渐冲融，携手看山到郭东。淡绿笼烟杨柳渡，娇黄近水菜花风。旗亭醉立斜阳外，曲巷吟归夜火中。受尔盛筵偏不预，清游独与故人同。

又

闭置樊笼懒出游，为君鼓兴访沙鸥。食梅酸比离心浅，赠芍香从别袂留。清脆铃声知放鸽，宽闲云水好驱牛。明年迟尔家山路，细话隋堤柳色柔。

春尽

莫嫌莺语太丁宁，春色无多在蝶翎。常恐梦遭行峡雨，愿将身作护花铃。卷帘厌觉蜂儿闹，吹笛愁同燕子听。最是销魂临别处，绿阴飞絮短长亭。

题《江山罢钓图》，送汪鼎年挈家之楚

春水桃花放艇初，钓鳌仙客意何如。一竿且拂珊瑚树，莫向湘江羡鳜鱼。

又

素鳍泼刺跃春冰，桂楫兰桡好共乘。见说武昌鱼味美，有人纤手待纶绳。

为友人作画并题

岭叠峰稠径半开，忘机人住白云隈。松风飒飒飞泉响，疑有樵歌出谷来。

题画

寺出峰腰觅路登，疏钟唤客踏崚嶒。十年惆怅三生梦，欲访中条入定僧。

又

柴门待月不须关，麋鹿无心任往还。游子思归无限意，写来便是故乡山。

罗力田招诸友泛舟饮北郊外三山草堂，赋诗即用力田韵。时四月八日佛诞节也

罗含雅量自休休，载酒欣为出郭游。残照半开花影阁，凉风轻送柳阴舟。人如五纬天边合，心似三山海外浮。有客清言霏玉屑，凭谁解榻待南州。

又

懒出嬉春兴已休，招寻爱共素心游。梨花掩映长庚酒，莲叶玲珑太乙舟。浴佛清波方澹宕，聚星踪迹各沉浮。何时共跨青城鹤，几点轻烟瞰九州。

汪鼎年归楚，以《汉阳图》属题，赋此赠行

乱峰深处是衡阳，淡墨为君写沅湘。公子远寻香草梦，故人频劝落花觞。和风箫鼓三春浅，夕照山川万里长。黄鹤楼头怀古意，他年待我访云将（出《南华经》）。

又

两岸花开正艳阳，彩云人已隔清湘。看君别舫同吹笛，而我离亭独举觞。三楚水和机锦濯，九疑山让黛眉长。春风回首雷塘路，谁取将离醉共将。

芍田花放，省斋表叔悬灯招客饮其下，即席赋此

一夜春风别药栏，笼烟秀色尽堪餐。嫣红姹紫开都遍，清冷谁怜白玉盘。

又

带笑含颦态万千，流苏五色月中悬。滋培费尽花师术，种出天孙锦绣田。

又

将离心事晓风知，吹散行云梦里疑。依旧瑶台仙质在，何曾雨露负恩私。

又

只疑身到馆娃宫，环佩珊珊水殿风。记得绣裙斜立处，淡云微月影朦胧。

又

紫丝步障耀城南，金谷人归酒半酣。谁是披香虞学士，风流写出宝儿憨。

又

弄珠神女惜娉婷，客倚楼头醉未醒。雨后蝶翎将梦去，飞飞同上护花铃。

用少陵送孔巢父归东山韵，送郑松莲归觐

君在玉屏峰顶住，隔断市声三里雾。如何辛苦客江淮，冷落小山丛桂树。
回首归鸿见白云，桑榆景逼西崦暮。芒鞋踏月返柴关，唤鹤呼猿寻旧路。
我正思亲忆敝庐，阴阴慈竹应如故。何当深柳夕阳间，高洁恰同蝉饮露。
薇蕨山中况有余，浮世繁华愿扫除。与子逃名空谷里，然松共读灵威书。
天涯游子知多少，应为沉吟一怆如。

集唐句赋古意送汪瑞庵

卢家少妇郁金堂，欲卷珠帘春恨长。云液既归须强饮，罗衣欲换更添香。
落花门外春将尽，明月楼中夜未央。莫怨他乡暂离别，等闲裁破锦鸳鸯。

又

相见时难别亦难，送君卮酒不成欢。花为步障金为屋，犀辟尘埃玉辟寒。
芳草有情皆碍马，碧桃何处更骖鸾。欲知无限伤春意，别泪非珠暗落盘。

题《萱花蛱蝶图》

爱向萱花栩栩飞，情如游子恋春晖。谁将舞彩殷勤意，写作罗浮五色衣。

口占送张则明

两年清梦绕慈闱，敝尽貂裘季子衣。劝我家书为杜宇，催人早早挂帆归。

代赠安庆总兵吴朴五

豹尾旗边掌府兵，风流原是一书生。曾因桃李公门地，倍切桑榆故里情。
博望槎从星外落，延陵剑伏匣中鸣。犹思酒熟灯明夜，意气如醇向我倾。

又

梨花澹月照春卮，诉尽南游捧檄悲。兰蕙凋香追旧怨，蓼莪和泪读新诗。
梦魂尚为慈亲恸，肝胆应酬国士知。念我锦帆杨柳路，暮云皖口最相思。

黄松石读余《黄山赋》书绝句于后，予亦赋一首

回首黄山入梦频，知君同是梦中人。今宵读我黄山赋，我欲证君身外身。

为洪谯岩题《蕉花书屋图》

几叶蕉书手种勤，清阴已向小窗分。绿天有客吟凉雨，红雪无人爱落曛。
试取金莲参宝相，任从修竹作弹文。知君何处清魂梦，留得秋声静夜闻。

岳母，予姑也。五旬生日，寄诗内人，使持以为寿

天涯空负白云恩，珍重蓬闱托采蘩。赠镜已烦提瓮助，登车曾佩结缡言。
十年爱日违慈竹，千里薰风梦寿萱。最忆玉阶吟絮日，琳琅幸入谢公门。

题扇画

负郭临流半亩宫，郁葱佳气绿阴中。少微处士宜家此，卧看归帆饱晚风。

题画

触石云生未有涯，山川迢递渐周遮。何时展我为霖愿，烟雨楼台百万家。

为吴均言画扇并题

悔别空山麋鹿群，清泉落叶梦中闻。何当读易深崖里，静拾松枝煮白云。

为吴菽庭题其尊人《桃花雪画册》

瑶妃缟袂醉相招，错认仙源是灞桥。谁踏落英披鹤氅，尚疑剩粉污鲛绡。
绛霞散尽嵊山远，红雨飘残剡浦遥。谩说玉栏销恨树，啼乌回首恨难销。

又

开遍袁安处士家，曾怜颊面一枝斜。梦回玉洞迷飞絮，吟到峨嵋踏落霞。
万点锦城闻语鹤，三更露井怯啼鸦。只今烂熳东风里，珍重犹看旧墨华。

读钱塘陶贞女录

寡鹄歌成惨至今，泪痕还较墨痕深。谁知风雨孤飞恨，千古陶家有嗣音。

读吴菽庭悼亡诗，述其两嗣君坡臣、允中双割股事，赋二首

检尽安仁叹逝诗，羡君纯孝一门垂。记从梨枣交推日，共取参苓默祝时。
半世鳏居愁老父，九原乌哺恸佳儿。苍茫念我从游弟，风雨徒生朽骨悲。
（予有及门弟子胡生，年十四。刲股救父，父弗愈，哭而死。）

又

慈竹霜风陨碧阴，连枝孝笋已生林。最怜弱骨分肥瘦，试看瘢痕较浅深。
尚有愁云笼谢树，犹余血泪在姜衾。惭予雁羽分飞后，客路空怀寸草心。

为张节母赋并示嗣君玉擎

怀清高节自棱棱，紫府楼居合百层。双鬓已分琼苑雪，寸心犹比玉壶冰。
艰难十指供姑膳，黯淡三更课子灯。白发试扶鸠杖出，玺书亲捧鹤头绫。

又

鸳冢花残不忍看，回肠旧梦最辛酸。羹汤割臂悲调药，缟素伤心恸抚棺。
夜月慈乌啼未歇，春晖寸草报原难。但留纯孝孤儿在，菽水何妨隐考槃。

吴菽庭招饮蝉叶草堂，在座者为杨筠谷、方任斋、康石舟、黄松石、史梧冈。酒半，予与梧冈以事先去，而四君尚留。石舟因绘图，梧冈作序，予为跋。菽庭又因四君姓适同韵，用为首倡，诸友和之。偶集唐人句，以志雅集云

仙老闲眠碧草堂，萧条是处有垂杨。近来偶聚三山客，记得初传九转方。望气有人招太傅，闲林沽酒醉嵇康。月明扫石吟诗坐，露叶新花一半黄。

寿叔母吴夫人

夫人，弟柱母也。读书通大义，善知人。焚香静坐，案头所置，唯《纲鉴》及《大学衍义》、古人诗集诸书而已。延予授教经斋三年，日与弟柱、弟栋以忠孝相劝勉。予曾卧病寓楼，命弟柱侍汤药弗离。文章知己，乃在闺帏耶。五旬大庆，寿之以诗。

检点零缣旧笥中（予所作诗文诸稿弃敝簏中，母命弟柱潜收藏之），礼贤陶母有高风。缌衣人去留余爱，白雪吟成愧未工。
曾羡素心轻富贵，独留侠眼识英雄。天涯寂寞朱弦调，谁赏中郎爨后桐。

又

绕尽啼乌落月枝，北宫纯孝最堪师。辛勤挽鹿成家后，珍重封鲊馈养时。桑梓几曾忘旧梦，蓼莪犹记读新诗（曾见其哭母诸诗，语多惨恻，不忍终读）。只今养得琼林秀，檟木清阴尚四垂。

又

曾识和丸教子心，西堂课读一灯深。自怜杨柳依依别，尚顾芳蘅恻恻吟。几度受餐思返璧，谁知负耒耻锄金。碧梧犹盼雍喈响，爱日堂前奏好音。

寄怀寿州程虚中先生

御墨亲书循吏名，弦歌遥忆起山城。曾从清簟疏帘话，想见登车揽辔情。夜月自携琴外鹤，春风谁听树中莺。姱修每恐惭知己，肯使萧茅化绿蘅。

又

几时中秘读书全，青简为公次第编。双眼怜才如贺监，寸心思旧似伶玄。
愿将仙鼎调鸡犬，谁取长江纵鲔鳣。自笑儒冠空落拓，烟波辜负钓鱼船。

寄巴木堂，时客蓼州，家大人亦有蓼州之行

缥缈移家近祝融，落霞天外望冥鸿。功名已醒槐安国，意气曾倾碣石宫。
回首绸缪知己爱，立身刚直古人风。愿将海鹤南飞曲，弹入高山流水中。

又

牵衣离绪正凄迷，羡煞华堂舞袖携。辟谷可能餐白石，校书应自梦红梨。
君犹饮露同蝉蜕，我复瞻云忆马蹄。遥想异乡杯酒聚，落花分住瀼东西。

题方任斋《行脚僧图》

身许双峰愧未能，西风吹梦踏崚嶒。如何击剑飞腾客，甘作囊琴冷澹僧。
愿唤扶桑霞外鹤，曾呼皂枥雪中鹰。可容添我持瓢笠，同漱松崖瀑布冰。

又

负荷乾坤孰与同，棕鞋布衲任西东。抛将锦水琉璃匣，拆尽黄云霹雳弓。
且自入山参佛祖，何妨托钵老英雄。几时卸却肩头担，重谒轩辕古帝宫。

和梧冈见赠原韵

弟柱得金沙史梧冈文，袖归示予。予读之惊喜，即偕往访于梵觉寺中。偕梧冈来者，为叶寿青、李虬苍、毕柯山。叶善医画，毕善墨竹。得直，供梧冈费。心异其人，及读梧冈记，乃悉其概。又于记中，识毗陵赵闇叔、恽深葭，金坛王月虬、段玉函、朱西野、胡尝斋、王云古，诸君子皆雄杰孤高，风流恺悌。虽未谋面，已神交矣。初梧冈有赠予及弟柱诗，因和其韵，并以所闻诸君子大略著于篇，见求友之志云。

袖有祢衡刺懒通，明珠九曲自玲珑。犹吹寂寞箫中月，欲哭文章海上风。
愿就心烦詹尹卜，空劳舌敝塞修功。相期载酒青溪路，醉看钟山落照红。

又

春风和泪饮离尊，为我西堂赋旧恩。啼鸩唤回芳草梦，夕阳销尽落花魂。
关河浪迹谁宾主，骨肉贫交几弟昆。惭愧一枝无力借，月明三匝又黄昏。

叶寿青

斗笠辞家入四屏，乱峰秋静读仙经。渴龙饮涧宵烹月，痴虎窥坛夜祭星。
参术为粮丹气老，烟霞如谱墨香灵。渡江医画凭谁识，骑鹤空烦下杏冥。

毕柯山

避仇千里壮心违，尘罨丹阳一布衣。雪市秃毫题墨竹，雨庵残灶煮山薇。
手摩霹雳琴须破，泪压虹霓剑不飞。但遇梧冈无竹实，凤凰清瘦鹭鹚肥。

李虬苍

模糊臂血一身孤，谁写哀哀孝子图。古墓已驯秋伏兔，空山欲化夜啼乌。
寒桑影系斜阳短，寸草心因冷雨枯。怜我断肠诗有味，感君珍重涤珊瑚。

赵闇叔

弄月仙郎识素心，可能怜我亦知音。人游漷水应如玉，天与姬山定是金。
斗蚁盆中争粒米，栖鸾云外念时禽。他年自鼓东湖枻，来伴渔樵话古今。

王月虬

我忆芙蓉秋水间，澹园高士共鸥闲。玲珑梦立花阴月，清迥胸藏瀑布山。
骨傲世情多自忤，句奇天意不能悭。故人已远东林寂，谁看修篁静叩关。

段玉函

授得阳冰赤玉文，锦囊诗思更氤氲。自怜旧梦依香草，多恐前身是彩云。
明月影中团纸扇，落花风里薄罗裙。销魂剩有清歌在，付与凄凉玉笛闻。

恽深葭

郁盘方寸起山河，光焰崚嶒列宿罗。心事吐将才子尽，酒杯浇向好诗多。
投锄漫学惊天语，拔剑空为斫地歌。最爱凤皇吟古调，离情飘缈太湖波。

朱西野

夕照荒寒笛里村，梦中垂泪到西园。一棺才子黄金骨，五夜离人白雪魂。
宿草几年遮墓道，杨花无力扑天门。江头我亦吞声者，不及于郎谊最敦。
（西野死母，子守西园，唯金沙于骏声时往视之。予友程贻昆逸才夐世，与西野同。）

胡尝斋
别有春风种杏林，曾将谈笑却黄金。飘零四海才人病，尽入长桑一寸心。
王云古
紫竹无心凤断魂，渔樵空指隐君村。龙山独立高吟处，野菊思君却有言（"野菊无言我独言"，云古旧句也）。

六月十八夜，诸同人泛舟虹桥，夜游达曙。予更与罗虞征踏月平山堂，归舟赋此

谁唤银丸出海东，清光潋滟泛冲融。风流我与樊川似，诗在衣香鬓影中。

又
离合神光夜渺然，弄珠人爱谪仙篇。十年情事清歌里，听到箫声便可怜。

又
凉月当头似酒杯，藕花风静荡船回。水萤明灭无人处，谁向空山踏臂来。

又
自别芙蓉旧钓舟，清凉境地让沙鸥。今宵触我伊人梦，蒲荻萧萧暑似秋。

又
星尽乌啼夜气清，柳阴犹傍玉箫行。广寒可有新翻曲，吹下天风第一声。

为项苍侣题《归装图》

快马嘶风张怒鬣，龙泉黯淡留余血。丈夫沦落未封侯，安用关山久行役。
西寺槐阴遇项君，摄衣一揖惊奇杰。疏髯如戟气如虹，曾向江湖交剑侠。
青眼怜才意倍深，黄金结客肠偏热。珊瑚鞭赠酒家钱，霹雳弓开霜野猎。
月黑风尖过洞庭，探丸窃发舟人怯。君时抽矢射渠魁，群盗应弦心胆裂。
落落长驱叱拨行，茫茫五岳胸中结。愿将元气写江山，肯与培塿争琐屑。
琴心冷澹剑沉埋，醉后悲歌徒激烈。回首乡山梦白云，慈乌叫月声凄咽。
仆夫严驾急谋归，不暇离亭杯酒别。我愿攀车进一言，途穷勿使雄心歇。
学书学剑虽无成，黄石阴符犹在箧。二顷如谋就养田，出山尚可歼猃狁。
指麾百万似驱羊，铜柱玉关追蹀躞。功成长揖拂衣还，小窗访我吟香雪。
为君洗剑抚孤弦，笑指东峰初上月。

175

寄怀郑松莲，即用留别原韵

握手浑如昨，销魂直至今。梦随飞絮乱，情与远波深。
带恨蝉空咽，含愁柳自阴。离亭杯酒地，不忍更披襟。

又

此日君思我，天涯暮雨纷。应愁种豆废，不得荷锄耘。
游子悲春草，离人怕落曛。自怜思就养，无计脱尘氛。

又

落落陈蕃榻，栖栖曼倩饥。犹弹卞和泪，空费蹇修词。
爱士千秋谊，怜才两地思。可能将尺素，重与问佳期。

吴禹平归里，属赋《邗江送别图》，兼怀松莲

水面残萤似客踪，夜凉吹散蓼花风。吟归杨柳离亭外，梦入芙蓉钓艇中。
别绪不堪悬落照，乡心各自逐飞鸿。还家试向康成问，可有滋兰半亩宫。

墨梅为程松门题

淡墨谁传姑射神，铅华洗尽见天真。素心只有东风识，可认罗浮旧美人。

墨竹

瘦影生凉月，新梢扫暮云。窥墙刚一笑，风雨正思君。

墨水仙

解佩盈盈独立时，春风力软不能支。淡黄微白娇无语，病起分明似洛妃。

墨兰梅

一样清寒冰雪胎，莫言冷淡费栽培。空山流水无人处，好待携琴踏月来。

钱塘黄松石出其祖少参公遗照，及其父东生先生《西园图》乞题。因悉其家世为清白吏子孙，赋二首

犹留正气肃貂珰，远害神龙却善藏。岂有夜珠弹野雀，空将屠肉噬天狼。（传少参公致仕后，以触忤魏珰祠致毙。崇祯朝京都诸臣遂请封恤子媳顾夫人若璞，力辨其诬，事乃寝。）

两朝孝妇家风振，六代宗孙世泽长。我亦瓣香私淑者，寓林怀古已苍茫。

《西园图》

六十三年遗像新，蘋蘩泣荐岁时频。（先生捐馆后，夫人顾若璞奉遗像于西园，率诸子朝夕礼事，六十三年如一日。）谁知风雨焚琴客，尚有冰霜举案人。

偕隐园中贤母子，修文地下旧君臣。玉山朗朗清标在，欲倩梅花为写神。

《松石读书图》

六代遗书在，沉沦出劫灰。清寒窥竹简，孤瘦坐莓苔。

园绮存高节，轩辕访旧台。笑他青岱客，曾拜大夫来。

赠冯峄阳

烧尽枯桐爨下材，胸中奇字火难灰。著书抱向松根读，应有茅君踏臂来。

七夕后一日，偕金沙史梧冈赴秋试，读书栖霞山，用"同心而离居"五字为韵，留别广陵诸亲友

苍茫离思石城东，吹入江头荻苇风。日落心悬帆影外，云迷梦觉雁声中。

伊人回首千峰隔，秋水相思两地同。争似长天有情月，夜来犹自伴孤篷。

又

非材何幸置群林，四海论交一样深。花影暖窥金带眼，酒香清彻玉壶心。

剪将残烛殷勤语，袖得新诗仔细吟。偏是聚星高宴日，醉余分韵记分襟。

又

栖霞名胜久相思，弄月仙郎况可师（梧冈号弄月仙郎）。柳折离亭蝉不断，桂分蟾窟鹤应知。
南朝僧寺沉云里，西塞渔舟返照时。笑指茫茫天堑阔，风涛鳞甲鼓之而。

又

匏瓜昨夜渡河迟，天上人间两别离。诉我羁愁凭鹊语，任他牵恨乞蛛丝。
且将云锦书新句，何必星槎问后期。多少不堪怀旧意，天涯只有玉箫知。

又

何曾怀刺曳尘裾，却是门多长者车。暮合碧云怀远道，春横香雪忆幽居。
半生行迹留孤剑，千里关心仗尺书。且喜同袍有仙史，栖霞山上作匡庐。

东城图画观荷花

飘然野鹤出樊笼，消受遥香曲槛风。且作蝉栖深柳外，愿为鱼跃翠茎东。
浮天酒盏三千碧，照水宫衣十万红。涤尽两年尘土梦，文心应似藕玲珑。

飘缈峰

远山如墨树如荠，百里苍苍落日低。遥指诗情无尽处，落霞如绮海天西。

禹王碑

黑帝巡方奠南服，支祁锁罢波涛急。燔柴瘗玉祝融峰，岳渎来朝争受职。
怪雨盲风叱巨灵，劈开万丈磨崖石。蝌文鸟篆土花斑，大书八载随刊绩。
笔如铸鼎墨拔山，神光夜烛天无色。作镇离方拱百灵，冯夷眙愕魑魅泣。
变迁车海几扬尘，金函玉检无消息。异人千载有杨公，芒鞋南岳看云出。
沉吟剥落记遗文，斫向仙山仍屹立。六朝松桧郁苍苍，白云深处高僧识。
当年南渡尚沉埋，考亭无处寻遗迹。我来披草访幽奇，挲摩再拜思明德。
九州赤子免为鱼，鳌足至今安四极。海晏河清到圣朝，垂裳尚自勤沟洫。
草茅愿上治河书，遨游谁借长鲸力。瑶圃西窥玉女宫，扶桑东到鲛人国。
搜求百怪补山经，勒石纪功藏太室。搔首何年快壮心，荒山踽踽探坟籍。

残碑读后天风来，万壑松涛声瑟瑟。援藤且作擘窠书，笑唤青猿为捧墨。诗成掷笔心茫然，仰视琉璃天宇碧。

般若台

疏钟声里白云归，卧听松涛翠湿衣。昨夜岭头风雨到，万株齐化怒龙飞。

千佛岭

松影崎岖一径斜，劈开山脊石谽谺。谁从波浪驱神鳄，岂是风雷拔蜀蛇。笑看支离肩似胆，剖来浑沌骨专车。山中愿学飞行术，好共猿猱吸暮霞。

桃花涧曲折里余，怪石森立，涧中多五色石。行涧得句，即以石代墨书之，计得若干首，忆录十一余，已忘矣

洗尽听松耳，流将饮涧霞。渔舟恐相引，不许种桃花。

又

采得松毛昼疗饥，山中竟日探幽奇。怪他石状争雄诡，欲倩文殊缚狻猊。

又

萝月照我衣，松泉濯我足。曳杖踏云来，笑入呼群鹿。

又

五更风雨斗雷霆，万壑淙淙彻夜听。晓起芒鞋和露到，涧边犹有白龙腥。

又

云从万绿行，月向孤峰住。仙犬忽惊人，吠入花深处。

又

采药逢毛女，看云唤老僧。悬崖无路上，相引有枯藤。

又

夕阳明灭乱山空，只有樵歌响远风。欲访仙家何处是，鸡声遥出白云中。

又

读罢仙经倚树根，白云如我静无言。嵯峨最爱临流石，记得当年是老猿。

又

满身松影月光寒，选石题诗墨未干。涧水泠泠无客到，夜深留与鬼神看。

又

老树青猿唤不应，当年曾见六朝僧。白云与我分趺坐，消受山光翠几层。

又

剪得明霞色未鲜，夜来纤手浣溪烟。回头飞上孤松顶，试与千年鹤论禅。

珍珠泉

汲得珍珠满玉瓶，钟寒鲛客梦初醒。白云深处无人到，静向松阴洗鹤翎。

天开岩

浩浩天风吹我裳，乾坤矫首自苍茫。笑看蚁磨游三界，好挥鸿蒙出八荒。
半岭僧居悬树杪，六朝霸业剩斜阳。谁人拾取山头石，煮作仙家辟谷粮。

登最高峰，得三绝句。索纸书后，随风放之，风挟纸旋舞江天，欲堕复举，渐远不见

俯看松梢拾鹤巢，钟山一点似秋毫。平生浩荡乘风意，吹入沧溟万里涛。

又

天风浩浩羽毛轻，我欲凌虚到玉京。笑指江流一杯水，何由酒渴解长鲸。

又

昨夜群仙宴罢时，醉中无暇和新诗。今朝一纸凭风寄，吹到蓬瀛未可知。

摄山左峰

游踪无定厌征途，清旷山川有此无。松叶滑才登绝顶，稻花香已满平芜。
谁从返照千峰里，试绘豳风七月图。愿与白云商略后，钓舟归去系菰蒲。

右峰

题遍东西壁立峰，芒鞋到处倚孤松。半江帆影分斜照，万壑泉声和晚钟。
人与白云分淡远，风吹佛呗自从容。此间定有飞仙到，试向深崖觅鹿踪。

予与史梧冈题千佛岭。有老人睨视良久，叹息称善，因指其所居塔院，谓梧冈曰："为我书大隐二字。"予与梧冈耸然异之。闻山中有善《易》李先生，殆其人欤？梧冈为书门额，并促予书绝句赠之

空谷无人月半坳，梦和归鹤宿松梢。十年读易云深处，占得天山第一爻。

叠浪岩

我闻探幽奇，味若尝橄榄。初行定艰涩，蹑屦贵勇敢。
怪哉叠浪岩，峭壁色黯默。阴崖削寒铁，使我精神惨。
长松拔地骨，险石堕天胆。神鞭驱鼋鼍，跳荡不敢懒。
蜿蜒西北来，大小相吞啖。又如缚天吴，昂首扼其颔。
惊涛挟天风，半空相震撼。捣药古仙人，琼浆留石坎。
青猿踞层巅，静向松阴盟。我来鼓勇登，顿豁风尘眼。
大江走夕阳，百里尽披览。群山争秀媚，簇簇分菡萏。
此峰如怒龙，天矫不可绾。人生爱奇癖，何异嗜昌歜。
崎岖到平坡，茫然生百感。涉遍世途艰，翻觉登山坦。
有道可乘危，敬慎行迟缓。恨未化飞猱，攀尽枯藤短。
回首望峰头，白云自幽澹。

赠般若台天庵上人

食遍天厨御膳供，却来煨芋白云峰。呼猿共饭收仙菌，与鹤参禅坐古松。
破衲剪裁青薜荔，芒鞋飞踏碧芙蓉。何须重结莲花社，始仰瞿昙冰雪容。

又

曾将息壤告山灵，愿与吾师筑草亭。采得仙芝朝洗钵，聚来怪石夜谈经。
弹琴自可吟香雪，悬榻何妨卧客星。曳杖试从峰顶望，渡江帆影小如萍。

又

尘梦劳劳滞广陵，晚钟声里谶南能。云窥古涧行吟客，月识孤峰入定僧。
世外生涯唯种树，山中游迹遍枯藤。不知选石题诗处，可有飞仙读未曾？

赴省偶占（两弟先一日往蓼安）

晞发归来卧石林，牵衣何事又分襟。还将捧檄辞家志，暂慰挑灯课读心。
珍重风霜余瘦骨，低徊屺岵托长吟。谁怜雁羽分飞后，一样离愁两地深。

过殷尚书旧里

几度迟迟跨蹇行，西风今日马蹄轻。太平相业归茅屋，遗献风流邈玉京。
北阙有心悬紫极，东山何计答苍生。深情只有垂杨识，来往依依似送迎。

南陵道中

岭叠峰稠望不穷，一鞭吟过晚霞红。数家鸡犬松篁里，百里云烟锦绣中。
抚字几人歌召伯，淳庞谁与绘豳风。农桑到处关心甚，岂独游山学谢公。

过南陵道中

疏密深林水一湾，化工渲染画图闲。还从澹处施朱绿，小李将军着色山。

平沟道中

平冈回抱水冲灊，蟹舍渔庄到处通。最喜淡烟斜照处，持竿人坐柳阴中。

石碗晓发

北风凄厉无时休，客子中宵拥敝裘。断垣土锉不能寐，荒鸡喔喔鸣床头。
马嘶栈豆仆夫饭，起视残月低林丘。山路荦确微可辨，阴林落叶争飕飗。
正逢九月授衣节，塞向瑾户相绸缪。奈何微名迫行役，二顷负郭难为谋。
岂无袒褐不完者，中夜凛洌起饭牛。愿为布被盖九州，起舞壮志何时酬？
仰天驱马出门去，睒睒明星天已曙。

登月盘山

置我崚嶒万仞身，群峰拱伏自纷纶。谁知蹑月穿云地，已作扪参历井人。
百里山河归指掌，九天宫阙绝埃尘。何由濯足沧溟外，笑向任公借钓纶。

重游栖霞有怀梧冈

岂有莲花白石供，重参古佛最高峰。参差钟磬斜阳寺，断续笙簧绝壁松。
筑室素心悬桧柏，渡江离梦隔芙蓉。山灵别后浑无恙，笑我尘沙改旧容。

又

马首东来谢地灵，西风落叶短长亭。苍茫旧友成长散，寂寞仙源忍再经。
竹榻独听深夜雨，江天犹滞少微星。遥愁古寺斋厨冷，谁与充粮饷楚萍。

又

惭无碑碣继徐陵，洗钵焚香我尚能。精舍且为分芋客，深山原是踏云僧。
重寻旧句双峰塔，试觅前游百尺藤。惆怅结茅空有约，皈依莲社竟何曾。

登左峰

拂石重寻旧墨华，已将风雨洗龙蛇。山灵知我迂疏甚，不为殷勤护碧纱。

谒武惠王庙

炎宋初开四百基，渡江父老望旌旗。金门赐剑朝推毂，玉帐焚香夜誓师。
鸡犬万家安堵日，麒麟一代绘图时。从容再拜瞻遗像，将相家风可许追。

乙巳冬，余自广陵归。道经姑孰，访老友补园，识其嗣君乐只，相送城南。今己酉初秋，再过姑孰，而乐只已奄然物化矣！哭其墓，焚诗酹之，且以慰予老友西河之恸云

湖山期与共登临，岂料荒坟宿草深。黄土一棺才子骨，青乌千里故人心。
已无蕉叶留清梦，只有梅花识苦吟。回首城南相送路，销魂依旧绿杨阴。

又

叹息仙才付子虚，琼楼归去意何如。衣沾泉路思亲泪，袖有天阍谒帝书。
流水琴中偏哽咽，斜阳笛里独踟蹰。忍将旧箧遗编读，肠断西风握手初。

又

悬榻论心愿已违，相逢老友一沾衣。望云可忍骑鲸去，带月还应化鹤归。
南浦波深情未断，西堂草绿梦都非。最怜姜被初寒日，无复殷勤问瘦肥。

又

江左风流爱补园，买丝争欲绣平原。乾坤结客芙蓉剑，云水移家薜荔村。
冷雨白杨空有恨，寒烟衰菊淡无言。十年生死吞声别，试向青衫检泪痕。

又

翠竹凋霜凤未雏，西河尚自泪将枯（去冬乐只有哭子诸诗）。况逢国士埋寒玉，忍使慈亲痛掌珠。
警露几回悲鹤和，抟风犹未息鹏扶。大罗天上烦相问，可许秋香桂籍无。

寄怀繁昌陈宗山

苎萝阁下忆同游，温雅如君气自投。回首碧云黄叶寺，相思秋水白苹舟。
波寒合浦珠相耀，斗暗丰城剑尚留。好待机云同入洛（令兄陈嵩），春风并跨紫骅骝。

赠赵伊人

赭圻几度息征装，群纪交情两世长。曾为金环悲叔子，愿寻玉杵赠裴航。
碎琴失意空流水，邻笛伤心带夕阳。莫向一壶耽市隐，长瓢自可酌天浆。

又

爱访幽奇野外行，知君菽水有深情。吟残东阁花初瘦，梦冷西堂草不生。
白纻苍茫峰顶望，青萍感慨匣中鸣。驰驱努力谋牲鼎，好向泉台慰士衡（令兄乐只）。

又

棱棱玉立爱清标，剑锷芙蓉未尽销。折角快谈惊五鹿，搔头壮志在双雕。
同悲宿草寻荒冢，旋摘新菱过板桥。愿向白云空谷里，松风深处注参寥。

题吴景山斋壁

偶向青山驻短辕，曾招老友款高轩。幽花匝地虫相语，古树分巢鹤有孙。
凉月自悬松外榻，清风谁扫竹边门？劳劳愧我尘沙客，无计随君避市喧。

寿胡燕庵

莫叹仙才伏草茅，愿从姑水识文豪。家邻弘景分丹灶，人似青莲赐锦袍。
北斗为杯堪痛饮，长天化纸待挥毫。碧梧试听雍喈响，自有卿云护凤巢。

题《松泉课子图》

曲江庭训意如何，尚有闲情问薜萝。鹤梦未醒高枕稳，龙鳞已老著书多。
空蒙爱日烘香雪，澹荡春风入碧波。转盼青云传素业，凤凰池上比肩过。

又

笑我轮蹄雨雪天，一经何日闭门传。知君原是琼楼客，有子都成玉籍仙。
垂白自甘麋鹿里，软红不到雁凫边。试听瑟瑟风涛响，人与青松共大年。

罂粟花

谁遣花师割彩云，流苏五色自氤氲。烟笼谢傅罗囊软，日暖瑶妃绣带熏。
卜向蜂房刚半握，啄残莺嘴已三分。记曾默向东风祝，拾取余香蛱蝶裙。

常州道中

岂有长才想济川，乡心还与夕阳悬。带将旅梦零星雁，唤醒劳生断续蝉。
负担客行红蓼岸，收纶人坐白鸥天。数声渔笛沿波去，回首松陵起暮烟。

竺荫楼诗稿
卷八

春初渡河北上，寄怀竹舫四叔，即用赠行原韵

鸿爪东西未可期，夕阳芳草自迷离。梦和柳絮牵乡绪，人与梅花系别思。
南浦移舟鸥渐熟，东山载酒鹤相随。自惭未有追风骨，安得金台躞蹀驰。

又

玉笛销魂已几年，飘零书记杜樊川。才从白岳邀吟客，又到青城访列仙。
云似离愁峰顶积，月如归梦马头悬。翠微回首春山路，樱笋僧厨到处鲜。

又

五云宫阙帝城东，人在蓬莱瑞气中。游迹已非南隐豹，乡书频问北来鸿。
圣朝简拔殊难报，吾道驰驱易有功。绕树自怜三匝鹊，也随鸣凤集梧桐。

又

种得琅玕数亩宽，春风何处问平安。共言五百昌期盛，谁信三千驿路难。
督亢山高云未散，滹沱木落水初干。故园凉月书声夜，念我邮亭始解鞍。

寄怀江耀舟

论交素尚与君同，投璧相期国士风。秋水记归桃叶渡，碧云曾访菊花丛。
溪山明秀垂帘外，烟树空苍倚槛中。此日听松楼上立，定从天末数离鸿。

又

回首家山几万重，伊人清梦隔芙蓉。一鞭返照飞狐塞，千里寒云落雁峰。
玉勒芦沟嘶晓月，金泥泰岱访乾封。何由并辔春明路，同向长杨听晓钟。

渡淮

隋城回首意如何，甓社湖宽月色多。谁信长淮三百里，疾帆如马半宵过。

露筋庙

冰洁空留玉体存，荒祠千古荐蘋蘩。秋来到处多蚊蚋，安得清风为扫门。

漂母祠

曾因觖望起疑猜，宠利居功是祸胎。忘报若能思母语，钓台烟水早归来。

又

一饭千金意向存，山河岂负汉廷恩。凄凉垓下歌初散，钟室谁为白此冤。

途中怀诸友人，即用史梧冈赠行原韵

白云归兴本同酣，却向金台跨蹇骖。柳絮离情飞漠北，杏花清梦遍江南。
每愁砚席都辛苦，未必功名便旨甘。羡煞锦帆歌吹地，素交深夜纵清谈。
（梧冈）

又

澹月疏梅酒半酣，征途念我策骓骖。碧云乡信留淮北，春树离人到济南。
聚得凤粮修竹瘦，酿成蜂蜜百花甘。行藏尚有无穷意，松影归来扫石谈。
（虚斋）

又

劳劳旅梦几曾酣，懒折垂杨放短骖。市骏敢言空冀北，耦耕何日买山南。
素心共信梅同澹，别味频尝蔗不甘。最是临歧空目送，离舟刚得片时谈。
（砥中）

又

书屋枇杷饮尽酣，秋灯犹记送归骖。才飞倦鹤青溪后，又盼离鸿碣石南。
四海论交谁骨肉，两年清话自脾甘。生憎淮水催人去，别绪茫茫未暇谈。
（虞征）

又

橘浆曾记佩神酣，每为贫交共脱骖。自有熊经分砚北，谁将鸿宝授淮南。
乡园别久松都老，客况尝多蓼亦甘。好待绿筠新筑室，试扪麟篆续前谈。
（筠谷）

又

彩管银钩墨迹酣，新诗曾许寄征骖。几年交谊推华子，绝代清才忆所南。
春树骅骝人已远，秋斋蝴蝶梦偏甘。玉河揽辔归来后，徐究风光好纵谈。
（绀珠）

又

别酒淮舟未尽酣，渡河珍重送长骖。马随泰岱云俱北，人比潇湘雁更南。

剑佩纵夸游迹壮，土泉终忆故乡甘。邮亭未得连镳去，辜负空山倚树谈。（毅堂）

又

醇醪情谊十分酣，每诵新诗暗驻骖。已拾明珠归洛浦，曾寻玉曰到天南。风沙蓟北游初倦，莼豉江东味自甘。最爱琼枝还秀小，惊人偏有老成谈。（松泉）

史梧冈、许毅堂送予至淮阴，作诗赠行，次韵留别

听罢歌骊酒不酣，黄云古驿暂停骖。飞蓬已逐离鸿北，绕树谁怜倦鹊南。蕉梦功名心自澹，松风情性味偏甘。相期煮石莲峰顶，笑向浮丘把袂谈。

又

五岳登临兴自酣，何妨泰岱并游骖。却怜啮指心悬北，忍使牵衣梦不南。解剑故交情尚壮，倚门慈母食忘甘。北行风景奚囊贮，待拂征衣取酒谈。

留别弟柱阻其出游

珍重趋庭色笑身，天涯莫作浪游人。关心未获逢贤友，啮指何由慰老亲。北地思君空揽辔，西堂念我定沾巾。几年盼望梅花意，回首东风一怆神。

北游纪事绝句

贫薄游装就道迟，聚粮三月累交知。当年清节无干谒，惭愧祢衡灭刺时。

又

眯眼风沙刺骨霜，五更征铎远微茫。黄皮缚裤青狐帽，自笑书生也北装。

又

半百邮亭暂解鞍，马饥人倦始朝餐。桃榔面味新稌酒，日日鸡羹进瓦盘。

又

车中张幕避尘氛，一任群峰自落曛。今日暂吟驴背上，荡胸才见泰山云。

又

村店烟寒雪未消，马嘶残照怯途遥。北侬爱客情偏重，拍手争从马首招。

又

茅屋荒寒可息肩，入檐新月向人圆。谁知火树星桥夜，土炕灯昏客未眠。

又

牛车远近起黄埃，村妇簪花笑语来。红袱系腰毡帕首，拈香都自岱宗回。

又

山河怀古最情深，到处踌躇立马吟。古驿老兵残照里，桓僖霸业总销沉。

郯城

榆柳参差雉堞平，征夫遥指旧郯城。数家鸡犬原安堵，百里菑畲待募耕。
琴鹤易成循吏化，云龙谁纪古官名。苍茫揽辔寻遗迹，多少寒鸦马首迎。

蒙阴

苍莽斜阳野色间，征尘扑面几人闲。沙深马怯危桥渡，风急雕随猎骑还。
白草老兵屯古戍，青齐霸业剩雄关。疏林尽处嶙峋出，知是龟蒙几点山。

渡河

如发危樯滞水滨，扬帆都是北游人。桃花一勺春流浅，瓠子千年故道湮。
已喜鱼龙安圣世，无烦璧马祝波臣。昆仑此去知非远，欲借灵槎试问津。

泉桥遇雨

麦苗千顷绿才匀，霢霂初沾万物春。但愿农家生百谷，何妨微雨洗征尘。

沂州

棋布星罗万井分，沟涂总赖九重勤。柳阴锸影纷纭聚，烟外春声断续闻。
树密春耕屯绿野，稻香秋稼割黄云。会看牛种初颁给，千里青徐户口殷。

蒙山雪霁

湿云如絮卷西风，晓日初升雪未融。霁色千峰烧冶后，平沙万顷烂银中。
霜清雕鹗搏空碧，水净骅骝洗软红。绝忆故园驴背上，梅花香过石桥东。

语燕城

泥融沙暖柳烟轻，揽辔经过语燕城。正是江南春社后，杏花微雨近清明。

又

差池弱羽带斜阳，惆怅分飞拂野塘。古驿荒墩凝望处，乌衣旧梦费思量。

嶅阳山（即猱山）

夕照荒寒十里冈，车中突兀见嶅阳。千峰俯视皆培塿，一指遥探接混茫。烟树依微分鲁境，关河雄壮认齐疆。当年并辔从狼处，白草犹余大猎场。

火山

百里荒冈落照微，诸峰雄诡各争奇。祝融此处曾观猎，展尽蚩尤烈焰旗。

望岱

谁登绝顶小乾坤，马首岩岩气象尊。浩莽兖徐分重镇，苍茫齐鲁跨雄藩。黄河北望帆如豆，日观东瞻海似盆。七十二君封禅处，磨崖风雨几时扪。

敖莱山（刘盆子降冯异处）

嵯峨怪石插天青，鬼斧何年劈巨灵。指点降旗高竖处，将军大树已飘零。

平原怀古

崔嵬雉堞倚霜空，俎豆犹思鲁国公。青史君臣留正气，白头兄弟誓孤忠。烽烟铁骑渔阳外，玉检金函泰岱中。欲采蘋蘩何处荐，萧条马首起悲风。

天津州

敝车羸马怯沙尘，重向春波召榜人。半幅烟帆开月夜，一星渔火到天津。

游金鳌玉蝀

云深宫树郁苍苍，太液波光接混茫。细柳新蒲分澹远，浴凫飞鹭各回翔。
楼台倒影疑仙阙，水木凝晖认帝乡。欲向绿阴呼艇子，吹箫濯发即沧浪。

出都

野鹤行藏孰与论，征衣拂拭出都门。归迟不觉花俱尽，春去才知绿满原。
树里马嘶斜照寺，柳边鸦唤淡烟村。白云得遂思亲梦，钓水耕山即圣恩。

又

西山回首翠崚嶒，爽气从谁蹑屐登。剪翮已非清唳鹤，脱鞲还似欲飞鹰。
黄沙白草三千驿，芳树东风十二陵。吟尽帝城春色里，半囊诗卷一枝藤。

又

辛苦邮亭愿息车，软尘京洛竟何如。一瓢独酌长安酒，三上曾无宰相书。
杨柳最思临水钓，芜菁尚可闭门锄。松风竹榻容酣睡，愿就希夷共卜居。

琉璃河

蟹舍参差两岸苔，石桥天半彩虹开。平沙马尾拖斜照，仄径车音走怒雷。
碧水渔舟叉鲤出，黄云猎骑射雕回。清阴不受风尘减，只有轻烟夹道槐。

涿州怀古

马前指点古封疆，谩说雄关百雉强。汉室鼎分兄弟聚，蚩尤雾散鬼神藏。
山河北拱风云壮，冠盖南驰道路长。万国车书从此入，由来恃德胜金汤。

东阿

平林淡霭夕阳间，出谷樵歌自往还。麦浪绿添三月雨，树梢青露一痕山。
鱼庄历历烟初合，马首依依柳可攀。绝似江南风景好，春蚕渐老豆花斑。

汶上县

平远春山隐暮霞，绿烟深处几人家。高槐染雨当檐出，官柳迎风拂帽斜。
冶叶倡条随节序，鸣鸠乳燕各生涯。归来愿觅阳坡地，好种仙人五色瓜。

谁庄芍药歌

开到将离花事减，银筝玉笛将春饯。淮阴名胜属谁庄，幽兴逼人忘近远。
小艇微波到郭西，高柳浓阴绿如染。入门曲槛忽参差，满园红锦香风软。
谁遣天孙掷玉梭，五色繀成如瓮茧。雾鬟风鬟似宝儿，娇憨笑傍君王辇。
照将罗袖月华凉，吸得琼浆仙露泫。惊鸿舞燕各蹁跹，零乱彩云随意剪。
不厌看花步百巡，倦卧王摘五花簟。还愁剑侠盗红绡，花阴欲系金铃犬。
主人爱客恣诙谐，衔杯脱帽忘拘检。我别丰台春已深，翻疑春到江南浅。
归舟何意渡河来，国色犹酣紫金盏。晓日朣胧出汉宫，明妆万户珠帘卷。
平生酬对拙言词，短咏偏能向花谄。愿为蝴蝶绕花行，带雾笼烟香点点。

广陵送戴晨彩归荆墩

万壑松泉清梦同，雪泥何必逐西东。白云悔去听鹏馆，碧树愁窥养鹤笼。
别酒已倾杨柳月，归帆好趁藕花风。两年清切思乡话，尽在潇潇夜雨中。

又

犹记相携步夜蟾，绿阴深处酒家帘。南山长想归锄豆，东海何妨隐织帘。
瑶室草香拖竹杖，玉屏峰翠落茅檐。一瓢待赴轩辕约，笑指莲花万仞尖。

又别吴岘山

金带香销客倦游，柳绵飞尽上离舟。桑麻雨足耕黄犊，芦荻烟深梦白鸥。
越浦闻歌花荡漾，吴陵访友鹤迟留。夕阳芳草情无限，回首春风旧酒楼。

绿蝴蝶

橘洲何处认前身，傅粉谁怜翠黛颦。韩氏叶涧连理树，石家珠化堕楼人。
漆园月冷蕉阴梦，洛浦裙湔水面尘。最是王孙飞送处，断肠芳草渐如茵。

又

一丛仙露夜经过，栩栩衣裳剪碧罗。柳色染将金粉重，苔痕吹入软须多。
翠钗赵后留幺凤，彩笔滕王费黛螺。可忆采兰春水上，芳心无限托微波。

将之海陵上王分司

和风甘雨洒南荒，词赋枚皋客大梁。青识子猷帘外竹，绿看麻女海边桑。
珠盘锦灌鲛人室，瑶蕊香分鹤客粮。笑指龙门瞻眺处，三山鳌背自微茫。

又

烟雨吴陵鼓棹迟，远游心事碧云知。如瓜颇忆安期枣，煮石遥寻甪里芝。
浴日尚思登贝阙，凌风谁与拔鲸鳍。珊瑚铁网枝生未，愿向任公借钓丝。

海陵未行，归思忽动，友人为画美人于折扇赠行，因题其上

琼楼烟锁信沉沉，冰玉肌肤不可寻。紫府只应求内药，碧波虚说访灵禽。
尘中惝恍游仙梦，天外苍茫独立心。凉月佩环归思远，御风何处认瑶簪。

治染翠轩草木写怀，用东坡和子由韵

抱甕事灌园，息交谢英彦。阴阴乔木中，时鸟声百变。
芟薙即经纶，筋力敢辞倦。香草何缤纷，可续离骚卷。
鹈鴂未曾鸣，众芳犹娩婉。家僮亦解事，荷锄伺驱遣。
扫秽别薰莸，勿使潜滋蔓。前此误远游，秋虫败兰畹。
及兹日涪溉，岁月还未晚。

又

吾闻素封者，潇湘多橘林。人生贵秋实，春华安足矜。
秋棠虽媚眼，软困无可任。岂如种芰荷，裁剪成衣襟。
团团青罗盖，粲粲碧玉簪。遂令近水阁，坐觉烟波深。
香风散炎暑，可以快寝兴。从来立清节，弱草竟何能。

又

轮囷先植松，岁久枝柯老。移来积雪峰，鳞鬣纷颠倒。

曩随我祖游，摩挲日频造。铁笛和风涛，苍翠分天巧。
自从驭鹤归，次第都凋耗。悲哉念音容，泪滴松根草。

又

凌霄花颇奇，矫矫孤芳拔。百尺缘乔柯，微红碧空插。
长藤似槁枯，斫削无萌蘖。灼灼赤绡榴，独与薰风约。
白薇亦婆娑，密雪墙头泼。化工渲染多，对此忘摇落。

又

甘蕉避修竹，畏其弹青蒲。南窗分隙地，绿可染眉须。
凉风挟秋雨，萧瑟万卉枯。独此清魂梦，拂衣思镜湖。
琅玕粉新落，洗涤尤勤劬。一帘碧瘦影，愿绘双清图。

又

香雪夜蒙蒙，爱我南枝蚤。清绝石桥东，气压乾坤老。
有如入山僧，枯坐形容槁。独立俯群芳，桃李皆舆皂。
愿与素心人，小窗诉怀抱。凉月上东峰，照此仙裳缟。

又

同根愿长茂，紫荆香满厅。友爱从儿童，花阴采菌钉。
尤怜珊瑚鞭，娇艳媚中庭。秋罗剪细碎，虎刺瘦玲珑。
谁将迂叟墨，写此疏林青。叠石成陂陀，疑有泉泠泠。

又

古来多寿客，结屋郦泉南。菊花种潭上，饮此潭水甘。
凉风吹正秀，清露晓犹涵。何期遇幽人，赠我花盈篮。
落英朝餐后，颐颔已能堪。但恐成充隐，空令对汝惭。

又

天香生静境，疑向小山游。微风吹金粟，能使帘户幽。
拥书重百城，竟若割鸿沟。娟娟翠凤尾，暗与书带抽。
长松化金仙，夭矫如潜虬。自惭清福厚，常恐德或偷。

又

锄芝贮鹤粮，艰难在心目。巢成倦羽归，饮啄南峰麓。
郁郁寸根苗，爱惜如瑶玉。肯令食花虫，蠹此芳畦绿。

微才拙应世，犹堪理松菊。芳菲待成蹊，醉歌击鸣筑。
还招彩凤音，和我花间曲。

又

橐驼种树术，经世固应知。由来顺物性，可免菀枯悲。
桧柏宜山曲，芙蓉近水湄。葵心倾太阳，幽暗非所期。
惜哉同心隔，折赠无香蘺。聊餐花上露，且以慰调饥。

赋送汪书年兄入都，兼怀改庵先生

霜冷原鸰整羽毛，祖筵晨拜出亭皋。风沙眯眼思兄切，雪鬓关心念母劳。
谁脱左骖援越石，自甘圜土祭皋陶。君恩玉汝非无意，莫向灯前检楚骚。

又

请室殷勤问起居，焚香默坐尚恬如。岂愁磨蝎居星舍，自有金鸡出赦书。
宝瑟朱弦人别后，黄沙白草雁飞初。相期野服归田里，葭菼烟深访钓鱼。

春暮出都，鲍君省躬索余诗留别，未暇作也。 秋日里居，书此奉寄

长书犹未献黄炎，岂有骊歌织锦缣。蜀岭思君空矫首，燕台念我定掀髯。
夕阳粳稻霜前熟，秋水芙蓉雨后添。消受圣朝耕钓福，绿阴深覆旧茅檐。

又

平沙一骑李陵台，话旧樽前旅抱开。客比黄衫犹侠烈，心随白雁共徘徊。
秋声草屋弹琴出，春色皇州献赋来。莫恋风流昌首笛，故山猿鹤易惊猜。

寄贺吴冠山年兄馆选

叶落风高雁过时，怀君何处折芳蘺。舟回鸳浦荷初放，梦到龙池柳自垂
（春初曾共游瀛台）。
锦里携锄朝采药，玉堂端笏夜书思。圣恩仕隐原均被，共励清修答主知。

又

太液池涵万树阴，碧波清澈似臣心。愿将风采凝山岳，岂独声华夏玉金。
五色云传韩相第，九苞凤应后夔音。故人袖有青镂管，好纪赓歌复旦吟。

196

吴母叶太君挽词

曾从朱萼诵徽音，咸籍交情两世深。结客尚怀投纻谊，留宾想见拔钗心。
云迷鹤驭瑶宫寂，月暗星躔宝婺沉。正是凤毛辉焕日，霜凋百尺碧梧阴。

又

皋鱼泪眼未曾开，千里麻衣雨雪回。树冷慈乌啼月歇，山空吊鹤带云来。
板舆行乐悬高阁，萱草忘忧种夜台。彤管一编书列女，几人中垒擅清才。

和东皋题斋壁韵

花影垂檐细细香，窥人凉月到绳床。棋残爱覆鸳鸯劫，酒澹羞称琥珀光。
竹径旧留调鹤地，谷城新授种松方。与君到处探幽胜，毕竟山川让故乡。

鸳鸯菊

东篱浅唤似相应，冷艳相扶困不胜。戢翼岂因餐露妒，同心宁为傲霜矜。
香匀九畹徐妃面，色借三秋楚客缯。谁向罗含荒径里，美人纤手绾朱绳。

送轶钟叔之淮阴

万树秋声夜雨微，莼鲈张翰正思归。如何水阁芙蓉发，却与云山枫柏违。
傍渚客输凫稳睡，辞巢人与燕交飞。钓台访我题诗处，葭菼连天遍落晖。

又

倦鸟知还幸自由，送人犹怕指离舟。那堪月暗骊歌夜，恰值霜寒蟹熟秋。
一局棋枰花影静，三更篷背雨声愁。箧中鸿宝如成就，莫向淮南久滞留。

赵松雪《三茅图》歌为南村主人题

句曲洞天风雨隔，苍藤老树围青壁。谁于绝境结穷庐，茅君曾此欢晨夕。
松毛食罢煮黄精，荷锸松根寻琥珀。辟谷休粮几许年，方瞳炯炯须眉白。
鸡声驱入屋头云，羊队舞疲溪畔石。仙蓍揲后静无言，从容默读先天易。
悟彻羲丈太古心，水流花落空山碧。寒峰落照自离离，至今无处寻仙迹。
跌宕王孙坐玉堂，冰绡拂拭刚盈尺。彩管含毫意邈然，沉吟写此三仙客。

薜萝衣袖带烟霞，老鹤形容松骨格。内府收藏数百年，神光异采辉瑶册。劫灰飘荡出人间，碎墨零缣谁爱惜。南村主人喜且惊，古锦装潢如拱璧。焚香示我细凝眸，笑问此中谁仲伯。披图叹息谓南村，如此风流真未易。同心棣萼古犹稀，况复弟兄俱拔宅。肘腋齐生岣嵝云，姓名并列蓬莱籍。君家友爱亦怡怡，洪崖左右肩相拍。溪山明秀合归来，奈何烟水离舟迫。我亦因兹念雁群，天长地阔憎行役。酒边嬉笑忆欢娱，梦里殷勤问肥瘠。负郭何由觅薄田，锄芝种术诚良策。君不见茅家换骨有仙方，白石清泉为枕席。

两鬓皤然面垢梨，友于烂熳如孩赤。我亦与君家庆绘为图，花竹娟娟看对弈。

寿海陵查季瑜年伯

曾交群纪仰仪型，并辔吟看泰岱青（庚戌春曾偕奕梁年兄入都）。室有西山童子药，家留南极老人星。
夜凉绀雪歌瑶瑟，秋净朱霞散玉屏。载酒愿来甘谷住，菊花香里讲黄庭。

又

餐罢金英静驻颜，脱身荣路卧松关。冠缨已濯沧浪水，俎豆群尊畏垒山。栗里世推耆旧宅，蒲衣名在列仙班。好将灵寿看云杖，丹鼎轩辕日往还。

又

何必关中羡弃繻，归来舞彩自欢娱。九皋霜冷听鸣鹤，五色云深护凤雏。剪服爱裁青薜荔，捧觞同醉紫荣萸。碧梧阴处琴声出，谁绘风流洛社图。

题宋画史张择端《上河图》

偏安王气已销沉，金粉犹传旧汴京。飘渺楼台生端霭，依稀风物近清明。花迷上苑宫莺静，草软平郊战马轻。谁念龙髯悲雪窖，春光无复到边城。

又

神州南渡一悲歌，士女春城竞绮罗。九陌香尘随马远，五陵芳树隔烟多。旌旗自散千貔虎，缯币空疲万橐驼。抚卷沉吟思盛业，夕阳徒见旧山河。

送南园先生归震泽，即用见赠原韵

谁向经斋品古香，空悬徐孺白云床。探梅倘许留吟屐，剪韭何妨醉烛光。
养鹤巢成思比屋，离鸿岁暮又殊方。去年风雪征衫急，痛饮曾过通德乡。

又

古寺松风忆旧游，别来弹指几春秋。已培灵雀三珠树，尚困寒鲸万里流。
笠泽此时归钓艇，荻花何处狎轻鸥。春帆百里桃花水，愿挟鸳雏过玉楼。

寄张师颐昆玉

千里殷勤赠镜台，太湖雨云片帆催。已欣顾陆联嘉耦，每忆机云叹异才。
琼苑杏花惭我失，璧池莲蕊待君开。绿杨风里青丝缆，好趁春潮放艇来。

送程中江觐亲潮州

马蹄辛苦远从亲，瘴雨蛮烟万里身。海外文章夸蜃怪，山中风俗纪黎人。
檄行渤澥绥荒服，珠到炎方识使臣。莫叹骊驹冲雪去，花明五岭正逢春。

又

汲尽深洋海水咸，凤凰溪上浣征衫。输租粤峒千家布，贡舶新罗万点帆。
玉殿才臣推陆贾，琼粮吉日问巫咸。韩苏旧迹游都遍，定有清吟贮石函。

题程奕山西湖画册十二首

绘向生绡粉墨工，绿阴随处系孤篷。某丘某水斜阳外，一咏一觞清景中。
铁笛凉吹杨柳月，酒瓢香落藕花风。湖山秀色归襟袖，别有幽怀唤暮鸿。

又

芳树西泠别路遥，记曾画舫听吹箫。青鞋布袜松间寺，孤鹜残霞竹外桥。
梦里相思红雨散，天边回首碧云销。输君彩管琉璃匣，写出春风万柳条。

圣因禅寺

翠华南狩各欢娱，金碧峥嵘起画图。为感松楸知圣孝，尚留龙象护皇舆。
钟鱼佛座因天座，弓剑鸳湖即鼎湖。六十余年深雨露，只今花柳尚沾濡。

半露石佛

辟支声果已无寻，犹见趺跏万壑阴。自有苔毛青佛髻，谁从山骨凿禅心。
点头古洞云初散，没胫幽崖雪正深。悟破幻身空色相，何须丈六布黄金。

汉寿侯印（渔人网得之鄱阳湖）

泥沙磨洗出风湍，宝气精忠共郁蟠。玉篆自同分鼎重，神光长照寸心丹。
百年封号蛟龙守，千古权奸胆骨寒。赐券许多螭钮在，几人悬向碧霄看。

墨绣观音

　　净寺为燃灯古佛降生地。寺成时，有客款门求宿，夜燃松明火于素壁，画大士，一夕而成，不知所之。

燃灯传钵已西归，谁向斋坛绘白衣。自觉慈容先后现，遂令妙手古今稀。
鸽王璎珞祥云合，龙伯旌幢海水飞。一夕墨光生素壁，濡毫疑是陆探微。

冷泉流瀑

琤琮哀玉抱亭流，涤尽尘襟物象幽。寒碧半瓶僧漱齿，软红万斛客搔头。
凉生鸥梦不知暑，绿染蝉声只似秋。爱此一泓清彻骨，出山泉脉复何求。

宝石山塔

绀碧高标跨半岩，天风铃铎响松杉。波光倒映琉璃净，峰影横拖翠黛巉。
积发烟中春雨树，如萍天外夕阳帆。何由静向云深处，抱朴仙书读石函。

韬光竹径

骤雨惊疑彻夜闻，琅玕百万晓窗分。红生海上初升日，碧扫山头欲碎云。
洗钵僧归毛发绿，扪萝客去齿牙芬。我来玉版尝新后，愿与支公狎鹤群。

三生牛月

陵谷依然岁代更，唯余老犉识前盟。数声牧笛成今古，何处山河访弟兄。
叩角三更人已远，伤心一点月长明。苍茫我亦情无奈，掩卷临风百感生。

清涟鱼色

谁取濠梁乐意分，一池蒲藻自成群。锦鳞拨剌三春雨，玉水斓斑五气云。
风聚落花争唼喋，水牵柔蔓各缤纷。翛然跃处天机动，已觉江湖远世氛。

花魁旧宅

清波门外断肠春，旧曲青楼院本新。鸳枕梦回悲薄命，鲛绡酒醒识情人。
飘零柳絮吹离恨，孤洁梅花愿化身。咫尺西陵油壁路，潇潇暮雨自为邻。

首春寄寿三弟学易三旬初度，兼怀二弟学礼，时两弟皆客蓼州

酒酣离思到眉尖，莫叹征尘久滞淹。阅遍世途襟量广，尝多旅况性情恬。西堂草绿思连被，东海花繁隐织帘。第一乾爻须记取，从来立德贵深潜。（弟名"学易"，故及之。）

又

锄就梅花扫白云，北山归已谢移文。谁知冷蕊空蒙放，尚待春晖次第薰。树密新莺烟里语，草香呦鹿涧边分。东风莫怪离空谷，吹得盈阶杜若芬。

又

瘦骨曾因味道腴，长歌金石震中区。酒边已喝凉蟾出，笛里谁将海鹤呼。爱日家修期孝友，浮云世事任荣枯。客途舞彩逢佳节，可有新诗自寿无？（弟寿在上元后一日，故云。）

又

彩管流传洛水涯，草堂汝最擅风华。金壶香墨分松露，玉篆新文认薤花。锦绮几端传素鲤，明珠径寸握灵蛇。何年采药茅山上，同渡仙梁看赤霞。

和待庵兄小游仙四绝句，示里中诸同志

青崖奇绝五丁开，接引游人未肯来。惆怅数声清唳鹤，踏翻松影独飞回。

又

紫府琅函读尽还，却从雏凤授瑶环。研朱滴露无人识，自注参同白石间。

又

彩虹天半落桥梁，金掌曾分沆瀣香。自是岁星名姓晦，莫将优戏视东方。

又

静覆吴图袖手时，输赢眼底莫争奇。大罗若赌钧天乐，自有先天一着棋。

过古城寺追感旧游赋此

绿绕青围屋数椽，维摩曾此话前缘。松风竹籁浑如旧，流水声中十二年。

宿山中望石耳诸峰残雪

万峰深处闭柴关，几点松梢露雪山。到此尘心应已尽，一宵清梦听潺湲。

丰溪馆中柬竹舫叔，即用见寄原韵

香土滋兰有素期，荷锄何地可相宜。惜花无恨殷勤意，只许灵均千古知。

又

和雨和烟碧树枝，愿为青帝力扶持。故园亦有栽花地，却使春风别处吹。

题《彭祖张苍图》

谡谡松风翠浪横，五云缥缈聚耆英。曾于青史知张相，安得黄眉比老彭。龙虎丹中生姹女，凤凰阁下冠公卿。愿从宝鼎分灵药，接引苍生上玉京。

题画

残红废绿冷相扶，一片秋光澹欲无。写到诗情幽绝处，愿将清梦狎沙凫。

送吴岘山之广陵，兼怀二三旧友

柳绵飞尽送离舟，明月箫声忆旧游。诗思尚留花影阁，墨痕犹在酒家楼。碧云无限伊人梦，香雪空成异地愁。谷口至今还旅泊，一枝应为凤凰谋。

又

花竹西堂款语深，清池鱼跃自长吟。金台愿奋凌风翮，锦里偏牵爱日心。香草敢言滋化雨，高槐且共惜分阴。殷勤盼望琼枝秀，好待巢栖五色禽。

题杲亭叔祖《听松图》

微风断续散清阴，隔水笙簧奏好音。静里自参天籁响，空中如话岁寒心。挲摩已喜成鳞老，飒沓曾和抱膝吟。留得草堂先植在，数声云外唤仙禽。

又

犹记相从挂杖年（先大父亦自号松痴老人），涛声静起晚风天。搔头欲醒羲皇梦，洗耳疑闻牙旷弦。
铁笛弄云空谷里，芒鞋踏雪万峰巅。只今五粒新香歇，回首遗踪一怆然。

题松莲《买斧归山图》

笠带溪云绝壁边，负薪供母觉君贤。人从空谷寻仙响，天与樵风送野船。
缥缈清光宜砍月，雷碫巨刃可磨天。如何涧碧山红路，独爱行歌听石泉。

题郑胥庭《牧骏图》

人间羁络惜黄金，汗血龙媒岂易寻。老可识途求骏意，飞而食肉据鞍心。
暮云鼓角边声远，春雨郊坰草色深。惆怅嘶风空振鬣，玉关铜柱气萧森。

哭省斋表叔

怜才雅意竟何如，曾扫高轩借榻居。记取宝猊花外墨，频商锦鲤腹中书。
玉楼月暗人归后，金井风凉叶落初。检点碧云诗句在，夜阑焚尽暗欷歔。

又

竹槛花廊载酒过，生绡仙蝶绘罗浮（去夏过扬，属赋《绿蝴蝶》，征诗启，又赋长句二首，吟赏竟日）。香奁柳絮清吟远，书屋枇杷别梦多（丙午至己酉，为表妹授读《葩经》）。
束阁箫声应歇绝，西园树影自婆娑。遥怜弱息麻衣换，拭泪经斋读蓼莪。

又

回首桐阴月寂寥，怀人旧泪在鲛绡（贻昆表弟早逝，予曾赋诗哭之，当时诵予诗，谓其一字一泪）。谁知夜雨铜仙泣，又痛秋风玉树凋。
蓬梗生涯原梦幻，沧桑人世易魂销。九泉骨肉伤心话，念我频频赋大招。

又

玉河春水放船还，曾话行藏曲室间。叹息彩毫游倦客，劝归黄叶读书山。
梅花地主难重聚，杨柳天涯忍再攀。愿与酒垆诸旧识，青衫检点泪痕斑。

又

缟素无由哭寝门,买丝何必绣平原。蜕形自有神仙想,易篑偏敦故旧恩。
莫叹松楸荒浅土,有人弓冶奉遗言。明年风雪骊驹过,生死吞声不忍论。

送张师颐归震泽

令弟宝廷,予婿也。时归里应试。

桂树才栖比翼禽,离亭折柳已分襟。碧云越浦归帆远,红叶丰溪别梦深。
故里慈亲初拊背,他乡幼弟更关心。璧池转眼看鱼跃,快向西轩尽醉吟。

又

爱堂花竹近如何,预约骊驹隔岁过。折节岂因徐孺重,钟情每在惠连多。
一声铁笛吹黄鹤,几点铜官涌绿螺。七十二峰清绝处,洞庭偕泛雨中蓑。

罗力田挽词

河桥玉笛暂分离,岂料罨江素旐垂。让木已凋霜后叶,慈乌犹绕月边枝。
夜台应有瞻云泪,别馆空余澹水悲。回首缠绵怀旧意,碧云何处话心期。

又

十年剑锷淬芙蓉,切玉昆吾匣已封。南国声华嗟洗马,西州豪杰惜元龙。
酒垆忍听斜阳笛,邻巷初停夜雨春。犹有九皋清唳在,鹤翎知护旧巢松。

题画

曾与高僧访鹿群,绿阴十里带斜曛。诗情何处偏幽旷,清磬数声生白云。

又

嵯峨古树饱经霜,老向空山岁月长。记得淡烟斜照里,蝉声一片过横塘。

新篁

巀谷吹龙响,潇湘待凤餐。虚心知自爱,直节比殊难。
有地皆堪种,无人好独看。最宜清暑枕,偏覆夕阳峦。
密绕幽居屋,轻分钓客竿。醉扶新沉瀣,书破碧琅玕。
影似诗人瘦,香因嫩粉残。春阴频洗涤,秋意岂阑珊。

写取鹅溪绢，裁胜鹬羽冠。减将三径月，添就数声鸾。
细碎声相戛，琤琮指可弹。琴从深巷静，袖倚暮风寒。
渭曲三千亩，瑶宫十二栏。锄来烟雨暗，占尽水云宽。
劲质齐蘧史，清姿傲陆潘。终须留玉笋，移植向长安。

怪松

佝偻依拳石，青苍碍帽檐。疑封虬冢骨，似堕鼎湖髯。
朽干雷霆劈，空山岁月淹。金绳掣锁纽，翠鬣困羁钳。
跳踉天吴怒，拘挛象冈岩。洪崖留粒饭（长吉咏松有"新香几粒洪崖饭"之句），蜀栈拔修髯。
影挂三清表，根蟠万仞尖。犹留残雪在，不受暑风炎。
籁发烟中响，阴从雨后添。婆娑宜铁笛，拥肿免刀镰。
有客开三径，移君近小帘。襟怀同崛强，气味共幽恬。
惨澹龙鳞老，依稀鹤梦甜。静分凉露满，清与白云兼。
仙鼎栽何晚，芒鞋看不厌。世无韦偃画，谁可拂霜缣。

寄贺淮阴、万资弟入泮，兼怀觐扬弟

钓台烟水歇征航，喜见连辉棣萼堂。璧月锦标虽独夺，绛霄彩翼自同翔。
勋名大业存金鉴，文献吾宗有石仓。好待骊驹风云到，半函鸿宝话仙方。

又

红锦朱栏露湿衣，郭西犹记醉吟归。垂帘静赏银钩帖，插帽同分金带围。
客舍竹林偏缱绻，故山桃李亦芳菲。还期并辔长安路，五凤楼东看晓辉。

挽友

别君青翰鼓琴还，回首茱萸夜月湾。浴佛清波呼小艇，聚星雅宴记三山。
龙门黯澹桐花落，鹤径凄凉菊蕊斑。无限生刍千里意，梦中犹见旧时颜。

又

仙舟曾记系城隅，惆怅斜阳旧酒垆。侠气几人悬宝剑，清心无复贮冰壶。
凉蟾影暗双清阁，彩凤声销八老图。叹息故交零落后，竹西争忍唱骊驹。

重九日偕丰溪诸友饮寨山松下，和吴蔼园韵

矫首乾坤眼界开，试寻樵路上崔嵬。万株空翠生衣袖，半里飞涛落酒杯。
北郭诙谐容野性，南皮风雅尽奇才。醉听谡谡天风响，蹴踏犹疑战马来。
（山为唐末黄巢屯兵处。）

又

秋色澄鲜入望遥，碧云无尽见霜雕。平林澹远看驱犊，废碣荒寒问野樵。
落照僧归黄叶寺，暮烟人语绿杨桥。家园忽忆高堂健，何处茱萸挂酒瓢。

题吴野臣《谷涛书屋图》

绕屋悲风少静柯，攀条生意尚婆娑。百年种树犹如此，一室藏书可若何？
补就白华清影密，巢成黄鸟好音多。援琴试鼓思亲操，似有潮音飒沓和。

题凝碧轩壁

碧波楼外拂垂杨，曾与康成访讲堂。玉尺已看量翡翠，金针还爱绣鸳鸯。
云霄尚有千秋业，江海须为百谷王。惭愧门前风雪意，敢云吾道及西方。

又

树蕙滋兰意久虚，故园辜负种花居。愿寻缥渺朱霞客，同读琳琅金薤书。
碧树空闻求友响，白云谁与带经锄。草玄只有桓谭识，喜见风香璧沼初。

柬友人

绿萝频访石帆村，讲座知君谊最敦。莲蕊香风吹璧沼，桃花暖浪接龙门。
青霞意气曾相合，碧落星辰愿共扪。回首茱萸湾畔路，旧交如梦隔西园。

又

玉河雨雪赠吴钩，曾约他年并辔游。折柳每吟怀远曲（前冬入都途中，曾有小诗奉寄），听松还梦读书楼。
蛟龙剑跃延津夜，雕鹗风高华岳秋。袖里生花携彩管，五云献赋到皇州。

和吴蔼园韵送张天扉太史

紫府来仙客，轩皇与唱酬。弹琴云壑夜，挂笏海门秋。
鹤让高巢宿，猿将异果投。回思清啸地，松影碧悠悠。

又

瓢笠游才遍，丝纶诏已旋。吟归七里濑，梦绕万峰烟。
境与餐霞隔，心因捧日悬。还将丹鼎诀，奏入鬘持天。

送宝廷婿归震泽

离杯相劝暂团圞，珍重风霜别袂寒。抱璞纵怜荆国弃，联吟应忆谢家欢。
西堂翡翠分班管，东海珊瑚借钓竿。好待巨鳌初擘后，琼花归访旧雕阑。

又

凉风落叶积阶除，南浦鳞鳞见䲡鱼。一艇载归游子梦，万峰深绕故人居。
行藏爱诉山中鹤，圆缺愁看月里蜍。欲慰别来饥渴意，频传白雁夕阳书。

又

几年鸿爪任西东，笑指浮云过太空。名节相期霄汉上，经纶愿讲草茅中。
投珠莫叹人难识，题柱何妨志愈雄。最是黯然将别夜，一钩新月到帘栊。

又

骊驹唱罢漏将徂，谁识怀人旅馆孤。夜火自煨山芋熟，天风无奈海桑枯（古乐府："枯桑知天风。"）。
石尤愿化杯中酒，丹药空悬市上壶。何日仙书驮白鹿，移家绘作葛洪图。

寄和爱堂主人

惆怅斜杨送暮禽，墨香犹在旧衣襟。梦随璧月分圆缺，愁与烟波较浅深。
锦瑟远传仙客曲，玉壶清见故人心。惠连亦有新诗在，检出巾箱仔细吟。

又

璧沼香风竟若何，故山犹望舟经过。青萍未必沉埋久，赤土还应拂拭多。
西竺一篙花外水，南屏几点镜中螺。春来好与鸳湖约，柳色青青拥钓蓑。

柳庄杂咏为吴旦人赋

柳庄
低垂野水田，遍覆斜杨屋。烟外带藏鸦，雨中闻叱犊。
努力事躬耕，东风啼布谷。

花城
垒石即金汤，繁英此生聚。微寒在蝶翎，春色归环堵。
勿使东邻人，窥墙见眉妩。

求志草堂
疏帘日影深，半榻花阴重。醒醉两相忘，息虑观群动。
悠然元化心，尽入南窗梦。

隐沦处
荣名何足多，所贵在不辱。大药非他求，养生识缘督。
愧无元豹姿，从君万峰曲。

非非想天
缥缈美人心，化作双丸墨。书成碧落碑，真宰惧惶惑。
何当紫云宫，置此高吟客。

前休室
万虑歇蒲团，妙香人入定。影动悟风幡，心清闻古磬。
稽首礼金容，默取无生证。

选梦阁
宝鼎篆余香，残灯耿疏影。罗浮遇缟衣，爱此清宵永。
尚有山中人，葛被和云冷。

翠寒厦
冷碧滴人衣，天风振长鬣。白云澹参差，趺坐景清绝。
翛然六月中，欲洒峨嵋雪。

鳞游洞
百尺澹风漪，潜跃多无碍。蒲藻静相依，何用相呴沫。
忽听石床吟，洞口春云霭。

月中居
濯发在冰壶，高寒生户牖。仰面傲凉蟾，清光落吾手。
笑问碧云端，七宝修成否？

卧钓渠
秋风缩项鳊，秋水芙蓉渚。平生泛宅心，愿与沙凫语。
犹胜西塞山，蓑笠披烟雨。

岸楼桥
绮阁遥相望，盈盈隔春水。彩虹忽飞来，影落波光里。
岂无黄姑星，明河怨清泚。

飞布泉
愿随看瀑僧，梦作匡庐想。何如碎玉帘，乃在高轩上。
我欲携琴来，写此空山响。

竹圃
高节有谁偕，爱兹清影直。烟雨即潇湘，不费吴绫墨。
有客卷帘看，临风餐秀色。

送春关
杜宇唤春归，流莺劝春住。殷勤白玉杯，饯汝离亭路。
何处最愁人，芳草连天暮。

竺荫楼雪后，敬和大人韵，偕婿莆、儿健同赋

天外孤鸿唳杳冥，草庐谁听浩歌声。闲看北牖清光积，静觉南枝瘦影横。
一室联吟瑶瑟和，半楼如画玉峰明。布帆转眼人千里，应念寒宵共短檠。
（时婿莆将归震泽。）

染翠轩夜集，随家大人及婿莆、儿健分韵得鱼字

蟋蟀声中岁聿除，夜沽村酿旋烹鱼。一门劝勉千秋业，三代融怡半亩居。
烛影渐销金翡翠，墨香分染玉蟾蜍。还期鸡犬飞升日，琼圃花深读异书。

黄山小画册为程葭六题

惨澹枯鳞饱雪霜，杖头遥拂白云长。软红久已忘尘世，空翠唯应认古皇。野鹿招呼过绝壁，仙猿揖让渡危梁。试看崛强苍龙骨，肯为将迎拱路傍。
（迎送松）

又

五丁曾此凿天关，百丈丹梯遂可攀。借问嘘云生远壑，何如跋浪戴仙山。松涛鼓荡鳞鳍动，石罅玲珑杖履艰。却恐苍茫雷雨夜，神鞭驱驾海风还。
（鳌鱼洞）

瑞莆歌

并序

莆草之瑞者也，王者孝德至，则蓂莆生。夫孝，百行之源也。圣王以孝治天下，而士之修于家而献于廷者，亦必有纯孝之人。出而佐天子明天察地之化焉，则亦人中之瑞莆也。诗不云乎？有凭有翼，有孝有德。士而孝，其为瑞也大矣，岂徒玉树芝兰，为谢庭之佳子弟哉！松泉丈季君，予婿也。请名于予，爰取莆以为名，且作诗以勉之。

圣主开明堂，首登纯孝士。淳修既覃敷，四表俱风厉。
功业格穹苍，本根由怙恃。勿谓菽水微，盐梅有真味。
勿谓笑啼轻，钟镛从此备。百顺聚家庭，太和满天地。
仁风浃海隅，卉木呈嘉气。斯时蓂莆花，仙苑潜移植。
香留玉女衣，翠作轩皇佩。鸾窥清露滋，蝶识春晖意。
微物且含灵，况复标人瑞。昔我游具区，快睹珪璋器。
敏悟爱髫龄，诗书盈腹笥。玲珑彩管贻，缱绻朱丝系。
世人骛婚宦，真性日陵替。愿子笃天亲，化成麟凤异。
还将宇宙担，默取纲常植。素履佐彤廷，清名垂奕世。
南州慕仲车，北海推元直。孝笋不凋霜，忠葵能向日。
从来志士心，忠孝无二致。锡子以嘉名，书绅佩斯义。

210

竺荫楼诗稿
卷九

十二楼灯词和蔼园韵

石径玲珑秉烛游，弄珠神女出瀛州。休从夜色微茫里，错认燃藜太乙楼。
又
一帘香雾暗香晖，谁取流萤万斛飞。可是彩虹天半落，清光疑向月中归。
又
点缀春工分外妍，花光灯影两相怜。玉箫金管浑如旧，回首荒烟已几年。
又
照彻金莲水上亭，游鱼惊跃一池星。冯夷见说曾张乐，百怪苍茫聚洞庭。
又
光明宝藏海边开，好筑通霞百尺台。豹髓龙脂争吐焰，花阴岂独夜珠来。
又
凫雁参差照碧波，酒旗歌扇各婆娑。游人更说当年盛，一片灯光九曲河。
又
贝阙鲛宫绝点尘，水嬉已占十分春。遥知离合神光夜，定忆微吟洛浦人。
又
欲喝凉蟾上海东，绿阴深处绛纱红。十年歌舞繁华梦，尽在清宵蜡炬中。
又
紫府仙才尽百层，攀跻安得一枝藤。愿从银烛光寒夜，更借长明不夜灯。
又
花映回廊柳拂池，羽觞修禊最相宜。却怜缓舞清歌地，也许登墙暂一窥。

丰溪八景之二，和祝京兆韵

佳气葱茏覆石冈，百年犹见本枝强。低垂密影留霜露，仰见清阴奉袀裳。
曾记作宫裁梓漆，岂因筑馆号梨棠。春风绿染川原遍，万点神鸦堕寝堂。
（祖祠乔木）
又
疏枝冷蕊近寒浔，绕遍南窗玉照林。影卷湘帘醒鹤梦，香和铁笛落波心。

萧然客带高寒骨，清绝诗成古淡音。亦愿筑居香雪里，十年惭愧买山金。
（梅溪草堂）

舟过青山陶弘景隐居处

仙监蓬莱自昔闻，拂衣曾此避尘氛。疏松石鼎黄冠客，古洞金函赤玉文。
日暗东陵麟自斗，草香西涧鹿成群。我来系缆频瞻眺，樵路何由踏白云。

挽汪西曜姑夫

呜咽淮流逝水声，衣冠无复旧耆英。交游古谊推侨札，生死深情慕白婴。
千古须眉留硕德，九原肝胆话前盟。凄凉絮酒灵帷奠，犹记香醪劝我倾。

又

岳岳云霞七尺身，曾从古朴识天真。精诚自昔酬知己，刚直于今见古人。
北海宾朋都似梦，西州豪杰共伤神。那堪风雨招魂路，芳草连天正暮春。

送先王父卜葬就田与曾祖合墓

龙鳞已老鹤归天，怆念遗容二十年。宿草几悲寒浅土，长楸今始拱荒烟。
功名未遂泷冈表，骨肉偏多蒿里缘。犹记儿时摩顶语，松风凄咽旧琴弦。

归途吟

麦畦空阔稻畦深，惜水田家似惜金。负郭自知无半亩，却因农事历关心。

梦中有人以东方朔、黄石公二像索题，各吟一绝，醒而记之

凌铄公卿惯滑稽，高风原可帝王师。如何正色宫庭上，看作偷桃戏弄儿。

又

圯桥才授一编书，蹙项移秦已有余。最是功成身退后，不忘黄石旧仙居。

挽吴君仲清并别鹤孚弟，时予将赴聘楚闱

三世余风鹿洞余，少微谁料蚀蟾蜍。草荒求仲新开径，花落机云旧隐居。
黯淡招魂江上棹，苍茫谒帝袖中书。何堪长揖灵帷日，正是桐阴泣别初。

又

合离无限断肠吟，惆怅丰溪唤暮禽。游子浮云千里梦，故人宿草百年心。
零星怨雁斜阳浦，断续残蝉古柳阴。回首关情琼树秀，西堂风雨泪痕深。

又

旅魂寂寞返柴门，树蕙犹留半亩园。尚盼凤毛辉碧落，却愁乌哺正黄昏。
已悲邻笛成千古，愿守遗经慰九原。最是孤灯临别夜，麻衣相视惨无言。

又

迅速飞光叹逝波，万年光范竟如何。犹思献赋登长乐，岂识修文赴大罗。
别泪渐随流水远，离心还比暮云多。骊歌莫怪悲怆甚，带得凄凉薤露歌。

游寿庆庵

石桥疏柳几人家，隐隐仙山隔暮霞。僧舍半依毛竹岭，客衣频落刺桐花。
离情断续三秋雁，游迹依稀八月槎。去住低徊无限意，林间仰羡暮归鸦。

过箬岭遇大风雨

连峰暗白日，路峻石逾恶。涧道斗奔雷，灌莽相丛错。
劈险思巨灵，叠嶂何年削。游人木杪悬，积翠衣裳落。
尚恐日轮翻，还愁天柱弱。阴霾忽四起，群峰青浩漠。
俯视已晦冥，仰瞻犹岳岳。夔魅竞啸啼，鬼神争喷薄。
须臾风雨散，原野初清廓。回首眺重峦，云端空寂寞。

箬岭脚望黄海诸峰

鸟道艰险尽，平远辨烟村。巉岩插天表，仰首见云门。
轩辕去已邈，丹诀从谁论。把袂揖浮丘，梦想劳寒暄。
怒猊拔地起，天马绝尘奔。群峰俱辟易，拱让莲花尊。
阴崖积冰雪，绝顶小乾坤。行行望未已，渐觉明霞昏。
虚无白鹤驾，缥渺青牛辕。尘埃负幽意，灵境愧仙根。
野旷离鸿小，山空饥雀繁。回首碎云峰，淡墨烟中痕。
春粮迹未远，拄杖意犹存。终当卧崖壑，藉以炼精魂。

谭家桥

沿溪瘦马踏秋烟，路转苍崖响乱泉。草色远生游子梦，树阴空觅钓人船。
褰裳有客思题柱，鼓楫何人待济川。回望石梁清浅处，野凫输尔得安眠。

白沙铺

蹞履苍苍踏晓曛，板桥流水数家分。吟蛩响遍如珠露，白鹭冲开似墨云。
岭暗烟从荒戍出，风回火向野田焚。诗情到此偏清旷，一路幽禽树里闻。

百叶山

草露浥山蹊，青鞋踏初湿。还因檄名严，迫此邮途急。
冈峦忽包络，远见村烟集。长堤槲叶阴，古涧清流涩。
我行已兼程，我仆犹未及。嗷嗷啼风林，如闻晓猿泣。

彭祖墓

短景忧朝菌，餐霞慕大年。如何留古墓，空说葬商贤。
变化洪垆冶，虚无炼气仙。彭殇原一辙，俯仰自恬然。

洗炭村

乱石潺湲响，彭篯此地过。清流还守黑，缁质岂容磨。
浅水迷仙路，悲风起女萝。自怜尘土骨，亦愿涤溪波。

果老墓

海外求方士，中条跨白驴。玉棺荒草歇，金骨冷烟余。
龙驾西巡后，鸿都东访无。从来端拱日，迁怪屏仙书。

三折岭

浓绿郁山柳，攀跻无畔岸。细路萦秋毫，危峰插霄汉。
歇鞍疑绝顶，尚在中峰半。木末见征衫，行人远相唤。

古树暗苍藤，幽花垂紫蔓。俯视青迷蒙，群山忽破散。
凉风生远浦，断续征鸿乱。叱驭何劳劳，停骖发长叹。

铁甲岭

惨澹阴崖落日昏，枯藤猿穴尚难扪。连云老树危巢屋，拔地高峰小剑门。
鼓铸阴阳留大冶，掀翻雷雨劈山根。土花战血今犹碧，保障勋名孰与论。

密云崖

削成峻壁锁岩疆，飞鸟高寒未敢翔。马首趁人山突兀，峰腰霾雾日昏黄。
石梁窄处天如线，炎暑经时面有霜。欲唤巨灵销险阻，乾坤俯仰意茫茫。

五溪夜行

远火明孤戍，愁云入乱山。每怀王事急，敢畏旅途艰。
月黑鹪鹏恐，风腥魑魅还。微茫天渐曙，已觉鬓毛班。

青阳道中望九华诸峰

返照在东林，山光凝紫赤。依微九子峰，乱插天边石。
古佛飞锡来，袈裟凌绝壁。清磬生白云，茅庵礼禅客。
超然豁心目，愿访趺跏迹。胡为火宅中，劳劳自拘迫。
远树带行旅，寒烟生大泽。回首别云峰，驱车何所适。

黄茅村

旅人相唤各成群，丛灌苍茫路不分。野旷百虫号落日，山深疲马怯愁云。
途危已觉羊肠险，风急何堪虎啸闻。自笑远游成底事，玉屏只合老耕耘。

池州道中

旷望清心目，云山展画图。水禽喧夕照，牧犊出烟芜。
树影千家郭，菱歌百顷湖。回看苍翠远，九子拱趺跏。

渡皖江

远树秋毫指皖城,孤舟还傍夕阳行。微茫水国张帆稳,笑语篙师理楫轻。
泊岸渐看渔火近,接天犹恐海云生。回看浩渺烟波外,已隔云山几日程。

圆通精舍

草没人行少,钟残月上迟。妙香生静境,清梵动禅思。
聘璧君恩重,征轺客路歧。欲将无碍义,稽首问须弥。

皖城早发

旅游日月易蹉跎,万折云山马首过。乡梦唤回征铎远,客衣染尽绿芜多。
雁鸿大泽甘辛苦,麟凤中原待网罗。尚想故园清露里,秋风芳芷意如何。

大龙山

苍翠落马首,突兀浮云端。危石如欲坠,况乃天风寒。
凉日照北郭,野旷影形单。长松绕山脊,鳞鬣鼓洪澜。
愿言采三秀,辟谷忘朝餐。奈何微名役,此志犹艰难。

宿文殊山大智寺

高树园檐竹覆墙,解鞍残照竭禅堂。碧云澹远诗情旷,翠壁阴多客枕凉。
半匕香粳分老衲,一声清磬促晨装。翛然便觉劳生息,转忆山中鹤梦长。

碎石岭

荒冈落日淡,古道行人绝。马啼蹴寒山,危滑如蹐铁。
羊眠叱可起,星陨光犹裂。孤戍隐重云,老兵头似雪。
疏篱隔紫蔓,幽花亦可悦。回首乡国遥,峰峦千万折。
飞鸿起天末,远浦霞明灭。飒飒秋风凉,扫尽征途热。

217

慈云寺

驱策奉简书，餐宿忘艰苦。遥寻远磬微，静觉禅林古。
灌木带斜晖，几点寒鸦聚。荒圃锄豆苗，斜廊坏风雨。
蒲团趺坐僧，朗朗梵音吐。远岫落檐前，螺纹青可数。
厨突冷无烟，斋食已逾午。何以解渴烦，清泉犹可取。

菩提庵

峰峦稠叠少炊烟，倦辔逶迟过野田。渡水客寻僧寺饭，趁风人就树阴眠。
驰驱王事程偏急，饥渴亲心梦自悬。不似江南好风景，邮亭到处可停鞭。

潜山县晓发

短堞残垣隐白蒿，马嘶秋水渡城濠。乱山缺处明睥睨，远树阴中响桔槔。
日焕紫金峰色秀，霜清碧落雁声高。一鞭吟过清波路，不觉凉风袭缊袍。

太湖县道中

澄鲜秋色入遥空，飒飒征衣远浦风。几点远山林影外，一鞭斜照稻香中。
水边农圃驱归犊，天外行藏问暮鸿。安得玉屏寻百亩，耦耕还与故人同。

宿太湖县

酒香茅舍访青帘，渐觉征衫白露沾。几顷碧波菱叶渡，一钩寒玉柳梢檐。
短垣虫静吟方稳，破屋风号梦不甜。旅思劳劳千里隔，白云何处可遥瞻。

枫香驿

栖亩犹余鸟雀粮，平田刈尽稻花香。黄云旷野初登稼，碧水新畦又插秧。
蝉咽夕阴离皖口，雁随秋色入潇湘。康衢到处闻谣曲，不觉邮亭道路长。

墨烟铺

落景将颓路转赊，炊烟遥起野人家。新秋匕箸尝香稻，老圃盘蔬进苦瓜。水浅马蹄危滑石，村昏牛背立饥鸦。荒寒驿壁题诗后，还向林西看暮霞。

寨子铺，江南湖广分界处

一统封疆任往还，驱车宁畏旅途艰。东南久息峰头燧，吴楚犹分岭上关。落日乌啼寒古戍，淡烟人语响空山。残碑欲觅樵夫问，独立邮亭树色间。

过五祖山

十年心事许双峰，谁料名山马上逢。古塔云埋金骨冷，残碑草积石趺封。猿供洗钵莲花水，鹤认谈经夜月松。惆怅尘沙惭素愿，回头空望碧芙蓉。

渡苎流河望范山

整驾歇危桥，褰裳敢求安。行人喧渡水，石滑马蹄难。
绝岸一回望，微茫烟水宽。鹭鹚散中流，天风起微澜。
巨灵伸一指，翠色何苍寒。平田自逶迤，高峰长郁盘。
斜晖出远岫，渐觉湿云干。炊烟起茅屋，急就前途餐。

过四祖山

松枥缀重冈，佛髻依微现。连峰互环抱，起伏状百变。
欣瞻古道场，接壤蕲黄县。曾闻多妙教，自悔劳生倦。
金篦刮眼膜，玉尺量英彦。涧芳袭客衣，山翠落人面。
俯念慧根人，深情徒默眷。回听烟际钟，几点昏鸦见。

蕲水县

环绕清波古县西，秋风渡水马频嘶。傍山筑屋鱼鳞密，倚石为城雉堞低。何处绿杨欹醉枕（东坡词"解鞍欹枕绿杨桥"，即此地），几人丹井访仙梯（张道陵炼丹于此）。玉台指点高峰在，惆怅关河落日迷。

广济县晓发

晓日苍凉照大陂，疏林烟散出茅茨。绿杨夹道平如掌，青黛低山淡似眉。
野色渐随鸡唱远，乡心还共马蹄迟。天涯几许关情事，只有秋风杜若知。

渡巴水

仆马喧喧待渡河，张帆横截乱流过。清光直控巴人国，别浦遥通汉水波。
鼓角声随残照尽，渔罾影挂暮烟多。万家云树回头望，一抹秋山涌翠螺。

黄州道中

长江如镜夹洲边，一路秋声唤暮蝉。近水大都垂柳屋，和沙半是种瓜田。
桥依古树渔人网，帆带斜阳贾客船。夏口微茫何处是，孤城鼓角起寒烟。

赤壁怀古

横槊当年想霸图，貔狓百万拥樯舻。登坛若不逢瑜亮，饮马真堪卷蜀吴。
何处江流闻战鼓，只余明月带栖乌。废兴莫为英雄惜，飘缈箫声可在无？

又

凉月东风落槛前，雪堂词赋耀山川。如何铁戟沉沙地，不及匏樽载酒年。
霸业销沉鸥鸟梦，吟情澹荡荻花烟。凭高极目苍茫意，尽在渔灯水驿边。

黄州渡江

日出江烟已渐消，兰桡安稳渡秋潮。马嘶已觉中流半，鸡唱还看古驿遥。
葭苁几经帆影过，芙蓉何处棹歌招。冯夷自识天朝意，浪静鼍鼋未敢骄。

马塘桥

绿阴浦溆息帆樯，蟹舍渔庄路淼茫。高柳新蝉喧竹屋，寒烟老犊卧菱塘。
雁鸿带雨来江北，葭苁连天接汉阳。遗迹向曾怀屈宋，美人何处芰荷裳。

荆湘怀古

绿绕青围马首前，停骖遥认旧山川。桃弧熊绎开疆地，鼎足狮儿割据年。
缥缈九歌荆土俗，苍茫三户楚风烟。暮云何处骚人宅，愿采蘅兰沉澧边。

土桥

瓜蔓藤花隔短垣，几家墟落近潺湲。深松草屋书声出，疏柳圩田雀语喧。
烟散渔舟冲白鹭，日斜牧笛跨乌犍。尚疑淳朴山川处，定有高人此灌园。

中元节后江夏道中夜行

磷磷征铎月明中，到处盂兰令节同。清彻梵音丛竹寺，依微佛火蓼花风。
碧云天远闻孤雁，白露秋凉语百虫。缆綮踌躇游子意，寝园回首思无穷。

武昌府

斜晖在邮舍，拂拭征衣裳。舆马喧国门，问我来何方。
吴楚虽接境，山川各异乡。徘徊谒上官，悯我道路长。
凉月生绀园，解鞍夜色苍。殷勤馈馆饩，礼意歌笙簧。
绿树隐重檐，飞尘积画梁。凌虚俯高阁，江汉何茫茫。
愿寻荆山璧，剖璞含精光。无为效长沙，吊屈徒悲伤。

武昌玉枢殿送李青崖归梅渚（李乃徐大中丞命其护送楚闱试官者）

桂楫犹夷楚水西，怀君何处暮云低。秋山曾共来时路，晓色苍苍逐马蹄。

又

嘹呖衡阳雁一群，西风南浦忽中分。涉江采得芙蓉秀，远道何由赠与君？

衡文堂撤闱赋此志喜

士庆风云路，光开翼轸星。持衡心已苦，秉烛梦初宁。
屈宋传文藻，荆夔聚地灵。愿言求国士，忠孝报朝廷。

游洪山寺

金碧觚棱壮,琳宫气象尊。松风留梵呗,花雨记名藩。
云水还空旷,江山自吐吞。独来寻废碣,怀古手亲扪。

又

树密藏鸳瓦,风悲语铎铃。云归孤塔白,山向隔江青。
鸽聚空王座,禽喧百子亭。冷泉飞数道,醉卧石床听。

卓刀泉（关帝屯兵处）

转斗曾深入,空山幕井干。精诚天地震,叱咤鬼神看。
渴解疲兵困,锋留战血寒。还同疏勒将,忠愤拜衣冠。

登黄鹤楼望鸡鸣城

江汉分流合,檐楹入望空。凌虚仙迹远,割据霸图雄。
雉堞余秋草,涣歌落晚风。凭谁将玉笛,吹入碧云中。

又

形势今犹壮,啼鸟集女墙。旌旗虎龙斗,版筑鬼神藏。
百堵惊奇策,三分认旧疆。只余烟水外,鸥鸟识兴亡。

汉口渡江

问讯晴川树,乡音到处逢。雁鸿归路远,鸡犬隔江通。
杜若怀云梦,芙蓉别渚宫。回头望黄鹤,烟水已蒙蒙。

大别山

蟠冢分流此尽期,土人只解说灵龟。寒沙夕照祢衡墓,古木秋风大禹祠。
树带汉阳山郭小,云深夏口片帆迟。江天极目殊空阔,怀古登临有所思。

郎官湖

见说宫袍客，风流此扣舷。高吟三楚地，酾酒一湖烟。
旷野愁鸥鸟，荒祠拜杜鹃。只今江上月，犹照夜郎天。

晴川阁

野色清无极，江声静入楼。落霞明远浦，孤雁带残秋。
黄叶烟中寺，斜阳峡口舟。平生爱空旷，心与白云留。

鹦鹉洲

志愤炎精歇，名因鼓吏传。文章俎上肉，碧血墓中烟。
翠羽宜高遁，金笼岂易全。陇山知不远，魂定入西川。

来薰阁

有客延清景，山椒筑草庵。层轩皆面北，高牖独迎南。
拂水神先爽，开襟酒半酣。九疑如可望，缥缈隔江岚。

天都庵

异地筑精舍，名山榜故园。旅游经鄂渚，乡梦接轩辕。
地阔黄花密，窗低绿树繁。晚钟频造访，新月近黄昏。

伯牙台

丛竹迷亭榭，寒烟没草莱。似闻流水曲，尚想刺船回。
古调人间歇，悲风江上来。平生怀故旧，亦有绝弦哀。

郭公堤

策杖登山倦，沿堤缓步过。树边人影乱，烟外杵声和。
返照牛羊散，坪田雁鹜多。秋风芳草尽，归思欲如何。

题程笠斋《松风图》

芰荷香气袭衣裾，谁写幽居淡墨余。好待归来松影里，玉屏秋静读仙书。

又

瑟瑟风涛抱膝吟，空山流水和清音。应添颖秀佳儿出，石上相看鼓素琴。
（予访笠斋时，嗣君年尚幼，命其鼓琴一曲。）

题吴鹤关《采芝养母图》

拾罢空山橡栗归，提笼长自恋春晖。吟回返照禽声静，踏遍寒云鹿迹微。
莫叹仙才留草屋，何妨圣代有蒲衣。劳劳雨雪长途倦，笑我思亲愿尚违。

又

自从仙术授长桑，啸傲壶中尽可藏。有地灌园轻楚相，无人入市识韩康。
十年养志存茅笠，一室逃名剪芰裳。瑶草数畦勤种后，徐扶鸠杖有余粮。

吴大成出其尊人未一先生及令叔望稆先生字画手卷索题，书此

冰绡珍重护琳琅，二妙同夸翰墨香。丰水居然双合璧，泰山留得一毫芒。
几行异彩辉瑶册，五纬阴森降玉堂。回首泫然增孝思，高梧已谢半枝霜。

题《呆坐图》

大别峰头看落曛，一杯曾醉汉江渍。更无瘦石顽于我，只有闲云淡似君。
寂照自忘蕉鹿梦，息机堪狎荻鸥群。瑶函数卷参同契，静夜名香手自薰。

题《独钓图》

柳阴双桨待何人，我亦忘机气味亲。愿向芙蓉花外坐，与君秋水共垂纶。

题《吴亦园小影》

斗笠飘然金竺东，高歌踏入碧云中。三分已炼神仙骨，七尺犹留剑侠风。
铁笛吹回黄鹤梦，瑶琴鼓罢紫芝翁。掀髯相约知何处，醉看扶桑晓日红。

题《荷锄图》

素心何处最相宜，草笠飘然任所之。独立杏花疏雨外，微吟柳絮澹烟时。
玉屏带月驱黄犊，金竺锄云种紫芝。消受太平耕稼福，长镵莫怪出山迟。

题《半面图》

老圃疏花一径深，秋声半在碧梧阴。萧疏侧听吟风叶，冷澹相看向日心。
湖海已曾留骨格，山林何必正冠襟。我来愿载千樽酒，好与先生劝醉吟。

题《听松图》

飒沓飞涛起暮烟，有人默坐万峰巅。微风吹醒游仙梦，清唳遥和放鹤天。
铁笛依稀如互答，瑶琴古淡本无弦。苍髯我亦曾相识，愿枕寒流石上眠。

题《静观图》

百虑俱空默悟时，翛然物外自持颐。蒲团坐破三更梦，松影窥残半局棋。
安乐筑窝长袖手，瞿云入座好低眉。清凉眼界无人识，只有秋宵素月知。

又

世味尝多道味深，方瞳炯炯托微吟。任从息影销声地，自有澄怀坐照心。
万象纷纭留善眼，一时定慧集虚襟。我来愿借金篦刮，好取回光内检寻。

月夜偕诸友，步月湖，访程笠斋于天都庵

凉生衣袂夜初阑，笑指东峰白玉盘。最爱素心如月皎，都忘旅梦似霜寒。
烟中萧瑟垂杨密，楼外空明野水宽。有客定知还未寐，清光万里卷帘看。

又

天涯清话得良朋，踏湿青鞋露气凝。寺远犬迎来惯客，钟残人访未眠僧。
半帘风细琴声静，万木霜凋夜色澄。欲就蒲团参上乘，一龛长对佛前灯。

留别汉上诸友，即用前韵

解佩江皋意未阑，愿从鲛客借珠盘。深情更比醇醪美，别梦都忘烟水寒。
归艇渐随红蓼远，美人回望碧云宽。重吟黄鹤知何日，留得新诗别后看。

又

携手西南喜得朋，采兰江上露华凝。甘为千里春粮客，肯作双峰托钵僧。
琴韵墨香清夜赏，碧天凉月素心澄。烟帆何处相思路，葭荽依微水驿灯。

顺风扬帆过武穴

解缆中流急，西风正满林。才张半席稳，已过万峰阴。
枫柏凋霜叶，菰蒲散水禽。无矜破浪志，恐惧涉江心。

夜泊道士洑

横江怪石自嵯峨，贾客帆樯夜集多。乡梦滴醒篷背雨，角声吹动渡头波。
一江寒浪鱼龙啸，半夜悲风铁骑过。最羡兰桡秋色里，碧天凉月咏湘娥。

过九江

落霞如绮布帆收，远见孤城塔影浮。庐岳千峰藏郭树，浔江九派枕寒流。
水边踪迹随阳雁，天外行藏不系舟。回首潇湘烟雨隔，又添芳杜别离愁。

泊大孤塘望庐山

万壑千岩望里分，九天飞玉昔曾闻。心胸涤荡曾逢我，面目高寒始识君。
五老晴留峰背雪，香炉翠落岭头云。谁知彭蠡孤舟客，吟罢苍崖落日曛。

八里坡道中

起伏荒冈松枥阴，肩舆一径入山深。疏林澹处禽相唤，落叶声中客苦吟。
水陆更番劳旅梦，云峦清旷豁乡心。新诗唱和谁人共，只有飞鸿送远音。

泊彭蠡湖

系缆江湖岁月长，征帆又到水云乡。三更星斗垂空阔，万里乾坤入混茫。
波静寒光窥蜃室，霜清秋水落渔梁。彭郎念我归心切，好借西风送客樯。

过南康府

孤城石露水初干，犹自湖光绕郭宽。黄叶密藏渔网小，碧波低落雁声寒。
小姑回首空凝望，五老停桡已饱看。多少水程频问讯，异乡风景肯盘桓。

青风驿

飘飘身愧野凫闲，尽日高吟积水间。烟树微茫彭蠡口，云鬟缥缈大孤山。
一拳石向波心出，九曲帆随岸尾湾。极目空蒙斜照外，只余渔艇棹歌还。

鸡山怀古

楼橹纵横角斗时，百灵曾此助王师。中流怒浪闻钲鼓，日暮阴风卷将旗。
山色依稀留战垒，湖光惨澹识军麾。舟人指点荒寒戍，犹有青磷入夜悲。

过都昌县

景短乡心急，城孤树影微。岸依青网密，山拥白沙低。
水浅多平港，舟迟信落晖。愿求风力饱，早送客帆归。

饶河口

正苦波涛阔，俄欣葭菼低。绿杨依古堞，白石入清溪。
郭外驱黄犊，烟中听曙鸡。回看彭蠡泽，浩荡使人迷。

舟抵浮梁，予登陆归里。相韦弟由祁邑溪河乘舟水行分路，赋此

秋风寒锁院，辛苦秉霜毫。鹿鸣预嘉宴，鲸钟击蒲牢。
汉阳历烟树，彭蠡涉波涛。片帆进饶河，曙色惊乌号。

入舟溪水急，登岸岭云高。归来对灯光，杯酒慰勤劳。
求贤思报国，大义岂容逃。征囊携一编，尚可课儿曹。

景镇晓发

舍舟初向渡头登，山路寒多晓色凝。浓淡霜华清古木，浅深泉响涩轻冰。
危桥过客吟黄叶，破屋农家补紫藤。屈指归程虽已近，遥愁高岭尚层层。

虎溪泉

万木苍苍带落曛，此中真觉绝尘氛。松阴夹坞疑非路，石磴盘空半是云。
山鼠畏人争窜树，野猿饮水各呼群。悬崖绝涧愁难到，何处樵歌出谷闻。

梅岭

一路幽花踯躅繁，阴崖日午已黄昏。荒山落叶稀行旅，古木寒云出远村。
拾橡狙公登树立，入林鹿子带泥奔。翛然万籁俱幽寂，只有清泉石上喧。

浙岭

危崖喘息登，仄磴人烦渴。战栗笋舆中，双眸未敢豁。
鸟道自盘纡，风烟连百越。超然绝顶看，拱伏群山阔。
返照出西崖，群峰争秀发。蜿蜒镇地维，峭拔通天关。
举踵悸心魂，回头惊突兀。云气散虚空，苍然脱石骨。
霜寒鹳鹤巢，洞暗猕猴窟。陡险怪舆人，疾步斯须达。
风树叶刁刁，流泉声活活。还家鬓定班，历尽关山月。

梨园岭

藤萝到处碍征衣，绝巘层层落照微。地僻野禽常唤客，山深古木易成围。
听泉客向峰腰歇，负担人从树杪归。莫厌旅途登陟倦，松风吹处暂忘机。

船槽岭

浑沌何茫茫，造此山川壮。怪石屹如船，崀崿青相向。

荒唐问土人，远指崔嵬状。当年数顷湖，浩荡无依傍。
挟剑来飞仙，冯夷惊惨怆。鲸涛怒叱干，鹤唳凌空放。
万仞削危崖，猿猱胆俱丧。我来贾勇登，探奇神自王。
群峰斗狻猊，跳踉不相让。如何夜壑舟，化作朝霞嶂。
异境久难留，行歌独惆怅。

花桥

石林苍翠转陂陀，西崦人家出绿萝。隔坞禽声喧密竹，缘溪树色荫清波。
鸬鹚晒翅渔梁立，穧稗齐腰鹿迹过。旷野不知投宿地，远峰斜景已无多。

澄坑道中

相安瘠土少生涯，峻岭终年踏落霞。山露蚁盘青箬担，野田牛嚼紫藤花。
樵歌出洞衣犹湿，云碓舂粮饭有沙。栗陆赫胥犹在目，采风真可愧豪华。

婺邑道中

几点牛羊返照村，潺潺曲涧乱流喧。石梁通水桥为屋，古树沿溪碓傍门。
樵牧辛勤生理薄，山川淳朴古风存。豆棚酒舍能留客，醉倒田家老瓦盆。

鲤鱼桥

秋花秋草暗蒙笼，已近乡音渐觉通。古社半藏乔木里，人家多住水声中。
羊肠转尽千盘路，牛背吹回一笛风。试问空山锄药客，忘机可有鹿裘翁。

溪口夜行

东峰月皎皎，行旅已更余。山行苦阻隘，忽喜乔木疏。
澄潭集帆樯，烟深闻夜鱼。涟漪接天碧，夹岸半楼居。
川原已清旷，心目自宽舒。出险初就夷，物理有乘除。
深林吠寒犬，远火见村墟。行行莫辞倦，信宿即吾庐。

壬子冬北上，虎儿赋诗送予，即用原韵示之

好向花前代舞衣，空蒙香雪月华迷。云山揽辔心虽壮，风雨传经愿已违。
清白甘贫留素业，激昂励志报春晖。躬耕我亦思归养，春色何心恋帝畿。

留别带星草堂

西堂惆怅惜分襟，剪烛寒宵夜话深。感旧合离虽异地，怜才去住本同心。
烟霞稳卧锄兰好，风雪相思立马吟。愿向长安悬半榻，相期沽酒听瑶琴。

留别感苍弟，即用虎儿寄怀原韵

骊歌重听倍凄然，泰伯祠西咽暮蝉。旧梦低徊巢燕地，离情黯淡塞鸿天。
一门昆季恩勤重，两世宗祧德泽绵。愿尔肩承珍爱意，无忘款语夜灯前。

留别鹤孚弟，即用虎儿寄怀原韵

情深缘浅恨难量，别梦犹依玉笋行。万里含愁将北去，一枝回恋悔南翔。
春风着意怜琼树，夜雨关心念石仓。好待桐阴高百尺，归来携手话修廊。

舟行即事，和南园先生韵

清瘦梅花别竹篱，离情已惯白鸥知。推篷且看寒山好，喜与襟怀共坦夷。

又

碧云松寺昔从师，重向孤舟话旧时。此去长安风雪路，玉屏何处更相期。

又

杜若销香柳带风，苍茫金竺旧游空。离怀黯黯归怀喜，半写诗中半画中。

又

蕉鹿功名不自知，闲云出岫任推移。澄怀已悟升沉理，默坐焚香读易时。

又

缥缈烟波一叶舟，刚离楚尾又吴头（时予从汉上新归）。雨声滴醒思亲梦，白发依依恋故丘。

又

棋残静覆鸳鸯劫，酒暖初香琥珀油。隔舫有人招痛饮，居然入洛季鹰舟。（时联舟者为洪君乔梓及叶君昆季。）

又

千里吟情帆影里，十年旧梦笛声中。洞庭待赴寒梅约（时予将偕南园先生往震泽），泰岱旋催马首东。

又

寒江乌榜任迟迟，烟雨峰峦好构思。为语阿玄精画理，莫贪赌墅一枰棋。（时予挈侄铨同行，铨侄初学点染，又有棋癖，故及之。）

震泽留别爱堂主人，即用赠行原韵

醉尽深情杯酒中，离心两地托丝桐。回帆访我莲峰北，立马怀君泰岱东。入市计然资善策，卜邻仲蔚接清风。相期异日投簪绂，花影联吟半亩宫。

又

双鹓宜在紫云宫，暂息天池六月风。绕屋初开香雪夜，移家定爱翠微东。霜清游子孤舟梦，月冷离筵几尺桐。赖有新诗壮行色，一鞭吟过玉河中。

留别宝廷婿，即和赠行原韵

酒为将离饮不欢，黄沙驿路马蹄难。半年奔走分南北，万里驰驱历暑寒。别梦苍茫愁折柳，深心萦恋忆锄兰。骅骝愿尔勤鞭策，好向金台卸玉鞍。

又

西堂何日续前欢，款语都忘夜漏寒。懒拙知予名利澹，缠绵感尔别离难。频年旅迹悲飘絮，到处香风爱种兰。谁念椒花家晏日，黄河冰合渡征鞍。

和南园先生赠行原韵

酒兴半因离思减，征帆还为素交迟。微名自笑成何益，羞向梅花说别离。

又

碧云凉月论心短，白草黄沙会面迟。回首联吟风雪路，别来旅梦尚迷离。

题松泉丈《八门松图》

已仰参天盘攫奇，还看拂地翠云垂。玲珑碧影分明晦，向背清阴配坎离。
竽籁频占风信异，轩棂只许月华窥。岁寒回首乡山路，秋水归舟有素期。

留别倪艾村先生，即用赠行原韵

曾谒仙居贞白楼，传经弟子尽殊尤。深情碧玉频相劝，雅韵明珠未足酬。
绘出春风花影静，饮残夜漏月华流。殷勤瑶草烦滋溉，留取余香笠水头。

留别倪南琛太史，即用赠行原韵

尝闻古人重色养，三公脱屣如轻埃。先生立朝致通显，拂衣蚤卧吴云隈。
缥缈之峰七十二，追随鹤发衔春杯。虚怀汲引奖后进，爱惜士类怜微才。
先陇曾劳大手笔，赤文绿字辉泉台。泷冈再拜感且泣，松楸浓郁山崔嵬。
只今长跽登堂谢，离尊为我歌寒梅。爱日高风愿师法，长安归梦空喧豗。
圣朝孝治超前古，他年可许金泥回。

腊月廿四日，偕绀珠兄、弟稠、弟柱游芍田，饮羽觞飞园，追念旧游，恍然如梦，有感赋此，用绀珠原韵

素友重逢发未毵，不须月影已成三。萧条绿野寻郊外，依旧青帝醉郭南。
残蝶尚留凭槛梦，晴螺空剩隔江岚。茫茫聚散无穷意，暂借旗亭杯酒谈。

又

苍狗旋消顷刻云，药栏曾受晚风薰。诗因杨柳歌三叠，人比梅花瘦几分。
缥缈离愁青玉管，朦胧旧梦郁金裙。相怜冷骨还无恙，愿取松枝折赠君。

寄别竹舫四叔，即用赠行原韵

梅花冷瘦月华圆，回首前欢已隔年。蓟北风沙随马尾，汝南云树试丹铅。
自惭高厚殊难报，敢为驰驱叹独贤。惆怅临歧愁未见，梦中携手倍依然。

又

犹记联吟种树天，新诗曾满箧中编。家园辜负花如绮，驿路愁看柳脱绵。
金竺云迷游子梦，玉河冰泮旅人船。天涯多少怀君意，珍重临风托雁笺。

寄别郑大绀珠，即用赠行原韵

祖饯城东柳未毵，举觞相祝酒行三。旗亭画壁怀王涣，古井沉书忆所南。
饮马白沟逢雨雪，荡胸青岱起云岚。壮游慷慨登车去，肯作临歧子女谈。

又

愿为肤寸泰山云，吟尽微凉殿角薰。但使漆胶怀里结，何须冰炭眼前分。
殷勤翡翠新巢屋，珍重鸳鸯旧绣裙。自有骞修通密意，琼浆不待降神君。

寄别弟柱，仍叠前韵

怀君两载鬓将毵，莫厌离筵语再三。马尾渐随云共北，雁声还带梦飞南。
河流碣石千帆雪，路入荆夔万嶂岚。努力别来驱策意，莫将竖立托空谈。

又

别恨苍茫化碧云，相逢陌上草初薰。却愁旅袂离亭合，又怕征帆极浦分。
杨柳绿生游子梦，芰荷香剪美人裙。采蘅经我前游地，定有兰桡远待君。

寄别弟稠，仍叠前韵

征裘欲敝渐毵毵，离绪如蚕吐茧三。芳树夕阳过济北，杏花疏雨忆江南。
浮沉客梦关山月，变幻游综早晚岚。最是酒垆怀旧处，玉箫凄咽不堪谈。

又

长吟屺岵望乡云，正忆春晖满眼薰。百斗流霞人半醉，一帘香雪夜初分。
醒回归梦黄粱枕，绚尽留仙碧藕裙。谁念风沙燕市客，持杯欲酹望诸君。

入都

日月关河老，风云气象尊。长书犹待献，袖入九重门。

题《圩田图》

爱此野人家，翛然万峰曲。山容出雾中，秀色如膏沐。
活活激流泉，阴阴翳乔木。树密见收罾，烟深闻叱犊。
春畦响桔槔，晓屋鸣机柚。儿女各辛勤，淳庞古风俗。
绘以遗子孙，艰难在心目。

癸丑暮春客都门，凌水衡年兄赋诗见赠，依韵奉酬四首。去秋武昌，曾相遇于凌年伯署中

太液波寒柳絮飞，联吟花里送春归。秋帆犹记怀君处，一点潇湘月到衣。

又

曾鼓瑶琴汉水回，离离秋草伯牙台。输君帽插宫花日，恰值春风金带开。

又

最爱归耕五姥峰，一犁春雨好扶筇。故人异日如相访，并坐寒流石上松。

又

吟我幽居玉照林，怜君雅调最清新。小窗香雪空蒙夜，领略家山别样春。

美人风筝，和汪秉耕韵

谁剪朝云淡复浓，吹嘘直入九霄中。最怜弱骨珊珊态，可奈清凉玉宇风。

又

掌中裙绡唤留仙，紫袖昭容近日边。多谢东风提挈力，良缘只待一丝牵。

又

奔月行云各杳茫，风清莫怪大颓唐。生来自是凌空质，肯逐轻扬柳絮狂。

又

五铢衣袖自鲜妍，一缕朱绳系足偏。缥缈举头天际看，前身定是步非烟。

题《黄海图》

吹尽西风石骨寒，清癯矫首出云端。最怜绰瘦多奇态，我欲移将袖里看。
（飞光岫）

又

倒挂苍崖崛强容，曾经豢养雪霜浓。何由蹑屐云深处，笑指蜿蜒掷钵峰。
（扰龙松）

又

云气相连望欲无，崚嶒壁立两峰孤。许多鳞鬣风涛动，争向天西攫火珠。
（西海门）

又

鼎湖飞去几时还，曾堕苍髯万仞间。却恐阴崖留不住，掀翻雷雨劈空山。
（破石松）

又

擘窠飞动势何如，苍颉当年奉敕书。只解周秦寻古篆，谁从蝌蚪觅仙居。
（仙人榜）

题小鸟扇头

自刷花毛荡漾奇，上林无限绿阴垂。如何求友春风后，犹占萧萧落叶枝。

又

静立寒枝爱羽毛，琼林未许一枝巢。殷勤求友无穷意，莫怪东风絮语劳。

为鹤孚弟题《寒林图》

烟散月华清似水，霜凋树影不成阴。凄凉三匝飞初定，记取啼乌盼子心。

癸丑初秋携儿健寓进修堂。偕家干屏叔、吴季元同学兄及鹤孚弟联榻论文十余日，临别赋此

偶聚将离意黯然，长留别梦碧池边。输君磨炼多奇气，愧我迂疏困石田。话旧缠绵灯欲灺，论心款曲酒频添。升沉转眼浮云过，领取秋声月满天。

又

踏遍关河气浩然，深情只恋蕙兰边。论交愿励千秋谊，就养犹艰二顷田。欢意渐随凉月减，离愁还与暮云添。何时狎浪登高阁，醉看飞龙落九天。

又

鬓毛相视各苍然，犹记垂髫璧沼边。捧日同怀倾藿志，锄云尚觅种芝田。
殷勤砚席频商确，珍重离弦自减添。最羡阿咸珪玉器，盈盈秋水隔长天。

《鹤和图》为鹤孚弟题

仙禽静护碧芙蓉，清唳遥闻玉女峰。六翮欲飞频拂拭，九皋相应自春容。
悠扬响入迎风竹，骚屑声和架壑松。我亦养雏深谷里，瑶台可许远追从。

归里后寄竹舫四叔，仍叠前韵

合离如月不长圆，松影归来养大年。献玉敢言犹在璞，掺刀自笑本非铅。
长途赠策惭知己，陋巷安贫慕昔贤。遥想素书清夜读，临风念我定茫然。

又

旅况初尝白露天，遣怀端赖旧诗编。凄凉游子灯前梦，珍重慈亲手上绵。
归日每愁经旧馆，别时偏恨阻离船。行藏无限关心话，不尽松花半寸笺。

《天风海日图》歌寿吴蔼园

颎洞风吹尾闾穴，天吴喷薄飞银雪。鲸宫贝阙静沉沉，扶桑夜半天鸡咽。
须臾海面涌金丸，晃耀霞光赤如血。波翻浪拂鼋鼍惊，阴火潜烧天地热。
羲和叱驭过三山，紫蘘丹蕤迎绛节。击鼓冯夷唤烛龙，扬鳍吐焰金绳裂。
纷纭海怪献珠盘，缥缈江妃鸣玉玦。凌空俯视青茫茫，几点蓬壶如蚁垤。
丰溪有客气雄豪，长鲸量吸沧溟竭。两年嬉笑酒垆间，醇醪雅意深相结。
惭予奔走鬓毛苍，倾阳葵藿心徒切。天池倦翮困低垂，顽钝行踪如跛鳖。
何由濯足向东瀛，万里罡风舟一叶。乘兴同登观海楼，松涛绕槛声骚屑。
空中蜃彩忽离奇，水底蚌光争变灭。百尺珊瑚拂钓竿，巨鳌跋浪犹堪掣。
琴高赤鲤笑相迎，采药安期欣可接。我歌君舞各婆娑，醉击云璈娱大耋。
他年是愿果能酬，布袜青鞋从此决。只今骚首壮心违，捧日襟怀何处说。
玉箫曲尽彩霞生，长啸一声空激烈。

题侄铨《归鹤图》

菰米初香云水村，乾坤空阔任飞翻。旧巢冷落孤峰里，偏恋当年拂拭恩。

题《碧波小艇图》二首

隔绝尘埃修竹庐，只余清梦狎沙凫。一声咿哑沿波去，愿访披蓑旧钓徒。

又

四面烟波浸翠鬟，扁舟终日看青山。盈盈秋水伊人宅，未许沙禽浪往还。

题画

爱向东风筑草庐，白云秋静读仙书。松风飒飒飞泉响，正是樵歌出谷初。

为虚斋叔题北宋范中立画

平生丘壑心，探幽神健旺。谁与拂生绡，写此秋山旷。
寒溪澹无声，叠岫青相向。荒凉堡戍空，险隘江城壮。
细栈萦秋毫，飞泉鸣绝嶂。树色带行人，波光凝旅榜。
云随渡岭僧，烟散收罾舫。淳朴野人家，包络溪流上。
竹影覆低檐，松风响寒浪。斜阳酒舍香，乱石清流漾。
密荻出渔歌，小桥通牧唱。疑逢皇古初，真意未凋丧。
劳生动息分，喧寂两皆忘。绘事得微茫，幽襟殊涤荡。
吾亦有敝庐，桂柏浑无恙。花明载酒船，草软登山杖。
清吟鹤自知，胜地鸥相让。何必浪远游，关河空莽苍。
尚恐心迹违，长歌默惆怅。

题友人小影

只余老鹤识清癯，煮石餐霞记得无。绝似寒云南岳里，万峰苍翠拱跏趺。

题侄铨诸画册

古今工画者多矣，唯品格孤高，乃留名后世。盖其胸怀旷澹，不屑妩媚逢时，取悦俗目，故能意境超妙，直造古人。癸丑秋，坐物外阁，观任铨作画，偶论及此，并系以诗，画意吟情，寄托深远。知任铨拂纸落墨时，必有欣然神会，与予相视而笑者！

  自有鱼虾侣，招呼避世喧。寒山知傲骨，秋水识真言。
  清梦兼葭地，生涯烟雨村。须何更弹铗，觅食向朱门。

又

雪花如掌压船时，晓日荒凉出树迟。冷骨自甘蓑笠稳，幽怀只爱水云宜。
一溪霁色明渔网，万里寒光入钓丝。多谢灞桥招往意，回头恐负白鸥知。

又

春风同记访瀛台（癸丑暮春偕任铨入都，游金鳌玉蛛），细柳新蒲眼界开。指点湖光空阔处，马蹄曾踏落花回。

又

金碧峥嵘太液波，玉鞭犹指故山多。凤城春色吟都遍，肯向乌衣羡绮罗。

又

  出岫情多幻，归山迹已分。何妨同辟谷，踞石看残云。

又

  回首曾游处，斜阳跨短鞍。碧云孤岭峻，红树古城寒。
  湖海心期壮，关山行路难。何如归旧隐，松竹自平安。

赋得云里帝城双凤阙句意，贺瀛山弟入泮

金碧觚棱望里分，郁葱佳气日氤氲。曾从羽翼通贤路，自有雍喈佐圣君。
三殿丹心思捧日，九霄彩笔奏凌霄。已欣璧治香风起，愿向瑶台羡冠军。

又

苍翠西山拱北平，阿翁曾踏赤霞行。峥嵘帝子黄金阙，缥缈仙人白玉京。
聘币愿求真国士，弃缥原是旧书生。彩苞从此培长翮，千仞翱翔入紫城。

仰节母煅词

清阴慈竹一帘垂，曾向璇宫诵女师。宝瑟弦哀风雨泣，金刀血渍鬼神知。
皤娑鹤发夸陶母，炳耀麟经纪伯姬。愧附谢庭群从末，捧觞何处采青芝。

又

九疑风雨降湘灵，高节嵯峨倚玉屏。惨澹肉糜晨捧药，辛酸丸胆夜传经。
玲珑杖影鸠头祝，缥缈箫声鹤背听。老尽碧梧霜雪后，巢成已有凤凰翎。

又

璧台衣剪赤城霞，历尽冰霜发已华。掌上愁擎珠有泪，臂间瘢合玉无瑕。
青鸾影里三生梦，彩凤声中四照花。最是蓼荼都食遍，金盘五色饷仙瓜。

宋母程太君节孝诗（集唐）

宝钗分股合无缘，水不西归月暂圆。夜雨自催双鬓雪，秋声长在七条弦。
身非精卫思填海，囊贮闲云欲补天。彩诰已看荣寿考，绛帷环佩立神仙。

又

湘竹斑斑湘水春，瑶钗何日不生尘。愁将玉笛传遗恨，暗掷金钱卜远人。
屈指不堪言甲子，夜深犹自守庚申。自从大士传心印，便是莲花不染身。

岳父大人寿词

登龙角卯早周旋，爱我殷勤种璧田。栗里彩衣新岁月，谷城黄石旧神仙。
玉壶春酒逢人日，宝瑟清歌诵大年。幸向谢庭陪末座，流霞沉醉百花天。

又

几年离梦洞庭波，洛社归来发已皤。龙马精神犹健旺，凤麟器量本宽和。
星辉南极飞青雀，日暖东山佩紫罗。安得天孙梭五色，织成锦绮渡天河。

又

一帘香雪月初明，鸠杖徐扶谢送迎。老友欢邀同话旧，诸孙笑颔不知名。
交游侨札声华重，姻娅崔卢地望清。愿向瀛台乘彩翼，玉箫声里祝长庚。

程母黄汪两夫人双节诗

霜冷鸰原损羽毛，最怜冢介励清操。望云魂魄思亲苦，待月针纫课子劳。
一室影形相慰藉，三更风雨各悲号。谁将湘水英皇怨，和泪书成五色毫。

又

寂寞孀闺缟素裳，自甘蓬鬓历风霜。栽成连理悲鸳冢，借得余明照蟹筐。
洗手羹汤勤侍养，同心荼蓼各分尝。那堪对泣麻衣夜，不待啼猿已断肠。

和宝婿莆寄怀诗二十二韵

惝恍灯前梦，低徊别后思。临风怀聚散，见月几盈亏。
雅尚人谁识，深情尔独知。声华非所竞，清旷自相期。
最忆经传出，曾怜捧袂随。论文夸敏悟，信古绝狐疑。
听雨同联唱，拈花独问奇。骊驹过别浦，翡翠劝春卮。
柳折离亭远，帆飞震泽迟。河冰嘶马渡，岱雪放鞭驰。
垂翩金台后，端居锦里时。殷勤贻雅咏，悱恻恋恩私。
幸有邻堪结，何愁室尚离。移家虽有待，聚族实于斯。
斗室容吟啸，肩墙任览窥。自甘高卧稳，翻悔远游危。
意气摩空剑，行藏满箧诗。锄兰堪自主，种竹更招谁。
恬淡忘荣利，迂疏守距规。已知无俗累，未免有情痴。
爱日欣相托，孤云任所之。勋名金鉴业，愿汝力扶持。

集唐贺入泮

早攀霄汉向云衢，学语还称问字徒。物外搜罗归大雅，颔前探得讨明珠。
三槐荫绪庭前见，八桂林香节下趋。彩笔高腾云汉表，羽毛终日羡栖梧。

又

瑞锦裁成五色毫，衡阳纸价顷能高。玉经磨琢方成器，沙恨无金尚待淘。
神藻飞为鹡鸰赋，文章分得凤凰毛。桃花潭水深千尺，引手何妨一钓鳌。

又

风流柱史众知名，长觉风雷笔下生。九曲骊珠应照乘，三开文镜震登瀛。
十年摩揣纵横就，一日翻飞次第荣。白岳野云随马去，天街飞辔踏琼英。

挽吴节母何太君（集唐）

霜鬓如丝事似麻，哀猿啼处两三家。孤村细雨慈乌泣，古墓斜阳吊鹤嗟。
蜡炬烧残犹有泪，灵萱萎去更无花。可怜湘水留遗恨，已上星津八月槎。

又

玉娘湖上月应沉，唯有啼乌伴夜砧。紫府有名同羽化，瑶台无处可追寻。
落花锦绮论长怨，隔叶黄鹂空好音。还似洛妃乘雾去，十洲仙路彩云深。

吴竹斋年伯挽词

燕市春寒共酒杯，长吟岏峸话归来。如何玉局游仙去，正值金台捧诏回。
春相凄凉停下里，碑铭炳耀出中台。九原尚盼忠君国，珍重皋鱼泪眼开。

又

相逢两度值南薰，松竹风姿远世氛。草笠才吟黄海月，蒲帆又挂宛陵云。
百川曾羡长鲸量，三尺旋悲吊鹤坟。雨雪只今游皖水，玉壶谁与劝殷勤。

又

銮坡频诵白华音，恋阙还因劝勉深。一曲桑榆遗老宅，三年葵藿待臣心。
东山已作乘箕梦，北极曾怜爱日吟。正是九霄冲彩翼，霜风偏陨碧梧阴。

又

万竿苍翠过君庐，想见琅玕手植初。直比夔龙金鉴节，光分班马玉堂书。
勋名尚待泷冈表，花月犹留绮里居。试问空山攀树泣，凤池相望意何如。

赠宛陵张莲洲使君（集唐）

冰壶一片映闲庭，风度何人似九龄。露冕劝农春带雨，羔裘退食夜逢星。
胸怀朗月辉山泽，诗伴孤云卧敬亭。宛水偶来书画舫，知音还有子期听。

又

东下钟陵第一州，彤幨皂盖古诸侯。昭明选阁星临浦，谢朓裁诗月满楼。
玉唾家藏三万轴，牙籤架插九千秋。门间多有投文客，取尽珠玑碧海愁。

题方莲北小影

一卷崆峒赤玉文，行歌带索踏斜曛。山中岁月青芝老，世外生涯白石分。
风静空岩松弄影，草香幽涧鹿呼群。自惭去住违初愿，回首东峰负白云。

奉和竹舫叔见怀四绝句

近水桃花绿半泓，倚楼无恨忆君情。几时携手楼边过，吟向红霞影里行。

又

嘹唳飞鸿汝水东，风沙不与故乡同。遥知弟唱兄酬夜，细话乡山蜡炬中。

又

鹅溪几幅寄来迟，点染溪山问墨池。曹霸丹青郑虔笔，家贫定有素交知。

又

东阁彩云调瑟日，北楼明月啸歌时。平生浪迹关河意，只许秋风宝剑知。

长至日瑞雪望阙瞻礼，和宛陵张莲洲使君韵

晓踏琼瑶过郭南，寒光先拂谢庄簪。阴凝地脉知初结，阳复天心已可探。
积向程门刚尺五，飞来嵩岳恰呼三。北楼更觉山如画，容我高吟醉晚岚。

又

天坛苍璧祀郊南，遥想寒凝翡翠簪。鹤氅梁园人正集，骊珠赤水客频探。
恩光倚马依骢五，诗绪如蚕吐茧三。最爱谢庭吟絮后，万家烟火涌晴岚。

雪后登北楼望敬亭诸山

登楼顷觉豁尘氛，清旷溪山带夕曛。政暇何妨吟霁雪，身闲直欲化孤云。
峰横女几烟中出，水落双桥树里分。内史风流今再见，愿将余韵继诸君。

又

高斋寒雨积迷蒙，倚槛今朝霁景融。铁马冷飘诗韵里，晴螺翠落酒香中。
一门风雅逢张绪，四座清言慕谢公。醉问麻姑山远近，骑鲸愿访万峰东。

登南楼

霜寒木脱远山多，童冠登临共踏歌。爽气西来随野鹤，虚窗北望揖晴螺。诗从落叶声中得，人在云林画里过。好待杏花春雨后，凭栏绿野看烟蓑。

又

满楼清景绕崇冈，古木昏鸦带夕阳。旷野云消天淡碧，寒塘风静水空苍。身闲最爱寻幽境，岁暮都忘在异乡。指点北楼相望处，人烟橘柚两微茫。

登鳌峰

几点飞鸦带子还，振衣人立白云间。数家渔父斜阳屋，一发麻姑淡墨山。行矣诗怀真旷远，归欤流水自潺湲。深知造物怜慵拙，容我跻攀尽日闲。

又

溪山明秀碧芙蓉，暮霭朝烟淡复浓。风动白苹归钓艇，寺藏黄叶出疏钟。谁移北极天中柱，曾戴东瀛海上峰。笑语从游二三子，舞雩归咏且从容。

游鳌峰寺

夹路疏林曲径通，缭垣衰草旧琳宫。万家烟火僧床外，四面云山佛髻中。野色荒寒喧暮雀，乡心嘹唳托归鸿。凭高领略风光美，袖得新诗问谢公。

又

觚棱峰脊郁参差，俯视空蒙万象奇。山势螺纹旋指掌，波光镜影澹须眉。烟迷古渡行人小，叶滑危桥叱犊迟。稽首空王频默祷，愿移蘅杜共香畦。

题《乘风破浪图》集唐人句十首

并序

　　山阴宗益夫先生，气盖沧溟，胸吞云梦。十年旅迹，长留放鹤之船；万里烟荒，愿访无龙之国。当夫天吴鼓浪，河伯驱风，奔腾而海水群飞，黯惨而乾坤变色。涛惊雷吼，鲛宫之倾倒如山；鼍作鲸吞，贝阙之掀翻似雪。指孤帆之一点，蜃气苍茫；吹怒浪之千重，冯夷眙愕。而先生独风神跌宕，酒态萧骚，意气凌空，歌声激烈。盼婷婷于艄尾，我见犹怜；

经出没于潮头，君还无恙。夷犹一叶，是雄心击楫之秋；欸乃数声，正纤手收帆之地。嗟乎！茫茫天堑，到处风波滚滚；寒江长流，日夜唯深沉之器量。乃履险而如夷，有浩荡之襟怀；自孤征而退往，送美人兮南浦。知君才可济川，吟雅咏于北楼，待我身随鼓枻，云尔！

旧事仙人白兔公，文章似锦气如虹。烟开鳌背千寻碧，日落平沙万顷空。
宝剑藏锋埋夜雪，布帆无恙挂秋风。江间波浪兼天涌，欲鲙霜鲸大海东。

又

醉倚秋风忆钓鲈，几时归去片帆孤。云连绿树山横楚，舟拥夷光夜入吴。
物外搜罗归大雅，颔前探讨得明珠。钓竿欲拂珊瑚树，能到茅庵一别无？

又

城南十里有香泥，天下风光数会稽。姑射真仙贻沆瀣，上元羽客出桃溪。
千秋钟鼎浮云外，六代江山碧海西。百幅锦帆风力满，玉壶春酒正堪携。

又

为爱南游缩项鳊，葛巾欹侧未回船。沧波一望通千里，客路秋风又几年。
夜驾苍虬来黑水，狂歌白鹿上青天。东将入海随烟雾，唯有山阴九万笺。

又

红霞远照海涛分，青翰舟中有鄂君。楚水兰荪芳泽远，吴宫花草夕阳曛。
一弹流水一弹月，半入江风半入云。自是君身有仙骨，酒痕香污石榴裙。

又

锦帆风起浪花飘，三峡星河影动摇。遂有冯夷来击鼓，偶逢秦女学吹箫。
灞陵散失诗千首，彭泽初归酒一瓢。大海龙宫无限地，半年何事驻兰桡？

又

江天鼍鼓应雷霆，云水长和岛屿青。永忆江湖归白发，愿随鸾鹤入青冥。
胸无城府神皆仰，夜读沧洲怪亦听。一棹冷涵杨柳雨，家园修禊想兰亭。

又

石头城下浪崔嵬，不尽长江滚滚来。英略每思天下任，安危须仗出群才。
云山且喜重重见，竹叶闲添满满杯。帆去帆来风浩渺，鸡鸣堞口绣襦回。

又

过尽南塘树更深,太湖烟水绿沉沉。云浮洞壑迷溪鸟,月冷菰蒲散水禽。振鹭可为高士颂,冥鸿岂向弋人寻。波摇岸影随桡转,行矣关山方独吟。

又

百口同乘范蠡舟,素琴孤鹤尚闲游。春随流水三分尽,日带残云一片愁。登阁共看彭蠡水,风帆不断岳阳楼。洞庭湖阔蛟龙恶,一点沙鸥胜五侯。

宛陵岁暮归里,留别敬亭山长

策马乡山几日程,低徊长念谢宣城。才看雨雪挥鞭去,已约梅花载酒迎。凉月白驹甘久絷,春风呦鹿共和鸣。曾分太守清廉俸,载得玲珑瘦石行。

又

群峰秀色落危栏,南北楼中已饱看。怀古绸缪倾肺腑,论交豁达露心肝。宾朋聚久吟成帙,子弟从多累授餐(明春将挈子侄同至)。国士相期何以报,愿扶彩凤碧云端。

和弟凯、弟鉴赠行原韵

无穷大业在青毫,敢惜经斋劝勉劳。转盼空蒙香雪夜,重来凉月饮春醪。

又

落照寒峰路转悠,倚门悬望敢迟留。诗书愿尔勤鞭策,并跨长安玉踠骝。

又

金镜传家有彩毫,春风何敢惜微劳。归时细话缁衣雅,醉我深情胜美醪。

又

北楼回首重逡巡,寒柝声中絮语谆。博望星槎知不远,银河同访彩云津。

又

愿惜分阴理素毫,征途莫念马蹄劳。寒灯夜雨书声远,野店何心问浊醪。

和凯弟韵

入室最怜倾耳听,窥墙自愧及肩低。缠绵赠我河桥曲,春柳新莺与尔期。

竺荫楼诗稿
卷十

花朝日宛陵公祈晴立应，喜而赋此

啼残布谷脱烟蓑，喜见麻姑拭翠螺。五马精诚驱屏翳，百花含笑待阳和。疏帘鸟闹春风静，绿野人耕落照多。试问罗裙挑菜地，几时徐听踏青歌。

又

远近春山展画图，轻烟渐欲敛平芜。朦胧鸟爱花阴睡，淡荡风从弱柳扶。碧树影中鸠唤妇，香泥滑处燕将雏。使君揽辔桑田日，可有提笼采叶无？

和湛恩堂咏梅花

独向无人觉处馨，枯根只有鹤翎腥。影从澹月痕边瘦，叶在微霜剪后零。爱冷只应藏雪屋，留香谁与护云屏？逋仙一去无消息，欲往孤山更勒铭。

二月十六日偕诸弟侄复游南楼鳌峰诸胜，仍叠前韵

画意诗情出郭多，绿杨风里听弦歌。野塘饮水驱黄犊，渔艇依沙网白螺。酒熟鸟从深树唤，衣香人踏落花过。老农已课春耕罢，静向松根晒钓蓑。

又

柳绕清溪花绕冈，谢公雅化遍陵阳。青藏茅屋桑麻密，翠染僧衣桧柏苍。野性久亲鱼鸟地，新诗多在水云乡。谁将淡墨倪迂画，写遍春山各杳茫。

又

野鹿呼群谷口还，数家流水古松间。红迷夕照看花艇，绿满东风载酒山。到处催耕啼布谷，有人濯足听潺湲。遥知锦里蒸霞遍，却让春鸥傲我闲。
（壬子岁曾植桃花百株于翠微山庄。）

又

敢夸初日照芙蓉，诗兴还如酒兴浓。客到梵音烟际寺，鸟知斋饭午前钟。还思蓍屐残红路，共访披裘积翠峰（积翠峰名瞿硎先生披鹿裘隐此）。独有使君劳抚字，登临未暇看山容。

又

菜圃娇黄曲折通，飞尘不到鸽王宫。日斜漠漠花阴外，春在蒙蒙柳絮中。十里香泥招乳燕，半生游迹羡冥鸿。滋兰树蕙无穷意，愿执松枝问远公。

又

鱼鳞雉堞各参差,指点文章大块奇。蜡烛烟轻莺刷羽(唐句"日暮汉宫传蜡烛,轻烟散入五侯家"),剪刀风细柳如眉(唐句"二月春风似剪刀")。

海天空阔襟期远,林壑清幽步履迟。满眼春光应爱惜,殷勤莫负种花畦。

清明日偕诸弟侄及宛陵诸友游敬亭山翠云寺,用少陵游何将军山林韵

曲径初幽僻,攀藤渡石桥。松风寒古寺,樵路出重霄。
废碣寻僧访,山禽向客招。空蒙青不尽,春树万家遥。

又

香阁云中静,山容雨后清。野花香趁蝶,新柳绿藏莺。
客饱青精饭,僧餐白石羹。凭高长啸处,直欲御风行。

又

孤榻寒云借,危楼独木支。猿窥花外路,鹿饮竹边池。
暮色江帆远,禅心野鹤知。楞伽携一卷,静倚树根披。

又

冷碧长松路,娇黄野菜花。树深啼老鹳,峰乱斗修蛇。
客倦楼堪卧,僧贫酒可赊。异乡知己聚,风月便为家。

又

群峰天际合,双塔望中开。渡尽湔裙水,吹残玉笛梅。
人从深竹出,鸟带夕阳来。醉叱猿磨墨,题诗拂石苔。

又

积发迷烟树,鸣琴响石泉。诗情同旷远,雅韵自缠绵。
各领山中趣,分携杖上钱。他年离梦远,犹忆此清川。

又

少女风才暖,王孙草已香。名贤修禊雅,胜地舞雩凉。
晚磬林风散,山城绿树藏。额珠楼上立,云水自空苍。

又

梨花寒食酒，杨柳习家池。散诞连吟袂，风流倒接䍦。
将雏怜燕子，出谷爱莺儿。况复偕童冠，林泉镇日随。

又

翠接双羊树，青留叠嶂云。槛前山入画，花下客论文。
莫厌归途晚，还愁别路分。疏林回首望，宿鸟已纷纷。

又

流水知吾意，青山奈汝何？碧云乡梦远，黄鸟好音多。
浊酿何妨醉，春衫共踏歌。还期菊花日，载酒共经过。

殪虎和宛陵公

择肉眈眈豁两瞳，渡河谁料竟途穷。狐威自遇仁风息，猿臂非关射术工。
诉牒心原怜赤子，驺虞化已及昆虫。奸豪革面皆良善，慎勿横行与此同。

题画鸡

辛苦诸雏待哺情，绿阴日盼羽毛成。他年记取朝天处，好听金阶第一声。

和孙澹园见赠游敬亭山原韵

对语幽禽乐意关，春花明媚镜中颜。松藏鹤梦钟敲醒，柳带莺儿客可攀。
返照渐红双塔影，东风吹绿一痕山。最怜温雅偕佳士（时令嗣义斋同游），愿向高斋日往还。

赠孙义斋弟式（后易名国琳）

怜才谢守意相关，敢说春风可铸颜（用《法言》"铸颜回"语）。香草深心频种植，琼花转盼易追攀。
好从大业传金鉴，最爱端凝比玉山。念旧他年如访我，碎云峰顶浩歌还。

又

鱼钥将收试院关，不因烛地动愁颜。英才喜我能相识，雅度如君未可攀。
量比百川宜纳海，功须九仞始成山。萧然琴鹤衙斋冷，采得明珠赤水还。

诵芬书屋寄怀鹤孚弟，仍叠昔年赠别原韵

新文展读夜深余，诉尽离愁月里蛩。折柳忍忘歧路语，听松还向故园居。
怜君奉母乌巢梦，嗟我怀人鲤腹书。欲问别来行止意，遥遥直待雁飞初。

又

已合仍离恻恻吟，怀君何处托青禽。每从烟月思前梦，肯使云山隔寸心。
种竹尚思听旧雨，惜花无奈怯轻阴。茫茫别恨知何似，百顷春波未是深。

又

负笈原难慰倚门，追随知尔恋西园。遥怜踊跃挥鞭发，又恨苍茫落照昏。
离隔每愁闻雁信，翻飞虚说逐鹈原。低徊泰伯祠西树，可记临歧握手言。

又

费尽深心托绿波，水流花落竟如何。宁虚隙地滋兰蕙，肯舍贫交羡绮罗。
念旧不因离别减，怜才偏向弃捐多。秋风燕子归来后，尚盼同游共鼓歌。

谷雨后五日，和宛陵公耕耤田原韵

回首瀛台献赋殷，曾瞻黛耜九重勤。人游梁苑逢寒食，犬吠花村劝耦耘。
五马吟归松舍月，一犁锄破板桥云。山城处处安耕凿，绘就豳风答圣君。

又

北关劳农教稼殷，东郊劝课竭忠勤。垂杨影里青纮耒，布谷声中绿野耘。
炊黍关心怜白屋，腰镰转眼割黄云。遥知父老壶浆献，马首温颜仰使君。

又

南阳户口渐繁殷，喜见贤侯率作勤。扶杖共闻凭轼语，披蓑敢惜荷锄耘。
遥瞻青盖归残照，倒跨乌犍看暮云。消受圣朝耕稼福，愿将淳朴报吾君。

集兰亭记字游敬亭山

快与同人集，幽亭仰昔贤。春山怀朗咏，流水听清弦。
岭竹生虚日，风林带暮天。无嗟游兴倦，盛会在今年。

集归去来辞送春

景尽人将老，春归鸟未知。来时虽已盼，去路欲何之。
寄恨非无酒，关心独有诗。携琴登壑倦，倚杖与云期。
西日还迎入，东风不可追。愿言怀往事，自觉问途迷。

又集绝句述怀

倚门游子盼征衣，出岫孤云尚未归。倦鸟不知春已去，风前犹自向人飞。

又

诗成酒尽复临流，倦鸟孤飞尚自留。我欲载将春恨去，行云天远有归舟。

初夏宛陵府署送赋苕水周三敬闻归秦淮

飞絮离亭酒一尊，玳簪人散孟尝门。挑灯曾话怜才意，拭剑同怀知己恩。
几曲清歌花影梦，半窗凉月墨香痕。北楼忆我凭栏立，回首山城绿满村。

又

螭子闺中上绣裙，镜台归去日殷勤。梦随桃叶听双桨，人比垂杨瘦几分。
旧巷乌衣寻落照，离歌玉笛咽残云。伫看五马重临日，桂棹兰桡远待君。

挽汪太君

折柳金台别梦孤，归来鸠杖喜同扶。碧云宫册真妃诰，明月堂虚寿母图。
掩镜已悲鸾顾影，含饴才见凤将雏。敬亭北望乡山远，愿倩飞鸿奠束刍。

赋得似曾相识燕归来

差池弱羽夕阳天，乍见沉吟忆宿缘。怜尔重寻芳草月，思君频立隔花烟。
前游绿野情偏恋，旧侣乌衣梦尚悬。珍重主人相爱意，新巢补就又经年。

又

春风曾稳玉堂栖，绣户重来尚不迷。宛转细窥香草路，依稀犹认落花泥。
卷帘唤梦喃喃语，拂槛依人故故低。记得去年凝睇处，新雏领出画楼西。

暮春侍铨同客宛陵署中，绘《星岩寺图》。回忆春初，曾与鹤孚弟话别此地，树边僧磬，花外酒楼，握手临歧，风景依依在目。离合之感，偶触于怀，因为赋此

宛在中流烟水深，落霞犹记倚楼吟。橹声远载离人梦，帆影空悬异地心。
小阁共倾临别酒，夕阳曾照欲分襟。王孙芳草情无限，回首乡山叫暮禽。

送谈印川归吴兴

骊歌重叠饮离尊，一夜乡心入海门。缱绻自因兰蕙谊，淹留岂为稻粱恩。
鸿分别浦云无影，鹤守空巢月有痕。笑我萧然琴剑冷，只余归梦到山村。

柬宛陵公

爱士宁因逸妒违，门闲玉笋尚依依。但留慧眼怜豪杰，何必蛾眉问是非。
庭馆春风长浩荡，襟怀霁月自光辉。殷勤拂拭高梧凤，彩翼从公次第飞。

送张君衡廷往新安，附寄家书

环抱村庄指翠微，榴花一路照征衣。夕阳系马依杨柳，凉月留宾食蕨薇。
旅榻关心梧影静，乡山回首药苗肥。倚门念我慈亲盼，别梦随君陟岵归。

又

高堂相见问征途，宾馆休言旅梦孤。饮水爱依贤太守，弦歌喜聚旧生徒。
餐英耻向人弹铗，负米愁闻吏索租。问我钓舟无恙否，一竿秋水访菰蒲。

赠江侣篁（梅）

一枝琼荂自无伦，赋别文通是后身。香雪空蒙曾识面，琅玕清瘦为传神。
画眉尚待生花管，解佩初逢拾翠人。正是师门琴鹤冷，怜君雅谊日相亲。

赠朱企俞（兆梅）

五色娟娟凤正雏，龙门已见集高梧。玲珑慧舌双丸墨，照映灵心九曲珠。
圭角磨砻成琬琰，锋芒静敛即锟铻。最怜舞象趋庭日，花里论文劝玉壶。

酬孙澹园并赠嗣君义斋弟式

琴剑羁栖宛水渍，苏门长啸接清氛。怜才自信情如海，赠纻相看气似云。花萼一堂欣唱和（时联会课文），风毛五色喜连群。蹇修深意谁能识，玉篆殷勤赠使君。

又

谢公门静雀罗闲，为恋师恩日跻攀。渐喜文章成骨肉，却愁离隔忆容颜。交情已笃金兰雅，别梦难忘玉笋班。笑指麻姑长揖去，囊中载得碧云还。

赠孙绍臣（淑乙）

焦桐冷落抱云和，爨下何人为拭磨。砚席自悲登谷少，嫁衣空笑赠人多。谁怜绛县沉埋久，还向青云慷慨歌。惆怅师门恩谊重，北楼垂泪忍重过。

赠耿瑞文（楷勋）

廉吏家风惠爱殷，彩翎应有凤凰分。神清秋水波心月，气蔼春山谷口云。锦向丘迟怀里割，香从荀令座间薰。琼花领袖群英日，瀛阆仙班自待君。

赠骆甸方（大俊）

义乌才调敌宾王，弱冠纵横已莫当。怒欲摩空神飒爽，飞而食肉气昂藏。弹成霹雳琴中雨，拂尽芙蓉剑上霜。谒帝排闾知不远，御风谁借赤霞裳。

赠张芸墅（汝霖）

砚匣琉璃尽日薰，手扪麟篆十年勤。最无奈处飞花雨，若有人兮化彩云。酒后墨香夸学士，琴边鬓影看文君。西园我亦多吟兴，赋就枏榴欲尽焚。

又

写罢春江濯锦笺，洞箫宫里遍流传。谁将锦段贻平子，愿铸黄金事浪仙。折柳尚留香雪梦，餐花曾入鬘持天。几时淡月疏帘挂，静向梅花鼓素弦。

题虞美人花

歌舞销沉霸业荒，春风留得断肠香。谁将垓下凄凉泪，洒作枝头浅淡妆。

寿宛陵莲洲公

手版才抽谢玉簪，松窗清梦片时酣。风流金粉王摩诘，啸傲湖山陆剑南。品洁都忘餐露冷，交深也觉饮冰甘。曲江衮绣寻常事，愿借天孙五色蚕。

又

怀古高楼共朗吟，麻姑秀色落衣襟。三年恋阙孤臣梦，六邑攀辕父老心。玉笋初香深竹径，瑶琴静鼓百花阴。金壶沉滛生徒献，何必流霞只独斟。

题画

绿绕青围屋外峰，柴门不用白云封。空蒙树带春山雨，欸乃船归远浦钟。落照篱边依瘦竹，寒流石上卧孤松。平生野性愁羁束，回首乡山别梦浓。

北楼观夏涨，和宛陵太守韵

烟水微茫倚槛人，蛟龙怒斗宛陵春。寒更叹息愁风雨，静室彷徨感鬼神。游子关心乡信隔（时徽郡亦大水），使君垂泪爱民真。还应开阁频延访，疾苦周知达紫宸。

燕语

春风珍重感恩私，拂户穿帘总不疑。香入梨花迷晓梦，绿随柳絮觅新知。空梁冷雨犹相守，旧巷斜阳未忍离。却讶危巢重补后，密垂珠箔不容窥。

鹤梦

骨瘦雕笼别梦稀，故山长盼碧云归。由来仙唳多清远，肯许微禽话是非。远浦已愁菰米尽，乡园还忆药苗肥。好看凉月东峰上，空阔秋霄快意飞。

赠医士王用宾

药灶茶烟干梦醒，劳君频到子云亭。三年白鹤楼中客，八代青禽肘后经。
翠竹影边调玉臼，橘花香处汲银瓶。莲峰换骨知何日，愿借长镵劚紫苓。

又

经纶尽向一瓢藏，曾在龙宫授异方。偶爱看山依谢朓，岂知入市识韩康。
人分处士青精饭，室有仙家白玉粮。多感高斋调瘦鹤，秋风归路碧云凉。

宛陵归里留别莲洲使君

折柳劳劳不少停，马蹄愁踏乱峰青。乡园才盼歌琼雪，宾榻犹悬待客星。
鹤少余粮偏恋主，鸥留别梦忆传经。旅怀无限琴中诉，但愿知音仔细听。

又

击剑秋风老鬓毛，飞飞人与燕离巢。碧云自笑随孤雁，芳草还愁听伯劳。
故里花香新舞袖，邮亭月冷旧征袍。期公尚辟招贤馆，莫阻宫墙数仞高。

又

新文彩管细评论，铁网珊瑚手共扪。湖海怜才知相量，盘餐养士报君恩。
三春柳絮频开阁，六邑桃花尽在门。尚有岁寒琼树秀，栽培珍重记前言。

又

闲心偏在水云居，最爱看山得自如。但使松风容鹤梦，何妨藜火授仙书。
听鹏旅馆飞花后，饮马寒塘落叶初。曾许米家奇石赠，玲珑正好载归车。

留别诸及门弟

神清秋水淡无尘，敢说光风四座春。愿向熊丸勤夜诵，休从马尾忆劳人。
歌骊念尔情偏重，陟岵知余梦已频。尚恐归云无定迹，重来或过菊花新。
（弟凯）
英姿爱尔立经堂，饮尽铜仙白玉浆。蟋蟀秋声初判袂，芙蓉冷露已沾裳。
银瓶进酒歌三叠，金竺怀人水一方。回首北楼如梦寐，记曾凉月劝飞觞。
（弟鉴）
拾得明珠锦水波，垂髫秀骨自嵯峨。凤凰楼上拈珊管，鹦鹉窗边学雅歌。

255

爱士知公如谢朓（指宛陵太守），封侯愿尔比甘罗。一杯别酒灯前劝，自笑传经发渐皤。（弟霖）

留别义斋弟

玉笛离亭酒半酣，为君珍重且停骖。乡心已逐飞鸿北，别梦应随马尾南。
念旧花如人影瘦，悲秋蓼比客怀甘。殷勤纨扇新诗赠，犹似临歧握手谈。

又

几度城南踏绿阴，春山作赋共登临。碧云忽阻欢游约，青鸟空传怨别心。
落月怀人频入梦，秋风立马自长吟。期君静鼓花前曲，自有知音爱玉琴。

又

蓬莱消息几时通，惆怅前游入梦中。沟水只愁分咫尺，云山何似隔西东。
还思采药身堪隐，却恐滋兰愿未终。可许故交重聚否，欲将心事问飞鸿。

又

夏云高阁记同登，转眼秋江白露凝。旅迹渐如巢幕燕，归心长似脱鞲鹰。
深情爱尔胶投漆，慧业惭予水让冰。但愿抡才金镜后，论文依旧对秋灯。

又

笼开野鹤话前缘，又值离鸿欲别天。才向桂花倾寿酒，早催黄叶看征鞭。
怜君入室曾低首，笑我窥墙仅及肩。莫怪归云迟出岫，乡园亦有种瓜田。

留别江侣篁兄

明珠雅意谢群伦，琴剑萧然倦客身。暂别碧云还怅望，重来琼树倍精神。
月明远浦歌骊客，霜落空山放鹤人。但愿香风吹璧沼，论文宾馆复相亲。

八月初三日，大雨渡琴溪，溪流暴涨，桥忽中断，与舆夫同溺急流，忽上流有歌而乘筏者，获救得免。登岸后，戏赋二诗，自嘲且自慰也

正是蛟龙怒斗初，涉川灭顶意何如。尾生命已悬桥柱，郑相功还在乘舆。
化蛤几同花影雀，潜波欲逐药渣鱼。那堪野店孤灯暗，剪纸招魂夜漏徂。

又

破浪雄心尚未平,风波回首梦魂惊。何曾精卫思填石,已向沧浪赋濯缨。
岂有琴高迎赤鲤,将无太白跨长鲸。从今洗尽尘埃骨,酹酒高歌话再生。

柳风桐月轩中寄怀凯弟,时凯弟客太仓

曾劝离亭早着鞭,重来未过菊花缘。如何锦瑟频搔首,空向琼枝忆比肩。
宛水碧云悬别梦,吴歌凉月盼归船。连宵酒暖论文后,念尔停杯忽黯然。

又

桐影参差柳影横,一帘风月数归程。舟中听雨儿随父,梦里牵衣弟忆兄(霖弟每念及凯弟辄涕泣)。
谁洗砚边残墨沈,似闻花外读书声。寂寥枫落吴江夜,可识经斋伫望情。

又

握手浑忘别绪难,分飞始觉旧游欢。离心欲逐孤帆远,瘦骨深怜客袂寒。
南浦霜清应返棹,北楼雨散独凭栏。缠绵临别留端绮,珍重挑灯几度看。

又

百里云山访渭阳,啼鸟叫月易悲伤。遥知秋水长天碧,吟遍疏林落叶黄。
爱日征衫留别泪,惜阴行李有书囊。竹林回首恩勤重,莫使归驹滞客乡。

宝廷婿自震泽归里相访,适余客宛陵,未晤,赋此寄怀

目送桥西已隔年,雁来空访菊花天。凉蟾傲客圆三五,落叶如愁积万千。
金竺怀人成旧梦,翠微忆我有新篇。草堂愿尔还留榻,相约春风柳脱绵。

题霖弟画卷

梧柳深深月一湾,披图指点故乡山。他年访我松风屋,共话梧阴柳色间。

题侄铨《星岩寺图》

两岸溪光涌翠螺,离离朱绿落清波。树从佛髻痕中出,船在天梭锦上过。
冷骨愿随巢鹤梦,闲心爱听打鱼歌。何年买得青帘舫,醉看枫林落照多。

赋送宛陵公之吴门兼怀凯弟

圣恩深重载征航，敢惜江湖烟水长。早盼归帆回宛浦，愿随别梦到吴阊。
云山旅客多离恨，风雪孤儿滞异乡。可许琼花重聚否，素书珍重附行囊。

和宝廷婿寄怀原韵

经斋岂为稻粱恩，风雪归迟负倚门。旅况只余宾雁识，家贫愁向白鸥论。
梦回柳絮莺无语，香到梅花月有痕。遥想故园酬唱夜，异乡孤馆正黄昏。

又

生死论交有几人，深情怜汝最相亲。已知冰雪成肝胆，尚愿云霄迈等伦。
辛苦河汾传业重，风流洛社绘图新。谷城他日寻黄石，拱木伤心酹酒辰。

又

尺书频读夜挑灯，急难捐金羡汝能。霜冷鸰原曾共唤，风高鹏路好同升。
七歌愁绝居同谷，一赋凭谁买茂陵。惭愧机云相诉意，春风无计谢良朋。

和儿健寄怀原韵

春晖何日报深恩，代我寒暄问寝门。白发愁来凭汝慰，黄金散后与谁论。
曾因磨炼生奇气，却为恩勤有泪痕。正是艰难当岁暮，好将温语侍晨昏。

又

乾坤落拓一劳人，饥走还愁累老亲。清白一经传祖德，团圞四世乐天伦。
灯前弟妹牵衣小，座上宾朋剪韭新。贫贱玉成天有意，莫将悠忽负良辰。

又

见说同心夜剪灯，师门两代事南能。闻鸡看剑宜偕舞，跨凤吹箫好并升。
（儿健为张夫子孙婿，时与宝婿同读书夫子门下。）
广厦万间思杜甫，文章五色羡徐陵。怜才自信留双眼，喜汝西南已得朋。

赋得天涯若比邻

但使情依恋，何妨路邈绵。飞行思缩地，拔宅愿登天。
岂有流言信，深为负俗怜。梦中无羽翼，频已到君边。

和宛陵公游三元洞，留赠主僧

悬崖置屋看云兴，滚滚长江万里澄。李谢精灵还可遇，萧梁事业竟何凭。
秋随雁鹜孤帆客，夜唤鱼龙古洞僧。内翰只今悬带处，曾参玉版一枝灯。

又

虎踞龙蟠几废兴，大江东去浪花澄。数声梵呗随潮落，半曲危楼看月凭。
谁凿空青千尺壁，犹藏垂白六朝僧。遥知太守吟成后，指点渔舟隔岸灯。

岁暮送周良玉、敬闻两君归里

游子同怀陟岵情，乡心去住似悬旌。客中送客难为别，愿缓征帆一日程。

又

玉镜台前盼远人，明珠掌上倍精神。绿杨转眼新莺语，羡我归鞍烂熳春。

又

棋残酒罢说交情，黯黯高楼望去旌。别梦化为江上月，木兰舟里送归程。

又

最怜腊尽病中人，相对孤灯易怆神。（时伍铨卧疾。）犹感主人珍爱意，梅花甘负故园春。

乙卯元旦瑞雪，和宛陵公韵

积遍麻姑远近坡，履瑞已兆岁丰多。桃符暗换年光冷，椒蕊寒添酒味和。
冻合玉京三殿瓦，踢翻银海五丁靴。使君白雪阳春曲，好佐乡云复旦歌。

宛署诸公戏赌早起，予以醒迟受罚，作此自嘲

唤起梅花日影晡，卷帘人索睡乡租。输将榆荚三铢后，买得松风一枕无。
羞涩囊空因化蝶，沉酣梦醒失飞蚨。从今纳税华胥国，好与希夷访酒徒。

雨宵巡夜和宛陵公韵

听回街鼓复论文，惜士怜民念共殷。笑我萧然孤馆客，故山归梦正纷纷。

259

又

种蕙滋兰愿未忘，知予冰雪作肝肠。莫嫌玉尺争长短，赤水为公采夜光。

立春瑞雪和宛陵公韵

轻寒暗度百花前，春草池塘忆惠连（指凯弟）。立雪有人频入梦，探梅何处可垂鞭。
儿童共拥青旗出，父老争迎皂盖翩。惭愧梁园空授简，清光相傍已年年。

又

踏碎琼瑶马首前，春归台上玉峰连。试看滕六飘千里，欲唤勾芒着一鞭。
消息蝶翎先漏泄，清光鹤氅自跹翩。谢公吟咏风流甚，笑向农人说有年。

又

锁尽轻寒梦不前，灞桥何处可流连。寒光一片归珠阁，春色三分带玉鞭。
爱我琼花争点点，问谁琪树尚翩翩。东风着意相怜惜，百舌催人又一年。

六邑阅文后柬宛陵公

风尘夹袋岂容私，物色英奇未遇时。爱士相依郭有道，荐贤愿作魏无知。
最怜献玉多遭妒，尚恐投珠或起疑。叹息蕙兰非我有，花师勤种亦何为。

赋得玉人和月折梅花限韵

最怕低枝碍紫钗，花阴漏出月盈怀。心怜冷艳频回顾，手执余香待拭揩。
半点凉窥芳意动，一痕瘦爱影儿佳。归来斜插铜瓶好，蹴破清光小凤鞋。

赋得自教鹦鹉念新诗限韵

翠羽金笼挂绿蕉，簪花写罢向鲛绡。最怜慧舌三分巧，肯许朱唇半句饶。
清脆会心声渐滑，推敲得意手频招。侍儿俏立回廊听，偷取娇音次第挑。

赋得玉簪儿抓住荼蘼架限韵

镜台插后晚妆酣，满地飞英路未谙。不是潜窥花影暗，多因仰看月华贪。
鬓云欲挽蓬松乱，香雾难寻仔细探。却怪随行怎指顾，回头应怪侍儿憨。

赋得梅子心酸柳绉眉限韵

悬悬望眼到如今，无限销魂在绿阴。溅齿味回青豆小，断肠愁聚黛螺深。
画成几缕含颦色，尝得三分捻醋心。最怨落花门掩后，有人无语倚栏吟。

赋得赠之以芍药

凝睇殷勤折一枝，笑簪金粉帽檐垂。芳心脉脉频相惜，素手纤纤有所思。
解语最嫌蜂子闹，定情只许蝶儿知。绣帷好与深深护，莫使春风袖里吹。

赋得无使尨也吠

春风吹彻玉壶心，解意猧儿恋主深。绣户莫惊飞絮梦，金铃静系隔花阴。
朦胧正稳香篝睡，断续休和月夜砧。青粉墙边垂柳里，肯容蜂蝶浪窥寻。

清明归里留别宛陵公，即用去秋原韵

宾斋情重愿长停，先陇难忘拱木青。啮指老亲频计日，关心游子急披星。
梨花寒食春将尽，芳草邮亭客倦经。最喜绿杨风里路，莺儿密唤已堪听。

又

爱惜娟娟双凤毛，落花何忍恋归巢。春风投辖情偏厚，夜火传经梦亦劳。
座冷只存鸲鹆砚，囊空欲典鹔鹴袍。唯应鲍叔还知我，远汲西江雅谊高。

又

升沉旧梦忍重论，感慨曾将宝剑扪。彩笔竹林怀旧爱，瑶田香草感深恩。
尚怜未吐凌云气，可许长窥立雪门。爱士知公湖海量，绿阴休听伯劳言。

又

回首松风白岳居，长卿四壁欲何如。未成驷盖题桥志，且读龙门货殖书。
赠别舞丝搓线后，重逢金带放花初。迟来尚有黄杨闰，莫怪劳人暂息车。

赠处士孙二吉先生

弱柳低垂高士庐，定交长忆杏花初。云霞访遍延陵客，金石收全汲冢书。
采药几曾轻入市，逃名还见避征车。深情饮我醇醪美，春雨荒园自剪蔬。

又

风雪伤心道已孤,师恩犹自说淳湖(先生曾从高淳张彝叹先生游,为收辑遗书行世)。躬耕烟水柴桑地,手校春秋繁露图。
爱画已传新令子(令嗣念劬善丹青),著书谁识老潜夫。阿咸更是青云器,愿护娟娟小凤雏。

又

拂袖侯门抱膝吟,萧然傲骨狎沙禽。家藏食墨颠仙砚,室有无弦靖节琴。
怪石如人供榻右,远峰似髻露墙阴。愿言鼓枻龙溪路,侍坐高轩论古今。

和澹菊斋主人赠别原韵

愿得媒成萼绿华,玉壶邀我醉流霞。还调濯锦秋江水,好探泥金上苑花。
夕照骊歌归白岳,暮云鸟道入褒斜(主人时将入蜀)。重来话别荼蘼落,珍重春风旧绛纱。

和苕溪居士赠别原韵

清风同伴使君车,宾署联吟烂熳花。别梦忽生红杏雨,仙游久负赤城霞。
敲棋爱覆鸳鸯劫,得食欢听鸟雀哗。忆我绿杨沽酒店,歌声一路采新茶。

和鉴弟赠别原韵

四海交游即是家,鹿门何日得餐霞。谈经有志思分芋,负郭无田可种瓜。
量广最宜川纳海,功深莫使饭搏沙(出佛经)。竹林讲授频虚听,慰我劳人别梦遐。

和霖弟赠行原韵兼怀凯弟

经斋风雪久忘家,触我乡心二月花。慧悟最怜新佩鞢,门风须念旧堤沙。
不甘舞勺凌云壮,也解歌骊折柳遐。肠断去秋歧路送,有人含泪滴流霞。

水阳舟中即事

烟水微茫夜渡寒，月如人意亦团圞。已通北郭清波路，犹意南楼隔岁欢。
别话转长更转短，孤篷偏小梦偏宽。良朋快聚知非偶，可忆从前会面难。

又

渔村历历水云边，月影三人恰一船。醉诵新诗怜至性，神交异地结英贤。
窥人燕子从谁觑，避客鸥儿已熟眠。此后思君如鼓枻，春波相约愿年年。

又

长堤疏柳快登临，消尽离愁踏绿阴。抱璞不忧知雅量，赠珠无力负初心。
苍苍烟树宜图画，淡淡云山入朗吟。传语篙师徐理楫，还愁到岸又分襟。

留别义斋弟，即用去秋原韵

莺儿出谷梦初酣，又整征衫跨短骖。杨柳微风寒食后，杏花疏雨板桥南。
凌云志气磨偏壮，似水交情淡益酣。无限别怀倾吐尽，木兰舟里纵清谈。

又

归欤南浦树阴阴，爱尔招邀顷刻临。愿授云霄千古业，还坚金石一生心。
卖花深巷春初老，飞絮离舟客苦吟。安得松崖同结屋，清泉翠壁鼓瑶琴。

又

南湖百里片帆过，曾话生涯烟水中。种秫已求彭泽地，贸丝犹在洞庭东。
玉屏鹤梦斜阳远，碛石渔歌暮雨终。可有春风相赠否，好音为我诉归鸿。

又

浪险龙门暂未登，终思衣钵与和凝。甘为入幕三春燕，直送抟霄万里鹰。
但得经斋长立雪，何妨宾馆共餐冰。阴符一卷曾相授，愿尔沉潜课夜灯。

又

骨肉交深有宿缘，前生应住鬘持天。同分翡翠生花管，共赠珊瑚折柳鞭。
榜放蕊珠空稽首，楼修棣萼喜随肩。家园亦有躬耕地，回首关心种玉田。

263

游日新园，用少陵何将军山林韵

怪石皴危路，清溪覆小桥。蒙茸花作态，崛强树凌霄。
水向空亭抱，山从复阁招。匆匆游屐过，回首碧云遥。

又

北海声华重，东山地望清。花边同扑蝶，柳外共听莺。
淡月金壶酒，春风玉版羹。夜深犹秉烛，醉绕石栏行。

又

海棠帘外路，着雨落燕支。翡翠巢高阁，鸳鸯浴曲池。
石宜将笏拜，花待问名知。更爱荷香发，凉风袂可披。

又

树倩倪黄染，亭园姚魏花。投壶歌白纻，说剑拭青蛇。
领略幽居美，都忘旅路赊。水云清旷处，疑入地仙家。

又

桃蕊蒸霞密，梨花带雪开。人方歌折柳，春已及残梅。
燕子窥帘入，鸥儿狎客来。樱桃红熟未，狼藉遍青苔。

又

种竹开新径，浇花汲活泉。幽禽声断续，芳树绿连绵。
柳絮一溪雪，榆荚满地钱。萦迂迷去路，恐是武陵川。

又

曲沼微波满，莲舟双桨香。危楼新月出，春谷万峰凉。
仙药崆峒种，奇书委宛藏。谢庭多宝树，愧我鬓须苍。

又

呼猿云碍洞，睡鸭水平池。辟谷青精饭，簪花白接䍦。
酒留鱼贯客，经授凤雏儿。喜托通门谊，清风绿野随。

又

缥缈花如雾，玲珑石化云。辋川金粉画，盘谷紫芝文。
树色邻家借，山光郭外分。数声啼鸟后，红雨已缤纷。

又

琴剑游将倦，林泉兴若何。地因高士迥，春向故人多。

绮里餐霞梦，沧浪踏月歌。归骖还问讯，莫厌客频过。

赠刘宅诸友人

倜傥襟期慕鲁连，班荆初见已欢然。十年侠气青萍剑，五岳才名紫府仙。

草绿西园留别梦，花飞南浦促归船。定交莫说情犹浅，珍重临风托雁笺。

（念贻）

又

鸳锦天孙手自裁，微波费尽蹇修媒。玲珑赤水双珠彩，缥缈黄金二妙台。

莫怪郊祈差品第，须知辙轼总仙才。瑶田尚有琼枝秀，好待春风次第开。

（抱青）

又

秋水为神羡璧人，醇醪气味易相亲。初窥雅谊缠绵密，自喜英才赏识真。

青海龙媒虽未跃，丹山凤羽已无伦。殷勤手盥蔷薇露，读罢新文击节珍。

（径山）

又

冰雪聪明绝点尘，娟娟五色凤雏春。玉楼月旦无双士，金屋风流第一人。

碧落高低星可摘，黛眉深浅画应新。文章始信多奇遇，解佩仙缘有宿因。

（宣重）

又

气骨昂藏喜见君，骅骝虽小自超群。家邻射的神仙宅，胸有摩空星宿文。

杨柳高楼登百尺，桃花别墅已三分。摄衣可记陵阳望，指点依微春谷云。

（驭龙）

赋送周良玉

幕府谈谐意气倾，知君肝胆自峥嵘。一言不合拂衣去，千里何妨仗剑行。

凉月客窗棋局静，碧云归路布帆轻。几时鼓枻山阴道，修禊兰亭访旧盟。

又

回首升沉忆雀罗，梁园依恋意如何。每怀洛浦同袍远，曾感夷门执辔多。
鹧鸪忽从花外唤，骊驹已系柳边歌。庾楼尚有前情在，别梦应留宛水波。

《惜阴书屋图》歌为刘声玉赋

扶桑才浴虞渊地，渴乌已向高舂逝。余光谁返鲁阳戈，愿取长绳天半系。
当年遗训记陶公，分寸光阴爱惜同。生死奈何如醉梦，白驹过隙徒匆匆。
志士立身期不朽，浮云富贵吾何有。闻鸡尚自舞中宵，白日悠悠忍相负。
最爱君家玉树林，碧云春谷快登临。弟兄经术传威绋，父子才名说向歆。
别墅烟霞曾纵目，纸窗竹屋人如玉。花间进酒唤提壶，树里催耕啼布谷。
一帘香草注离骚，落尽东风旧绛桃。金粉图披青蛺蝶，玉壶人醉紫葡萄。
座上呼儿徐揖客，璧人秋水夸标格。砚分铜雀墨痕香，窗照银蟾花影白。
娟娟雏凤带经锄，珍重韶华恐易徂。松叶归来烧夜火，梅花嚼后读奇书。
继晷焚膏功力倍，燃藜直欲追中垒。传神谁与写冰绡，落墨居然生异彩。
百年大业愿追寻，白首犹坚一息心。况复垂髫弹指过，春晖何处买黄金？
叹我关河空浪迹，蹉跎岁月真堪惜。一灯还想课儿书，回首桑榆思努力。
荷芰输君手自纫，著书闭户老松麟。春秋自觉多佳日，迟暮何须怨美人。
我来百舌摧春晚，马首斜阳人已远。何由飞步到崦嵫，一鞭笑唤羲皇返。

赋得故人入我梦

燕燕分飞叹隔巢，离魂如雾立花梢。曾听夜雨欹孤枕，愿化朝云访旧交。
蝶识客来还栩栩，鸡催人别已胶胶。西堂拥被沉吟祝，与尔频逢不忍抛。

梅君恕漪造访未遇，以诗见赠，依韵奉酬

有客赠新诗，愧无明珠酢。闻名几相思，握手慰落寞。
文采动江关，嶔奇藏饮搏。虚承命驾来，未及剪蔬酌。
黄叶从征装，马首秋云薄。秀色餐麻姑，旅游殊不恶。
怜才佐谢公，佳士聚莲幕。北楼俯青山，解衣纵磅礴。
酹酒都官祠，斯人如可作。蛮布织弓衣，愿待君归索。

病中有怀凯弟

忆昔呻吟日，凄凉爱尔亲。含愁人悄悄，低语问频频。
冷澹怜羁旅，缠绵露性真。只今重卧病，离隔倍伤神。

题《星岩寺图》，仍用前韵

乡山几叠碧云深，秋水何人正朗吟。绿暗檐头藏树尾，青和塔影落波心。
高楼客散云归寺，晚磬僧归月满襟。试取瑶琴弹一曲，松风雨岸和灵禽。

别南楼纪事

清旷襟期绝点尘，倚栏久立故逡巡。鸥儿远觑偏疑客，燕子低飞似尾人。
绿树已愁归梦远，碧云偏向别时亲。乡园回首忘机地，秋去芙蓉忆钓纶。

泊舟硖石

春水归心急，离帆落照轻。如何临别浦，尚自泊山城。
夜柝随风静，渔灯隔岸明。素情交义重，为缓一宵程。

又

后会知非远，前期自觉难。南湖烟水阔，北郭暮云寒。
别梦无人识，新诗竟日看。凄其黄叶路，犹记送归鞍。

哭吴轶容兄

春尽桃花残露泫，飘零烟雨飞红片。凄凉金竺记前游，转眼浮生蕉梦变。
当年浪迹客隋宫，折节惟君交最善。春风彩管聚名流，凉月玉箫开雅宴。
温温气味似醇醪，亹亹清言伸缱绻。琼浆百斛吸长鲸，画阁双栖窥紫燕。
忆我金台献策归，五陵裘马交游倦。棐几湘帘静授经，延陵交遍诸英彦。
烛影联吟翡翠窗，墨香分染琉璃砚。君家好古聚奇书，锦轴牙签藏万卷。
灵威蝌蚪细挲摩，尔雅虫鱼精贯穿。金粉鲜华蛱蝶图，烟云飞动鹅溪绢。
法书珍重手亲翻，古鼎烂斑神自眩。三代尊彝宝晋斋，一门风雅南皮县。
筑成别墅种寒梅，水木凝晖花草茜。依依弱柳赤栏桥，淡淡荷风青粉院。

采蘋送我渡潇湘，秋灯促席殷勤饯。泰伯祠西半夕阳，青山红树还依恋。
松竹归来访敝庐，仓皇一饭胡麻馈。去年跃马敬亭东，曲房卧榻曾邀见。
怜君病骨已支离，握手欷歔情绻绻。北楼相望玉屏云，无由翼羽随风便。
曾记扬州吊故交，枇杷旧梦悲纨扇。岂料当时薤露歌，为君今日肠重转。
落霞回首寨山巅，万壑松风寒欲旋。几人作赋仰搔头，有客酣歌夸拇战。
杏花疏雨返双桥，故里归来樱笋贱。惊闻已陨少微星，白马生刍空泣奠。
伤心鬌幼凤雏儿，泪滴麻衣慈母线。一经诗礼昔曾传，千亩橘林犹可衍。
邻笛苍茫旧酒垆，素交零落情难遣。埋玉思招叔宝魂，买丝谁绣平原面。
惯向泉台赋大招，乾坤逆旅如飞电。丰溪重踏旧花阴，愁听新莺声百啭。

和宛陵公劝农元韵

关心稼穑古循良，扶杖欢迎到远方。细雨插秧初遍野，薰风刈麦已盈仓。
锄禾汗滴蒲葵爽，赐酒涎流瓦缶忙。（时给老农香醪蒲扇。）料得高吟谁与和，数声牧笛自悠扬。

澹菊斋世兄，遂宁文端公孙也。五月由宛陵署中入蜀觐亲，兼应乡试。饯于北楼，侄铨画《锦城图》，诸友人及诸弟子于座中拈题分韵，以壮行色。予赋得相门才子称华簪句意，以助骊歌一阕云

垂杨系马送王孙，旧梦乌衣醉里论。金殿百花宣诏入，玉堂三箧赐书存。
愿言忠孝追先德，努力勋名报圣恩。好向桥边题柱后，春风献赋九重门。

又

百尺桐花凤有孙，金貂七叶与谁论。由来捧日家声在，自觉凌云气概存。
千里蚕丛经故国，两朝荣戟说君恩。遥知彩袖天香里，鹤发依依正倚门。

宛陵夏月，宝廷婿自具区访予，复因试事归震泽，仍叠丰溪原韵赠行

高斋调鹤偶团圞，梧影深深夜色寒。百里暑风行旅困，三更凉月论文欢。
银瓶醉后花千叠，玉笋香中竹数竿。怜汝一鞭斜照路，北楼相忆独凭栏。

又

湖海元龙气未除，乘风愿化北溟鱼。升沉旧梦联床话，辜负初心比屋居。
最怕妒花多蛱蝶，岂愁蚀月有蟾蜍。临歧握手无穷意，珍重圯桥一卷书。

又

麻姑秀色万峰东，可忆登楼放眼空。几处苍茫芳草里，有人飘缈落霞中。
埋头且就灯光静，绕指何妨剑气雄。别后客怀添黯淡，秋风秋雨入帘栊。

又

屈指重逢岁正徂，拂衣莫笑旅游孤。采将六邑明珠秀，看尽三山碧海枯。
信尔论心坚铁石，知予爱士近冰壶。鸳湖夺得天孙锦，好制青云寿母图。

赋得太湖烟水绿沉沉句意送宝婿归震泽

调寄浪淘沙

万顷水平湖，碧浸罗襦。吴歌远近起菰蒲。最是落霞明灭处，渺渺愁予。
月冷散沙凫，影澹如无。钓竿归去拂珊瑚。愿尔襟怀同浩荡，包络三吴。

寄怀爱堂主人，乃宝婿令兄也，亦叠丰溪原韵

一帘香草聚灵禽，愁见分飞月满襟。硖石霞生人已远，洞庭水浅梦偏深。
还泛策马归家夜，细话听鹂旅馆心。检点客囊何所赠，惜花无限短长吟。

又

欲向梅花诉奈何，羡君邓尉已频过。蝶翎访遍溪桥瘦，驴背吟回断涧多。
香雪数村烟外画，翠云一发雨中螺。何时载鹤中流去，缥缈峰头拥笠蓑。

又

绕树空栖叫月禽，太湖烟水整归襟。任教世事如云幻，自信交情似海深。
筑室已嗟违素愿，怜才何肯负初心。殷勤玉篆相贻意，愧少琼瑶报雅吟。

又

关河访旧意如何，瘦骨深怜触热过。璧沼催归凉月满，瑶池远望彩云多。
吟成雅曲飞青雀，绘出仙山费黛螺。好待双桥重到日，芙蓉钓渚看烟蓑。

寄吴冠山太史五十六韵

璧沼垂髫接，瀛台健翮翻。升沉虽异势，出处总君恩。
班马才名重，夔龙礼遇尊。流传黄绢曲，清切紫微垣。
秋水襟怀澹，薰风气度温。攀花游太液，折柳劝离樽。
旧雨交情密，春晖孝思敦。解貂逢贺监，拔剑舞刘琨。
话旧当羁旅，论心若弟昆。黄沙归驿路，锦里隔寒暄。
缥缈龙池梦，缠绵鸳绮论。高歌怀白石，佩洁爱芳荪。
忆昔皋鱼泣，曾登吊鹤门。安仁清诔在，郭泰旧碑存。
暮雨青乌奠，寒云素旐昏。神伤空会面，骨立最销魂。
旅泊难长聚，饥驱忽远奔。传经叠嶂阁，放艇宛溪源。
橘柚山城僻，芙蓉别梦烦。麻姑餐秀色，谢守镇名藩。
芳草都官墓，桃花处士村。英奇常满座，父老竞攀辕。
尚忆飘仙桂，曾承祝寿萱。无人迎倒屣，何处款高轩。
仆马虚刍饭，盘餐少荟繁。造门空访戴，看竹失留袁。
礼缺心多愧，情深感勿谖。餐花徒有志，飘絮本无根。
往日游衡岳，秋风过澧沅。匡庐登背望，云梦入胸吞。
白月潇湘渡，朱霞岣嵝扪。酒醒听别雁，吟苦和啼猿。
解佩思神女，纫裳忆屈原。诗情移杜若，远意托潺湲。
半笈携千里，三都序一言。鸿文镌琬琰，燕石比玙璠。
自笑逢迎懒，常愁请谒喧。山麋怀洞壑，野鹤苦笼樊。
愿筑弹琴室，思归采药园。乱云窥牖入，高树覆檐繁。
柳弱风如剪，花香月有痕。余粮分燕雀，生理问鸡豚。
竹里新篘酒，花边老瓦盆。登峰随白鹿，带笠跨乌犍。
弱岁同题柱，中年独处裈。并驱惭驽钝，退舍让囊鞬。
北郭方吹籁，南溟已化鲲。乘风飞隼鹗，渡海驾鼋鼍。
旧籍归三岛，仙班列九阍。玉京扶太极，金殿入含元。
阿阁巢威凤，平塘浴彩鸳。青云阮氏宅，碧树谢公墩。
种玉蓝田暖，探珠赤水浑。合离惊节序，舒卷任乾坤。
念远情难罄，缄书纸数番。崆峒如访我，长啸上昆仑。

梅恕漪自洪源宾馆为予书子建、康乐、靖节三家诗见赠，并系长句于卷末，赋此奉酬

长夏梦素交，美睡茶余课。忽枉数行书，松风闻咳唾。
蔷薇盥手看，轻汗还愁浣。银钩淡墨香，直夺山阴座。
朱华飞盖吟，碧草池塘和。柴桑弄白云，数子频相过。
欣然坐绿阴，朗咏忘高卧。

初夏偕梅恕漪、洪简忠、洪啸侣、儿健、侄铨游星岩寺，小饮方丈中，梅君以诗见寄，和之

树影波光淡淡和，数声风磬出藤萝。偶从远道归乡曲，曾与高人醉涧阿。
客路已欣吟赏遍，故山偏笑别离多。石帆村外残霞径，秋水还思载酒过。

赠周鹤湖雨前茶兼系以诗

暑雨吟情渴，梧阴月影高。新香分雀舌，薄意比鸿毛。
鹦鹉呼才倦，葡菊醉正豪。一瓯清客梦，桑苎莫辞劳。

《鹿门采药图》歌寿松泉丈

膏沐山容如翠黛，连峰缥缈春云霭。谁与采药踏歌行，流水空山相负戴。
襄阳耆旧说庞公，偕隐同心餐沆瀣。满山瑶草露华香，雾鬟嫣然徐秉来。
当年陇上释耕时，富贵笑看如土块。天外冥鸿两两飞，乾坤空阔谁拘碍。
淙淙绝壁挂寒流，澹澹松风吹远籁。一泓澄碧板桥西，涤尽人间尘俗态。
刘表荆州安在哉，虎斗龙争几兴废。鹿门犹有旧仙居，尚觉清风高华岱。
洞庭烟水青茫茫，忆昔登堂曾解佩。鹤发庞眉二老班，凤雏慈竹生怜爱。
笑我黔娄浪远游，灌园空种黄精在。拂袖还思卧翠微，缟綦提瓮欣相对。
忘机绘出鹿裘翁，万古高名谁显晦。期君拔宅白云间，茅屋数声仙犬吠。

送宝廷婿至碛石即事

南浦销魂未忍离,木兰舟上暂追随。闲吟靖节情中景,澹看倪迂画里诗。
浊酿已从深树得,霜螯不待菊花持。篙师何必频催去,斜日西峰尚半规。

又

偶系孤篷缓步过,数株生意树婆娑。平塘野鹜荒烟远,古社神鸦落照多。
硗确路驱黄犊饮,桔槔人踏绿阴歌。白云清旷无拘束,回首青山奈汝何。

登叠嶂楼有怀宛陵公兼示鉴、霖两弟

绨衣童冠共登临,几点残霞带暮禽。触热岂忘瞻父梦,惜阴须念课儿心。
飞腾好报亲恩重,磨炼应知主眷深。尚忆去年宾馆静,百花香里鼓瑶琴。

又

倚阁怀人首重搔,树阴曾翠紫葡萄。两年旧雨关心密,千里炎风鞅掌劳。
灯火疏帘吟讲座,尘沙野店拂征袍。北窗一卷埋头诵,莫负梧桐月影高。

西瓜灯,和朱玉田韵

碧云宫里夜抛球,猴圃初分豹髓油。绛蜡渐烧钩带熟,青田谁种绿珠幽。
剖来金井星光耀,摘向黄台月色浮。却怪豆棚藤架地,一枝莲炬未曾收。

新种绿蕉为风所败,拾供瓶中,书截句于叶上

谁惜凉风折嫩枝,小窗虚盼绿阴垂。瞻瓶插处深怜护,犹似潇潇听雨时。

暑夜与周鹤湖围棋,胜者得莲实五枚,予偶频胜,戏赋

余棋收罢月华凉,赢得莲房扑鼻香。愿我频尝君子味,故将残劫让鸳鸯。

登北楼看西峰落霞,鉴弟出素笺索予画,并纪以诗

变幻无端碧落宽,有人长啸倚危栏。半空异彩凭谁绘,五色仙人或可餐。
锦绮灌从银汉艳,金光涌出赤城寒。回看紫绿千峰尽,笑指天边白玉盘。

初夏寄怀广陵弟柱

别梦红桥几夕曛，归来杯酒接殷勤。樱桃花落人初合，杨柳烟销客又分。
侠骨几回寻季主，深心犹记卜灵氛。箧中无限凄凉曲，尽向秋空化碧云。

又

东海苍茫几劫尘，竹西回首最伤神。曾经客路升沉梦，犹是清修冷澹身。
已爱种兰新识广，尚怜折柳旧情真。翠微倒跨乌犍路，安得初心遂耦耕。

又

花影箫声忆昔游，墨痕吟遍酒家楼。每怀陶母传经室，又送裴航解佩舟。
千里琴弦悲故旧，两年剑术客诸侯。玉河转眼挥鞭去，风雪旗亭且暂留。

季夏中浣酷暑蒸人，宛陵公客皖江，寄书虔祷。建坛三日，雷雨滂沱，喜而赋此

五马归迟待泽深，斋坛虔祷远书临。云雷忽起驱炎魃，箕毕初占入太阴。
祈谷忧民千里志，为霖报国一生心。北窗恰喜新蕉绿，且趁微凉散发吟。

选宛陵课士录成书于卷末

怜才自信素心同，最喜休休佐谢公。愿劝六经稽古士，敢言八代起衰功。
沉吟尚记探珠切，辛苦谁怜采蜜空。尚恐秋风鹡鸰唤，滋兰回首意无穷。

赋得雷声忽送千峰雨

隐隐丰隆鼓，来从女几峰。破山声正疾，倒海势偏浓。
马踏腾空鬣，龙飞绝壁松。愿将膏润意，遍洒万方农。

乙卯客宛陵，年已三十有九矣。驹光易过，马齿徒增，不惑之年，止迟一度，无闻之惧，交集百端。晋陵朱玉田、石城周鹤湖赋诗相赠，依韵奉酬，以志予愧云

黄杨厄闰愧连班，赠我新诗烛影间。顾曲人来桃叶渡，藏书家在烂柯山。
群公冰雪肝肠重，游子风霜鬓发斑。尚喜白云犹健旺，翠微花竹忆容颜。

又

冰署情多玉笋班，论心深柳乱蝉间。秦淮水榭三更笛，罨画云溪百里山。客馆清吟莲叶碧，乡园别梦菊花斑。朱泉换骨松风路，愿访轩辕话驻颜。

松棚夜话

月淡星稀露坐时，微凉先有百虫知。碧云香草生离梦，白发高堂系别思。团扇三更人话旧，淋铃一曲夜弹词（朱玉田善歌《长生殿》）。异乡消受良朋福，莫厌沉沉街鼓迟。

为宛陵公画《济川图》并题

一幅烟帆落远汀，秋声淅沥隔芦听。夕阳澹处渔歌起，杜若香中客梦醒。鼓枻偶然经北渚，乘风安稳到南溟。谁知茅屋高吟客，老树萧萧户不扃。

予客宛陵，霖弟从予授经，颖悟绝世，弦诵之暇，颇爱丹青。乙卯菊秋，予将归里，依依相恋，出素笺索予绘，并系以诗。使他日回首，云峰缥缈，尚忆故人高咏处也

门枕寒流瀑布间，松风断续听潺湲。萧疏绿暗蝉声树，突兀青悬马首山。游子梦随秋色远，故人心与夕阳闲。一鞭访我知何处，试问樵歌出谷还。

题《梅花烟水图》赠

　　侄铨从予入京师客宛陵者，数岁矣。每关河马首，风雨灯光，品画论诗，赏心不厌。虽红尘衮衮，超然有清旷之思。客窗偶暇，为绘《梅花烟水图》，略写胸中丘壑。未知何日摆脱世缘，同向碧波无际中，与野鹜沙凫，共作一宵清话也。

客路相随气谊多，沉吟为尔写青螺。空蒙别梦迷香雪，淡荡深心入碧波。七十二峰天外落，两三万顷镜中磨。何由同筑斜阳屋，静向花阴鼓枻歌。

题墨菊扇头

东篱种植旧恩深,回首曾怜晚节心。寄语西风还爱惜,莫教憔悴古墙阴。

又

嫣红姹紫各争妍,谁取寒香着意怜。愿识花师临别意,一枝频护欲霜天。

中秋后三日,重游敬亭山,和朱玉田韵

惆怅离鸿欲别秋,烟中古寺偶偕游。青藏九曲波光远,绿接双羊树色幽。
野鸟呼人如熟识,山狙拾果不知愁。深情默默从谁诉,回首销魂杜若洲。

又

看云曾倚北楼巅,指点群峰苍翠悬。缓步忽经斜照地,置身如在落霞天。
秋林猿鸟浑无恙,客路溪山独有缘。愿向藤萝人境外,一瓢一笠学飞仙。

又

墙东露髻远峰开,欲赋凌虚百尺台。捧日心长悬北极,摘星手已近中台。
烟霞绝壑芝堪煮,雷雨空山竹渐胎。独爱木樨香静处,笑邀弥勒倒金罍。

又

蔓草荒寒拥翠亭,东连碛石远波青。曾听落叶声俱冷,却笑孤云梦未醒。
蟹舍暗藏深树合,渔歌低唱晚烟冥。归舟一路回头望,山色依稀落酒瓶。

又

曾记春衫共咏觞,秋风闻笛怨山阳。谁怜梦化伤心雁,尚喜劳非赪尾鲂。
冒雨菊花将烂漫,沾泥柳絮不颠狂。明年樱笋登山日,可忆离人住帝乡。

又

楼高面面敞窗纱,童冠联吟静不哗。画意淡生双塔寺,诗心清似半瓯茶。
鸦窥松影行吟客,马踏藤阴满坞花。始信采风灵秀聚,连峰屈曲似长蛇。

又

石路高低下曲栏,回看犹自恋巑岏。未终九畹蕙兰愿,且结东山鱼鸟欢。
采药已登云母岫,行厨何必水晶盘。有人彩管琉璃匣,空望危楼秀色餐。

又

吟尽残霞文脊东,尚留别梦桂花丛。关心养鹤情偏重,转眼骑鲸迹已空。
泉响似鸣千涧雨,涛声远出六朝松。归来谢守宾筵上,细话清游烛影中。

用少陵何将军山林后五首韵题云齐阁

犹记春游路,琅玕手自书。重吟黄叶寺,更访白云庐。
树密喧归雀,松深响梵鱼。山城如瓮小,环抱万峰居。

又

冷淡溪山在,升沉景物移。树边鸦认客,云外雁呼儿。
返照红藏塔,荒烟绿满陂。有人曾握手,款语过疏篱。

又

载酒偕游地,看云独立时。乾坤千嶂画,烟水六朝诗。
别梦飞花雨,离愁挂柳丝。孤鸿长散后,欲聚已无期。

又

出郭清吟旷,登山道念长。桂香生几榻,茶味采旗枪。
玉笛听吹曲,青鞋愿裹粮。与谁凌绝顶,长啸谒西皇。

又

叠嶂凭栏望,相看已隔年。怀人松际月,洗梦竹边泉。
十里垂杨路,千村种秋田。重游更何日,山色亦凄然。

额珠楼有怀凯弟,用朱玉田韵

重踏秋风积翠巅,溪山如故客茫然。松藏古寺疑无路,竹拂高檐别有天。
旧友已和云影散,新诗多借笛声传。夕阳十里山泉响,犹记相随缓步旋。

病中写怀

经斋恩义两绸缪,忍说归途整敝裘。但恨乡心频入夜,自怜瘦骨不禁秋。
彩云散后疑俱歇,百舌啼残梦尚留。莫使老亲思子切,倚门长盼木兰舟。

乙卯宛陵署中，桂花初放，桃蕊忽开，用玉田韵

红雨催开玉宇凉，广寒倩女倚新妆。飘来灵鹫胭脂冷，流出仙原金粟香。
露井含颦依月姊，小山招隐问刘郎。谁知泄漏春光蚤，正值西风遍野棠。

赋得鹤曾栖处挂猕猴

拾果攀枝处，胎禽旧所栖。巢空清唳远，树压野狙低。
累累如拳小，苍苍落羽迷。霜林秋叶脱，莫向客频啼。

赋得宿花蝴蝶梦魂香

细碎花阴压，朦胧夜色藏。睡从韩寿窃，飞共漆园忘。
月晒翎犹湿，风吹粉亦香。莫将罗扇扑，惊醒过东墙。

赋得鹦鹉前头不敢言

最爱聪明性，应为撮合媒。如何饶慧舌，竟使默低头。
胆怯金笼语，颦含翠黛愁。主人偏信汝，回首彩云休。

赋得蟋蟀声中一点灯

响逐秋声起，光和夜色澄。唤回乡梦短，挑尽客愁凝。
瘦影三更照，清吟四壁应。天涯欹枕听，共此一孤灯。

留别义斋弟

并序

余自癸丑客宛陵署中，迄今三载。弦诵之暇，偕诸君子登鳌峰、敬亭诸山，吟咏殆遍。甲寅春暮，始获交于义斋弟。文章尔雅，气宇端凝，知为国士。乙卯冬，予将北上，先返里门，送余于百里外，依恋追随。虽桃花潭水，百尺深情，无过是矣。仍用去秋原韵留别，异日或策马玉河，或挂帆金竺，听雨西窗，犹可捡出重吟，追忆握手临歧，黯然话别风景也。

击筑悲歌气益酣，情深百里送归骖。征衫欲渡黄河北，别梦犹悬碛石南。夜雨惜花空自苦，春风酿蜜为谁甘。茫茫自此山河隔，只有离舟顷刻谈。

又

翠微门枕万松阴，访旧期君载酒临。肥瘦几时重会面，升沉异地更关心。尺书长盼灯前接，纨扇应藏袖里吟。雅曲莫因伤别歇，薰风好佐五弦琴。

又

病骨相怜青鸟通，秋声半在药炉中。归帆才挂花潭外，立马旋吟泰岱东。解佩两年情最重，歌骊三叠曲将终。那堪风雪长安路，独向天边数断鸿。

又

重嶂高楼别后登，离愁应与碧云凝。啁啾纵闹花间雀，飒爽难留海上鹰。气味清淳金碗酒，心期皎洁玉壶冰。春风冷眼尤怜汝，珍重孤篷夜话灯。

又

南楼曾踏落花缘，雁影寒星散远天。目断一帆凉月路，魂销千里夕阳鞭。钓鳌有约同垂手，跨鹤无忘共拍肩（指予婿菁、侄铨、儿健）。我待蓬莱飞渡后，归耕麻女种桑田。

留别孙澹园

夕阳红叶几程山，送我归帆百里间。回首绿杨西郭路，听莺何日得重攀。

又

种蕙山城梦已空，春风曾记访帘栊。遥知烂漫花开日，忆我长安踏软红。

又

珍重新诗折扇看，离愁和墨未曾干。谢庭瑶草频滋植，已嘱东风护晓寒。

又

最怜苞采集高梧，冰署论文酒共沽。尚有娟娟雏凤小，河东谁绘彩云图。

初冬将北上，先归里门留别宛陵公，仍叠去秋原韵

欲挂归帆复少停，相看国士眼长青。曾听玉笛三更月，已聚银瓶五纬星。碧海钓鳌人渐远，黄河渡马客初经。难忘骨肉关心话，佩我韦弦愿拱听。

又

长夸麟角笑牛毛（昌藜云："学者如牛毛，成者如麟角。"），忍舍丹山养凤巢。折柳几回生别恨，滋兰何敢说微劳。

埋头夜大拈珊管，束发云霄换锦袍。愿礼名贤频鼓铸，窥墙自愧及肩高。

又

乡书愁绪向谁论，啮指归心日夜扪。青鸟频催游子梦，白驹偏恋故人恩。

春风棣萼藏廛市，夜雨松楸护墓门。最感阳和吹黍谷，临歧赠佩有微言。

又

依恋春风九畹居，几人文采似相如。薰香静贮琉璃匣，弄墨同装玳瑁书。

回首碧云调鹤地，关心凉雨种花初。遥知报最登朝日，载得玲珑玉满车。

又

萧疏梧柳月明居，醉后酣歌气自如。飞动维摩金粉画，风流文敏玉堂书。

三秋静夜弹琴后，千里微躯仗剑初。尚恐北堂牵别袂，重来仍作指南车。

又

蕉雨疏帘共讨论，藤萝古寺复同扪。频怜鹤和垂清听，自有骊歌感旧恩。

烂熳莺花文杏馆，苍茫冠剑大梁门。烟霞百里山城接，种蕙殷勤仗一言。

又

霜冷飞鸟欲整毛，归栖未稳又离巢。还思五百昌期盛，敢惜三千驿路劳。

别梦尚留团纸扇，清音肯奏郁轮袍。风沙自叹貂裘敝，赠策应知雅义高。

又

玉河斜照一鞭停，马首初攀柳色青。愿向东溟瞻浴日，可能北戒许扪星。

鼎湖风雪龙髯痛，太液烟波鹤梦经。好待颍川超擢日，箫韶共向凤城听。

留别鉴弟，亦用去秋原韵

论文最喜渐升堂，剪烛殷勤进酒浆。舞象已知窥月窟（康节先生读《易》诗有云："乾遇巽时为月窟，地逢雷处识天根。"），骑鲸自待换霓裳。

马蹄辛苦人千里，雁影零星天一方。别后鸡声茅店夜，苍茫忆尔忽停觞。

又

几叶金貂近玉堂，清醇愿比桂花浆。留将淡墨琉璃匣，绣出薰香蛱蝶裳。

爱士家风原浩荡，论交标格在端方。彩云散后高斋冷，莫为离人懒咏觞。

又

回首梧阴旧讲堂，愿从供奉奠椒浆。自怜旅梦离花阁，始信清修剪芰裳。
辟谷无忘黄石约，御风初授碧城方。何年访我来金竺，香雪窗边劝玉觞。

留别霖弟，亦用去秋原韵

家近成都江汉波，定知秀气产岷峨。最怜角卯簪花日，已解缠绵折柳歌。
（予每归即赋诗相送，辞意真挚。）
识客老夫夸水镜，忘年小友佩香罗。一鞭白草黄沙路，应念风霜两鬓皤。

又

洛神曾记赋凌波，才比陈思更郁峨。蝌斗遗经传古壁，鸳鸯长恨诵清歌
（乐天诗已俱默诵）。
愿为澹水浓于酒，笑看秋云薄似罗。盼汝成名当蚕岁，蹉跎愧我发须皤。

又

月冷吴江百里波，梦随飞雁过崑峨（时凯弟客太仓）。秦楼尚待吹箫客，
燕市谁怜拔剑歌。
曾许蹇修寻玉臼，好从京兆画红罗。离亭握手知难舍，无奈关心白发皤。

赋答霖弟赠宣石

调寄蝶恋花

爱煞一拳偏绉瘦，袍笏颠仙，一拜能消受。东海波涛藏在袖（坡仙诗：
"我携此石归，袖中有东海。"），归欤笑向高堂寿。
美玉曾经攻错就，人比石儿，更觉玲珑秀。去岁携归烟雨岫，贪求莫怪
今年又。

留别三鉴堂诸幕友先生

饮尽醇醪碧玉尊，同将书剑客夷门。劳劳夜月琴中曲，密密春晖线里恩。
回首高低花影阁，关心浓淡墨香痕。遥知旅馆清歌夜，念我霜桥落叶村。

又

新诗吟遍石榴裙，品画听箫剪烛勤。霜冷芙蓉秋已老，月明荚茭客初分。
三更别梦孤舟雨，千里乡心半岭云。立马黄河冰合路，风流犹自忆诸君。

赠孙绍臣

风雨空山泣卞和，连城宝气肯销磨。松因落子龙鳞老，竹已生孙凤尾多。
愁鼓问天琴里曲，醉听砍地剑边歌。数行碎墨须珍重，无复花潭荡桨过。

题画

霜脱疏林石骨寒，有人踏过叶声干。小楼面面山光好，尽在斜阳澹处看。

吴禹声挽词

药栏花屿记频经，紫府空书郭泰铭。矍铄人方夸爱日，凄凉梦已散晨星。
西堂月冷留棋局，北海霜寒忆酒瓶。惆怅宜山亭上立，满楼山色为谁青。

又

芒鞋铁笛访浮丘，飞步莲花绝顶游。园绮仙风原澹荡，纪群友谊更绸缪。
骑鲸已别三千客，化鹤应归十二楼。回首丰溪云树隔，许多生死别离愁。

汪书农年兄挽词

长揖灵帷泣不禁，绝弦忍鼓伯牙琴。功名恬淡烟霞梦，孝友缠绵棣萼吟。
力尽橐饘圜土泪，情深挂剑故人心。九泉听得金鸡诏，话到龙髯恸转深。

又

燕市挲摩病骨寒，记曾无恙控归鞍。正逢吁俊开金阙，忽值游仙降玉棺。
草宿鸰原才骨冷，花残鹡鸰倍心酸。那堪风雪长安地，回忆灯前故旧欢。

281

洪云倬挽词

升沉旧梦竟如何，尚忆联舟诵雅歌。鸡黍欢娱怀锦里，马蹄辛苦渡黄河。
弹棋夜雨谈谐密，说剑秋风意气多。别浦只今风雪路，怀君有泪落清波。

又

骨肉贫交几弟昆，绸缪倍笃死生恩。为怜风雨孤儿泣，曾感云霞侠气存。
（书农年兄殁后，恤其遗孤。）
马鬣空山穷岭岫，凤毛家学有渊源。伤心故旧凋零尽，谒帝书成孰与论。

倪静庵挽词

蜕形已自返蓬庐，花竹犹留处士居。曾却三公承色养，还偕二妙带经锄。
家邻邓尉神仙宅，室有云林太史书。正值虞庠征国老，空山攀树意何如。

吴艮斋年伯挽词

骚坛谁与挽颓波，遗献风流鹤发皤。大雅相期追正始，高文直欲接元和。
三都作序声华重，万石传家孝友多。故老尚传征士宅，寂寥门巷落桫椤。

又

烟霞稳卧谢蒲轮，海内争传著述新。中垒一编传列女，少陵千古得功臣。
草香北涧方调鹤，花落东山已泣麟。奖掖曾怀知己感，遗书检读欲沾巾。

赋得君才自是云中鹤，赠陆舞亭

仙翩间乘万里风，飘然云路任西东。华亭清唳秋空碧，缑圃高飞夕照红。
自爱烟霞安饮啄，肯贪稻粒困樊笼。鼓琴尚有黄冠客，招尔长松古涧中。

赋得文章分得凤凰毛，赠陆玉飞

入洛英年擅彩毫，桐花丹穴落翎毛。才夸荀令风流甚，气比超宗跌宕豪。
焕烂一篇词赋出，光芒五色羽仪高。虞廷正值箫韶日，簪笔螭头莫厌劳。

赋得归来花下领儒群，赠倪骧衢

阆苑风标自出群，凤池衣袖百花薰。彤庭首对天人策，禁掖曾推制诰文。
鱼贯静随仙阙入，龙光先受圣恩勤。谁知弱骨珊珊客，独踏瑶池五色云。

赋得清如冰玉直如丝，赠倪对言

一片寒光彻骨清，尚存三代古人情。玲珑白璧无尘滓，古淡朱弦有正声。
五色口从仙茧吐，九霄心映月华明。春风锦瑟调谐日，好贮冰壶献帝京。

赋得车笠要盟存管鲍，赠王于鲁

飞动须眉孰与论，下车相揖有前言。自从覆雨交情薄，谁复分金侠气存。
九合勋名传霸国，千秋知己载龙门。闻君磊落多奇概，遗迹应怀颍上村。

赋得二十八宿罗心胸，赠王次桓

光焰崚嶒未可磨，鸟虚星昴自森罗。辟开方寸灵台远，吐出三垣象纬多。
自觉混茫涵海岳，不须躔次问羲和。琅琊见说才人地，摘尽星辰向绛河。

吴冠山太史为予撰《江汉纪程》诗序。予往篁南造访未值，复遣使贻书，赋此酬答，且以砚纸为赠

肩舆访旧乱山深，看竹墙东只独吟。别梦空怀知己面，贻书多感故人心。
黄沙驿路将长往，红叶村庄肯远临。几许离情思欲诉，霜寒扫径待松阴。

又

玉局仙才重紫微，却愁握手故山稀。扪将麟篆三年熟，载得鹅溪几幅归。
弄墨余香薰翡翠，著书清露滴蔷薇。碧梧彩凤巢成后，可念啼乌绕树飞。

冬日访郑松莲兄于长林，留宿，待成轩，命其嗣君出揖，风神秀颖，年仅四龄，已诵字义千余矣，喜而赋此

落日停车盖，张灯列酒浆。云山难比屋，风雨偶联床。
别久多离梦，家贫累远装。何妨频剪烛，款语诉行藏。

又

惯见儿童喜,欢呼老友来。翻书夹潦熟,揖客衮师陪。磊落吞牛气,峥嵘吐凤才。惭予痴幻子,梨栗只频催。

梅花三十咏并序

壬申春奉调楚闱,寓铁佛寺大士殿。时残雪在地,晚磬数声,茗熟香温,百虑皆澹。案头有汪陶村《梅花诗》一卷,爱其清妙,取而和之,聊以写怀,工拙非所论也。

寒多吹尽雪蒙蒙,破屋锄来落月中。自是孤怀偏爱澹,甘为老态不求工。
珊珊瘦影因愁怯,脉脉微香与梦通。回首罗浮消息断,何须玉笛诉春风。

又

花师税尽冷云重,却喜先春受诰封。野店频经双着屐,幽人独立一扶筇。
东皇有意寒欺骨,西子无言病拊胸。记得板桥回眄处,斜阳匹马出居庸。

又

迷离花雾扑清缸,能使群芳稽首降。绕径暖蜂犹寂寂,啄枝寒雀自双双。
香留野笠春归坞,白满孤篷夜渡江。涤尽藐姑冰雪梦,松风古涧水声淙。

又

瑶宫堕落悔归迟,凄绝怀人梦里诗。岂有欢娱双靥笑,最无情绪半枝歌。
清如仙子凌波处,冷似孤僧面壁时。国色自怜深护惜,东墙讵肯浪相窥。

又

最宜细雨和斜晖,何处春寒避蕙帏。无骨媚人非是傲,有香入妙自然微。
蟾窥疏密频频照,蝶候凉暄缓缓飞。更爱野塘吹水皱,数枝低影隔柴扉。

又

淡墨传神恐不如,眼明十里入山初。乱堆野硙齐腰水,斜插诗瓢秃尾驴。
超出尘埃偏蕴藉,悟来色相本空虚。素心冷落谁能识,一笑相思我与渠。

又

仙猿扫路入天都,缟袂依稀三两株。隔断溪山明复灭,笼将烟雨有如无。
离魂欲与云同散,顾影还和鹤比癯。尚恐罡风吹汝去,身骑白凤到蓬壶。

又

冻骨虽僵不受绨,溪桥到处可扶藜。密云积合山无缝,残雪冲开路欲迷。
七宝宫宜仙客住,五铢衣待美人题。谁将万树兜罗色,种向流沙弱海西。

又

天然风韵老尤佳,尽日相看坐雪崖。影落婆娑临水阁,香留狼籍踏雪鞋。
折来石斧山樵担,供向铜瓶古佛斋。自别故园三径冷,几年离梦系人怀。

又

漠漠余香石路堆，多情翠羽自飞回。梦从不夜寒中访，愁在无人爱处开。
古涧微苔孤鹤啄，空山乱叶一僧来。相逢自觉神先醉，何必东风白玉杯。

又

水云澹处自相亲，罗袜凭谁赋洛神。独立可怜矜绝世，含嚬无语似怀人。
烟岚得汝偏清旷，冰雪如君合隐沦。惆怅山村行迹绝，萧然气味不知春。

又

瘦尽南枝已几分，卷帘花气尚细缊。敲残古寺孤钟月，踏碎疏林一屐云。
妙鬘影从空际现，旃檀香向定中闻。仙姿绰约真无匹，愿系明珠缟素裙。

又

孤根只合屏丘樊，寂寞何妨暮复昏。沽酒人归烟外寺，寻花犬吠水边村。
谁家笛响初登阁，有客琴声静闭门。写尽夜深凄楚意，一钩新月照吟魂。

又

春心默默怨前欢，几度冰消腊又残。偶向桥东谈契阔，谁从崦北惜高寒。
凝眸邓尉深林望，赤脚峨眉绝顶看。无限沉吟思旧梦，晓风十二曲凭阑。

又

入世修成出世颜，置身宜在九霞间。圆通大士归烟海，灭度如来住雪山。
面面寒光原不染，非非色界尽皆删。东风清净无言说，何必龙宫献碧环。

又

吟罢参横月落天，诗成一枕小游仙。别来秀色浑无恙，赠得芳馨便惘然。
刹浦情随流水尽，孤山梦与片云悬。绵绵远道何由寄，已隔江南万树烟。

又

余寒犹在未全消，古木啼鸦去路迢。径转香从峰脊出，舟横影与縠纹摇。
一林薄霭开空谷，十里残冰滑断桥。到处饱看幽赏惬，奚童缓步负椰瓢。

又

品澹如君可久交，参差庾岭尚含苞。塘坳倒挂垂双影，墙角横开露半梢。
大地有春原不老，先天未画本无爻。枕流漱石人何在，犹见须眉古许巢。

又

零落何须怕伯劳，雪风欺尽利如刀。曾将绝色倾吴苑，欲取香名补楚骚。
两地知心惟菊蕊，三餐换骨比松毛。卜居鸡犬无人境，万仞青溪未是高。

又

怜君岁宴住岩阿，山鬼为邻带女萝。奔月已愁天路远，御风偏悔世缘多。
百花回首羞尘土，一笛关心怨逝波。木叶寂寥俱脱尽，尚留生意满霜柯。

又

寒英吹落打鱼叉，茅舍青帘酒可赊。泉石素心真有癖，乾坤清气渺无涯。
筑成瑶女冰霜馆，证得观音水月家。最是风情如画处，淡烟翠竹一枝斜。

又

海棠聘入水晶堂，欲向鲛宫借夜光。人坠危楼金谷雨，角吹孤戍玉门霜。
崆峒已证三生梦，混沌犹留一瓣香。试种潇湘江上路，采花还可祭英皇。

又

深深密结岁寒盟，耐尽炎凉雨复晴。喜见巡檐开笑口，愁闻出巷卖花声。
何妨野叟谋同醉，自昔高人耻独清。觅得琼瑶三百本，灌园从此耦而耕。

又

羽节霓旌聚幔亭，梯仙国里仰仪型。瑶池册命传真诰，汉殿焚香宴集灵。
天上已曾留色泽，人间何敢敌芳馨。娉婷岂是尘凡骨，雾阁云窗忆惯经。

又

晓起开窗带露兴，看花老眼渐瞢腾。江南愁绝思家客，岭北吟回扫塔僧。
旧梦玲珑都化月，春心泮涣不成冰。落伽海水茫茫望，愿到金鳌背上乘。

又

寒光一片冷侵眸，彻夜清辉与月流。偕隐林逋甘静卧，寻春杜牧悔迟游。
纷纷怨入鸳儿冢，寂寂愁生燕子楼。多少古今开谢恨，东风尽聚半帘幽。

又

披裘入山深复深，老衲有约相招寻。温存未肯带妩媚，崛强犹自甘浮沉。
烟霞之中得古性，尘垢以外谐初心。囊琴一弹涧水曲，瘦鹤与尔同孤吟。

又

乱松路入寒云庵，幽香妙境谁能参。残花偶尔伴清磬，破钵何曾供优昙。
只许孤携鹤琴一，还宜下拜薰沐三。所思不见春将老，落霞怅望天之南。

又

冷境逃喧性自潜，半横窗影半交檐。高宜避俗心情旷，静最怜人气味恬。
地僻落花风澹澹，天寒倚竹月纤纤。遥知得意忘言后，流水空山两不厌。

又

蒲园绮语已全芟，忏过将开大藏函。香远无魂犹可返，心酸有味不能咸。
牟尼说法应消劫，萼绿钟情偶谪凡。七十二峰缥缈处，何年访尔遍灵岩。

香雪诗钞（鄂渚宦游集）
卷一

戊辰登第后,奉命简发湖北,出都留别诸知己

其一
骑驴京洛几晨昏,捧檄初归慰倚门。五凤同吟飞絮阁,双凫已宰种花村。
艰难自愧膺民社,郑重何由答圣恩。遥想金茎餐玉露,天涯可忆渴文园。

其二
乡山绕树唤慈乌,白发劳劳望帝都。但使春晖依绩室,何须凉月近蓬壶。
友朋入梦思冠盖,父老关心问袴襦。回首凤城斜照澹,数声离笛客怀孤。

其三
倦游蓬鬓已萧骚,辛苦三更织凤毛。掷笔渐离文字劫,弹琴敢说簿书劳。
评花别墅莺声远,饮水荒城马骨高。回望西山青一发,摩天题壁气犹豪。

其四
藕香书屋细论文,萼绿华曾捧砚薰。半榻才醒仙峤月,一鞭已别帝城云。
灵和尚想三眠客,沅澧还祠九烈君。自笑风尘劳手版,奚囊古锦渐将焚。

其五
曾感春风聘海棠,赐园云物最空苍。洛神赋写红丝篆,越女歌成白纻裳。
客与余霞登岣嵝,人和落雁渡潇湘。何由远折芳馨赠,波冷汀洲杜若香。

其六
榴皮仙墨紫霞裘,铁笛曾吹江上楼。月照小孤峰影夜,云藏大别树声秋。
白苹远访盟鸥社,红蓼同登买鹤舟。指点灵均留旧宅,兰桡桂棹忆前游。

其七
水萤明灭散凉烟,太液歌声正采莲。醉罢杏花闻喜宴,吟归桃叶莫愁船。
求砂勾漏宁无梦,鼓瑟湘灵自有缘。最爱襄阳耆旧地,全家稳住白云边。

其八
佩芷餐兰有素期,南陔归侍板舆宜。娱将慈竹无他愿,修得梅花报所知。
红雨一瓢燕市酒,碧云千里渚宫诗。软尘几度西华路,拂拭征衫旧日缁。

潞河舟中

潞河秋水夜初生，夹岸垂杨管送迎。曲折沙汀迷客路，迟回水驿问归程。
天边雁带残云落，树杪帆悬返照明。同向孤舟怀白发，西风吹我木兰轻。

连窝驿道中

雨后凉从白纻生，断云缺处雁声迎。鱼鳞路隔三千驿，羊角人归九万程。
月黑危樯如发合，波深渔火一星明。仆夫何必频相戒，载得图书数卷轻。

淮阴留别史悟冈

其一

忏过频开贝叶函，鬘持同悔堕尘凡。诗情似月还长满，宦况如冰已不馋。
折柳梦醒凉雨寺，采兰人挂落霞帆。骑鲸欲到扶桑国，东海偏嫌味带咸。

其二

两度珠湖泊绿波，匆匆清话苦无多。愁如野草烧难尽，病向梅花祟作魔。
破芡和烟餐芋栗，全家避雨补藤萝。传诗最爱黔山客，随分齑盐冷淡过。

其三

鹦鹉呼茶手自煎，荷衣尚带焚余烟。送春空结荼蘼社，避暑还修荻苇船。
曾舞霓裳花诞日，谁分月俸雁来天，苦瓜似蜜绵如雪，悔卖洮湖半顷田。

其四

极乐峰头看雨初，听经夜过老僧庐。一官自觉逢迎懒，半砚都因忧患疏。
薄俸难供琴畔鹤，长斋不羡铗边鱼。何由风雪空山屋，补就西青世外书。

其五

鸳湖曾笑祷钱神，依旧空囊四海身。弥勒有金偏化石，华佗无药可医贫。
谁分花雨参鳣座，决意烟波访雁臣。沅芷澧兰香草路，江山如黛望诗人。

其六

忍饥长闭白云关，谁爱仙才日往还。缥缈有缘通弱水，痴顽无福笑淮山。
飞凫自叹心偏拙，舐犊相怜鬓已斑。赠我墨香怀袖里，化为霖雨洒荆蛮。

留别春墅弟，即次送别原韵

去年风雪别，弦索东轩鸣。今年借僧榻，钟磬话离情。
阿咸才调雄，愧我难为兄。西园诗梦尽，春草不敢生。
莲花带仙骨，可以傲长庚。自叹微名累，襆被东南行。
乡心如断雁，几点霞边横。火云别帝阙，凉月归柴荆。
潇湘烟水阔，宰此乌蛮城。君门日以远，跃马思幽并。
芷兰香澹处，得与沙鸥盟。衔杯笑相会，揖别心旋惊。
新诗如快雨，壮我云山程。吾宗素风雅，洛浦波光盈。
鱼盐有奇策，何必登承明。长淮裘马地，磊落多良朋。
怀哉各努力，五岳胸中平。天涯骨肉重，聚散原非轻。
何以报相思，清流濯尘缨。

和史悟冈《忆梅吟》四绝句，赠湛真寺闻谷上人

其一
东风到处扫芳尘，只有寒梅不受春。听得讲堂枯木偈，花忘富贵鹤忘贫。

其二
最怕游人损绿苔，孤根移近白云栽。梅花颇悟西来意，不向东风怨未开。

其三
补就窗边乱石纹，香魂稽首忏慈云。风风雨雨生多劫，度得梅花只有君。

其四
燕子春寒避佛楼，零香怨粉倩谁收。老僧趺坐多欢喜，也替梅花略带愁。

留别秋圃弟，即用赠行原韵

其一
东海桑边送短骖，冰丝老后始成蚕。莺和春色初迁北，雁带秋声已到南。
诗思半因残磬续，交情还比洞箫酣。黄河有意留人醉，浊水三升饮亦甘。

其二

山岳茫茫未易逢，蔷薇盥遍墨香浓。升沉且话斜阳笛，去住同商落月钟。
筑墅尚留枯薜荔，涉江犹恋病芙蓉。娟娟瘦竹堪栖凤，谁与墙东护箨龙。

其三

凌波罗袜想仙缘，醉后闻歌便惘然。梦醒凉蝉微雨地，心悬断雁欲霜天。
树边云白思亲屋，江上峰青远宦船。可记鄂君前约否，隔花遥待降神弦。

寄别家干屏叔

其一

月凉清梦在鸳湖，唱罢胪云出帝都。老大功名羞雪鬓，别离朋好忆冰壶。
新诗缥缈传鸿影，旧谊绸缪感凤雏。风景茅园无恙否，归来重检探梅图。

其二

见说淮阴夜泊船，江南正值浴蚕天。人归欲话燕山雪，客去偏怀汝水烟。
吹笛遥和花入梦，鸣琴敢说吏如仙。芳蘅绿遍湘江路，此后相思更惘然。

黄池道中

芦花秋水路弥漫，霜信初严柿叶丹。港误每嫌舟渐远，波深还觉渡偏艰。
沙边孤雁如人语，树里群羊啮草残。却怪西风凉到骨，白云似絮不知寒。

过黄池访门人吴云衢弟

绿野弦歌梦已遐，烟波远访意无涯。路长相望芦如雪，别久重逢菊有花。
庙埠碧云人话旧，渚宫黄叶客移家。孤篷一宿匆匆去，珍重离情寄落霞。

白岳岩脚晓发，和金石农韵

肩舆曲折入云岑，襆被唯余剑与琴。已向烟霞甘拙吏，还从冰雪得知心。
峰回野犬迎荒店，叶落幽禽择密林。遥向水程思老母，布帆迢递碧波深。

黟祁道中，和石农韵

其一
莫叹空山旅路长，葛怀犹有旧风光。疏林远见炊烟出，古涧疑分石髓香。
料峭霜风欺布褐，荒寒樵舍觅壶浆。穷氓到处多凋敝，试与徐商抚字方。

其二
数家墟落不成村，怪鸟如啼杜宇魂。箬担缘溪多似蚁，樵歌度岭捷于猿。
空山地觉田畴隘，小雪天偏气候温。欲问夕阳投宿处，竹边鸡犬叩篱门。

梁河口

山川两地犬牙分，涧响樵歌隔岸闻。渐觉豫吴疆界隔，尚余唐魏土风勤。
连峰苍莽疑无路，灌木参差只有云。败草数堆农屋破，牸牯相向卧斜曛。

和晓行见月

似为离愁减，如弦送客轮。长将清瘦影，分照远游人。
涧壑流寒玉，关山照烂银。一枝栖可稳，暗祝素娥神。

建德道中和韵

古木千章秀，人家水一方。沙凫眠碧杜，野雀饱黄粱。
菜甲馨田祖，松毛饷古皇。及时耕种力，腊尽已春光。

太湖

渐喜平田旷，村墟远市城。屋依修竹密，山作乱麻横。
老树憨多态，寒溪潺少声。莫辞征路倦，好趁夕阳行。

三同岭

树杪行人出，悬崖挂古藤。乾坤多魄垒，魂梦亦崚嶒。
路与蛇同蜕，峰和鸟共登。自嗟游宦客，翻羡闭关僧。

宿桃牛湾梦老母

春晖频夜梦彷徨,最恐孤篷怯晓霜。旅枕已酣山月店,征帆尚入水云乡。低徊游子思裘褐,珍重诸孙劝酒浆。稽首大孤风力便,宾鸿早晚达潇湘。

登石钟山

其一

万灵此地拥旌幢,战垒犹留旧日桩。石化旋螺浮大泽,山如怒马饮长江。秋风澎湃相吞吐,夜浪嚅呓暗击撞。有客登临思霸业,夕阳凝望倚篷窗。

其二

烟波叠嶂几重重,突兀如拳指石钟。彭蠡飘霜惊蜃鳄,钧天奏月啸鱼龙。曾从无射听遗响,谁与郦元访古踪。遥想洞庭张乐夜,一声吹落碧芙蓉。

和湖口县原韵

渡江山化老龙盘,控扼东南砥柱安。百越风烟吴地尽,三湘波浪楚天宽。入云顿觉关河壮,近水初知堡戍寒。烽火只今全盛日,萧萧战垒有谁看。

泊舟湖口县,登石钟山下崖,偕石农同赋

其一

万窍天风此怒号,东西屹立响蒲牢。岩悬缥缈波心坠,潮落玲珑石骨高。赐乐金钟和魏绛,献俘铁骑缚宸濠。曾传彭蠡钟王气,我欲凌空跨蟹螯。

其二

鬼斧何年劈巨灵,孤城环抱两峰青。混茫烟水雄心壮,浩荡江流战血腥。远浦雁群零似墨,晚霞渔艇小于萍。西风阻客停桡泊,待我磨崖好勒铭。

过九江

其一

塔影微和树影藏,乱帆如笏指浔阳。千年寒浪流终古,九派烟波入大荒。重镇东南供杼轴,雄关楚蜀聚艅艎。一杯遥向江神酹,助我轻风送晚樯。

其二

楚云迢递布帆徂，万点神鸦返照初。屈宋风骚还可访，荆蛮剽悍最宜锄。
霜寒鸿雁随游宦，浪静蛟鼍畏简书。沅澧九歌无恙否，美人香草梦何如。

琵琶亭和榷使唐年伯韵

其一

寒芦苦竹晚交加，尚想移船出荻花。漂泊谁寻商妇舫，风流犹泛使君槎。
天涯薄宦青衫客，月夜新愁白鸟家。隔浦波声流断续，依稀犹似奏琵琶。

其二

谁为诗人建小楼，江天眼界最清幽。低徊往事悲司马，领略余音只野鸥。
汉北云山思旧梦，浔阳烟树访前游。功名我亦嗟迟暮，回首滋兰已几秋。

过阳逻

数家墟落隔陂陀，渔网如鳞晒绿蓑。乱石几堆藏蚌蛤，清江一曲睡鼋鼍。
诗情渐与残霞远，别梦还随芳芷多。烟水白头遥怅望，天吴为我静风波。

甘将军庙

百战传英勇，江东霸业成。寒风嘶马鬣，落照祭鸦兵。
铁戟晨摩垒，蛮弧夜劫营。至今江上庙，父老诵威名。

祭风台

叱咤天阊动，精诚造化回。艰难扶帝业，惨淡役风雷。
剑槊三江血，舳舻一炬灰。简书王命急，助我片帆开。

舟中怀及门孙义斋，程绣书、龚沂友诸弟，及张丹棱、景炎表侄，即用石农原韵

离舟分渡落霞天，黄鹤同寻铁笛仙。两岸烟波峰入画，一星渔火夜忘眠。
计程雁送彭湖月，访旧鸦迎鄂渚烟。欲识怀人无限梦，相逢和我望云篇。

道士洑和韵

其一

畏垒何年此蜕形，崚嶒石带乱云生。一拳似坠黄姑渚，半笏如朝白玉京。
岂有熊罴争窟宅，只余凫雁主齐盟。扁舟此日重经过，浪静波光晓色明。

其二

须弥吹堕一秋毫，压向波心气最豪。天为百蛮开户牖，地从三楚蹴波涛。
还疑缚象山容壮，曾说燃犀水怪逃。我欲鞭驱雷雨夜，罡风海外敌金鳌。

己巳元旦朝谒万寿宫

其一

湖光沙鸟静无喧，五色祥云捧九阍。襟带百蛮歌圣世，冠裳万国拜君恩。
火随马尾烟初合，钟动螭头月渐昏。咫尺天颜如在望，晓星犹聚紫微垣。

其二

鸡人唱后凤城开，衮绣遥知拥上台。瑞露欲香湘浦芷，恩光先到楚宫梅。
铜壶枫殿凝旒出，铁骑松州奏凯回。鄂渚百僚同舞蹈，微臣委佩喜追陪。

花朝日偕李太史、张司马、吴上舍登大别山，迟许随州未至

其一

江天空阔楚山雄，数杵斋钟起梵宫。鼓枻谁寻高士宅，振衣将啸大王风。
山从云梦蜿蜒尽，水接荆蘷浩渺通。有客倚楼期未至，夕阳澹处数归鸿。

其二

湖光潋滟镜奁开，接翅鸥儿去复回。野草绿连天际合，远山青向阁中来。
濯缨渔父真堪友，解佩江妃岂待媒。屈宋只今文藻在，章华何处访荒台。

其三

历历晴川列画屏，湔裙节近菜花馨。提壶且醉三湘月，入度都疑五纬星。
秉炬何由燃水怪，鸣驺尚恐笑山灵。瞿唐春水孤舟客，欲看磨崖剑阁铭。

其四

沙暖泥融麦秀齐，携柑相约听莺啼。烟云接壤黄陵北，江汉分流白帝西。禹庙龙蛇春雨静，渚宫鸿雁夕阳低。登临童冠偕游盛，何处歌声出大堤。

暮春陪武昌、汉阳、黄州诸太守及诸司马、别驾，江夏、汉阳诸县令，同登黄鹤楼宴集

其一

列坐华茵松影堂，大江东走带斜阳。鹤猿欲避冠裳座，鸥鹭同游烟水乡。云梦杯中吞气象，沧浪笛里话行藏。凌风已觉天阊近，仙枣谁传辟谷方。

其二

危楼缥缈俯清波，修禊群贤聚永和。七泽云山天外尽，三湘烟雨槛前多。吟回柳絮春衫冷，醉取榴皮澹墨磨。尚恐落霞归棹晚，隔江斜日隐藤萝。

其三

槃瓠营空雨洗兵，簪缨到处贺升平。峨嵋最喜欃枪落，沅澧初欣荠麦生。谢墅弦歌风景静，庾楼觞咏月华明。西山爽气凭栏望，挂笏何妨澹宦情。

滠口旅店

寂寥野店月微明，浊酒无人独自倾。水陆几番迎节钺，云山何处寄簪缨。百虫絮语欺残梦，孤鼠窥灯报断更。为问宾齐诸故旧，可从烟树数离程。

丹池口道中

其一

远近农家树色藏，出郊遥望麦初黄。腰镰散入云边屋，碌碡收归雨后场。乳燕鸣鸠春渐尽，蒸藜炊黍昼偏长。耕耘触我家山梦，冠盖何心恋异乡。

其二

雨霁征途尚带泥，数家茅屋筑鸡栖。幽花匝地香牛背，野草连天绿马蹄。极浦波声新涨满，隔江帆影夕阳低。清和风物由来好，豆荚初班菜甲齐。

自尤湖登舟入溾口

其一

浩渺波光入望空，半篙春涨乱流通。蘼芜绿染廉纤雨，葭菼凉生断续风。
野色无人闻叱犊，天涯有梦问归鸿。尘缨欲向沧浪濯，渔笛依稀一曲终。

其二

芷绿蘅香水一涯，微风吹入白鸥家。僧寻古渡迷归路，犬向回流吠落花。
曲港晒干泥里网，野田冲破岸边沙。谁知莲叶仙舟客，无限诗情在落霞。

从溾口至蔡公亭夜归

其一

戍楼吹角报初更，到处弓刀夹路迎。树里马嘶残照尽，草根虫语晚凉生。
天因酿雨云都湿，麦已登场夜尚耕。一发蛇山犹在望，参差灯火隔江明。

其二

如墨依稀远岸山，征骖犹在柳阴间。云低野阔天无际，树远人归户渐关。
小犬吠从村火出，羸牛驱向暝烟还。风尘手版劳行役，已觉萧条鬓发斑。

其三

草深江岸夜归迟，风急愁云四望垂。夏口郊原泥滑滑，汉阳城郭雨丝丝。
夜寒燎火邮亭远，路黑呼船野渡危。叹我天涯孤宦意，寂寥只有白鸥知。

夜往蔡田舟中即事

其一

旌旆来去两悠悠，候吏逢迎不自由。星月才归杨柳店，烟波又入木兰舟。
水程迢递歌青鹢，宦梦浮沉笑白鸥。到处路人瞻节钺，鸣驺初喜又生愁。

其二

蟹舍渔庄各掩门，垂阳夹岸渐黄昏。灯光帆影和烟远，人语篙声入梦喧。
新月碎从波里动，乱云低向树边繁。笔床茶灶高吟客，缥缈诗情孰与论。

过郭公堤

苍翠龟山入画图，归船荡桨夕阳湖。四围镜面涵清影，一道裙腰剪绿芜。
响泳轻鲦潜荇藻，呼群野鸭唼菰蒲。城西尚有高人屋，曾访琴声出巷无。

偕诸弟儿孙等登黄鹤楼，用金石农韵

其一
烟水空蒙俯汉津，高楼缥缈女墙闉。磨将醉月金壶墨，洗尽沉沙铁戟尘。
白鳝只今留古庙，青螭何处跨骚人。年年鹦鹉洲边草，染向春风不待皴。

其二
朝宗形势几曾移，尚想神功疏凿时。万古仙踪黄鹤远，三分霸业白鸥知。
江流竞涌鼋鼍窟，战舰犹存犀兕皮。独我登临怀古日，采兰旧梦最堪思。

其三
百尺危栏啸咏身，登高三楚倍精神。天寒薄宦羁湘渚，岁暮全家寄汉滨。
洁白愿酬明主德，贤劳最感大夫均。浮云不用生乡思，玉笋依然聚故人。

其四
风高浪急远微茫，小艇如萍渡夕阳。仙鹤何时归短笛，神鸦犹自护危樯。
桃弧土俗开蛮国，组甲军威挞鬼方。此日圣朝南纪奠，涂泥云梦尽耕桑。

其五
地控荆夔接洞庭，孤帆遥带雁声零。笛终烟雨迷三户，瑟罢风云散百灵。
梦与梅花飘画阁，诗和芳芷绿沙汀。羊公棨戟今犹在，到处峰高岘首青。

其六
浩荡巴江出蜀巫，帆樯迢递水程迂。湘妃翠盖晨捐佩，神女霓旌夜弄珠。
有客凌波乘彩鹢，何人呵壁问仙狐。但求胜地同勾漏，不待丹砂换发肤。

其七
万家烟火槛前齐，密瓦如鳞听晚鸡。桂棹人回孤屿北，竹枝歌出大堤西。
花藏帝子黄陵庙，波冷郎官白石溪。三匝自知飞已稳，月明何必听乌啼。

其八

鹑火星躔迎巨廉，章华雄踞万峰尖。蚕吞与国心犹壮，虎瞰中原势岂谦。
旌节荆门消蜃雾，军储桨瓠贡鱼盐。春风喜近甄陶座，绝胜香醪似蜜甜。

其九

突兀摩空气不凡，矶头乱石怒相衔。凌风已觉天阍近，饮露都忘世味馋。
抱瓮谁寻高士屋，倚栏长送贾人帆。濯缨最爱沧浪澹，不比蓬壶海水咸。

其十

击汰扬舲埶与偕，苍茫七泽起云霾。蜀吴鼎足东西峙，屈宋衙官左右排。
吹笛梦和花共落，求砂人与鹤为侪。重游民社关心切，更觉晴川树色佳。

雨夜偕汉阳令刘君出郧口迎制台

其一

大泽黑如磐，劳劳手版勤。头衔琴鹤吏，牙纛水犀军。
风送神灵雨，天昏屏翳云。楼船遥入望，何处待神君。

其二

水向荆门接，船从郧口归。扬灵铙吹远，入梦角声微。
夜静迎青翰，春寒到绣衣。舟人迷驿路，尚恐问途违。

郧口偕许随州、金应城、刘汉阳舟中小集

僚友分三楚，官曹聚一方。帆樯烟雨国，冠带水云乡。
夜乞邻舟籴，春开酒瓮香。天涯同宦客，笑语慎无忘。

郧口舟中即事

其一

水宿淹晨暮，危樯泊澹烟。云低荒驿火，星动逆流船。
梦觉鱼龙静，人和雁鹜眠。碧空凉月小，疑是夜珠悬。

其二

夜气何空阔，渔舟聚石淙。角声寒入梦，月色淡窥窗。
远树藏郧口，春波涨汉江。殷勤来访客，多谢野鸥双。

舟过蔡田遇大风雨

其一
一夜滂沱雨，奔腾水怪多。狂飙驰冈象，怒浪起鸣鼍。
万炮昆阳落，孤帆梦泽过。茫茫知宦海，从此慎风波。

其二
野旷昏云合，维舟就岸沙。凉暄殊气候，烟火少人家。
雨黑逢罗刹，风号斗夜叉。青绫寒渐入，旅梦渺无涯。

清明舟过蔡田，和绣书弟韵

已近湔裙日，垂杨两岸幽。簪花群女出，挑菜野人游。
鼓赛湘灵社，箫吹越鄂舟。大堤歌一曲，楚些最风流。

闻大金川报捷志喜

其一
剑阁烽烟熄，金城凯唱回。神驹飞踏雪，天狗坠如雷。
扫荡元戎壮，宽容圣泽开。丹青传伟绩，褒鄂画云台。

其二
挞伐将深入，投诚且缓诛。魂飞惊挺鹿，面缚赦妖狐。
僰道通王会，流沙隶版图。东南民力息，元气运洪垆。

其三
雪岭朝摩垒，松番夜解围。宵衣劳睿虑，舆榇惧天威。
枞杜椎牛飨，桃花汗马归。蚩尤消毒雾，化作五云飞。

其四
饮镐周廷宴，旗常吉甫勋。弓刀天上出，鼓角地中闻。
但使金汤固，无令玉石焚。从来神武略，端在庙谟勤。

其五
万灶云屯处，貔貅静不喧。三申严壁垒，一剑肃辕门。
解网君恩重，登坛将令尊。从兹荒徼地，稽首尽屏藩。

其六

雪滑奔狼寨，云愁刮耳崖。缒兵危岭险，飞炮敌楼霾。
困兽何曾斗，穷猿自入怀。壶浆迎父老，始觉止戈佳。

其七

祭纛军声赫，投醪士气欢。癸庚频运饷，戊巳渐屯官。
疏勒飞泉涌，褒斜积雨寒。遥知千万骑，歌舞入长安。

其八

振旅天颜喜，班师护百灵。朝阶瞻舞蹈，陵寝荐芳馨。
赦宥同雷雨，恩纶焕日星。蛮方留战血，无复野风腥。

其九

玉帐才分阃，金貂已入朝。冠裳绥四译，干羽格三苗。
白帝飞刍远，黄皮受吏遥。卿云歌一德，端拱奏箫韶。

其十

去岁辞枫陛，铜章鄂渚过。军书驰露布，圣藻比云和。
奏捷驼蹄疾，铭功盾鼻磨。小臣惭雅颂，未敢献铙歌。

滠口旅店即事

其一

斗室堪容膝，人如抱茧蚕。半窗斜日漏，一枕午风酣。
村塾书声早，山厨饭味甘。萧然无与语，欲觅祝鸡谈。

其二

日出鱼虾社，风和雁鹜村。树阴藏草屋，花影闭柴门。
野老尊冠盖，儿童献瓦盆。黄粱清梦熟，不觉市声喧。

汉阳别驾署中即事

其一

一室安吟榻，萧然坐小园。帘钩花影静，屋角鸟声喧。
绿老桐为祖，青繁竹有孙。著书吾愿足，何异在衡门。

其二

退食无尘杂，忘机养太和。厨空鸡舐鼎，户冷雀张罗。
索米家奴散，谈诗野老过。逢迎甘懒拙，宦兴任蹉跎。

其三

薄禄惭无补，犹堪养老亲。九迁兰可佩，三徙桂为邻。
阴雨呼鸠妇，烟波逐雁臣。生涯同偃鼠，吾道岂忧贫。

其四

吏散门长掩，官闲爱索居。买花酿客酒，倚树课孙书。
玉版参香后，银鳞出网初。天应迟薄宦，留食武昌鱼。

其五

鸭绿江头水，猩红市口花。炊烟檐避鹊，积雨釜生蛙。
味澹鸡头芡，羹香羊髓瓜。平芜迷楚望，何处可移家。

其六

草色连天碧，登楼望大江。波声流旅枕，云气入虚窗。
柱史青牛远，渔舟白鸟双。相携同采药，愿比鹿门庞。

其七

解缆迎朝雾，张帆待晓云。春流三峡合，夜涨一江分。
梦怯鱼龙窟，吟和雁鹜群。神鸦斜照里，酹酒拜湘君。

其八

喜见嬉春社，愁无避债台。鼠饥窥白昼，鹤瘦啄苍苔。
俸薄惭宾客，才微惜驽骀。汉皋神女在，解佩尚徘徊。

其九

客比松犹健，人同石更癯。游仙空怅惘，路鬼尚揶揄。
煮石青城客，求砂勾漏图。御风曾有约，铁笛可来无？

其十

风角青囊术，曾装玳瑁函。仙书占季主，吉日问巫咸。
辟谷心长淡，餐英骨不凡。沧浪堪吏隐，沙鸟送征帆。

其十一

祭肉颁坛社，春郊肃礼仪。犁锄青帝庙，钟磬紫阳祠。
禁渡舟航客，分钱襁褓儿。官闲无补报，只此答恩私。

其十二

饯却春光去，荼蘼落已残。雏莺啼雨滑，乳燕贺泥干。
渐熟官僚礼，犹余故旧欢。乡山猿鹤远，应识宦途难。

晓从蔡田归舟

其一

渐与沙凫熟，沿波客路谙。青迷湘浦北，绿遍汉皋南。
屋小如藏蚌，山低似卧蚕。征衫曾此路，几度染烟岚。

其二

霁色微明后，余红散晓霞。新蒲何处渡，深柳几人家。
燕乳初成垒，蜂闲未放衙。孤篷堪入画，不觉在天涯。

渡江行

烟水混茫波瀇瀁，屏藩南纪江山壮。岷嶓雄视主齐盟，争长黄池不相让。
三峡愁云斗怒雷，瞿塘滟滪声喧豗。浩浩长风驾白浪，阴崖忽踏鼋鼍哀。
激石冲沙无止息，篙师渔子都惶惑。流出夷陵势始平，清光远控巴夔国。
巨灵疏凿禹功勤，劈破沱潜两派分。澎湃荆州流忽合，朝宗遥望海东云。
万里奔涛长滚滚，犀牛镇伏鲛宫稳。剖开元气入溟蒙，截断大荒分混沌。
孤城隔岸遥相望，江夏风烟接汉阳。树色依稀藏观阁，波光森渺聚艅艎。
片帆远浦微明灭，春草蘼芜青未歇。一发遥山淡晓烟，几丛乱荻飞残雪。
风淡鳞鳞静不波，半奁镜影青铜磨。岸芷汀兰香入梦，白舫青帘听棹歌。
有时出没江豚起，鱼龙悲啸天吴喜。黑云如屋浪如山，重碇危樯风力驶。
霁日初升照水涯，晓霞红散青琉璃。归舟客出黄牛峡，待渡人喧白鳝祠。
凉月空明沉夜璧，鄂君绣被焚香夕。弄珠神女翠旗游，解佩江妃罗袜隔。
我曾渡此饱风涛，趋府逢迎手版劳。解缆云边心自壮，扬舲雾里气犹豪。
朝晖暮霭多清快，敢忘涉险衣袽戒。要令润物济涸枯，岂独藏珍露光怪。

嵯峨两岸踞龟蛇，往事英雄几叹嗟。销沉不尽金戈血，淘洗空余铁戟沙。霸业鼎图俱已矣，滔滔日夜东流水。一杯醑酒祝江神，泛宅浮家从此始。

汉阳府先农坛随陶太守耕耤

一犁叱犊水云多，黛耜绀辕劳酒过。柳外朱旗亲稼吏，花边社鼓插秧歌。九重衮绣思蓑笠，四海馨香贡象牺。霡霂土膏初动后，篝车万亩祝年和。

江夏县洪山寺随彭大中丞及诸同僚劝农

春郊锄笠杏花遥，白马珊鞭气不骄。沽酒提壶红雨店，催耕布谷赤栏桥。钟敲古寺和松籁，旗过平田避稻苗。保介金钱欢赐后，老农击壤入风谣。

汉阳文庙丁祭行分献礼

香烟燎火彻松阴，九献登堂衮冕临。彝鼎初谙三代器，笙镛已肃两庑心。欣从泮壁馨香座，拱听韶咸古澹音。拜胙归来凉月落，宫墙回望碧云深。

汉镇仲春祭徽国文公庙

劫灰南渡重丘坟，俎豆遥从汉水分。三月佩刀瞻盛礼，五星聚井演斯文。衣冠环听人如堵，箫磬升歌响入云。回首紫阳峰影路，松风鹤唳自成群。

武昌从唐大中丞操阅兵

江汉秋风卷旆旌，蚩尤祭罢静无声。威行鹅鹳炎荒国，气壮貔貅鄂渚营。长鬣不呼军令肃，高牙相望战船明。正逢奏凯峨嵋日，四海升平贺偃兵。

初入麻城道中

其一

面面群山马首横，参差翠黛绕孤城。风蝉递向征人送，沙鸟遥随父老迎。棉叶绿和微雨重，稻花香带夕阳明。秋成最喜歌丰稔，到处欢闻击壤声。

其二
平田穮秠与腰齐，蚱蜢群飞渡浅溪。野寺半邻青竹北，人家多住绿槐西。
峰头云起迷鸿影，渡口沙深没马蹄。指点山川淳朴处，农夫辛苦夏锄畦。

其三
四围树色郁青苍，墟落风光似故乡。叱犊烟中人戴笠，收棉雨后妇提筐。
豆棚苦茗尝茅舍，瓜蔓余花覆土墙。回首汉阳城郭远，云深夏口已微茫。

麻溪河

客阻崩沙岸，波环近水田。谁从驱马路，远觅打鱼船。
曲渚迷秋涨，疏林隔暮烟。风蝉相响答，浓绿满前川。

白杲区饭于选佛场

到处农家种艺勤，新秧插遍野田分。南湖水满留斜照，北枧峰高起乱云。
古寺僧供斋后饭，深波人湿渡余裙。藕花如雾回塘里，忽觉香风马首闻。

董家冈阻雨

正爱山川秀，偏嗟行路难。微风初淅沥，旷野忽弥漫。
栈马冲泥怯，征衣燎火寒。趋程心自急，叱驭敢盘桓。

夫子河

沿溪风澹水粼粼，松枥参差覆涧滨。可有耦耕人避世，已无问渡客迷津。
空山此日余麋鹿，吾道当年叹凤麟。沮溺高风犹在否，数家烟雨自为邻。

团风镇登舟至黄州

疲马征途阻，孤篷自在流。天低昏似夜，暑退冷如秋。
烟雨三江口，云山一叶舟。吟情空旷处，寥落付沙鸥。

渡江

如墨愁云夏日微，登舟行旅解征衣。丝丝雨密寒鸦暗，漠漠天遥远鹭飞。赤壁重游人尚在，黄泥话旧事都非。芦花夹岸渔歌起，愿买霜鳞入网肥。

重游赤壁仍用壬子原韵

其一

丹碧楼台入画图，秋风两度泊舳舻。和烟山色全吞楚，带雨江声尽入吴。半枕梦醒云外鹤，一枝飞稳月中乌。坡公祠宇英灵在，识我重来酹酒无。

其二

洞箫吹过客如仙，桂棹兰桡渡旧川。词客重游当此日，美人遥望几何年？凉分渔火沙矶月，绿满蝉声夏口烟。四顾雄心消不尽，江流浩荡渺无边。

泊黄州

雉堞参差水上浮，青山一发指黄州。江鱼劝客尝新味，沙鸟逢人话旧游。渔网欲收霜叶渚，风帆不断月波楼。白苹烟景多空旷，离思催归未许留。

赤壁谒于端清公祠

扫荡荆蛮静，开藩吴越宁。风霜留面目，岳渎避英灵。地近坡仙庙，碑同岘首铭。只今遗像在，父老荐芳馨。

月波楼

雉堞余秋草，荒墟不可求。影从孤屿出，光入大江流。兔落青铜镜，鱼吞白玉钩。昔贤觞咏地，清景未同游。

快哉亭

物外游何碍，江山俯仰雄。凭高心自旷，怀古意无穷。荣辱回头幻，忧欢过眼空。披襟亭上立，万圣大王风。

竹楼

直节銮坡客,风流鹤氅仙。浓阴和瓦覆,冷翠入棂悬。
响听潇湘雨,清分筼谷烟。卷帘闲读易,沙鸟亦悠然。

雪堂

叶脱临皋北,霜清赤壁西。波光开牖远,霁景出檐低。
鹤补巢边絮,鸿藏爪里泥。风流坡老宅,高卧好留题。

董家冈

漠漠水田尽,陂陀起伏多。云低松偃盖,树密叶沉波。
马踏浓阴乱,鸦飞翠影和。何由脱尘鞅,来此听樵歌。

回车埠

吾道空悲悯,归欤行路难。云迷陈蔡国,日落鲁齐山。
弟子劳鞭策,诸侯倦辙环。辚辚征铎远,揽辔仆夫还。

望花山

何处来天女,缤纷散道场。含娇拥髻媚,带恨扫眉长。
紫翠峰藏雾,丹黄树着霜。只疑金谷过,踏遍马蹄香。

白塔河

问渡人初倦,看云路转逶。凌波当极浦,赠石少浮查。
远树生残照,悲风卷乱沙。微茫峰翠尽,塔影带余霞。

夜渡帅家河

夜黑风声急,秋深水气腥。吟将一鞭月,踏碎满溪星。
束炬燃犀怪,含沙避蜃灵。潺湲过已尽,入梦尚泠泠。

晓别赤壁

其一
石级萦纡历几盘，鱼鳞万瓦古齐安。数丛葭菼烟波阔，一粟蜉蝣世界宽。
断岸江流心旷远，孤峰凉月境高寒。坡仙四壁龙蛇动，墨妙携归得饱看。

其二
斗酒鲜鱼薄暮携，霜林落叶过黄泥。平临绿野秋云北，峭出丹崖古堞西。
风月尚留无尽藏，江山还待有情题。霸图旧迹销沉后，草色青青散马蹄。

沿江即景
如镜江波漾夕晖，渔庄蟹舍傍云微。空蒙万柳青迎面，一路秋蝉送客归。

枫香铺道中
稻花入望渺无涯，远树归飞见乱鸦。峰北云昏龙挟雨，湖西日落雁冲霞。
青藤覆屋瓜垂蒂，紫蔓缠墙豆有花。彷佛灌园高士住，鸡声遥出白云家。

晚过团风镇
远近溪桥立马登，波光淡荡暮烟凝。风凉客解松林辔，雨过人收荻港罾。
云外呼群秋水雁，沙边唤渡夕阳僧。诗情到此多空旷，散发扁舟愧未能。

沙河区
数家屋就楝花居，濯足人归带月锄。四野腰镰登稻后，一犁叱犊种秧初。
山田地僻愁多讼，村塾年丰喜读书。入境停骖询土俗，劳心抚字竟何如。

渡白杲河
环绕低山翠似罗，一鞭行旅隔溪波。云峦幽僻危桥少，烟雨连绵夜涨多。
鸥浴平沙清梦醒，马嘶残照乱流过。白蘋最忆江南路，到处渔舟听棹歌。

白塘铺道中

回塘菱荇绿参差，风澹粼粼绉碧漪。几处鱼虾喧草市，数声鸡犬出茅茨。登场最爱农家乐，问俗都忘旅路疲。触我故园耕稼梦，乡心寥落白鸥知。

自迎河集晚归

渐觉凉风袭葛衣，火云尽后客初归。松阴夹路新蝉应，菰叶连天晚鹭飞。曲渚绿迷秋水阔，远山青带夕阳微。老僧清茗频相约，未暇斋堂话息机。

中元节后夜渡高岸河

密树平沙两岸分，夜凉野旷百虫闻。马蹄踏碎波心月，燕尾冲开渡口云。候火微茫迎戍堡，阴磷明灭起孤坟。田家灯影参差出，父老应知拙吏勤。

往沙河集

几度停骖过远村，豆花墟落唤鸡豚。羸牛破屋眠松影，乳鹊中田贺稻孙。漂絮最怜初朽骨，汨罗频吊未招魂。归途照我征鞭冷，皎皎冬峰白玉盆。

石香炉

野火荒山曲，人家乱石坳。鸮禽啼竹坞，虎伥出松梢。月黑迷青枥，风腥响白茅。谁知夜行客，不及鸟归巢。

夜宿虎头关

驱马峰峦峻，愁云已五更。村沽关吏宿，候火戍兵迎。梦怯羊肠路，心雄豹尾营。危疆须控隘，起舞剑长鸣。

晓渡杜家河

槲叶村边合，溪流饮马过。蚁盘樵路滑，鸦乱岭云和。苦雾迷丛灌，寒烟没茑萝。只疑毛女谷，苍翠万峰多。

张留关

莽莽乱峰接，樵歌少往还。云愁狐女窟，日落豹儿山。
险谷忧群盗，雄关控百蛮。松风投古寺，晚磬一开颜。

夜过胭脂岭

客返寒更尽，残星尚满天。僧分龛里火，马饮涧边泉。
石秃峰如赭，霜浓树化烟。山城知不远，辛苦着征鞭。

游城东丁氏园亭

其一

紫藤书屋蝶双双，叩户金铃少吠尨。丛桂着烟香满槛，修篁带雨绿窥窗。
玲珑石可安吟砚，妩媚花都覆酒缸。投笏客过堪入画，碧云回首隔秋江。

其二

城市何妨小住佳，听鹂曲径绿苔埋。卷帘花气薰人帽，扫路松毛碍客鞋。
棋局笑邀园橘叟，书声静出海棠斋。新泥四壁供吟墨，试问谁工古断钗。

其三

梦醒西园鸟乱啼，谢家春草绿萋萋。官闲始觉寻花乐，地僻何妨选石题。
洗鹤桐阴高阁北，狎鸥柳絮板桥西。主人情重醇于酒，不必金壶醉似泥。

其四

华表云深旧梦留，令威家已筑菟裘。犹怀东墅鸣驺日，正是西风落雁秋。
枫柏客归凉雨路，芙蓉人倚夕阳楼。故园笑我荒三径，曾替梅花略带愁。

麻城署中纪事

其一

捧檄西陵鬓渐斑，松声北牖几曾闲。买鱼夜雨团风镇，饮马寒云大活关。
五代战争余废垒，百蛮襟带半荒山。菊花未到重阳候，已与辞巢燕子还。

其二

烽烟销尽戍楼空，南北关河落照红。楚豫分疆山势险，蕲黄接壤地图雄。
鹅笼晓镇鱼虾闹，螺壳秋潭雁鹜通。最爱花村喧社鼓，椎牛争祭紫薇宫。

其三

危峦荦确路盘纡，青犊还忧啸聚徒。土主祠荒嘶石马，女王城远祭妖狐。
曾从灌莽擒群盗，更向蘼芜访故夫。尚喜绿阴墟落密，人家淳朴牧猪奴。

其四

揽辔云山已遍经，每寻碑碣访前铭。阎公古墓荒楸冷，毛玠遗庐蔓草青。
问俗空山秋听雨，劳民野渡夜瞻星。衙斋尚有娱情处，赋就新诗诉鹤听。

其五

蚁王移国出堂坳，柱朽梁倾缚白茅。雨积闲阶蛙入灶，云迷老树鸟归巢。
隔墙短笛迎神曲，近郭孤舟送素交。回首月明金粟屋，天香犹梦旧花梢。

中秋后五日，偕王野泓、金石农暨门人程绣书、表侄张丹棱游麻城五脑山

其一

楼阁参差马首开，几盘石级路纡回。树藏寺比蜂房密，石露山从蚌壳胎。
四野空苍和水抱，万峰积翠入檐来。踏云欲访麻姑洞，却恨罡风送客回。

其二

登山客已谢鸣驺，父老依然夹道稠。半坞烟云黄叶寺，百年香火紫微侯。
僧厨蔬味杯盘澹，佛磬松风梵呗幽。自喜官闲诗兴旷，惭无惠政答沙鸥。

和野泓、石农登五脑山原韵

其一

百里沙田似掌横，登高如瓮见孤城。树留厄运黄杨老，人向凌虚碧落行。
啼竹幽禽频自唤，眠花仙犬未曾惊。农家报赛山祠盛，钟鼓声中贺太平。

其二

蜿蜒峰势抱如环，数杵斋钟出远山。槲叶滑堆樵路上，松毛翠落佛龛间。
鹿寻古涧呼群过，鸦带斜阳送子还。笑我风尘淹薄宦，劳劳不夜白云闲。

坐紫微精舍，和石农韵

浓澹开棂看晚岚，老僧汲水种优昙。山猿惯听钟声熟，野兔都分菜味甘。拄笏西楼情本爽，濯缨南涧梦初酣。罢衙此日无拘束，好与村农倚树谈。

别麻城赴武昌途中偶占别同僚及诸绅士父老

其一

烟水移家孰与论，朱旗又别菊花村。三秋渐觉云山爽，两月无多雨露恩。父老壶浆迎北浦，宾僚冠盖饯东门。但期风俗长淳朴，慰我弦歌旧梦魂。

其二

穆陵关塞碧云遥，回首依依万柳条。鹤氅诗歌留月旦，麈裘谤誉任风谣。已随猎火经松枥，曾与农夫贺稻苗。重踏板桥霜叶路，只余马尾挂吟瓢。

其三

说法何曾化石顽，多惭车辙道旁攀。弓鸣白羽愁难尽，剑盗红绡恨未还。凤岭日斜鸿外影，龟峰云起马头山。林峦苍翠如留客，未免临歧怆别颜。

过歧亭和东坡韵

宦游滋味薄，浑如饮米汁。冲霜马足寒，带露狐裘湿。
侠隐慕方山，遗庐今乃得。当年醉坡老，茅庵风雪急。
沉吟戒杀篇，春波怜浴鸭。马上记论兵，舞剑动帘幂。
自从弃轩冕，枫柏入山赤。看云眼始青，采药头忘白。
黄光多异人，餐霞脱鹿帻。长啸谢苍生，肯作牛衣泣。
我来停辔望，新月疏林缺。捧檄走风尘，愧彼烟霞客。
闻钟宿古寺，树密乱鸦集。

别武昌过张公渡道中

其一

湖光淼渺夹堤长，葭菼连天接水乡。一路鱼虾喧晓暮，四围凫雁入空苍。农家树里藏秋雨，渔网沙边晒夕阳。到处弓刀明戍堡，依然形势楚封疆。

其二

万顷琉璃净可磨，沿堤苍翠转陂陀。参差远树烟中发，浓淡低山镜里螺。
小艇载归残照尽，乱帆挂入暮云多。何由买屋湖边住，画得闲身着钓蓑。

宿芷芳铺

蟹舍渔庄水一湾，征鞭频此叩柴关。寒鸦绕树依人宿，浴鸭沿波带子还。
且喜联床沽市酒，何妨高枕看湖山。终年奔走风尘客，旅梦劳劳得少闲。

入咸宁县驿路古松

其一

鳞鬣腾空百万争，游人到此眼初明。将无白鹤冲霄去，已有苍龙夹道迎。
雨露犹思经略德，冰霜曾主岁寒盟。依稀如入黄山路，触我轩台旧梦生。

其二

烟云拿攫各争奇，秀色参差可疗饥。拔地蛟螭都起立，弥天霹雳忽交垂。
四围璎珞青迎面，百宝旌幢翠入眉。最爱一鞭留恋处，清阴密覆马行迟。

其三

雷雨中宵化怒龙，耻从珪组受秦封。伛偻故作轮囷态，拱立还为冠剑容。
浓影半迷秋月笠，梵音遥带夕阳钟。记曾曳杖仙桥过，苍翠迎人入乱峰。

其四

五粒洪崖饭味甜，长枫夹立肃观瞻。婆娑怪态何曾肖，崛强孤情最不厌。
万鼓潮音天籁合，一钩月影暮云黏。朝晖暮霭吟无尽，饱我诗怀岂碍廉。

晓雾过桃林铺，和金石农韵

其一

谁鼓天风渤海澜，蜃楼吐气白漫漫。海神夜半鲸波窟，鞭起鼋鼍不畏寒。

其二

洗出长松膏沐清，米家山入画图行。还疑白帝秋宵猎，怒鬣嘶风万马声。

其三

霞生度索绛桃开，曾向昆仑掷核回。莫怪苍髯争拱揖，鼓琴人为种花来。

其四

拂地松阴路不迷，山田瘠薄少余资。犹堪养母空山里，万斛丹砂百岁芝。

宿丁泗桥

黄云刈尽稻生孙，酒熟田家老瓦盆。港浅舟通疏柳屋，烟深人住乱松村。
鱼虾入市争收网，鹅鸭呼群各认门。最喜客怀清旷甚，一钩新月近黄昏。

过韩婆岭

萦纡石级岭头分，古寺泠泠晚磬闻。一径松毛深滑雨，四围树影密藏云。
穿林只有禽呼客，饮涧唯余鹿唤群。遥指樵歌苍翠路，乱山从此踏斜曛。

石坑渡

涧流湍急石崚嶒，到此清溪一镜澄。客饭斋钟凉雨寺，人和唤渡夕阳僧。
龟趺斜抱松边屋，鱼网初收竹里罾。自笑劳劳车马路，好山无暇踏云登。

壶头关

羊肠石磴仰跻攀，险峻危峰惨客颜。云树如登三折坂，风烟直接五溪蛮。
天开下隽桃弧国，地锁长沙岳麓山。犹有伏波遗庙在，土人疑信说雄关。

崇阳洪

突兀悬崖石骨青，中流浪急白龙腥。阵图烟雨疑鱼腹，峡口波涛祭鳖灵。
熊绎何由开绝壁，郦元未见注遗经。我来鞭起鼋鼍窟，酹酒高歌水怪听。

鹿门铺

蜿蜒列岫蜕长蛇，落照归巢几点鸦。松枥淡浓高士宅，陂陀起伏野人家。
微茫戍火明丛竹，硗瘠山田种苦瓜。可有庞公偕采药，携锄何处踏余霞。

崇阳东偏隙地筑小楼成，额以拄笏公，余赋诗索诸友人同和

其一
孤城如瓮万峰环，人倚危楼百尺间。绿浸鸭头春水满，红生鸦背落霞还。
文星近接奎光阁，爽气遥邻诰轴山。退食蒲团联宴坐，焚香读易一帘间。

其二
山色低连树色分，凭阑远近看微曛。书声响出檐边月，琴韵徐弹槛外云。
桧影宫墙瞻俎豆，杏花墟落劝耕耘。筑成缥缈仙人境，自觉翛然避世氛。

其三
佛髻开棂面面苍，传经香雪费思量。且谈风月延嘉客，最喜云山似故乡。
燕子哺雏巢画阁，鸥儿傍母浴回塘。绛桃宾馆当春昼，花亚低鬟近短墙。

其四
如绮诗情送晚霞，何须勾漏访丹砂。云霄鹤氅三清梦，烟火鱼鳞万瓦家。
葛岭鼎空余药草，乖崖祠古荐苹花。讼庭吏散凭高望，不厌春风鸟雀哗。

其五
封疆犹想旧桃弧，极目登临问袴襦。秋叶丹黄湘浦路，春山金粉辋川图。
骑鲸冷梦思仙客，射虎雄心托猎徒。最爱芙蓉参佐会，清歌风雪夜围炉。

其六
琴堂清俸本无多，小筑聊成安乐窝。四野松风秋课士，一帘花雨夜闻歌。
农家社鼓垂杨密，僧寺斋钟落叶和。谁信宦情原最澹，翠微乡梦忆云萝。

官田畈

野阔西风料峭寒，黄云刈后稻田宽。空明水向吟余渡，潇秀山从画里看。
飘雪荻花犹带白，变霜枫叶已微丹。征途最喜多清旷，何必长歌行路难。

渡石屋岭

一径入苍翠，群山各蜿蜒。疏林藏水碓，远屋露炊烟。
野有收棉客，溪多种芋田。如经故乡路，淳朴旧山川。

饭石屋铺田家

过墙竹色上青蛇，鸡犬翛然静不哗。试煮余蔬山妇灶，旋炊新饭野人家。
瓜藤雨重黄留蒂，荞麦霜微紫着花。自笑劳劳冠盖客，偏输农圃作生涯。

清水铺入山

寒生万树酿霜秋，渐入深山落叶稠。日暗峰尖迷佛髻，风高云势涌潮头。
年丰食饱欢群雀，地瘠耕劳惜瘦牛。最爱农家犹俭朴，葛怀风景此中留。

蔡家墩

白云深处见樵夫，夕照寒鸦满绿芜。买肉客归秋祭社，积薪人暇夜围垆。
桑麻楚俗俱安堵，耕凿豳风可绘图。莫怪堰堤争水急，山田瘠薄少膏腴。

宿青石庵

其一

野旷谁投宿，禅房借老僧。树多风易响，云密路难登。
半榻思乡梦，孤龛入定灯。谁知远宦客，薄醉与愁凝。

其二

犬吠僧归寺，鸦栖客解鞍。刁调号怒窍，澎湃听惊湍。
市远沽难待，宵长睡自安。僧厨甘澹泊，洗芋且分餐。

其三

夜半青绫冷，林高少静柯。虚窗凉雨急，落叶寺门多。
月黑疑狐啸，风腥恐虎过。明朝回首望，钟磬隔藤萝。

毛公渡

烟芜秋尽草萋萋，日暖风和稳马蹄。密树带云藏远屋，平沙如雪绕清溪。
几家枫柏寒波北，万朵芙蓉叠嶂西。好水好山看不厌，邮亭到处可留题。

夜别通城仍宿青石庵

孤城回望堞参差，出送荒郊路渐迷。远浦灯明渔艇小，寒沙屐滑板桥危。
马嘶古渡烟波阔，雁唳浮空星斗垂。竹里敲门还借榻，老僧应讶客归迟。

晓过进口铺

澹霭浓烟马尾随，霜林远近触乡思。带云老树巢惊鹊，饮水低山似伏龟。
樵舍半藏空翠曲，渔舠多聚乱流涯。碧云无限诗情远，说与孤鸿未必知。

石屋铺出山

重冈复岭几回环，出谷平田空旷间。瘦蝶秋花明驿路，乱鸦深竹闭柴关。
输租人踏斜阳去，负担僧寻野渡还。马首一鞭回望远，暮云明灭万重山。

晚到崇阳县

待渡人归正落曛，寒鸦古堞已纷纷。凌波北浦生凉月，烧冶西山见火云。
两岸岚光孤雁合，一溪秋色野鸥分。邮亭民事关心切，敢惜征衫栉沐勤。

崇阳署中延饮观风诸士

其一

秀峭钟灵面面山，风流前哲尚堪攀。论文偶醉冰壶宴，爱士初联玉笋班。
墨气朱霞生竹阁，书声黄叶出松关。他年好向扶桑路，钓得灵鳌碧海还。

其二

溪山容我鼓琴身，红满桃源别有春。柳絮诗情因客旷，梅花酒味似人醇。
聚奎且吐虹霓气，抱璞宜甘冰雪贫。莫笑公庭罗雀冷，松风还有鹤迎宾。

其三

愿听弦歌雅化开，山城谁道少琼瑰。云霄纶绋求经术，雨雪菰芦访异才。
翡翠薰香贻砚匣，蔷薇盥露涤尊罍。渥洼养就龙媒骨，市骏黄金正筑台。

其四

滋兰敢说主风骚，绣出鸳鸯尽誉髦。奇士何妨收夹袋，异书原可佐香醪。
虚怀愿广公忠益，冷眼宁辞鉴扳劳。老矣烟霞甘拙宦，只余相剑气偏豪。

韩婆岭望雪

其一

奔腾铁骑逞风威，黑帝宵深夜打围。漠漠寒空双鸟去，蒙蒙古寺一僧归。
浓封江上鹅毛屋，密洒山中鹤氅衣。鳞鬣更多奇绝处，老松都化白龙飞。

其二

人踏梅花国里来，玲珑谁筑玉为台？三千佛界琉璃合，五百仙楼玳瑁开。
大地阳春原不夜，诸天色相本无埃。只留彻骨清光在，涤我青莲九品胎。

香雪诗钞（鄂渚宦游集）
卷二

柏荫轩中种荷忽放赋此

几处龟巢翠叶频，庄严色相证前因。自知清节能超俗，纵有秋波岂媚人。
寂寂铢衣偏带露，盈盈玉袜不生尘。何须万朵鸳湖里，荡桨吴娃可结邻。

谒乖崖公祠

其一

丹青炎宋祀名贤，作宰谁知古剑仙。惠爱尚歌桃雨洞，英灵犹聚柳星躔。
亭悬香雾双峰路，堰灌黄云万顷田。留得甘棠桥水在，功名岂独镇西川。

其二

美美亭孤试一登，至今风节想棱棱。拔茶桑老青垂屋，卖菜佣归绿满縢。
斩佞上方传请剑，爱民下隽想餐冰。我来肃拜瞻遗庙，愿踵仪型可许能。

霜降日出北郊操演民壮

出郊铙吹避飞鸿，旗纛和云卷北风。野阔饿鸥惊羽箭，霜清狡兔怯雕弓。
金城纵猎心犹壮，玉帐谈兵志未终。自笑书生裘带缓，今朝气冠百夫雄。

仲冬望日崇阳署中五鼓护月

夜开镜面本无瑕，七宝修成月姊家。且约素娥骑赤凤，谁从碧落捉金蟆。
云藏蟾腹山河暗，鼓击鼍皮庙社哗。试取玉川诗诵罢，清光依旧满天涯。

兑漕南米后出西门祭江神丁靖公庙

玉粒仓储贡帝庭，漕艘衔尾竞扬舲。供来貔虎云屯密，历尽鱼龙水气腥。
桧树冰霜留血食，蘋花巫觋荐芳馨。布帆风便江涛稳，愿祝溪头庙貌灵。

风雪出北门祭厉坛

阴云惨淡压城濠，敢惜寒郊祭尊劳。磷火国殇悲鼓笛，女萝山鬼望旌旄。
闻钟且自依迦叶，求食何曾馁若敖。风雪最怜枯骨路，白杨荒草夜萧骚。

腊月二十八日出东郊迎春

羲和转辔过扶桑,近水寒梅已绽香。绿树藏云飞戴胜,朱旗带雨祭勾芒。土牛鞭出榆烟变,金匕调成杏酪尝。愿进鸠头眉寿酒,祝春先到白华堂。

石枧堰奇石和金石农韵

一拳绉瘦骨,濯彼清泠泉。疑从岣嵝落,鞭向海中仙。
丈人本痀偻,形丑神自妍。跰蹮鉴井客,愿隐撮指天。
松风吹欲动,起舞何跹跹。我怀亦孤介,讵屑为婵娟。
因兹念黄岳,清梦忽成巅。

龙泉寺和金石农韵

樵路滑白云,翠入烟萝径。莺啼竹影动,鹤梦松涛定。
我曾踏斜晖,古寺饭斋磬。新诗和妙香,只许梅花听。
怪石似憨僧,妩媚向人佞。远岫澹如睡,东风吹不醒。
吟罢憺忘归,初月一钩暝。

人日春游和金石农韵

曾登夕阳楼,积翠爱岩壑。一鞭出城市,缥缈白云郭。
古涧带微寒,野梅喧晓雀。笑我历邮亭,竟少瑶华作。
回首种花庐,脉脉春心托。松影落征衫,吟情空落寞。

金城墨沼和金石农韵

孤鹤巢涧松,群鸦散林麓。昔贤栖隐地,白云媚修竹。
涤砚水环窗,含毫花补屋。髫龄依渭阳,烧叶仙书读。
墨气传古香,春泉流碧玉。丹崖一卷藏,光可烛天禄。
何当种绿蕉,清影满空谷。

夜登桃花岭

曜灵西匿晚霞凝，樵路萦纡几百层。玉洞春风疑烂熳，铁崖乱石自崚嶒。人从鸟道吟红雨，客过蚕丛覆紫藤。正是旅怀愁绝处，武陵仙境更谁登。

桃核湾

岢崿悬崖蚌腹开，愁云灌莽自崔嵬。剖来度索成危石，掷向昆仑化劫灰。结子春随残雨尽，扫花人踏夕阳来。巨灵劈出乾坤险，九折如何叱驭回。

雨夜过石坑渡

石滑峰危未可攀，虎风腥处客初还。怪禽细雨啼深树，疲马愁云入乱山。野鬼欺人磷火灭，女奴笑我宦游艰。忽逢束炬迎松径，剪纸招魂鬓欲班。

重过青莲寺

曾饭伊蒲树色浓，寺门重到白云封。客寻凫座余空灶，僧散斋堂罢晚钟。解辔马嘶流水涧，投巢鸦认夕阳松。寂寥禅榻留清梦，依旧山围翠几重。

完镜歌

并序

崇邑里民宋春林娶妻毕氏，反目不和，取憎姑舅。避出中保寺，欲断发为尼，不果。其父毕世国挈带毕氏及两幼妹潜逃入蜀，复嫁邓友文为妻，生两子。春林控县，缉访无踪。时有监利县女子舒氏，随伯父逃荒乞食。伯父饿死中途，女漂流至崇邑。有里民刘以于年老无子，收为义女，赘婿王家信为室。初有奸徒赵龙瑞、李耀山挑女谋娶，女正色叱拒，怀恨。遂唆使春林冒认舒氏为毕氏，欲扭归被阻。两造控县，前任审断几误。舒氏誓死不从，刘以于及王家信不敢容留。舒氏号哭觅食，路人皆怜之。疑狱已数载矣。是时，余适承乏崇邑。先研审公庭，两造坚辨未决。幕中诸友同商，因阅《洗冤录》中有夫妇滴血之语。随令于大堂，涤器贮水，各刺指血，王家信与舒氏血珠入水即合，而宋春林与舒氏滴入触合即分，然春林犹强争不已。余乃微行密访，知毕氏曾住中保尼寺数月。乃密唤老尼应钟至署，询毕氏形貌甚悉。出舒氏令认，坚称非是。复潜拘春林母杨氏，问其媳形貌若何，与老尼所供吻合。亦出舒氏令认，不识何人，且吐出唆使冒认根由。乃唤春林及赵、李两奸面质，皆俯首无辞，直供不讳。遂令王家信领舒氏归，疑案数年，一朝伸雪。复遣役往四川访毕氏消息，于成都府南部县缉获回，断令春林领去。此案益复确信无疑，因离合甚奇，为作歌纪其事。

寒烟乱树啼姑恶，逐妇春鸠巢寂寞。画梁燕子正双栖，无端飞入帘栊啄。
有女空山嫁练裙，负薪供爨日辛勤。补屋牵萝春听雨，灌园种菜夜锄云。
愁颜憔悴姑嫜恚，轻薄谁怜夫婿弃。尼庵祝发不容留，冷灶蓬头偏辱詈。
携家烧栈走蚕丛，弱羽分飞巧出笼。尽室潜逃黄口妹，担囊远逐白头翁。
秋月春花昏复晓，琴台归凤云山杳。琵琶抱去月边船，翡翠哺成花里鸟。
蜀道流离竟不还，山村诉牒语绵蛮。赤水无从探象罔，青城何处访烟鬟。
是时别有他州女，离乡丐食衣蓝缕。伯父提携㜸路旁，娟娟雏凤谁为主。
漂泊愁云落叶村，关河泣尽子规魂。龙钟老叟怜童稚，豢养频依义父恩。
挽髻蓬门年岁久，西邻赘婿欢羊酒。鬓插山花聘缟綦，厨烧榭叶供箕帚。
那知闾里有登徒，目送眉挑过酒垆。花影东墙窥宋玉，桑阴南陌拒罗敷。
一旦奸谋群小起，风波惨澹蓝桥水。商量短蜮射飞沙，勾引狂蜂争落蕊。
失妻鳏客正无聊，啸聚群狐篝火招。妄指钗头抛白燕，思将剑客盗红绡。
炱廖强夺他人妇，雀角鼠牙纷户牖。宁将碧玉葬蛟涎，肯使明珠归虎口？
破镜菱花控旧因，公庭白昼眯埃尘。蜃楼一任成虚幻，鹿梦何由辨假真。
榜掠沾衣频拭泪，焚香空向神明誓。蘼芜错误夕阳迷，芍药催残春露坠。
可怜寥落灶烟空，故宅难归痛路穷。抱愤市人争赠米，含悲疾首乱飞蓬。
破庙无人清夜宿，松云暗处呼天哭。化石终年伴怨魂，覆盆几载沉冤狱。
抚宪明悬照胆台，澄清吏治肃风雷。弹琴月送鸿声去，捧檄云从马首开。
自笑烟霞才本拙，忘餐疑案愁难决。幕中宾佐尽贤明，劝我琴堂亲滴血。
碧瓯清水涤微盐，濡缕神针试指尖。伉俪已偕双晕合，胭脂初浸半痕黏。
花落讼庭人似堵，刁民利口如簧鼓。犹思入月捉蟾蜍，未许开笼放鹦鹉。
一鞭风雪访茅庵，菁沐曾经避佛龛。踪迹老尼还熟识，形容怨妇已都谙。

归来试取双鬟讯，面目全非呼不应。张灯更唤阿婆看，直吐真情相印证。
狱吏提将杻械来，奸人相顾色如灰。深知此日罹鸿网，始向当年悔鸩媒。
红轮涌出消阴晦，裙布当阶泥首拜。风吹罗刹忽团圞，雾散蚩尤交庆快。
镜匣清光惜未圆，芒鞋遣役入西川。玉垒初闻征雁过，银塘已获野鸳旋。
两家眷属重完聚，别后羞容无可诉。提瓮应甘破屋贫，褰裳自恨迷途误。
从来圣化重纲常，荼荠同心苦可尝。挽鹿静归红雨路，驱鸡闲入白云乡。
作歌愿使愚顽警，女织男耕闺阁整。曲巷柴门少吠尨，春郊绿满桑麻影。

琴堂合卺歌

并序

崇民张以升生女，其妻欲溺之死，有比邻包某，于血盆中乞抱养。凭夏正育为媒，许配幼子包广忠，恩勤抚育已十四年矣。己巳岁，广忠父母双亡，零丁孤苦。张以升嫌贫爱富，诱婿广忠出牧羊，迎女到家，串通奸媒，另嫁丁永亨。迎娶之夕，广忠出控县。立缉到衙，讯出活割真情。各予杖责，命幼童广忠、幼女张氏于堂上行合卺礼。给以卮酒花红，鼓吹迎出。是日，观者如堵。为歌以纪之。

鸳鸯娇小池塘浴，惊起分飞沉碧玉。东风吹绉绿漪平，交颈依然游水曲。
当年坐蓐泣呱呱，忍毒何堪碎掌珠。胞血淋漓将鬼箓，离魂惨澹在须臾。
叩户邻家来老妪，咿嘤抱起怜孩孺。悲悯盆中乞养回，抚摩室内恩勤顾。
艰难乳哺几星霜，雾鬓风鬟岁月长。灌圃相随提汲瓮，挑灯伴坐助缝裳。
爷娘义绝吾何有？甘向贫家供井臼。络秀缘谐尚幼龄，塞修约定成佳偶。
扑枣锄瓜识爱怜，柴门童稚日周旋。绸缪欲待星临户，婉娈还迟发覆肩。
日迫桑榆人渐老，严霜忽陨椿萱槁。顾影魂销夜雨檐，含悲泪尽春晖草。
孤儿骨立叹伶仃，风雪麻鞋墓木青。拾橡寒云经野坞，牧羊残照出郊垧。
那知岳父憎茕独，诱取娇娃令别宿。翠袖潜迎聘玉钗，罗襦另嫁归金屋。
义侠曾无古押衙，鸠巢拆散配乌鸦。红绡已盗昆仑客，青粉空寻道蕴家。
可怜诉牒声呜咽，叩首讼庭人泣血。已悲奔月入蟾宫，谁取行云归虎穴。
豪门绛蜡锦屏开，绣幕刚投玉镜台。倚竹人初啼暮雨，寻花客已到天台。
月落正愁瓜破夕，夺回睨柱无瑕璧。敲门夜犬吠银铛，匿窟妖狐惊霹雳。

清风铁面凛阎罗，错愕奸人气沮磨。胆落鸩媒红日出，声欢鹊渚彩霞过。
娟娟重聚双雏凤，交拜琴堂帘影动。赐酒春卮礼已成，簪花鼓乐喧相送。
丈人峰倒雾弥漫，弱婿求恩法少宽。箫响已终犹缥缈，镜光将碎复团圞。
愿劝吾民风俗古，缟綦伉俪安环堵。玲珑玉兔月长圆，缺陷灵鳌天可补。
赤绳系定不容移，笑煞钱刀爱富儿。练裙遣嫁牛衣好，酒肆当垆犊鼻宜。
从来钿盒凭媒妁，合离勿负三生约。护惜金铃连理花，春寒莫使东风落。

四月二十八日夜步雨山祷雨，至黄獭岩僧庵天曙

夏气何郁蒸，清宵出东郭。粼粼石齿露，渡浅溪流涸。
芃稗满菑畬，苦旱忧心灼。悯我农人劳，骄阳犹肆虐。
眷言祷山灵，膏雨沛磅礴。烟林夜犬吠，灯火出墟落。
回塘响桔槔，硗莘山田薄。残星挂柳梢，草露湿芒屩。
泥深凉蝈鸣，四顾殊寥廓。行行望远岫，苍翠争岧崿。
稍喜东南畴，堰水安耕凿。灌注及新秧，耘锄欣有托。
如何咫尺间，腴瘠分美恶。缺月出峰坳，疏林起栖雀。
经过黄獭岩，深洞藏龙蠖。奇石各奔峭，古藤相萦络。
晓磬憩僧庵，清泉饮半勺。稽首礼岩峣，云气生涧壑。
何当鞭霆电，沾润及钱镈。遍野稻花香，神功傲衡霍。

忧旱

其一

坛社空敲晓暮钟，火云烧尽夕阳峰。风烟到处喧饥雀，雷电何由起懒龙。
树里桔槔争古堰，场边碌碡罢村舂。谁怜拙吏忧心急，蓑笠东菑待劝农。

其二

芒鞋草笠出郊坰，愁见荒田野蔓青。请剑直将诛旱魃，焚香频自祭山灵。
渡回鸥渚沙都热，汲向龙宫水半腥。愧我为霖无少补，中宵犹仰毕箕星。

其三

密云才见起西郊，最怕凉风扫树梢。呆日长蒸山似甑，回塘谁注水盈坳。
蛙儿有意喧新宙，鸠妇无声返旧巢。卧尽犇牯残照里，何人叱犊一鞭敲。

其四

谁回元气济凋枯,箫鼓凄清祷舞雩。宝篆可能通帝座,灵旗未见降神巫。思从地窟抛烧燕,欲挽天河洗渴乌。僚佐同心呼吁切,自惭无德感洪炉。

龙头山祷雨诗

并序

崇邑东北有龙头山,山半有龙湫洞。昔年夏旱,有王月台真人入洞,骑龙而出,大雨沾足,后真人羽化,蜕骨洞中。庚午仲夏,予偕诸僚佐步祷至山,命土人偕予悬绠入洞,洞有门九重。至第六重洞门,闻雷声,土人惊惧,不敢复入。遂取瓶水而出,设坛祈祷,立致滂沱,感而赋此。

积翠入烟峦,包络万峰会。悬崖拔地起,突兀鸿蒙外。
丛灌各蒙笼,云岚相潆荟。群山如猬缩,肃立俨冠佩。
芒鞋触热登,足茧忘劳惫。匍匐祈山灵,钟磬望云拜。
铁壁何嵚崟,蚌胎张口嘬。怒流声喧豗,乱石响澎湃。
危磴历崚嶒,龙湫俯阴晦。古窟藏精灵,深岩露光怪。
昔闻有真人,入洞跨龙背。羽化救苍生,石床仙骨蜕。
只今黄冠客,遗事增感慨。我来命土人,缒幽度险隘。
阴森毛骨寒,震荡雷霆磕。洞门守狻猊,惊愕挈瓶退。
归来祭雩坛,嘿取飞泉洒。凉风飒然至,黑云起如盖。
滂沱遍四郊,鳞甲争喷沫。秧田水已盈,活活流沟浍。
微躬有何德,感召甘霖沛。讵敢贪天功,生成由大块。
青旗出东皋,锄笠慰保介。钱镈勿辞劳,转眼秋成快。

暮春往武昌省城

其一

布谷声中夜雨酣,渐渐麦秀遍郊南。□沟涧水流澄碧,四面春山入蔚蓝。密葚醉鸠田父酒,疏花如蝶女儿簪。征鞭两度邮亭路,饱看烟峦晓暮岚。

其二

春风无暇鼓瑶琴,檄召匆匆马首临。谳狱自存明主法,平反空累小臣心。
红开踯躅山花蕊,绿带绵蛮谷鸟音。回忆赤栏芍药放,别来谁与醉余吟。

过石垒坪

平楚荒烟尽,玲珑石骨僵。熊罴争唼噬,鼋鳖互低昂。
鼎煮从娲后,鞭驱出始皇。只疑坚壁在,中有鬼神藏。

滠口夜归,五鼓至汉镇,宿濮元玉宅

天黑云昏惑路歧,疏林远火出参差。烟迷市口鸡声唱,露湿鞭梢马足疲。
叩户谁悬凉月榻,张灯频劝落花卮。主人情重如醇酒,漏尽都忘款语迟。

三月初六日烈风雨

昼晦乾坤变,江翻神鬼愁。奔豚吹浪立,天狗坠云浮。
瓦掷昆阳日,旗骞巨鹿秋。危樯与重碇,万斛失轻舟。

随永制府巡城登黄鹤楼

鱼鳞万瓦带朝曛,牙纛巡游节钺勤。铁骑蹴开危堞雾,朱旗卷落女墙云。
平临高阁风烟壮,控扼雄关江汉分。最喜金汤南纪奠,蛮方已镇水犀军。

明伦堂随永制府谒圣庙讲书

拭履修车事渺茫,犹留风雨古灵光。范韩百万分韬略,游夏三千入讲堂。
漆简壁经尊俎豆,莱兵夹谷壮封疆。宫墙桧柏浑无恙,钟磬追陪谒素王。

洪山寺随永制府唐抚军祭先农坛行耕耤礼

春雨廉纤动土膏,杏花墟落出东皋。犁锄万亩黄云远,衮绣三推黛耜劳。
田畯歌终秧鼓闹,勾芒祭罢篆烟高。归途布谷催耕急,古寺松风送节旄。

至汉镇再祭朱子庙饮天都庵

鹿洞传经道不磨，紫阳庙祀汉江波。三春冠带圜桥盛，两度尊罍拜胙多。
金鼎瑞烟通宝篆，玉箫凉月奏云和。赤栏系马垂杨路，回首钧天一曲歌。

首夏别武昌省城回崇阳署

其一
饯尽残春酒一觞，子规声里促归装。已随乳燕营巢急，未及鲥鱼入网尝。
杨柳绿浓初解辔，樱桃红熟正提筐。瞻云欲慰高堂梦，趋府应怜鬓有霜。

其二
金铃愿护落花红，开到荼藦夜雨空。旅况都忘莺语里，春光已错马蹄中。
绯罗入籍真成梦，勾漏求砂不救穷。回首翠螺如送客，武昌山色远迷蒙。

崇署柏荫轩中种花

其一
春风绿野课桑麻，小圃经纶颇自夸。勾漏可容鸡舐鼎，罗浮好借蝶为家。
终宵饮尽三危露，遍地锄开五色霞。童仆已甘蔬味澹，尚留隙土种仙瓜。

其二
漱齿清泉只一瓢，怜花香土水频浇。猩红入指纤纤染，螺黛和眉澹澹描。
冷落露华湘女竹，天然风韵美人蕉。种成烂熳长春社，金屋何须贮阿娇。

其三
彩云剪出锦流苏，祭罢花神白玉壶。酿向蜂王曾税蜜，赠来鲛女可量珠。
还觞陶亮攒眉酒，谁绘黄荃没骨图。餐得落英多秀色，板舆奉母日欢娱。

至青山保憩松林

漠漠水田尽，陂陀起伏遥。松风凉解辔，草露泾归樵。
地瘠人锄芋，茶甘味带椒。还愁群岭合，苍翠郁岩峣。

过青山

凌空石势斗嵯峨，九曲玲珑鸟道多。谁向海中鞭蜃鳄，疑从云外饮驾鹅。愁眉百万天魔舞，突鬓三千剑客过。回首草庵孤衲在，数声晚磬隔风萝。

寒门坳

积翠疑无路，炎蒸似有霜。乱山如破釜，曲径入坳堂。树密妖狐啸，云愁怪鸟藏。重峦阴翳地，一线漏斜阳。

盘山

乱荻埋人面，悬崖碍马蹄。七盘回峭壁，百尺俯清溪。石裂蛟龙怒，巢危鹳雀栖。山农初种黍，野烧数峰西。

唐峰寺

一径转修竹，觚棱露树阴。禽喧知饭熟，僧老入云深。古涧甘泉味，空山悟磬音。劳劳薄宦客，水月忏初心。

思义坳

其一

树杪孤亭出，冈峦似旋螺。看云愁地窄，入坞厌峰多。落照樵苏绝，悲风涧壑和。女萝蒙密处，山鬼此经过。

其二

曲折泉声渡，崎岖马足艰。云屯三楚垒，日暗百蛮山。冷碧寒人胆，空青惨客颜。犹传古兄弟，相讼让田还。

宿双港李家

仆马呼船渡，张灯水一涯。鸡栖藤里屋，犬吠树边槎。酿酒余桑葚，开门近稻花。危途经九折，清梦野人家。

过高枧峰

树密山无缝，峰回涧自分。哀湍鸣急雨，怒石压残云。
马怯寒芦响，猿愁苦竹闻。天城真在望，合沓暗朝曛。

茶峰寺

其一
密树迷鸦影，深溪渡马蹄。寺藏空翠曲，峰隔乱流西。
客饭霞窥灶，僧鞋露带泥。翛然尘境绝，墟落远闻鸡。

其二
未辨烟中寺，钟声出白云。松阴随路合，竹色到门分。
野犬迎荒涧，幽禽散晓曛。忘机输老衲，清磬妙香焚。

望金柜山

怪石横如屋，峰头独踞雄。飞堪悬鸟背，怒可压鸿蒙。
数丈黄金榜，千年白玉宫。遥知藏宝气，光怪吐长虹。

归途复过青山唤渡

路怯羊肠险，溪怜燕尾分。移船看绝壁，荡桨出斜曛。
石丈飞花雨，金仙拜白云。老龙藏窟宅，雷雨洞中闻。

登石岭

路向峰腰转，人从石缝登。羊眠鞭不动，龟伏踏同升。
雾积三千甲，云藏五百僧。天风绝顶望，愁见绿芜凝。

宿三山保田家

岭后山逾密，荒寒少野樵。炊烟藏曲坞，落日渡危桥。
扫榻瓜藤积，烹厨檞叶烧。前途已昏黑，最恐虎狼骄。

劝农

四郊鸠唤出巢音,已慰秧田望泽心。青盖路从牛背过,绿蓑人喜马蹄临。
携锄踊跃归花屋,赐酒欢呼饮树阴。犹有垂崖遗迹在,堰塘修筑水云深。

初秋自崇邑偕胡月锄弟往省城入闱分校,舟中偶占

浓绿山光隔岸分,孤舟酹酒饯湘君。沙回港露参差石,雨散天收断续云。
残暑雀饥喧曲渚,新凉蝉喜说斜曛。渚宫两度衡文客,采尽西风杜若勤。

过狮山

峭壁和云坠,嵯峨据势高。野烟烧石骨,衰草乱拳毛。
混沌何堪凿,狻猊底处逃。流沙西渡后,弱海蹴波涛。

断马石

尚带奔腾势,昂头渡碧溪。晓云藏石鬣,秋涨没寒蹄。
饮水疑将跃,临流怒欲嘶。低徊鞭不动,应惜锦障泥。

过蒲圻县

短景曾经系马留,西风又送白蘋舟。一篙港带沙痕浅,半塔云和树影浮。
绿满城头秋雨急,红生水面落霞稠。烟波到处劳行役,回首多惭江上鸥。

过车埠

数顷风潭镜可磨,凉生白纻客初过。藏烟晓市鱼虾贱,近水人家雁鹜多。
诗思半生枫叶渚,宦情已澹荻花波。萧然渐远鸣琴署,谁与闲身画钓蓑。

皂潭

夹岸浓阴合,清溪系钓船。门开红蓼雨,屋隐绿杨烟。
宦薄因名误,官贫喜道坚。何由脱冠带,沙鸟日周旋。

渡柳山湖

其一

小艇凌空碧，孤帆入渺茫。菰蒲争占宅，凫雁各分疆。
混合涵元气，虚无弄夜光。最怜明镜里，一发远山苍。

其二

浩渺湖波阔，低山似饮蛇。空蒙鲛女室，仿佛鲤仙家。
积气初成雨，阴云渐变霞。涉江无限意，何处采苹花。

其三

葭菼渺无尽，沿波去复回。云迷行雨馆，日落祭风台。
江水腥流合，渔村澹霭开。惊涛犹未定，殊愧济川才。

泊六溪口

远火疏林小，危樯晚泊多。近江秋气动，出浦野云和。
迢递高楼酒，凄清隔舫歌。年光无限好，大半客中过。

自六溪口出大江

地阔波声壮，天开水势宽。云和孤雁远，秋入大江寒。
雕鹗摩空起，蛟龙抱月蟠。简书王命在，涉险梦都安。

过嘉鱼县

隔岸青无尽，孤城枕大江。波声环古堞，树影入篷窗。
水冷鱼龙静，风高鹳鹤降。白衣摇橹地，沙鸟自双双。

大风雨泊小林塘

烟雨三江暗，风波一叶危。黑云如屋起，白浪挟山飞。
古戍邻瓜圃，新凉入葛衣。自嗟湖海客，寥落意多违。

泊姚家湖

水气腥初黑，阴霞望复昏。风高飞健鹘，浪急拜孤豚。
乱荻回船响，惊波傍枕喧。采兰思旧梦，愁绝与谁论。

过荆口山

其一
浩荡烟波万里秋，危矶突兀束横流。四围树影江心涌，两岸人家水面浮。
客艇初维杨柳路，渔罾半在荻花洲。遥知疏凿功犹壮，指点峰头禹庙留。

其二
设险何年锁石关，江中几点露烟鬟。天开虎阙吞三楚，气压鲛宫镇百蛮。
古寺绿藏深树出，片帆红带落霞还。谁知青翰诗人过，散发高吟隔岸山。

泊鱼秧港

系缆寒芦渚，斜阳已下舂。萧萧风叶响，漠漠水烟重。
月散呼群雁，云垂掉尾龙。野田空怅望，何处一声钟？

晓行江中即景

霁日初融缓放船，清波如镜色澄鲜。武昌远树浓还淡，鄂渚秋云断复连。
江燕迎人低拂水，羸牛带露晓耕烟。一灯锁院量才地，回首前游十九年。

铁佛寺

天监遗闻事渺茫，瞿昙入定阅沧桑。烟霾赑屃丰碑在，怪镇蟏蛸旧井荒。
铸错六州侯景梦，翻经三藏志公房。只今鸱吻凌空起，留得天花古道场。

登藏经阁

香阁闲同老衲登，鱼鳞万瓦夕阳凝。朱旗制府军麾壮，白马经函佛日升。
雁塔西环朝蜃阙，蛇山东走拱觚棱。鄂宫烟水浑依旧，回首萧梁几废兴。

住铁佛寺大士庵中即事

其一
借得维摩十笏房,碧云三楚聚冠裳。书声近出花阴屋,柝响遥闻树影墙。
弥勒分龛酣客梦,奎躔吐焰避星芒。北窗跂脚无余事,石鼎烟微悟妙香。

其二
翠竹疏花半院幽,偶然琴鹤此淹留。重寻更得文章味,饱食都忘闭置愁。
僚友各分凉雨榻,老僧闲话夕阳楼。新蝉唤醒诗人梦,金粟香生月似钩。

夜过硚墩保

风叶调刁夜色澄,三更征铎度沟塍。残星渐向长河没,片月遥和薄露凝。
茅舍烹雌供浊酒,纸窗饥鼠伺孤灯。枕棱未息劳生梦,仆马催人废寝兴。

光禄铺晓行

喔喔荒鸡欲曙天,冲寒马踏板桥烟。红升晓日疏林屋,白尽清霜败蓼田。
放鸭人初临水语,饭牛客正抱云眠。最怜父老殷勤意,苦茗携壶献路边。

宿白羊保

其一
陂陀起伏水潺湲,豚栅牛栏各掩关。乍暖乍寒黄獭洞,和烟和雨白羊山。
厨人烧叶供餐熟,樵客锄兰负担还。几度鸣驺空谷路,归巢羡煞暮鸦闲。

其二
饥鹊空田闹夕阳,农家刈稻已登场。一灯纺得棉筐响,百瓮酿成秫酒香。
父老高谈朝宁略,舆台争散社仓粮。谁知手版邮亭客,独看余霞立野塘。

观察使姜公出巡,诸县迎至界首塘

橐鞬道左拜双旌,马首峰峦历几程。玉斧绣衣巡郡国,碧云凉月到山城。
邮亭地僻刍粮少,宾馆人喧候火迎。问俗公庭渐政拙,望尘原是一书生。

随观察使姜公宿石屋铺

古木荒烟带女萝，节旄落日转陂陀。板桥路滑冲波渡，夜柝人寒向月歌。
白屋供餐惭礼薄，朱旗问俗喜年和。惊乌唤醒劳生梦，枕上诗如落叶多。

清水铺晓行

曙色微开炬火消，冲寒落月过峰腰。雨余已败山绵叶，霜后犹肥野菜苗。
人语半和泉响乱，马蹄偏踏石棱骄。疏林远见烟光尽，负担遥看出谷樵。

过黄台矶

鱼鳞密瓦彩虹间，百货喧阗聚阛阓。浦潊绿藏三月渡，风烟青接九疑山。
地邻唐魏民多朴，云近衡湘俗易顽。立马夕阳咨父老，何人设险控雄关。

辛未首春梭塘铺道中

薄寒清晓入衣棱，村店疏花落紫藤。云散远峰明积雪，溪流浅港带残冰。
冲霜马怯塘泥滑，渡岭僧和野烧登，倦客谁怜诗兴澹，一鞭吟过绿芜凝。

往通城重宿青石庵

风叶调刁见佛灯，叩门夜犬吠相膺。钟声尚认前游客，幡影空怜灭渡僧。
树密鸦窥窗外月，溪寒鹤啄涧边冰。旧题零落新泥壁，可有笼纱护未曾。

自通城夜归崇阳县

如钩月出碧云端，虫语沙田草露宽。远宦屡逢新节序，老农犹整古衣冠。
谁家鼓笛喧灯市，到处鸡豚祭社坛。候吏青旗迎渡口，春裘尚自带余寒。

阻风皂潭

记昔孤舟泊，垂杨日未西。沙深忘旧渡，云重惑前溪。
野屋呼春犊，空林出午鸡。石尤有何事，吹尽草萋萋。

大风雪偕曹还亭泊舟龙口五日

其一
惨黩寒云合，春宵冷似秋。风号飞万弩，雪重压孤舟。
鹳鹤藏深渚，蛟龙斗怒流。平生破浪志，到此叹淹留。

其二
白昼愁昏晦，羲和匿日车。波涛掀贝阙，天地倒蓬庐。
百万残鳞败，三千练甲徂。孤篷高卧客，风角读仙书。

其三
浪急船相触，冰横岸怯登。青迷呼鸭港，白遍打鱼罾。
梦化摩空鹘，人如面壁僧。邻舟还乞炭，愁绝夜寒凝。

其四
雪片飞如掌，沙禽向客号。危樯吹欲堕，重碇系难牢。
水怪夸横槊，江神整战袍。藏钩人未醉，对酒不能豪。

其五
倚枕何曾睡，江波响怒雷。角声孤戍起，渔火一星开。
黑帝春围出，飞廉夜猎回。遥知海水立，吹裂濯龙台。

其六
抱瓮寒分火，冲泥远觅粮。纥干逃冻雀，梦泽啸饥狼。
雾苦三灵惑，冰凌万木僵。自怜非访戴，剡浦意微茫。

泊上簰洲

双桨沿波远，横洲似断槎。沙回明霁雪，水落散余霞。
系缆青虫宅，支机白鸟家。今朝风浪稳，清梦渺无涯。

入荆口

水涨波声急，风微橹力劳。残芦黄淅沥，新柳绿周遭。
野渡泥痕滑，危楼石级高。鱼龙悲啸夜，回首怯江涛。

荆口道中

积雨初晴霁,波深树影澄。溪喧挑菜女,桥立扫花僧。
结屋平坡石,收罾夹岸绳。远山如澹墨,露出白云层。

修孔塘堰江水塘赋示诸父老

其一

活水源头万井分,乖崖遗泽至今闻。那堪百顷沟渠废,敢惜三农畚筑勤。
海上鼋鼍鞭白石,山中乌雀贺黄云。遥知四境春泉满,野老携锄话夕曛。

其二

蒿莱悯旱麦秋天,草积荒塘废作田。泉响已新蓑笠聚,波光依旧镜奁悬。
听莺路踏桃花雨,叱犊人耕柳絮烟。此后丁宁诸父老,无忘补筑一丸坚。

崇邑暮春试士署中

其一

红雨垂帘烛影孤,荼蘼花落惜春徂。濯成缥缈三分锦,搜尽玲珑九曲珠。
宝气如虹收铁网,文心和月入冰壶。松风最爱朱弦澹,岂必齐门独好竽。

其二

莫言小草笔花疲,一篑初成太华基。甘苦劳人尝兔册,孤寒奇士礼牛医。
弦分燥湿何曾误,味辨淄渑岂有私。报国文章从此起,好将经术铸雄词。

其三

考定锱铢殿最难,何人领袖冠文坛。铜盘烛尽光如豆,玉笋班联秀似兰。
几度折肱成国手,一丸换骨有灵丹。琴余剪出鸳鸯锦,试取金针仔细看。

渡南河校武试诸生

其一

西郊列幕碧云开,风劲传弓试铁胎。草软沙轧盘马路,裘轻带缓射雕才。
四围咋舌惊流电,一骑飞蹄起薄埃。好习穰苴韬略熟,丹青自可画云台。

其二

英妙年华冠白虹，请缨奇气羡终童。屠龙自鼓提刀勇，跃马争夸舞槊雄。
落日旗悬飞隼影，平原箭响饿鸱风。玉关铜柱寻常事，勒石谁书汗血功。

登鹄山望大江积雪

元冥建旗鼓，铁骑猎江岸。蝥弧鞭鼍鼋，组甲舞鹅鹳。
孤亭踞峰巅，积素出天半。石磴滑余冰，啼鸦互相唤。
我来蹑衣登，面目江山换。风寒万木僵，水阔天门断。
极浦暗帆樯，远山横几案。迷蒙物象闭，浩荡江流贯。
严凝地母翕，轩豁天心判。冯夷献球图，素女跨猊象。
须眉冷已坚，肠胃清堪盥。空明自可悦，清净无容赞。
妙画忘染渲，神工谢雕钻。烟水失渔蓑，春城冷樵爨。
冻雀满檐喧，饥狐藏穴窜。上帝兆年丰，号令无反汗。
忆我别乡园，梅花隔昏旦。平生嗜孤冷，宦味殊梅蒜。
荒田未得锄，破屋谁为墁。天涯鸿爪留，造化笑衰懦。
西山见余霁，渐觉浓云散。寻诗竹里鞋，烧叶松间罐。
酬君碧琅玕，愧少锦绣段。何由借黄鹄，霞端踏凌乱。
关河渺何许，搔首发三叹。

雪樵上人游汉江，赋诗赠予，次韵奉酬

薄宦如孤僧，饮冰宁敢苟。山城藏瓮里，且试种花手。
频年未拂衣，瘦质羞蒲柳。一苇渡秋江，萍实大于斗，
闻师登轩台，长啸万峰首。奇松相送迎，笑揖支离叟。
何当携蒲团，迦叶访真偶。

题昌国寺壁

其一

悟破真如性，空山转法华。驱鸡登佛界，唤鹿狎僧伽。
半岭悬斜景，危峰插落霞。此中成乐土，农圃即生涯。

其二

面面烟岚幻,山光翠几层。遥开吟月阁,远看踏云僧。
药采三春术,松蟠百岁藤。逢迎原不惯,与世竟何能。

其三

隔院分凉月,和云葛被眠。闲中多傲俗,醉后爱逃禅。
霜熟收棉坞,泉肥种芋田。楞严开一卷,静夜礼金仙。

其四

结屋松风密,禅房不厌深。落花忘贵贱,倚树辨晴阴。
杖借龟纹竹,琴弹凤嘴音。白云犹出岫,不及住山心。

题《幽涧鸣琴图》

一拳石可漱,一瓢水可掬。由来太古音,自在清溪曲。
涓涓响自流,潺潺声相触。中有素心人,洗耳避荣辱。
娟秀碧琅玕,直节挺寒玉。冷翠浸涟漪,凉生肌发绿。
微风鹤梦醒,浅渚鸥儿浴。忽闻鼓瑶琴,清韵落空谷。
海上刺船回,山中抱云宿。翛然古调弹,静和泉声续。
人间筝笛多,谢尽丝与竹。圆魄烂银盘,清辉散纹縠。
神超不觉喧,骨冷何由俗?石丈结比邻,风篁娟幽独。
人生贵适意,此境亦易足。何必游江湖,野性负麋鹿。
我欲携枕簟,于兹涤烦溽。回首梦乡园,碎月流金竺。
遥怜筱粉香,读易隐茅屋。

予自莅任,迎养老母于署中。辛未春暮,老母思归,拜送至崇洪登舟,泪涔涔不自禁也

其一

鼓琴人老发如霜,舞彩官斋侍北堂。红雨缤纷初课士,碧云缥缈已还乡。
孤城忆母思春月,别浦和孙话夕阳。忍泪临歧珍重语,离帆渐远暗沾裳。

其二

绩室关心襦袴歌，灯前劝勉夜停梭。余粮饭鹤君恩重，清节悬鱼母教多。
半比官贫甘澹泊，万家生佛受慈和。最怜父老登舟送，载得离愁隽水波。

其三

三年寝阁恋春晖，尝遍山城笋蕨肥。树种客和莺稳住，巢成人与燕交飞。
长绳愿系天边日，密线犹牵梦里衣。惆怅壶关空立马，望云亲舍恨依微。

其四

板舆到日浴春蚕，蒲绿榴红酒正酣。弟妹团圞频赠苣，儿孙嬉笑各分柑。
鸠头梦远愁官舍，鹤发人归拜祖龛。我亦陈情思乞养，耦耕烟雨翠微南。

出西郊祭先农坛行耕耤礼

一犁耕破草烟浓，牛尾冲霞入乱峰。矮屋桃花簪社老，古祠松影拜先农。
朱旗记过洪山寺，秧鼓曾和大别钟。愿祝山城粳稻熟，水边云碓带沙舂。

题书院中凉薰阁以勉诸生

其一

青蘋吹动渺无涯，绿满山城万瓦家。诗思澹于鸥外水，文心幻似雁边霞。
人从帘角吟香草，风送琴声出落花。两戒星辰高可摘，灵源好与问仙槎。

其二

返照人收渡口罾，汀洲无际晚烟凝。朱弦曲鼓空中响，白纻歌成最上层。
修月爱和蟾共语，看云闲与鹤同登。校书天禄寻常事，藜火分光照玉绳。

其三

耦耕蓑笠聚东菑，解愠瑶琴韵自宜。暑雨吹来凉到骨，春山睡醒澹如眉。
松涛入座禽相答，花气蒸人蝶独知。试指碧波垂柳渡，舞雩童冠缓追随。

辛未夏劝农

柳已吹绵麦已秋，青旗隔岁野田游。儿童索酒喧牛背，父老簪花拜马头。
雨足新秧都遍插，泉深旧堰喜重修。催耕布谷声声急，好取豚蹄祝满篝。

谒忠显李公祠

其一
勤王痛愤义旗稀，一剑长驱夜渡淝。五百鹤猿登敌垒，三千蛇豕突重围。
鸱夷蜇语冤终白，马革孤臣誓不归。愁绝蒙尘悲二圣，忠魂雪窖定相依。

其二
贺兰何处借援兵，冒雪阴云卷旆旌。血战市人争效死，破家儒吏敢求生？
挥戈返日心犹壮，免胄归元恨未平。寂寂壶关遗庙在，嘶风铁马夜长鸣。

题熊都宪公祠

虎豹天阍叩九关，棱棱风采冠朝班。埋轮已落奸珰胆，抗疏难回圣主颜。
抱愤祝宗犹死谏，招魂绝塞未生还。阴阴古柏空祠在，忠烈何曾让应山。

题丁靖公庙

衔食神鸦夕照红，至今遗庙镇江东。英灵岂让甘兴霸，勇略曾超吕阿蒙。
青盖黄旗悲故国，金戈铁马佐边功。巫歌父老供芳芷，大树萧萧撼北风。

书崇令贾公汉谊传后

马蹄踏遍乱峰云，绣壤青畦指掌分。万井水环松影屋，一犁人劝杏花耘。
沧桑未许扬尘变，图籍偏愁劫火焚。父老只今犹颂德，浴兰谁报使君勤。

龙头观诗和金石农韵

其一
百丈灵湫别有源，人家分住落花村。留将老桧深藏寺，补得修篁冷到门。
世外烟霞忘白昼，洞中雷雨易黄昏。我来剪雪亭边坐，饱看银涛卷树根。

其二
钵留仙咒未全迁，一勺清波贮瓦壶。试问跨来孤鹤客，可能鞭起老龙无？
松门回望疑云合，兰经归来怕路纡。袖里玲珑携片石，剖开还恐有灵珠。

其三
炼性真堪住老彭，摩天群峭画难成。欲从峰顶占晴雨，先向源头问浅清。
活泼溪流澄镜影，调刁风叶带钟声。野田灌遍新秧满，定有幽人此耦耕。

其四
蜡屐行吟曳杖迟，翠微触我故乡思。山茶白插鸦翎笠，野槿红生鹿眼篱。
石髓三分能换骨，云英五色渐成芝。由来仙境忘尘念，却为苍生绉两眉。

其五
饭尽青精剪白茅，清凉境界绝尘交。吠花犬不惊园绮，祭月狐曾见燧巢。
跌坐石人听竹籁，飞行毛女度松梢。山容到处堪留恋，一路吟鞭缓缓敲。

其六
晚盘和风出草庵，阴森洞口片云含。万层素鬣声争怒，半枕黄粱梦不酣。
种豆客携凉月耒，收绵人贮夕阳篮。一官自笑清如水，只有看山不厌贪。

其七
蜕成金骨劫灰焚，泉满空山劝夏耘。羽客已朝阊阖远，山农不待桔槔勤。
曾闻石洞飞花雨，好挽天河洗火云。报答神功箫鼓社，九歌何独祀湘君。

其八
插天石骨瘦层层，紫绿山光返照凝。白鹿每从双涧饮，青鸾谁向九霄乘。
依然瑶草吟勾曲，何必桃花访武陵？缥缈空青人不到，拂云题墨我犹能。

其九
霞满衣棱露满鞋，步虚不借石为阶。三危地窄云迎面，一线天开月入怀。
神鬼暗从深洞护，儿孙耻与众峰侪。烟云灵境长扃锁，谁向龙宫叩碧钗。

其十
神鸦送客出林阿，回首寒烟隔绿萝。布谷喜闻催雨急，鸣驺宁为踏花过。
飞仙尚自留丹灶，傲吏何妨画钓蓑。安得涧流长赤足，松风仰面拜嵯峨。

辛未闰五月城隍庙祷雨立应，喜而赋此

其一
敢说精诚帝座通，斋坛雩祭感神功。才看肤寸云初合，已喜三分土渐融。
绿满浴鸥南浦水，凉生睡鹤北窗风。遥知戴笠垂杨路，听遍啼鸠贺岁丰。

其二

龙洞何须勺水携，芒鞋滑滑踏香泥。烟迷穤秭平田北，响入梧桐小阁西。
槐国遗封多垤蚁，稻田振羽有莎鸡。菊苗肥后新篁瘦，我亦官斋补药畦。

拄笏楼看雨

疏棂敞尽振衣闲，檐溜琤琮响急湍。树色半藏浓澹外，人家多在有无间。
白迷羊港三篙水，青失乌吴几点山。最爱秧田新绿满，老农驱犊踏歌还。

壬申首春奉调入楚闱，登舟至石坑渡

其一

粼粼南浦碧波生，送我孤舟半日程。岭滑尚愁三折险，官闲且喜一身轻。
无端夜雪寒吹絮，几度春风倦采蘩。锁院灯光频入梦，只余沙鸟笑逢迎。

其二

苦雾群峰各杳茫，石尤作意阻征航。更无短笛回春谷，只有残书满客囊。
宦薄空谋陶令酒，年丰难觅陆家庄。自惭老尽鲛人眼，多恐求珠失夜光。

风雪过石垒坪

琼屑漫空合，山川忽改形。凝成螺壳白，露出蚌胎青。
鼎裂天都破，鞭驱石不灵。残鳞飞未尽，犹带玉龙腥。

咸宁道中大雪

白遍郊原入望迷，征夫惑尽路东西。一鞭冷色埋人胫，百里寒光没马蹄。
寂历炊烟生破屋，婆娑老树压青溪。劳劳旅梦浑无定，还似飞鸿爪里泥。

由李家桥经便河口至武昌府

其一

近郭烟波旷，飞鸥已满湖。雪融沙尚滑，寒重草犹枯。
岁月消眉睫，关河老发须。简书王命重，未敢惜征夫。

其二

渡浅呼船急，泥深负担艰。白藏烟外树，青露雪余山。
疲马欺人倦，眠凫傲客闲。诗情何处澹，春水共潺湲。

重寓铁佛寺大士殿

其一

禅房别梦觅前踪，入定孤僧一笑逢。花雨重来瞻铁佛，碧云依旧听金钟。
参差石路苔痕合，突兀觚棱雪意浓。最爱西窗丛桂好，青青不改昔时容。

其二

几处宾僚叙昔欢，妙香频访大悲坛。论诗恰值新飞絮，入梦犹怀旧种兰。
老衲殷勤供水味，故交惆怅隔云端。尚留醉墨前吟在，拂拭微尘壁上看。

其三

寂寥孤剑伴经囊，犹是书生旧日装。醉后支颐忘宦况，饱余扪腹觅文章。
牟尼可许心如月，弥勒应怜发有霜。欲向蒲团求妙理，几年世态悟沧桑。

雪后登藏经阁

凝辉积素渺江涯，覆尽鱼鳞密瓦家。证果三摩曾有梦，凌空万象自无瑕。
浓云断续迷黄鹤，远岫高低走白蛇。记得前年登眺处，老僧指点塔边霞。

大士殿偶作

悟道本由静，禅房晚磬深。春云如幻梦，细雨惬幽心。
兰渚虽群会，苏门不可寻。自知麋鹿性，只合在山林。

壬申劝农

春雨足郊原，布谷声声唤。水田插新秧，绿意已将半。
诗情出郭宽，远山青不断。野塘何弥弥，水满波纹涣。
风和土已融，景霁云犹乱。鼓急闻催耕，农人沾足骭。
泥深叱犊迟，树密飞鸦散。栖亩有嘉苗，余力及芋蒜。
鸣驺过阡陌，欢逐群儿看。隔岁一巡游，已识使君惯。

担壶载饼饵，索酒饮无算。温颜慰父老，无虑涝与旱。
古堰泉流喧，不待桔槔灌。努力祝年丰，慎勿惰昏旦。
细草带烧痕，疏花明紫蔓。山城历三春，气候暗中换。
乡园瘠薄土，岁歉歇炊爨。负米恨途遥，瞻云长寤叹。
寒梅尚可锄，碧蕙犹堪玩。何当驾言还，残霞鞭款段。

六月十四夜出东门至雨山祭龙神庙祷雨，行至石枧堰，忽遇大风雨，宿农家

其一
月影朦胧夜出城，雨山缥缈望霓旌。风云四面峰头起，雷电三更马首迎。
野暗火从茅屋见，宵深凉向葛衣生。孤村叩户留人睡，檐溜淙淙梦不成。

其二
吠蛤声喧晚稻风，苍茫马鬣忽腾空。风师扫路灵旗满，龙伯驱云绛节雄。
岂有精诚通帝座，只余清白答神功。沟塘到处流泉响，万井秋成贺岁丰。

石枧堰晓行

湿云如絮隔山腰，膏沐修鬟翠未消。霁后尚愁猿路滑，凉生不觉马蹄遥。
松风送响环孤寺，涧水喧流没断桥。忽记轩台登眺处，万峰如笏涌秋潮。

雨山祭龙神庙

夜雨溪流涨，浮槎未可施。云藏黄獭洞，浪涌白龙祠。
隔岸催巫鼓，中流酹酒卮。焚香遥肃拜，古柏郁参差。

归途过新塘保

粳稻香无尽，翻翻起绿波。花垂经雨发，穗重受风和。
老树斜阳澹，空山水碓多。如游怀葛俗，试听饭牛歌。

登剑背岭

欧冶何年铸，崚嶒乱石堆。倚天青似削，砍地黑成灰。
带血雷公避，飞霜鬼母哀。五丁余险辟，殊愧勒铭才。

夜过象鼻崖

威力驱林邑，危崖谷口分。昂头吞绝涧，垂瓠卷残曛。
鞭向昆阳血，嘘回瘴海云。曾骑灵鹫佛，璎珞尚缤纷。

宿双港回龙寺

其一

系马孤松寺，张镫苦竹园。心清闻露磬，影动悟风幡。
落叶敲窗响，寒泉傍枕喧。老僧头已白，趺坐冷无言。

其二

日没群峰暝，禅房佛火淹。僧贫供茗粥，味澹绝齑盐。
妙义心初证，劳生梦已甜。风林光渐漏，新月一钩纤。

往鹿门铺勘蜈蚣堰

众绿郁空山，浓阴夹溪路。云岚各辉媚，风水暗吞吐。
漠漠稻生香，青青穗垂露。纡回涧道遥，曲折陂陀度。
缺石补危桥，幽禽啼远树。源出鲇鱼峰，清湍自奔赴。
半泓初活泼，百顷分灌注。奈何截泉脉，捧土一丸固。
鸣驺过深谷，父老争喧诉。涓涓导使流，欢声墟落聚。
疏松间茅屋，定有高人住。尘嚣世外隔，幽赏此中遇。
宦情澹丘壑，乐意耽农圃。我欲屡来游，桃花莫相误。

石砧观

其一
一水抱澄碧，涓涓不断流。地藏云自静，山近树偏幽。
稻色齐人面，松花落屋头。沙禽如认客，此处数淹留。

其二
门枕寒泉曲，凉风扫竹园。厨香知饭熟，灶冷借霞温。
树影开窗入，溪声到户喧。解鞍炎暑路，始觉古皇尊。

初入岩头寺

其一
积翠转无尽，入山深复深。冷云迎客展，危石抱峰阴。
到此尘心静，能令道念沉。翛然如隔世，十里唤幽禽。

其二
忽觉钟声落，松篁满坞苍。桥分双树合，寺露万峰藏。
古涧生寒响，空林漏夕阳。不知樵路远，时有异花香。

游宝陀岩洞访宋丞相李纲碑

其一
峭壁摩天一线开，玲珑突出乱云堆。僧鞋到处寻龙窟，鬼斧何年劈蚌胎。
冷欲僵人疑积雪，声初发窍响奔雷。孤臣岭表曾经此，断碣苍茫涩古苔。

其二
南渡销沉相业湮，孤云一宿想前因。遗书尚壮山河色，劲气犹思社稷臣。
月上高峰僧入定，烟埋古洞石生尘。只今波磔淋漓在，呵护应知有鬼神。

罗汉岩

五百阿罗渡海归，留将洞口药苗肥。烟迷一路藤萝碍，风起千年蝙蝠飞。
螺壳剖开腥到骨，蛇盘蜕入冷侵衣。谁从桂树幽岩里，金粟如来悟息机。

登宝陀岩怀蠡公禅师

鄂渚烟波历半生，白头来此种黄精。拈花谁见参孤佛，喝石曾闻退贼兵。落日负薪猿鸟熟，空山卓锡虎狼惊。埋将金骨寒云塔，一点秋峰月自明。

登上峰岭

远路渺无际，冲云最寂寥。松梢藏野屋，树影带溪桥。
日落阴霞出，风凉暑气消。登临豁心眼，未觉马蹄遥。

桃源岭

昔日渔郎路，蒸霞远近看。未闻花烂熳，只见树纤盘。
野火焚都尽，山樵伐已残。何由红雨种，依旧满征鞍。

经桂口

出坞何空旷，鱼鳞万瓦齐。迎神箫鼓响，问俗酒浆携。
乳鸭浮深涧，羸牛浴浅溪。停车咨父老，斜景数峰西。

沙坪保

马踏沙如雪，清波映镜奁。人家收鸭栅，野市聚鱼盐。
浅水深通港，疏花密覆檐。酒香茅店出，树里挂青帘。

杨思坳

逼窄通樵路，崎岖历暑天。水流山涧滑，人就树阴眠。
狐兔逃松窟，鸟鸢贺稻田。数家空翠里，茅屋出炊烟。

宝陀岩和金石农韵

其一

山深种树易成围，夹路松涛响碧漪。龙伯幡幢云际望，鸽王璎珞洞中垂。
寒泉出坞分双涧，落日衔崖隐半规。犹有龟趺光怪在，灵猿来读蚀残碑。

其二

弃甲投戈悔业缘，至今石裂古藤缠。顿令战血愁烟地，尽化慈云法雨天。
净土人鞭花里犊，劳生梦醒树边蝉。当年此处趺跏坐，洗却尘心一线泉。

其三

南海仙禽渡落伽，飞飞长傍古龛纱。啼残黄檗三更雨，忏出青莲九品花。
试向圆通求佛性，谁从寂灭悟空华。我曾缥缈丹台望，遥见轩皇洞口鸦。

其四

修篁万个碧云竿，乱叶交柯夏亦寒。分得龟纹形错落，敲回鹤梦影凋残。
六如清净和烟种，八卦纵横带月看。最是雪风吹已尽，老僧犹自惜琅玕。

其五

群峭摩空出化城，妙香禅榻梦魂清。地灵包络千峰合，天籁喁于万窍鸣。
野鹿喧呼朝塔影，毒龙听咒悟钟声。种花老衲头都白，一点孤灯入定明。

其六

逢迎悔折旧时腰，偶踏孤云世虑销。路滑松毛香寂寂，窗横栌叶冷潇潇。
桥西流水和琴响，岭北余霞似火烧。弥勒有龛容我睡，一宵清梦谢烦嚣。

其七

攀尽危藤路可梯，泠泠晚磬隔前溪。山中晴雨占鸠语，世外春秋辨燕泥。
红树已看新屋筑，白云尚恐旧途迷。灵区酾酒还相约，醉墨重来选石题。

七月望夜泊车埠

其一

突兀中流石露根，迂回双桨日初昏。沙干舣客危樯聚，水涸舟人夜语喧。
两岸虫鸣凉月浦，一灯犬吠隔烟村。人家到处盂兰节，苎绿蘋香梦寝园。

其二

碧尽遥空月已圆，秋声渐入沕寥天。潭深响撒青丝网，波静凉归白板船。
羊角风微蘋末动，鱼鳞云细柳梢悬。沙禽笑我劳生倦，楚泽乡心夜渺然。

舟过蒲圻道中

万峰环合翠相连,白纻凉生落景悬。老树垂竿人入画,孤云吹笛客如仙。论诗爱带烟霞气,作吏偏多山水缘。最喜登场新稻熟,饭香饱坐柁楼边。

过界口

柳密深藏屋,溪喧静绕矶。沙边鱼网晒,树里客帆归。石怒当门落,云低出户飞。烟波无限好,只恨夕阳微。

夜泊六溪口

野旷天逾阔,风威晚重加。昏云衔素月,远水散阴霞。蟹屋藏菰叶,渔罾响荻花。平生破浪志,到此渺无涯。

阻风六溪口

其一

泽国江声壮,茫茫极目愁。风涛吹地转,江汉蹴天流。断港连帆入,危樯重碇浮。自怜飘泊久,身世悟虚舟。

其二

野色荒荒碧,江波滚滚黄。怒流飘木秭,长鬣守馀艎。鹳鹤翔空阔,鱼龙起混茫。何由濯缨客,高咏向沧浪。

其三

系缆寻瓜圃,移床就树阴。人家编乱荻,江岸护疏林。风卷灵旗座,云沉战鼓音。只今遗庙在,夜黑鬼神临。

泊舟下簰洲登岸一游

其一

一水桥西隔,清波近绕村。瓜藤环密屋,柳色绿柴门。俗朴忘朝市,年丰聚子孙。牧童驱犊返,疑是古桃源。

其二

缓步浓阴里，凉蝉路转遐。香粳收夕照，古木带余霞。
野雀争喧客，归牛自识家。此中清旷地，耕钓乐无涯。

仲冬月由上津保编查保甲稽视社仓，至洪家碛，宿净源寺

斜景匿余霞，虫语澹将夕。凉风过马首，落叶荒郊积。
整驾历巡游，仆隶劳鞭策。灯光明古寺，父老聚阡陌。
粳稻已登场，桑柘俱安宅。鱼鳞考版图，犬吠守栏栅。
观民德意宣，问俗山田瘠。风叶乱丛篁，霜柯凌古柏。
入寺老僧迎，佛龛分半席。农家具鸡黍，愧此村醪白。
数载宦蛮方，乡园忘久隔。微钟醒旅梦，始悟身为客。
明晨跨鞍出，媚眼远峰碧。回头望绀园，烟林情脉脉。

晓起由洪家碛经华陂堰至金界寺

山城气候温，晓云散如梦。百顷历膏腴，麦苗霜未冻。
涧水碧波澄，潺湲流石空。逶迤度修坂，窈窕入岩洞。
积翠拱觚棱，空青藏梵唪。庄岩仰金猊，突兀翔铁凤。
白发肃袈裟，毗卢合掌讽。泉甘茗味冽，果落柑香弄。
萦纡路似钩，覆盖山如瓮。钟鱼竹院静，铃铎松风动。
空谷道心生，幽禽时偶哢。一鞭浓绿迎，马首乱峰众。
回看殿脊遥，斜照在高栋。胜地怅难留，远近泉声送。

石屋保入山宿石马寺

樵路萦秋毫，苍翠转无尽。微阳漏一线，松风互相引。
寒云惑路歧，四顾乱山蠢。崎岖度高坡，曲折历修畛。
青牛紫气过，何处遇关尹。出山闻晚磬，父老望鞭靷。
寺破噪鸟鸢，乡愚同鹿麇。殷勤宜教化，说法生悲悯。
妙舌愧青莲，将无古佛哂。一榻借禅床，清吟助蛙蚓。
寒林生远籁，哀壑起虚牝。落叶纷飘飏，夜半霜风紧。

过黄台矶至新矶保，饭于寿安寺，复往勘乌石里凤形山

青盖莅村墟，风烟周禹甸。摩肩列肆喧，鼓腹歌声遍。
宁辞劝化劳，务使民风善。童叟罗拜欢，温言感深眷。
年丰鹅鸭肥，市近鸡豚贱。隆情谢父老，马首壶浆献。
清波望河流，沙白积如霰。枫柏着微霜，紫绿色葱茜。
远岫似倪黄，画屏开几扇。香阁出丛云，回冈抱绀殿。
庄严宝界地，到处歇鞍便。合掌礼瞿昙，伊蒲供饱馔。
清醇竹叶刍，澹泊松花面。龟趺乞碑铭，妙语愧黄绢。
陂陀曲折登，落日山容眩。青凤忽飞翔，霞端缥缈见。
孤坟宿草留，陵谷讵迁变。余红落客衣，空翠迎人面。
诗怀寄断鸿，清响几曾倦？

马湖坪至傅家冲，宿隐士王君宅

霜场稼已登，水云空漠漠。横塘饮老犊，野渚喧归雀。
鸡犬识途还，童稚相呼诺。阴霞匿曜灵，斜景崦嵫落。
暮色起疏林，苍茫迷涧壑。茅茨间夜火，马首靡所托。
平冈暗桧枥，山路石藤络。叩户出琴声，登阶迎瘦鹤。
主人肃衣冠，张灯具杯酌。村醪自觉甘，蔬蕨岂云薄。
僮奴礼数谨，子弟家风朴。语妙带烟霞，身闲恋耕凿。
终年绝城市，空谷歌锄药。悔我宦天涯，猿鸟归无着。
关河倦行旌，山水负芒屩。何由驾扁舟，远赴白鸥约。
新月一钩悬，松风入寥廓。何知隐农圃，有此高人乐。
重来访旧游，尚恐桃花错。

微雨度东关岭，登上峰岭，经桂口归

远树积参差，平田修且旷。枫林缀朱绿，疏密茅茨傍。
锦绮濯天梭，火齐开宝藏。龙眼金粉图，岁久患凋丧。
何如化工巧，渲染妙无量。行行仰高岭，石级冲云上。

摩空地势雄，设险天关壮。怪石立熊罴，奔突不相让。
登临眼界宽，寥泬心胸荡。风生土囊口，雨细征衣扬。
黑云如墨起，压向台山嶂。羊肠历已尽，沙草马蹄鬯。
自笑宦游劳，溪山容跌宕。危峰插霄汉，突兀回头望。
惜无勒铭才，揽辔空惆怅。

硚墩保至刘家硚登金城观

野旷错沟塍，澹绿迷烟霭。群峰如犬牙，络绎各奔会。
兹山如伟人，雄踞独称最。清波跨长虹，怪石喧怒濑。
桥西父老迎，儿童望旌旆。石磴悬崎岖，藤萝交翳荟。
觚棱出山脊，密树藏帷盖。城市多嚣尘，耳目易劳瘵。
何如登绝顶，顿觉心胸大。孤云起海涯，飞鸟渺天外。
乾坤露端倪，村落入图绘。石枧与远陂，南北分亩浍。
平田入指掌，细港环衣带。黛色近修眉，凉风苏病肺。
幡幢肃百灵，钟磬答天籁。年丰民气和，俗静淳风泰。
独怜远宦客，白发生感慨。何由炼丹砂，换骨如蝉蜕。
赤松如许游，顾向山灵酹。回首望高冈，残阳隔松桧。

由白泥硚过肖方保宿高陂寺

碧云渺修畦，暮色生田棱。返照在林端，余红生马胫。
清溪石磷磷，影落长桥亘。蜻蜓傍客飞，鹨鹅向人认。
茅茨聚烟火，远近山光凝。地旷风多淳，年丰职易称。
巢归宿鸟喧，野带行人暝。钟声投古寺，落叶逐鞍镫。
夜静长明灯，老僧初入定。纸帐傍蝉龛，饭香供佛甑。
新醪有妙理，味比醍醐胜。缺月照西窗，絮语虫声应。
客梦入寒云，诗怀触清磬。风微竹籁生，霜重梅花孕。
浪迹何由安，愿向双峰证。

过白羊保入山至团墩嘴，归途仍宿高陂寺

寒林日色升，晓霞赤如血。瘦马度逶迤，孤鸿入寥泬。
树影半空蒙，泉流带幽咽。清霜欺狐裘，挟纩讵能热。
冲云入乱山，破碎杂环玦。丁丁樵斧响，寂寂缫车结。
勤俭劝民淳，忧闲甘吏拙。归途缓辔遥，斜景渐明灭。
宦迹何栖皇，托宿依黄檗。平生耽内典，清净悟禅悦。
宿世打包僧，空山卧残雪。宵长睡自安，月落钟声彻。

晓起由高陂寺度白泥硚访义门王宅，过新塘保至下津渡

地僻寻幽人，入门屏驺导。扶杖肃衣冠，须眉如绮皓。
一堂聚弦歌，四代同厨灶。城市绝逢迎，山林慕高蹈。
子弟羡乌衣，宾朋钦皂帽。心游云水闲，语带烟霞傲。
鸡黍礼绸缪，壶觞意倾倒。将无荀陈会，太史德星告。
涉世多险夷，居山忘静躁。松影别衡庐，白云迷故道。
干旄去已远，盘谷难重造。空林景易斜，落叶风旋扫。
渡头灯火起，历乱归鸦报。愧我宦游劳，轩台失灵奥。
他日还乡园，梅花笑衰髦。

出西门至汤田保过王明经惠风亭，复至石砧观宿

孤城环万山，险径聚麋鹿。西南独坦夷，肥衍夸沃土。
策马出郭门，沙草近河浒。石路犹纤盘，崚嶒碍步武。
行行野色宽，空阔碧天宇。清波澹容裔，鸥鸟粲可数。
历历见风帆，苍苍隔云坞。澹霭散犁锄，斜阳集罾罟。
牧笛吹村童，巫歌赛田祖。鱼鳞错平畦，雁齿各安堵。
饥渴倦修途，逢迎欢地主。入室肃衣冠，登堂具鸡黍。
玲珑环竹亭，窈窕种梅圃。香罗子弟佳，翠翟僮奴古。
出门度松阴，新月一钩吐。候火出茅茨，疏钟藏远树。
琳宫高突兀，夜静响斋鼓。仙床卧白云，丹灶飞花雨。

黾勉劝农桑，迂疏愧簪组。惟余清景妙，饱向溪山取。
何由布弦歌，雅化同邹鲁。

肥田保祭葛家堤神

天吴鼓长风，陵谷多变换。修堤屹长虹，蚁漏忽中断。
桃花涨春水，柳絮崩绝岸。罔象波臣骄，沉蛙农父叹。
遂使膏腴田，汙莱已将半。故道失沟塍，频年忧涝旱。
黎阳捧坏土，民力惜劳惮。我曾悯农功，水利劳昏旦。
塘堰尽增修，桔槔争注灌。忍令西南隅，沃壤化涂炭。
父老吁鸠工，绅耆亦交赞。前功已久湮，废址犹堪按。
畚锸聚如云，犁锄互相唤。清波碧粼粼，沙石白漫漫。
焚香祷地灵，神力愿坚捍。奔腾制蛟鼍，饮啄安鹤鹳。
从兹势蜿蜒，横亘如几案。青连蔓草生，绿种垂杨乱。
俎豆肃神祠，鸡豚虔荐盥。狂澜一线冲，补筑无容玩。
丁宁劝后人，遗碑道旁看。高吟鼓辔旋，树杪昏鸦散。

晚登雨山岭

兹山雄百灵，突兀插天表。寒云如戴笠，甘雨起龙湫。
我来摄衣登，细路萦缭绕。径转岭弥高，霞低山尽小。
马尾碍藤梢，征衣悬树杪。落日赤如盘，西峰青了了。
苍茫草色变，紫绿山容杳。归林鹿迹稀，出谷樵歌少。
怪石奔怒罴，行人逐飞鸟。地已近鸿蒙，身疑立缥缈。
还忧虎气腥，最怯猿声叫。田家借野灯，破庙环丛筱。
途危梦易惊，境险心逾悄。夜半雷雨生，凉风何袅袅。
天明愁路滑，倚枕待清晓。探奇尚未穷，绝顶更舒眺。

冬月往各乡编查保甲，将《劝民歌》亲为讲解劝喻，俾知诸上宪爱民德意。老幼环观拱听，颇多感悟，偶书长句

问俗荆蛮国，溪山已熟经。荒鸡催晓日，疲马戴残星。
圣化登三古，淳风满四溟。恩膏敷雨露，法令肃雷霆。
远宦劳冰署，频年历讼庭。鞭笞怜痛痒，诉牒绘情形。
试鼓瑶琴静，宁夸水镜荧。长歌当药石，苦语代箴铭。
俗薄何知礼，民顽亦畏刑。提撕相警告，蠢动自含灵。
但恐穷乡远，谁为聚族听。勤劳巡里社，化导遍郊垧。
父老迎青盖，儿童望皂幈。杖藜扶伛偻，襁负聚伶仃。
舌愧青莲妙，词输紫蕙馨。但求顽石悟，且唤野猿聆。
鹿豕生悲悯，豚鱼感杳冥。颛愚原易格，仁让始堪型。
地僻人如堵，阴浓树作厅。松毛深浅坞，槲叶短长亭。
守望村墟密，丰登妇子宁。稻粳初刈获，枫柏渐凋零。
落照鸿声小，冲云虎气腥。石泉流寂寂，樵斧响丁丁。
古寺投鞍镫，高檐语铎铃。僧房灯照睡，客梦磬敲醒。
野饭供盈缶，村醪觅半瓶。关心寒月白，慰眼远峰青。
到处携诗篋，归来写画屏。自惭迂拙吏，何以报朝廷。

癸酉仲春，予以丁内艰，自崇邑解任归里，留别同城官诸绅士父老及诸僚友并汉上亲交

其一

杜宇声声血泪垂，白云南望不胜悲。曾愁送母还乡远，自恨陈情乞养迟。
宦况艰难罗雀冷，归装贫薄睡鸥知。扁舟尚记壶关路，入梦牵衣未忍离。

其二

白衣相送雪盈簪，回首桃源万壑阴。塘堰鱼鳞春水满，宫墙鸳瓦碧云深。
洞祈灵雨龙看碣，阁倚凉薰鹤听琴。自愧余恩犹未遍，弦歌变作薤歌音。

其三

政暇宾僚礼法宽，张灯花月聚杯盘。香生宝鼎和烟暖，醉挽雕弓带雪寒。
絮酒奠终情黯黯，松舟相望路漫漫。自怜羁绊春将尽，落遍荼蘼去住难。

其四

地主梅花厚意多，溪山明秀屡经过。烟霞高士寻黄绮，冰雪清才爱紫罗。
入室壶觞询疾苦，出郊耕凿贺年和。只今素服临歧送，惆怅归鸿隔远波。

其五

斜阳衰草历郊原，到处和颜劝语温。父老点头都感泣，儿童罗拜亦知恩。
樵歌牧笛经村坞，月镫霜鞍宿寺门。别后愿期风俗好，无忘珍重马前言。

其六

开藩威德肃炎方，铃阁遥瞻预末光。趋府春风联剑佩，衡文夜月宴笙簧。
鹓班次第登天阙，燕羽差池返故乡。正值循良超擢日，离舟烟水独茫茫。

其七

月色郎官几度游，汉皋赠佩最绸缪。仁风隔水邻粉社，侠气如云助麦舟。
薄宦久闻怜马骨，还家虚说祝鸠头。江边解缆情无极，满眼晴川树影愁。

其八

密线征衣久别家，含凄终夜泣啼鸦。泉台啮指思儿切，穗帐伤心痛母遐。
草绿骊驹空日暮，花残鹡鸰尚天涯。东风早送归帆稳，稽首慈云拜落伽。

登晴川阁大别山

其一

空阔真如此，登临气自雄。曾吟高阁雨，不断万帆风。
草绿人何往，峰青曲未终。残碑犹可读，扼险意无穷。

其二

霸业波声尽，茫茫日夜流。江湖三鼎峙，天地一浮沤。
暮色来孤寺，斜阳入钓舟。老僧偏爱客，清茗此淹留。

泊三江口

水暗阴霞起，扁舟入荻芦。汉阳斜照远，夏口片云孤。
百战余残垒，三分失霸图。大江流不尽，客梦与同徂。

阻风黄州

水驿炖台尽，江流浦溆通。回舟断岸北，系缆古城东。
石燕朝迎雨，铜乌夜祭风。记曾登赤壁，酹酒拜坡公。

发黄州顺风江行至龙平几三百里

挂席风如驶，沿流浪自消。微茫孤堡尽，顷刻万山遥。
凫雁飞还喜，鼋鼍静不骄。今朝楚泽客，高咏木兰桡。

阻风龙平港

风雨灵旗满，江神铁骑过。落帆寻曲港，近屋系枯槎。
已抱冥鸿志，初离宦海波。沧浪有钓客，应借一渔蓑。

泊九江府

万弩惊涛险，孤舟利涉艰。回风因佛咒，落日泊雄关。
浪静新沙港，云藏隔岸山。浔阳九派郡，觅酒始开颜。

泊南湖口登山望鄱阳湖

乡路犹迢递，归舟屡滞延。宦情残月梦，身世逆流船。
乱荻三分雨，清波万顷烟。湖光渺无尽，入望顿茫然。

重访琵琶亭赋呈年伯唐公

其一

鹤渚凫汀曲槛边，重来江水碧连天。飘零我欲同商妇，啸咏公堪比昔贤。
两代风流登馆阁，千秋遗韵遍山川。前游旧墨犹留否？枫叶芦花夜泊船。

其二

琵琶清响答潺湲，五岭霓旌去复还。鹤发主恩归合浦，凤毛家学胜香山。
树犹如此风烟改，江尚依然宦梦闲。只有旧时明月在，青衫犹认客容颜。

顺风渡鄱阳湖作歌纪之

雨涨湖波弥潋滟，鞋山一发中流见。南薰作意阻征航，烟水混茫看已厌。
焚香酹酒祷湖神，愿赐一帆风力便。须臾稍稍北风回，蘋末凉生旗脚变。
呼号万窍彻中宵，怒浪击撞船尾溅。舟人晓视相风竿，解缆蒲帆开几扇。
白铠银袍聚百灵，鲛宫贝阙群酣宴。万层涛卷响于雷，一叶篷飞疾如箭。
大孤塘过角声低，老鹳堡回螺掌旋。远树依微翠若眉，群山历乱青迎面。
蛟龙洑湫窟宅移，鱼鳖盘涡眼花眩。缥缈南康塔影开，夕阳又过都昌县。
蜈蚣山势何蜿蜒，祭纛楼船曾转战。指点芦花废垒留，兴亡看尽樯边燕。
山椒神庙肃馨香，斗酒只鸡遥盥荐。霓旌绛节祷求灵，铁马朱旗呵护遍。
自惭拙宦拂衣回，无德何由芳芷献。将无饮水梦三年，怜我望云心一片。
愧无好语颂神功，聊作长歌答神眷。钓艇渔蓑他日游，垂纶渐与沙鸥善。

过都昌县

突兀如拳岫，螺纹四面旋。青藏密树堞，绿满夕阳船。
水势分还合，山形断复连。孤帆湖口出，依旧渺风烟。

薄暮出彭蠡东湖

山尽湖烟阔，风低帆力微。孤鸿和日落，宿鸟带波飞。
丛竹灯光远，残芦汊口稀。客怀颇清绝，新月照征衣。

重过鸡山怀古

其一

吴楚东南犄角通，中原逐鹿甲兵雄。长鲸已定亡唇策，困兽先知束手穷。
战鼓声随残浪尽，楼船影泛夕阳红。只余渔艇依沙垒，话遍兴亡荻苇风。

其二

义旗南指蹈危机,蛇豕愁云未解围。难宿已焚飞炮舰,忠魂犹泣赭黄衣。
钟山龙跃王师奋,篝火狐鸣霸业非。风雨百灵曾助战,至今遗庙照斜晖。

夜过饶河口

古驿渔灯远,苍茫失旧堤。水程忘远近,湖汊惑东西。
天阔星将坠,波宽月欲低。昔曾经此地,夹岸荻花齐。

泊饶州府

凫雁争飞落照红,菰蒲港口乱流风。城边树影和帆转,浦外波光与郭通。
烟火纵横商舶密,金汤控扼女墙雄。移舟梦稳清溪路,回首湖云数断鸿。

饶州入小舟起程

树覆船中密,山从枕上看。初离风浪怒,渐觉梦魂安。
落照蝉吟尽,清波鹭浴宽。水程遥可计,五百石门滩。

程家渡

南望烟峦深复深,白云一片隔遥岑。淡浓樵路生青霭,疏密渔家住绿阴。
老犊耕回堆草屋,凉蝉唤起入山心。几年宦梦清于水,欲向沙边诉晚禽。

泊顾园渡夜大风雨

已脱风波险,偏逢雷雨交。中宵噫大块,怒浪斗山坳。
簸荡鼋鼍窟,颠危鹳雀巢。维舟犹恐惧,水怪定相嘲。

浮梁县道中

水光峰影照如蓝,老树婆娑倒覆潭。云硙一溪春石骨,烟帆两岸带山岚。
篙声渐与波声乱,鸥梦还同客梦酣。最喜樵风归路近,乡心已在落霞南。

马家涧

苍翠转无尽，沿溪种桧杉。波深寻曲港，树密碍征帆。
风起青蘋末，凉生白纻衫。桃源疑不远，幽绝隔尘凡。

小儿滩

径曲山逾窄，波喧石欲号。诸艘衔尾上，乱岫压眉高。
客路看山好，篙师理楫劳。吾衰生计拙，朗咏傲儿曹。

泸溪

石屋环峰曲，长松带女萝。青藏孤树小，翠转乱山多。
樵斧和云响，渔舟趁月歌。盟鸥归梦定，吾道在沧波。

石矶滩

一碧溪流合，天开有险夷。冲波奔鼍鳄，怪石立熊罴。
汹涌疑飞炮，纵横乱布棋。篙师谙水道，谈笑不知危。

过祁门昌下

其一

一线真无路，雷霆斗乱山。浪飞高似屋，峰锁曲如环。
怪魅愁云满，孤熊怒石顽。何须三峡险，到此鬓毛班。

其二

路曲如蛇蜕，郫元漏水经。山包罗刹国，石作夜叉形。
烟雨疑鱼复，波涛祭鳖灵。何年将鬼斧，万仞劈空青。

雨夜泊舟星岩寺同人话别联句二十二韵

金竺秋将暮，潇湘梦尚遥。钟寒寻古寺（曹震亭），潭静泊轻艄。
鹭占南湾立（释照填），鸥从北渚招。叩舷联雅曲（张菁），剪烛话深宵。
负笈情空切（程郊），提壶醉易消。僧疑霞外鹤（程实颖），客唤树边蜩。

364

木末芙蓉老（程实芳），林间枫柏凋。溪流初涨路（龚淮），水气半环桥。
蛩语和诗悄（震亭），禅心入世超。矶头犹可钓（照填），山脊不通樵。
饭尽餐松粒（菁），情多赠柳条。还家方涤砚（郊），去国又鸣桡。
乌府邮书急（实颖），鸿宾觅食饶。滋阑留旧畹（实芳），种菊护新苗。
扇惜怀中热（淮），琴怜爨后焦。三分游倦骨（震亭），五斗折馀腰。
别酒何须劝（照填），邻乡岂待邀。同歌青雀舫（菁），共和紫璃箫。
湿遍云如墨（郊），吹来浪似潮。苍茫孤塔迥（实颖），恍惚百灵朝。
渐觉鸡声曙（实芳），回看雁影飘。离愁吟不尽（淮），化作雨潇潇（震亭）。

寓圆觉寺登大观楼和壁间韵

其一

清香偶借佛龛留，万象都收半笏楼。空阔湖光归掌握，迷蒙山色聚眉头。
诗情淡似霞馀绮，宦梦闲于雨后沤。只有白云知冷骨，肯将剑术谒诸侯。

其二

欲觅金篦刮两眸，高僧静境此焚修。衡庐云散山争出，章贡烟深水合流。
已觉客愁消远浦，始知吾道在沧洲。渔村蟹舍都如画，莫怪仙人好住楼。

其三

落霞孤鹜客登楼，极目东南欲尽头。不断风帆从槛落，无边湖水接天流。
诗因空旷偏多味，境到高寒别有秋。却叹劳生何日息，喧喧人渡夕阳舟。

过雨棠园访隐樵上人

其一

落叶寒鸦静闭门，闻钟遥访雨棠园。妙华香共诗心坠，老树声从佛髻喧。
石懒于人偏解语，云憨似我已忘言。远公庐社风流在，可许宗雷入座论。

其二

飞锡曾闻过阮溪，传经人住乱松西。紫霞笠影鸥相熟，绿野琴声鸟自啼。
轩鼎乡心秋水远，壶关宦梦暮云低。劳生愿许双峰寺，看瀑空山一钵携。

登徐孺子钓台

其一
乱荻萧萧泊钓船，夕阳淡起满湖烟。两京已脱冥鸿网，一榻空为野鹤悬。
北寺人愁钩党密，南州客诵姓名贤。我来肃拜瞻遗像，欲荐芳蘋意惘然。

其二
垂纶清节自无瑕，沧海横流事可嗟。麦秀岂忘炎室鼎，生刍曾奠故人家。
心扶顽懦风千古，梦醒烟波水一涯。留得孤亭登眺远，空余老树带寒鸦。

万寿宫谒许旌阳庙

其一
玉简金函道气浓，至今遗庙俨仙容。空庭但见喧昏雀，古井何曾赦孽龙。
碧落飞回三尺剑，白云敲破一声钟。自怜薄宦飘零客，拔宅无由入乱峰。

其二
金碧觚棱几百年，阴森乔木肃寒烟。风云长护中州土，忠孝都归上界仙。
铁柱无波蛟骨冷，丹垆有药鹤翎旋。谁知劫火扬尘后，多少桑田变海田。

百花洲

其一
云窗雾阁水云通，疑是幽人住贝宫。岂有余红藏烂熳，都将积翠入玲珑。
四围柳絮帘边雪，双桨菱花镜里风。犹记沧浪亭外路，落霞未尽笛声终。

其二
微风澹澹起菰蒲，触我诗情是浴凫。水木凝晖偏淡远，楼台倒影入虚无。
紫云鹤市新亭馆，金粉龙眠旧画图。最爱荡船秋浦好，藕花娇艳似罗敷。

龙王庙访遍朗上人

其一
琅玕入户影缤纷，乱叶交柯扫世氛。钟里偈终龙听法，钵边咒尽鹤眠云。
禅心已共孤霞澹，僧腊还同老树分。旧院寂寥诗满壁，倚楼谁与话斜曛。

其二

袈裟懒渡落迦南，头白沧桑已熟谙。卓锡遍交风雅客，分龛独占水云庵。
一帘蟋蟀秋声静，四壁波涛海气酣。莫怪诗情偏旷远，西山早晚看烟岚。

登滕王阁

其一

零星雁影隔湖烟，帝子遗踪已渺然。暮雨未逢高宴会，好风谁送倦游船。
乾坤文藻吾何让，人物沧桑世屡迁。投笔自嗟头竟白，声华不及子安年。

其二

开元歌舞属升平，绣阁朱甍壮玉京。百代烟云还入画，三王词赋旧知名。
江山自赖文章重，书剑空余水鸟迎。宾从幨帷人散尽，寂寥残照半湖明。

游荐福寺

其一

突兀觚棱铎语孤，妙香深殿谒毗卢。寒云早晚迷孤塔，返照东西隔两湖。
细路荒凉藏兔窟，残碑零落缺龟趺。婆娑老树千年在，记得南朝兴废无？

其二

夹路清阴树色开，寺门落叶积荒苔。人间不复留遗碣，天意何曾起怒雷。
倦客偶参花里雨，高僧谁话劫余灰。烟波远近渔歌响，多少沙禽带子回。

游湖西别墅

其一

种树犹如此，看云已渺然。水通巢鹤洞，花碍钓鱼船。
缩尽虚无地，藏来小有天。曲江人散后，容我作顽仙。

其二

一勺东湖远，清波直到门。莲香鸥认客，桐老凤生孙。
悬榻留云宿，飞觞与月论。登高谁作赋，应让渴文园。

其三
卢岳高人卧,湘江薄宦还。夕阳寻柳巷,流水渡松关。
径转疑无路,楼高忽有山。祖龛长在望,梦与碧云闲。
其四
潇洒乌衣客,风流白练裙。湖山分淡远,亭馆出尘氛。
染就花如雾,皱成石化云。何由脱冠带,沙鸟话斜曛。